Alexander Lohner

Octavia. Die Gemahlin Neros

W0350738

CHRISTIANA-VERLAG

© CHRISTIANA-VERLAG
im Fe-Medienverlag, Hauptstr. 22,
D-88353 Kisslegg-Immenried

1. Auflage 2013

Gestaltung: Renate Geisler
Druck: ScandinavianBook
ISBN: 978-3-7171-1223-5

Printed in EU

Alexander Lohner

Octavia.

Die Gemahlin Neros

1. Kapitel

Mit ausladenden Schritten durchmaß Domitius Nero die Weiten des kaiserlichen Gartens. In der Ferne plätscherte leise ein Springbrunnen, und Zikaden zirpten in den Myrtengebüschen. Der warme Südwind strich in schwülem Hauch durch die abendliche Natur und trug stoßweise ganze Wolken von Wohlgerüchen aus Rosenbäumen mit sich. Aus dem Pinienwäldchen am Ende des Gartens drang weithin lockend der tief gezogene Schlag der ersten Nachtigall.

Der weiße Kies knisterte unter den raschen Schritten des Prinzen, denn ein Befehl seiner Mutter, unverzüglich zu ihm zu kommen, duldete keinen Aufschub. Der folgsame Sohn ging an dunklen Lauben von dichten Oliven vorbei, passierte die hohe Statue der Göttin Venus, deren weißer Marmor im Licht der untergehenden Sonne schimmerte, ließ das breite Schwimmbecken, wo drei gusseiserne Delphine den Wasserstrahl hoch aus den Nüstern bliesen, hinter sich, und bog in den dicht verwachsenen Laubweg von Lorbeer und Tamarinden ein.

Schon stand Nero vor der gut bewachten Tür, von der man unmittelbar vom kaiserlichen Park in das Schlafzimmer seiner Mutter gelangen konnte.

Es handelte sich um ein großes, mit Teppichen belegtes Gemach, dessen Wände mit goldbestickten Stoffen und anderen kostbaren Stikkereien bekleidet waren. Diverse Figuren aus aller Herren Länder, von denen einige aus gefassten Edelsteinen bestanden, schmückten den Raum. Zu dieser abendlichen Stunde wurden sie weniger von den letzten Sonnenstrahlen, die durch vergitterte Fenster hereinfielen, als mehr vom flackernden Lichtschein der auf vergoldeten Kerzenständern aufgereihten Kerzen beleuchtet.

Neros Mutter Agrippina saß in halb liegender Stellung auf einem nach orientalischem Muster gefertigten Diwan, über dem sich ein von vier silbernen Säulen getragener seidener Baldachin erhob. Ihre Lippen waren rot geschminkt und das Gesicht weiß gepudert. Sie hob den Blick, doch sie lächelte nicht, als sie ihren Sohn sah.

Das tat sie auch noch nicht, als er sie zur Begrüßung zunächst auf die linke, dann auf die rechte Wange küsste. Mit einigem Missvergnügen bemerkte die Kaiserin vielmehr, dass er sich nicht einmal die Mühe gemacht hatte, sich vom Staub der Straße zu reinigen. Überhaupt war er sichtlich schlechter Laune. Wahrscheinlich hatte er, wie so oft, in der vergangenen Nacht bis in den späten Vormittag hinein einem Trinkgelage beigewohnt, dessen körperliche Folgen immer noch nachwirkten. Und da seine Mutter ihn zu sich zitiert hatte, war es ihrem Sprössling noch nicht möglich gewesen, Kopfschmerzen und ähnliche Unannehmlichkeiten mit einigen erneuten Schlücken Rebensaft zu vertreiben.

Im Unterschied zu ihrem Sohn verriet an Agrippina alles die Majestät des Gedankens, der Kraft und der Geburt. War sie auch in Hinsicht ihres Charakters ihrem großen Vater Germanicus, dessen Name mit den Triumphen nördlich des Rheins unlöslich verbunden war, sehr unähnlich, so konnte man gleichwohl in ihren Zügen die Abstammung von ihm erkennen. Ihre Lippen waren sinnlich, die Stirne niedrig und gewölbt, die Nase regelmäßig und stark entwickelt, in zwei kaum geschwungenen Brauen auslaufend. In ihren blauen Augen freilich glühte der Ehrgeiz, dem sie alle ihre Neigungen unterzuordnen verstand.

„Deine Vermählung mit Octavia“, begann Agrippina unvermittelt die Standpauke an ihren Sohn, „muss möglichst bald vollzogen werden. Das ist der wichtigste Baustein in jenem Plan, den ich entworfen habe. Gib dir also Mühe, in den Augen Octavias charmant und zuvorkommend zu erscheinen!“

Nero blickte seine Mutter teils finster, teils demütig an. Da sie ihm keinen Platz angeboten hatte, war er stehen geblieben.

„Du verlangst viel von mir“, klagte er. „Gut, ich habe mich auf deinen Wunsch hin mit Octavia verlobt, und ich bin auch bereit, sie zu heiraten. Mir ist ja durchaus klar, was du im Schilde führst – denn ich bin nicht dumm.“

„Du sprichst, als wäre es eine Strafe, dem vornehmsten und reichsten Mädchen des Imperiums die Hand zu reichen!“

„Streiten wir nicht, teure Mutter! Ich werde Octavia heiraten; ich werde sie achten und ihrer Stellung gemäß behandeln. Aber dass ich sie lieben soll, das kann mir selbst ein unsterblicher Gott nicht aufzwingen. Eros naht sich uns nicht auf Befehl: er kommt ungerufen, und manchmal gerade da umso stürmischer und fordernder, wo Verstand und Sitte ihn verbannen wollen. Vor seinen Augen gilt Tugend und Ehrbarkeit nichts! Und Octavia ist zu sittsam, zu jungfernartig für mich! Es widerstrebt mir zutiefst, jene altmodischen Tugenden zu heucheln, welche Octavia – die mir immer vorkommt, als ob sie aus der längst vergangenen republikanischen Epoche übrig geblieben wäre – an einem Mann zu sehen wünscht. Wie langweilig und lustfeindlich das doch ist! Reicht es nicht, dass ich der Sklave deiner Pläne bin, Mutter? Du willst mich zum Kaiser machen – *du* willst das, nicht *ich* – nun gut … Doch wenn ich schon Herrscher über das größte Reich dieser Erde sein soll – darf ich die Privilegien und Freuden, die damit verbunden sind, dann nicht schon jetzt genießen? Und stehen diese Genüsse nicht im deutlichen Widerspruch zu längst aus der Mode gekommenen Vorstellungen von Anstand und Tugendhaftigkeit?“

Die Kaiserin maß die gefällige Gestalt ihres Sohnes mit einem unverhohlen stolzen Lächeln.

Nero war ein großer, breitschultriger Rotschopf, mit buschigen, ebenfalls feuerroten Brauen über den blauen, schelmisch blickenden Augen, und einem vorspringendem Kinn. Man konnte ihn ohne Zweifel als gutaussehend bezeichnen.

Doch schon blickte Agrippina mit einem Ausdrucke überlegenen Spottes zu ihrem Sohn auf.

„Du zögest die Blumenmädchen vom Argiletum, frivole Tänzerinnen und sonstige schmetterlingsartige Geschöpfe der Tochter eines Cäsaren vor?“ fragte sie.

„Oft kann eine Sklavin größere Leidenschaften erwecken als fürstliche Jungfrauen – und das Recht der Liebe ist dann auf Seiten der Sklavin“, erwiderte Nero.

„Du musst Octavia nur heiraten; lieben musst du sie nicht“, sagte Agrippina. „Du hältst doch so viel von deinem schauspielerischen Talent. Dann demonstriere es jetzt bei Octavia.“ Agrippina kniff die Augen zusammen, ihr Blick wurde listig:

„Außerdem sind die Tätigkeit eines Komödianten und eines Kaisers so verschieden nicht. Du übst dich also schon einmal in deiner zukünftigen Rolle!“

Der Prinz fragte schüchtern:

„Und was ist mit Acte? Kann ich sie nicht wenigstens zu meiner offiziellen Geliebten machen?“

„Domitius!“ erwiderte die Kaiserin. „Du weißt, dass ich diesen Namen aus deinem Munde nicht mehr zu hören wünsche. Sie ist eine Sklavin, nichts sonst ...“

„Sie ist das Mädchen, das ich liebe!“ sagte er.

„Liebe!“ säuselte Agrippina. „Rede keinen Unsinn! Du erfreust dich ihres Körpers und ihrer Zärtlichkeiten, das ist alles. Du erfreust dich an ihr, wie du dich der Zirkusspiele, der Wagenrennen, des Weines und deiner anderen Zerstreuungen und Ausschweifungen erfreust. Mehr nicht. Du wirst dir einer Sklavin wegen doch nicht deine Zukunft verbauen!“

Nero atmete tief ein, um sich zu beruhigen:

„Ich liebe Acte. Sie ist für mich keine Sklavin.“

Er blinzelte nervös unter dem durchdringenden Blick seiner Mutter.

„Sie ist *meine* Sklavin“, erwiderte diese, „vergiss das nicht. Und wenn du, was dieses Mädchen angeht, nicht endlich zur Vernunft kommst, verkaufe ich die Hure bei nächstbester Gelegenheit!"

Sonst keineswegs auf den Mund gefallen, ließ Nero diese Drohung zunächst verstummen. Er überlegte angestrengt, was er sagen sollte. Schließlich trat er vor und beugte sich herab. Er lehnte sein Haupt zärtlich an die Schulter der Mutter, holte tief Atem und flüsterte:

„Ich finde Acte bezaubernd! Dieses kindlich-holde Gesicht, diese wonnigen Augen! Sie gleicht der Psyche im Oecus der Acerronia – und doch, wie viel schöner und liebenswerter ist sie doch!"

„Torheit!" erwiderte Agrippina, die spürte, dass der Charme ihres Sohnes sie weich werden ließ.

„Sei doch vernünftig!" Die Kaiserin presste die Lippen zusammen, und ein etwas freundlicherer Zug trat in ihr Gesicht.

„Von mir aus kannst du die Liebesdienste dieser Acte weiterhin in Anspruch nehmen. Aber tue es diskret, bis du mit Octavia vermählt bist. Wenn der Kaiser erfährt, dass du einer Sklavin dein Herz geschenkt hast, sie also seiner Tochter vorziehst, wird er dir schwerlich die Hand derselben geben!"

„Du wirst Acte nicht verkaufen?" fragte Nero mit weinerlicher Stimme. Seine Augen waren plötzlich rot geworden, und seine Gestalt schien zusammenzuschrumpfen.

„Nein, ich werde es nicht tun. Aber höre bitte auf deine Mutter, und tue, was ich dir sage!"

Nero fiel ihr zu Füßen.

„Mutter, ich bin dir stets ein gefälliger Sohn gewesen – ich werde auch jetzt gehorchen!"

Agrippina beugte sich zu Nero herab und küsste ihn auf die Stirne. Dann strich sie sein Haar zurück und zwang ihn, sie anzusehen.

„Siehst du, Domitius, wie schnell du lernst, ein Schauspieler zu sein?"

Der junge Mann sah sich in seinem Innersten durchschaut. Doch wieder völlig in die Fesseln des Gehorsams zurückgedrängt, die ihm die Energie dieser Frau geschmiedet hatte, wagte er nicht zu widersprechen. Er erhob sich, wünschte seiner Mutter eine gute Nacht und ging. Die Kaiserin sah ihm lächelnd nach.

In den Augen seiner Mutter besaß Nero viele der Eigenschaften, die einen großen Menschen kennzeichnen. Seine Intelligenz bot berechtigten Anlass zu hochgespannten Hoffnungen. Er hatte eine leichte Auffassungsgabe, zudem verfügte er über eine gute Urteilskraft. Von seiner frühesten Jugend an zeigte er stets eine entschiedene Vorliebe für die Künste, vor allem die Dichtkunst und die Musik, die seine größte Leidenschaft waren. Neros Temperament war freilich auch lebhaft und aufbrausend und hatte ihn schon öfters zu Gewalttätigkeiten hingerissen. Vor allem aber war sein Hang zu Vergnügungen aller Art derart, dass man ihn einen Lüstling hätte schelten können – wäre er nicht von so hoher Geburt gewesen, dass sich ein solches Urteil nahezu allen Menschen auf dieser Erde verbot. Zudem neigte er zur Verschwendungssucht. Freunde und Kameraden, welche ihm treu gedient hatten, überschüttete er mit seinem Wohlwollen und mancherlei – auch recht kostspieligen – Gefälligkeiten.

Domitius ist wie ein ungeschliffener Diamant, dachte seine Mutter; aber sie war felsenfest davon überzeugt, aus ihm den besten Kaiser zu machen, den Rom je gesehen hatte.

Eng umschlungen ging das junge Paar die breite Via Appia hinunter, welche in silbernes Mondlicht getaucht war. Schlanke Zypressen ragten rechts und links in die Höhe. Hinter ihnen konnte man in der Ferne hier und dort schemenhaft ein niedriges Herrenhaus, eine attische Säule oder ein Mausoleum ausmachen.

Der ganze Himmel war voller Sterne, welche still auf die Erde herabzublicken schienen. Leichte Wölkchen zogen an der Mondscheibe vorbei und verwandelten ihren ruhigen Glanz für einige Augenblicke in einen verschwommenen Lichtfleck. Die warme und duftende Luft stand nahezu regungslos. Da die Nachtigallen schon lange zu schlagen aufgehört hatten, herrschte Stille, die durch das plötzliche Summen eines vorbei fliegenden Käfers oder das leise Zwitschern eines verschlafenen Vogels eher vertieft als durchbrochen wurde.

Und so war es die Stimme des jungen Mannes, welche schließlich die Ruhe dieser Einsamkeit beendete.

„Du willst also, dass ich still und untätig bleibe, während grobes Unrecht unser Glück zertreten möchte?" fragte er, während seine Linke nervös und trotzig zugleich mit dem Knauf seines Schwertes spielte.

Das Mädchen, welches einen zarten Schleier tief über das Gesicht gezogen hatte, antwortete mit zitternder Stimme:

„Ich will nur nicht, dass du Gewalt mit Gewalt beantwortest, was bloß noch größeres Unglück über uns brächte …"

Er machte mit dem linken Arm eine hastige, abwehrende Bewegung und verzog die Lippen zu einem halb höhnischen, halb trotzigen Lächeln.

„Oh, ich weiß, dass du die Gefahr todesmutig verachtest!" fuhr die junge Frau fort. „Gewiss würdest du am liebsten mit gezücktem Schwert in den Palast meines Vaters Claudius stürmen, um zu rächen, was uns angetan wurde. Aber was würde das bringen? Die kaiserliche Wache würde dich unverzüglich überwältigen. Du würdest sofort niedergestochen, zum Tode verurteilt oder zum Gladiatorenkampf in der Arena verdammt – was alles drei auf dasselbe hinausliefe …"

Sie schluchzte und verbarg ihr Gesicht in den Händen. Ihr Begleiter drückte sie mit seinem rechten Arm zärtlich und tröstend an sich.

„In welch verrückten Zeiten wir doch leben", sagte er bitter, „der Begriff der Ehre ist wertlos geworden wie trockenes Stroh. Galt es früher zu Recht als ehrenvoll, wenn ein römischer Soldat im Kampfe für das Vaterland fiel, so gilt das heute nicht mehr. Lässt heute ein römischer Soldat sein Leben auf dem Felde, stirbt er für das schamlose Weib Agrippina, welches den kaiserlichen Purpur trägt! Aber mischte sich mein Blut mit dem gemeiner Gladiatoren – einst Sinnbild eines schandbaren Todes –, stürbe ich dann nicht als freier Römer für meine Ehre und die ruhmreiche Vergangenheit Roms?"

„Und überhaupt!" stieß er nach einem Augenblick des Schweigens trotzig hervor. „Wofür soll ich denn noch leben, wenn ich dich, meine geliebte Octavia, verlieren muss?"

Die junge Frau blickte ihn mit ihren großen dunklen Augen an.

„Wofür du leben sollst?" Sie versuchte zu lächeln, aber es war ein schmerzliches Lächeln. „Wofür du leben sollst, Silanus? Für mich! Für mich, auch wenn du mich durch die physische Trennung für immer aus den Augen verlieren solltest. So wie mein ganzes Leben bis zum letzten Atemzug der Erinnerung an dich geweiht sein wird!"

Sie schlang ihre zarten Arme um seinen Hals und schmiegte sich an ihn.

„Erinnerst du dich an den Treueschwur, den du mir gegeben hast, Silanus? Für mich wolltest du leben und sterben! Ja, ich verlange, dass du für mich lebst, für mich, die ich dich unendlich liebe! Doch nichts fürchte ich mehr als deinen Tod! Denn der Tote liebt nicht mehr und weiß von Treue nichts!"

Octavia griff sich an den Hals.

„Hier, dies Saphirband schenktest du mir als Pfand unserer Liebe!"

Sie schmiegte sich noch enger an ihn, so dass ihre Lippen beinahe die seinen berührten.

„Es waren die ersten Worte der Treue, die ich je in meinem Leben von einem Mann hörte. Noch heute zittere ich vor Glück, wenn ich an damals denke! Doch nur als Lebender kannst du dein Treueversprechen halten!"

Sie presste ihren Mund auf seinen Hals. Nach einer Weile flüsterte sie:

„Wenn die Götter es wirklich so beschlossen haben, dass wir in diesem Leben für immer getrennt sein werden … Meinst du nicht, dass es dennoch für mich leichter zu ertragen ist, dich in der Verbannung zu wissen, als tot und abgeschieden in der Schattenwelt des Hades, von wo es kein Wiederkommen – kein Wiedersehen auf ewig – gibt?"

Die junge Frau spürte die innere Bewegung, die ihren Geliebten ergriffen hatte, und da sie wusste, dass von diesem Augenblick seine ganze Zukunft, ja sein Leben abhing, fuhr sie mit gesteigerter Intensität fort:

„So grausam unser beider Schicksal auch ist, so kann es uns doch nicht die Erinnerung an unsere Liebe nehmen, und mir nicht das Glück, dich lebend zu wissen, atmend auf derselben Erde, auf der auch ich deiner immer gedenken werde. Wenn ich des Morgens erwache, Tränen in den Augen, soll sie der Gedanke, der immer bei dir ist, nicht trocknen dürfen? Soll ich niemanden im großen, römischen Imperium mehr besitzen, der mein Freund ist, der mich liebt? Niemanden mehr, Silanus?"

Ihre Lippen fanden sich in einem leidenschaftlichen Kuss, und die junge Frau wusste, dass sie gesiegt hatte.

„Lässt du nun also ab vom Gedanken an Rache an meinem Vater?" fragte sie.

„Ich strecke die Waffen vor deiner Liebe, der ich wahrscheinlich nie wirklich würdig gewesen bin", antwortete Lucius Silanus. Dann lachte er bitter. „Außerdem ist nicht dein Vater der eigentlich Schuldige an unserem Unglück. Die wahre Ursache unseres Elends ist jenes Weib, diese schamlose Hure!"

„Still Silanus!" flüsterte Octavia. „Sprich nicht so über die Frau, welche die Gemahlin meines Vaters und meine Stiefmutter ist. Soll ich die Missgunst der Götter auf mein Haupt ziehen, indem ich gegen das Gebot der Elternliebe verstoße? Außerdem bin ich die Tochter der Messalina, der man leider zu recht ebenfalls sehr Schlimmes nachsagt!"

„Lass' es gut sein, Octavia. Quäle dich nicht! Agrippina ist gewiss nicht die erste Frau mit fragwürdigem Ruf auf dem Kaiserthron, und sie wird nicht die letzte sein. Mögen die Gattinnen der Cäsaren treiben, wie sie es wollen, das geht mich nichts an … Aber dass Agrippina mit roher Hand unser Lebensglück zerstört … Wegen ihr war unsere Liebe von Anfang an im Unglück beheimatet!“

Die Sonne blickte allmählich hinter dem Horizont hervor und tauchte die Welt in ein rötliches Zwielicht, das die Schatten der Nacht vertrieb. Nun waren die beiden Geliebten schon von einiger Distanz zu sehen. Die große, aber wohlproportionierte Gestalt des Lucius Silanus zeugte von Kraft. Seine Gesichtsfarbe war dunkel und sonnengebräunt; seine Augen hatten einen ruhigen, aber entschlossenen Ausdruck.

Die Tochter des Kaisers trug ein blutrotes Kleid, darüber einen schwarzen Schal, der die schlanke, mehr als mittelgroße Gestalt bis über die Hüften einhüllte und ihr etwas zugleich Bescheidenes und Würdevolles verlieh. Ihr Haar, das unter dem transparenten Schleier hervorlugte, war dunkel, fast schwarz, und floss, über dem Nacken in einen reichen Knoten gefasst, in natürlichen Wellen über Schläfen und Ohren.

„Geliebte Octavia“, griff der junge Mann nach einer längeren Pause des Schweigens das vertraute Gespräch wieder auf. „Du sagtest vorhin: ‚Wenn die Götter es wirklich so beschlossen haben, dass wir in diesem Leben für immer getrennt sein werden …’ Ich aber frage: Wo sind denn die Götter nun, wo ihre Gerechtigkeit, ihre Vorsehung? Man könnte meinen, die Götter hätten ihre Macht verloren. Oder sie seien blind und taub geworden! Aber tatsächlich hat unser Schicksal nichts mit überweltlichen Gewalten zu tun. Es ist das Weib

Agrippina und ihr maßloser Ehrgeiz, das die Bande zerreißt, die uns verbinden!"

„Ihr maßloser Ehrgeiz?" flüsterte die junge Prinzessin irritiert. „Ich glaubte, Familienrücksichten veranlassten meinen Vater, so zu handeln, wie er gehandelt hat ..."

„Meinst du wirklich, Geliebte, dass angebliche Familienrücksichten und ähnliche Sentimentalitäten der Grund dafür sind, warum unsere Verbindung auf Befehl deines Vaters aufgehoben werden musste? Warum man dich mit Agrippinas Sohn Domitius Nero verlobte?"

Als die Gefragte schwieg, fuhr der junge Mann mit vor Zorn bebender Stimme fort: „Verstehst du denn nicht, dass deine drohende Vermählung mit Nero dem einzigen Zwecke dient, diesen anstelle deines Bruders auf den Thron zu heben?"

Ein verächtliches Zucken spielte um die Lippen des jungen Mannes.

„Ganz ohne Zweifel war dies das einzige Motiv Agrippinas, deinen Vater durch allerlei Schliche dazu zu bringen, dass er unsere Beziehung auf so herzlose Weise zerriss und dich gezwungen hat, der Verlobung mit Nero zuzustimmen." Und mit bitterer Stimme ergänzte er: „Wie gut dieser gemeine, hinterhältige Plan doch zu der Geschichte deiner Familie passt!"

Octavia verstand, was Silanus meinte. Sie schwieg, und es entstand eine lange Pause, in der beide ihren Gedanken nachhingen, die noch schmerzlicher waren als ihre Worte.

Und ob die Prinzessin die Geschichte ihrer Familie, des julisch-claudischen Kaiserhauses, kannte! Seit Tiberius, dem Nachfolger des Augustus, gab es so viele dunkle Dinge, dass es jedermann am Hofe, der sein Leben liebte, zur Gewohnheit geworden war, wenn überhaupt, darüber nur im Flüsterton zu sprechen, und alle Angelegenheiten, selbst solche, die schon die Spatzen von den Dächer pfiffen, als tiefe Geheimnisse zu behandeln.

Unter der Regierung des Tiberius war Germanicus – der Stolz und Liebling des römischen Volkes und Sieger vieler Schlachten, zudem Großneffe des ersten römischen Kaisers Augustus – auf unerklärliche Weise zu Tode gekommen. War auch er ein Opfer des üblen Sejanus geworden? Viele glaubten es.

Sejanus, der allmächtige Günstling des Tiberius und Befehlshaber der Prätorianer, hatte nämlich auch den Sohn des Kaisers Tiberius, Drusus, aus dem Weg geräumt, indem er dessen Gemahlin Livia zunächst verführte und sie dann anstachelte, ihren Mann zu vergiften. Danach ließ er die Witwe des Germanicus sowie dessen zwei Söhne – unter dem Vorwand, sie hätten Hochverrat begangen – zum Hungertod verurteilen.

Auch Tiberius selbst war in Misenum am Golf von Neapolis unter nie ganz geklärten Umständen gestorben. Er hatte sich nicht nur beim Senat unbeliebt gemacht, sondern auch bei der stadtrömischen Bürgerschaft, die seinen Leichnam am liebsten wie den eines Verbrechers in den Tiber geworfen hätten. Die Anfeindungen in der Bevölkerung resultierten aus den zahlreichen Hinrichtungen der letzten Regierungsjahre des Tiberius, dessen Leichnam schließlich nach Rom überführt und dort öffentlich verbrannt worden war.

Und Caligula, der Nachfolger, der letzte Spross aus dem Hause des Germanicus? Es wurde behauptet, dass Caligula mit seinen drei

Schwestern Livilla, Drusilla und Agrippina Blutschande getrieben habe. Jedenfalls ließ er alle seine Schwestern bei seinem Regierungsantritt göttlich verehren. Auf der Rückseite römischer Münzen erscheinen sie als Göttinnen. In allen öffentlichen Eiden auf Caligula wurden ihre Namen genannt. Mit dieser offiziellen Herausstellung noch lebender Familienmitglieder war Caligula weit über Maßnahmen seiner Vorgänger Augustus und Tiberius hinaus gegangen.

Caligulas Schwester Agrippina, Octavias Stiefmutter, hatte es schließlich zur Gemahlin des Kaisers Claudius gebracht. In erster Ehe war sie mit Gnaeus Ahenobarbus verheiratet gewesen, mit dem sie ihren einzigen Sohn Domitius Nero hatte. Ihr Bruder Caligula ließ sie in die Verbannung schicken, weil sie an einem Komplott gegen ihn beteiligt gewesen war. Doch nach seiner Ermordung kehrte sie nach Rom zurück. Nach einer zweiten Ehe mit Crispus Passienus, den sie wenig später vergiftete, gelang es ihr – nachdem des Kaisers erste Frau Messalina wegen Intrigen und Verschwörungen gegen den Thron hingerichtet worden war – ihren Onkel Claudius so zu bezaubern, sodass er sie zur Frau nahm.

Die Röte, die vom Osten her aufzog, war stärker geworden. Es war jene purpurne Pracht, wie man sie nur in und um Rom herum erleben konnte. Doch das unglückliche Liebespaar hatte in diesem Moment keinen Blick für die wunderbaren Farbenströme, welche sich über die stillen Fluren ergossen!

Mit einem Mal hatte Octavia begriffen, dass die Kaiserin Agrippina nicht nur ihr Lebensglück und das ihres ehemaligen Verlobten zerstört hatte. Mit bodenlosem Schrecken realisierte sie nun auch das Schicksal, das ihrem Bruder Britannicus drohte!

„Octavia, der Augenblick des Abschieds ist gekommen!"

Diese furchtbaren Worte aus dem Munde des Mannes, den sie über alles liebte, durchbrachen die Stille des frühen Morgens und Octavias verzweifeltes Grübeln, was sie für ihren Bruder tun könne.

„Dein Wunsch, jeden Gedanken an Rache fahren zu lassen", fuhr Silanus fort, „ist mir Befehl! In der Nacht, die diesem Tag folgen wird, werde ich mich auf der Reise nach Ägypten befinden, um mich einer der dort stationierten Legionen anzuschließen. So hat es dein Vater verfügt – und ich werde mich seinem Diktum beugen, in dem Bewusstsein, dir so einen letzten Dienst zu erweisen. Mögen die Götter, an die du fest glaubst, mich vor einem baldigen Tod in der Schlacht bewahren, obwohl mir ein Leben ohne dich kaum lebenswert erscheint. Doch ich werde es durchstehen, bis zum letzten Atemzug, und nur die Liebe zu dir wird mich aufrechterhalten. Ich werde unverheiratet bleiben, nicht nur, weil das der Stand ist, der einem wahren Soldaten gebührt, sondern weil es ohnehin keine Venustochter gibt, die ich nach dir jemals lieben könnte. Aber auch du – eines anderen Mannes Frau – wirst einsam sein wie ich. Unsere Seelen aber sind und bleiben einander vermählt, und ich werde in Gedanken immer bei dir sein."

Silanus hielt kurz inne; dann sagte er:

„Könnte ich glauben und beten, dann flehte ich die Götter an, dass dir die Zukunft nicht das Furchtbare bringe, das ich befürchte. Ich werde mich – um deinetwillen und zu deinem Wohl – stets an den Befehl des Kaisers halten, den Boden Roms nie wieder zu betreten!"

„Doch etwas gibt es“, fuhr er, gleich einem Schwur, mit kräftiger Stimme und mit trotzig erhobenem Kinn fort, „das mich diesen Gehorsam unverzüglich vergessen ließe. Solltest du einmal in Gefahr sein, dann bin ich schneller zurück in diese Stadt geeilt, als ein Vogel fliegen kann. Nicht die drohende Strafe wegen Fahnenflucht, nicht der Zorn des Kaisers oder sonst etwas könnte mich aufhalten, dir dann zu Hilfe zu eilen!“

„Ich erlaube dir, so zu handeln in der Stunde der Gefahr!“ flüsterte die Prinzessin. „Aber ich bitte dich von Herzen, auch dann nach Rom zurückzukommen, wenn nicht mir, sondern meinem Bruder Britannicus, deinem besten Freund, Gefahr droht!“

„Ich schwöre es!“ antwortete Silanus. „Umgib dich daher, Geliebte, sobald du den Bastard Nero geehelicht hast, von Anfang an mit untadeligen und vertrauenswürdigen Männern – es gibt derer einige wenige noch in Rom –, Männer, die du zu mir schicken kannst in der Stunde der Not!“

Ein letztes Mal zog Silanus Octavia an seine Brust und küsste sie zart auf den Mund, auf die Stirn, auf die Augen. Dann trat er einen Schritt zurück, wobei er seine Geliebte noch immer an ihren schmalen Händen hielt. Er blickte sie an in dem quälenden Verlangen, sich alle Züge ihres Gesichts für immer einzuprägen. Doch es schien ihm, dass das unmöglich war. Diese Augen allein waren schon ein so grenzenloses Meer, dass ein Mensch, der hineingeriet, unrettbar verloren war! Versuchte selbst der größte Dichter, dieses Gesicht zu beschreiben, müsste er notwendigerweise scheitern: es war samtweich und süß, und doch verkörperte es zugleich soviel Edelmut, stolzen

Eigensinn und Intelligenz. Ein Lächeln dieser Lippen, ein Blick dieser Augen – in glücklicheren Stunden als dieser –, drang einem tief ins Herz hinein.

Doch in diesem Moment verriet der Ausdruck von Octavias Gesicht nichts als ihren großen Schmerz. Die Prinzessin konnte ihre Tränen kaum mehr aufhalten. Der Kloß in ihrem Hals schnürte ihr schier die Luft ab. Sie konnte kein Wort hervorbringen, aber schließlich riss sie sich los und eilte wie ein scheues Reh davon. Zwei ergebene Sklaven hatten der Prinzessin in gebührendem Abstand die Sänfte nachgetragen. Octavia bestieg den Tragestuhl, und ein letztes Mal erblickte Silanus, einer Vision gleich, das blasse todtraurige Gesicht seiner Geliebten, bis es hinter dem Vorhang der Sänfte verschwand.

2. Kapitel

Pallas eilte den langen Gang entlang, der zum Arbeitszimmer des Kaisers führte. Seine kräftigen Schritte hallten auf dem Fliesenboden nach, einem Mosaik aus Marmor, Terrakotta und Porphyr.

Als Pallas das Arbeitszimmer betrat, saß Claudius, der Herr der Welt, hinter seinem Schreibtisch und hörte die Berichte seiner Minister, die in ehrerbietiger Entfernung vor ihm standen und von kleinen Wachstafeln ihre Aufzeichnungen ablasen. Calixtus, der die Finanzen des Reiches verwaltete, verlas einen Rechnungsbericht. Ihm folgte Narzissus, der über die Erfolge des obergermanischen Legaten Pomponius Secundus gegen die Katten berichtete und zudem einige eingelaufene Bittschriften und Begnadigungsgesuche skizzierte.

Etwas gelangweilt und verärgert darüber, dass er sich mit seinem brisanten Bericht an den Kaiser noch zurückhalten musste, ließ Pallas seinen Blick durch den hohen Raum schweifen.

Der Imperator saß hinter seinem Schreibtisch aus weißem Marmor, dessen Platte mit lauter kleinen Quadratblättern von überaus kostbaren Steinarten kunstsinnig eingelegt war. Der eingearbeitete verschlungene Namenszug des Imperators an der Frontseite des Tisches bestand in prachtvoller Fassung aus puren Granaten. Auch der imposante Stuhl des Kaisers war seitlich von Verzierungen aller Art und edlen Steinen, darunter vorzüglich Türkise, übersät.

Im Hintergrund des Raumes standen, auf zwei kunstvoll aus weißem Marmor gearbeiteten Säulen, je eine große Porzellanvase, die überaus reich mit Gold und gemalten Blumen geschmückt waren. Zwischen diesen Säulen erhob sich eine sehr gut getroffene Büste des Kaisers Augustus.

Schließlich blieben die Augen des Ministers Pallas an der Gestalt des Kaisers selbst hängen. Dieser saß mit herabhängenden Schultern auf seinem Stuhl, den Kopf mit der kegelförmig sich verjüngenden Stirn, in die graue Haare hinein hingen, nach vorne geneigt. Der Kaiser schien das Muster seines Schreibtisches zu betrachten, so als benötigte sein verschlossener und unsteter Blick einen Punkt, wo er sich sammeln konnte.

Erst nachdem Narzissus geendet hatte, hob Claudius sein Gesicht, das trotz der fahlgelben Färbung stets etwas merkwürdig Weiches hatte, und gab durch seinen Blick zu verstehen, dass es für heute genug sei.

Doch Pallas erhob seine Stimme und sagte:

„Verzeih, Cäsar, wenn ich deine Aufmerksamkeit noch eine Weile in Anspruch nehmen muss, aber meine Spione haben zwei Ereignisse in Erfahrung gebracht, die dich brennend interessieren dürften."

„Was ist es?" fragte Claudius mürrisch.

„Es betrifft dein engstes Umfeld", fuhr Pallas fort. „Und verzeih, Cäsar, dass ich deine Familie – im Interesse des Staates – überwachen lasse …"

„Ich gab dir den Befehl dazu", murmelte der Kaiser, „nachdem ich erfuhr, dass meine erste Frau, Messalina, ein Komplott gegen mich schmiedete. Ich vertraue heute niemanden mehr, mit Ausnahme meiner Gemahlin Agrippina, dem vielleicht einzigen zuverlässigen Menschen in meinem Leben."

Calixtus und Pallas tauschten schnell einen vielsagenden Blick aus.

„Die Vorfälle, von denen ich berichten muss", fuhr letzterer fort, „haben sich gestern Nacht zugetragen und scheinen in einem gewissen Zusammenhang zu stehen. Meine Spione hatten Gelegenheit, ein Zusammentreffen zwischen Lucius Silanus, dem ehemaligen Senator, Thrasea Paetus, dem Republikaner, der im Senat zu deinen schärfsten Gegnern zählt, Barea Soranus, seinem Freund und Gesinnungsgefährten, Antonius Secundus, Offizier der Prätorianer, und dem Prinzen Britannicus zu beobachten."

„Britannicus?" sinnierte der Kaiser. „Und Lucius Silanus? So, so, Silanus. Nun, das ist erklärlich. Sie sind Freunde. Es gereicht dem Kronprinz zwar nicht zur Ehre, mit dem in Ungnade gefallenen Senator Silanus zu verkehren. Aber es könnte sich hier um irgendeine belanglose Privatangelegenheit handeln. Thrasea Paetus? Der Mann ist natürlich verdächtig. Und was macht ein Prätorianeroffizier in dieser Runde?"

Pallas zuckte die Achseln.

Claudius machte eine Handbewegung, als wollte er eine Fliege verscheuchen oder einen unangenehmen Gedanken.

„Aber wenn Britannicus sich mit diesen Menschen getroffen hat", sagte er endlich, „kann ich eigentlich ausschließen, dass sie etwas gegen mich oder den Staat im Schilde führten, nicht wahr?“

„Es wäre Hochverrat, auch nur mit diesem Gedanken zu spielen“, antwortete Pallas heuchlerisch, wohl spürend, wie der Blick des Kaisers lauernd auf ihm ruhte. Mochte Claudius sich auch äußerlich ruhig geben, so wusste Pallas doch nur zu gut, dass es im Inneren des misstrauischen Kaisers gärte. Was hatte der Kronprinz, so musste er sich fragen, mit unruhigen Adeligen zu schaffen, die allen Grund hatten, unzufrieden und damit potentiell rebellisch zu sein? Und mehr als diese quälende Frage in den Kopf seines Herrn zu setzen, hatte Pallas für heute auch gar nicht beabsichtigt.

Der Kaiser hatte sein Kinn auf die gefalteten Hände gelegt und überlegte:

„Du sprachst von einem weiteren Vorfall?“

„Ja, Cäsar. Meine Pflicht gebietet mir, die erste mir zugetragene Mitteilung durch die zweite zu ergänzen …“ Pallas bemühte sich, sein Gesicht noch entgegenkommender wirken zu lassen: ein freundlicher Blick, ein kleines Lächeln voll mitfühlenden Einverständnisses. „Die Sänfte der Prinzessin Octavia wurde in der allerfrühesten Morgenstunde an der Via Appia gesichtet. Meine Leute haben unzweifelhaft zwei ihrer Eunuchen erkannt.“

Claudius blickte auf.

„Es ist merkwürdig“, flüsterte der Kaiser. Er schloss die Augen und massierte sich die Schläfen mit den Fingerspitzen. „Was kann Octavia bewogen haben, sich des Nachts in die Via Appia zu begeben?“

Die tiefen Furchen, die sich auf seiner Stirn bildeten, sahen aus, als sei die Haut dort mit einem Messer entzweigeschnitten worden und eben im Begriff, wieder zusammenzuwachsen.

Noch bevor Pallas antworten konnte, mischte sich Narzissus in das Gespräch ein.

„Soweit mir bekannt ist", sagte er zum Kaiser, „hat sich Silanus gestern lediglich von Britannicus verabschiedet. Ein Abschied unter Freunden, wie du schon richtig bemerkt hast, mein Kaiser, nichts weiter!"

Während Pallas Callistus einen raschen Blick zuwarf, fuhr Narzissus, vorsichtig und geschickt den Gehalt seiner Worte prüfend, fort: „Und widerspricht nicht das ganze Vorleben des Prinzen mit seinen Ausgaben und seinem sonstigen Lebenswandel, der ja dank der Tätigkeit unserer Spione mehr als bekannt ist, dem Verdacht, den eine unvollständige Meldung hervorbringen könnte?"

Der Kaiser sah bei diesen Worten auf, und seine Miene erhellte sich. Ja, es schien, als sei er im Geheimen seinem Minister für diese tröstlichen Worte dankbar, die ihm für den Moment wirklich jeden Verdacht nahmen.

Es war, als ob Pallas plötzlich eine verborgene Gefahr witterte.

„Mein Cäsar!" beeilte er sich zu einer Erklärung. „Es lag mir ferne, auf den Prinzen Britannicus irgendeinen Verdacht lenken zu wollen. Es war lediglich meine Pflicht, dir – stets um die Sicherheit meines Herrn besorgt – Bericht zu erstatten über einen Vorgang, der in der Tat wahrscheinlich unbedeutender ist, als es auf den ersten Blick scheint … Und auch wenn die Prinzessin Octavia zu frühmorgendlicher Stunde in den Palast zurückkehrte, muss das selbstverständlich mitnichten bedeuten, dass sie etwas getan hat, was das Licht des Tages scheuen müsste. Es kann sich auch um eine Bagatelle handeln, die es zu erledigen galt."

„So ist es mit Sicherheit", ergänzte Narzissus mit fester, aber leicht spöttischer Stimme. Seine Worte schienen mehr in die Richtung des Ministers Pallas als in die des Kaisers gesprochen zu sein.

„Wo ist mein Stiefsohn Domitius Nero?" fragte der Kaiser scheinbar unvermittelt:

„Er ist soeben vom Tempel des Jupiters wiedergekommen, wo er für dein Wohlergehen Opfer dargebracht hat", antwortete Pallas.

Es war nun ein misstrauischer Blick, der ihn aus den Augen des Claudius traf.

„Er betet für meine Gesundheit?"

„Selbstverständlich." Pallas lächelte. „Es gibt kaum einen Menschen, den er mehr liebt als dich!"

Als ob er seinem Freund Pallas zu Hilfe kommen wollte, bemerkte Callistus:

„Welch ein Unterschied besteht doch zwischen Britannicus und Domitius Nero! Der eine treibt sich zur nächtlichen Stunde herum und bereitet dir nichts als Kopfschmerzen, Cäsar – und der andere nützt schon die ersten Stunden des Tages, für dich zu beten!"

Der Kaiser fixierte Callistus intensiv mit den Augen, mit einem Ausdruck, der diesem nicht gerade gefiel. War er zu weit gegangen?

Der Imperator erhob sich langsam. Durch ein Kopfnicken entließ er die Minister Callistus und Pallas.

Als sich Narzissus ihnen anschließen wollte, hielt ihn eine Handbewegung des Kaisers zurück. Einen Augenblick maß Claudius ihn mit unsicherem Blick. Er schien eine Frage stellen zu wollen. Nach seiner vor Anstrengung verkniffenen Mimik zu urteilen, hatten es die Worte schwer, sich einen Weg auf die Lippen zu bahnen. Schließlich besann sich Claudius auf etwas anderes. Die Brauen zusammenziehend, sagte er knapp:

„Rufe mir den Prinzen Britannicus und die Prinzessin Octavia."

Pallas betrat das Gemach, in dem die Kaiserin am Abend zuvor ihren Sohn empfangen hatte. Agrippina lächelte verführerisch, als sie den Minister erblickte. Die Augenlider sanken halb über die Pupillen, was ihrem Blick etwas Katzenartiges verlieh. Pallas bewegte sich mit sicherem Selbstbewusstsein, ohne jegliche Demut, aber auch ohne den Anstand, der die galanten Männer in Rom auszeichnete. In nichts war die große gesellschaftliche Distanz zu erkennen, welche den ehemaligen Sklaven und späteren Freigelassenen von der Kaiserin trennte.

Mit einem verschwiegenen Lächeln näherte er sich Agrippina, küsste ihr die lässig dargereichte Hand; danach trat er einen Schritt zurück.

„Hast du gestern Abend mit Domitius Nero sprechen können?" fragte er.

„Ja, er ist noch zu mir gekommen, denn er ist ein folgsamer Sohn", antwortete die Kaiserin. Ihr Gesicht drückte freudige Genugtuung aus.

„Es ist leicht folgsam zu sein, wenn dieser Gehorsam einen den selbstgesteckten Zielen und Wünschen nahe bringt“, meinte Pallas wenig beeindruckt.

„Wenn du damit andeuten willst, dass mein Sohn Kaiser werden wolle“, erwiderte Agrippina schnippisch, „so irrst du dich. Domitius Nero ist viel zu bescheiden, um von sich aus diese Würde anzustreben, für die er allerdings in der Tat von den Göttern bestimmt worden ist. Da ich als seine Mutter Domitius freilich besser kenne als er sich selbst, weiß ich, dass es keinen Mann im ganzen Römischen Reich gibt, der für dieses höchste Amt besser geeignet wäre als er!“

„Besser geeignet jedenfalls als der Thronprätendent Britannicus …“, meinte der Minister mit unverkennbar ironischem Unterton.

„Der genauso ein Narr ist wie sein Vater … Zweifelst du daran?“

„Woran? Dass Dein Gemahl ein Narr ist? … Daran habe ich zu keinem Augenblick gezweifelt!“

„Mach’ keine Scherze, Pallas! Zweifelst du daran, dass Domitius Nero der nächste und bestens geeignete Imperator Roms sein wird?“

Der Minister neigte den Kopf ein wenig auf die Seite, ohne durch eine Bewegung seines Gesichtes oder durch seine Stimme Anspannung oder Verlegenheit zu verraten:

„Nun, ob ich hierin irgendwelche Zweifel hege, tut nichts zur Sache, meine Herrin, denn deine Gedanken sind meine Gedanken, und auch deine Intentionen sind völlig eins mit meinem Willen, nicht aufgrund einer intellektuellen Einsicht meinerseits, sondern weil ich dich liebe!“

Auch die Kaiserin blieb ganz ruhig.

„Ja, ich weiß!“ sagte sie fast gelangweilt. „Du liebst mich! Wie oft hast du es mir schon gesagt. Du wiederum aber weißt, dass ich nicht viel von den Männern halte – einmal abgesehen von meinem Sohn natürlich –, und daher erscheint mir die Liebe zwischen Mann und Frau geradezu albern und grotesk. Die Liebe zwischen den Geschlechtern ist bestenfalls Mittel zum Zweck. Und so, also", Agrippina reichte Pallas noch einmal gnädig die Hand zum Kusse, „gestatte ich dir, mich zu lieben, wenn diese deine Gefühle dazu dienen, dass du der Sache meines Sohnes dienst."

„Ich diene der Sache deines Sohnes nur, weil es die deine ist, Herrin."

Die Kaiserin blickte einen Augenblick sinnend zur Decke.

„Oh, ich bin hier völlig unwichtig", sagte sie, „denn auch ich gehe völlig darin auf, der Verwirklichung dessen zu dienen, was von der Vorsehung bestimmt ist, nämlich dass mein Sohn Imperator wird."

„Nun, immerhin krönst du auf diese Weise die Würde einer Kaisergattin mit der Würde einer Kaiserinmutter. Ganz selbstlos scheint mir dein Bestreben also nicht zu sein …"

„Lieber Pallas! Ich weiß, dass mich alle Welt für ehrgeizig, eitel und machtlüstern hält! Doch die Welt irrt sich hierin! Denn Irdisches bedeutet mir nichts – nicht Titel, nicht Reichtümer, nicht Macht! Höre mir zu, Teuerster, denn ich werde es dir nur ein einziges Mal sagen, was mich wirklich motiviert, und was alleine ich als Dank von meinem Sohne erbitte, sobald er Kaiser ist."

„Was ist es, Herrin?"

Agrippina richtete den Kopf empor. Ein Strahl jugendlichen Feuers erleuchtete ihre Züge.

„Ich will, dass mein Sohn mich zur Göttin erhebt!"

„Zur Göttin?"

„Was blickst du so irritiert? Weißt du nicht, dass der Kaiser einen sterblichen Menschen zum Gott erklären kann, weil der Kaiser selbst durch seine Thronerhebung zu einem Gott in Menschengestalt geworden ist?"

„Das ist mir bekannt, Herrin. Aber warum willst du eine Göttin werden?"

„Warum ich eine Göttin werden will? Ich bin eine allmählich alternde Frau, Pallas. Gewiss, noch ist meine weibliche Attraktivität nicht verblüht. Aber alle Schönheitswässerchen, Salben und Puder ändern nichts daran, dass ich die Lebensmitte deutlich überschritten habe. Mit dem Alter aber lösen sich die Gedanken mehr und mehr von den Dingen und Menschen ab und wenden sich den überweltlichen Wahrheiten zu, wie sich der Efeu vom Boden erhebt, wenn man ihm einen Halt anweist, von wo er gegen die Höhe wachsen kann."

Mit wehmütiger Stimme ergänzte Agrippina:

„Auch meine Tage sind gezählt – so ist der Lauf der Welt. Und nach dem Tod? Welches Schicksal blüht da den Sterblichen?"

„Der Hades (griech. Orcus)?"

„Du sagst es, Pallas, der Hades, jener öde Ort, der gleichermaßen allen Sterblichen bestimmt ist, ob hoch oder gering, gut oder schlecht – jenes trostlose Schattenreich zwischen den nebelverhangenen Flüssen Acheron, Phlegethon, Styx und Kokytos, in dem es keine Farben, keine Freuden, keine Musik und kein Lachen mehr gibt. Nur blutleere Seelen vegetieren dort, an diesem düsteren Ort, der geprägt ist von fahler Dämmerung und fortwährendem Winter."

Der Kaiserin traten sichtbar Tränen in die Augen. Das verwunderte den Minister. Er hatte immer geglaubt, diese Frau sei zu stark und zu stolz, als dass sie je solche Gefühle zeigen würde. Sie musste sich wirklich vor dem Tod und der Unterwelt fürchten! Noch mehr aber wunderte der Minister sich über ihre geradezu naive Gläubigkeit, die in adeligen und wohlhabenden Kreisen – entgegen aller offiziellen Rhetorik – in dieser Form sehr selten geworden war, und die sich kaum von Vorstellungen einfachster Volksfrömmigkeit zu unterscheiden schien.

Pallas war so überrascht, dass er schweigend zuhörte.

„Noch nie ist jemand aus dem Hades zurückgekommen, weil der vielköpfige Höllenhund Cerberus den Ausgang der Unterwelt bewacht. Weder durch Bitten oder Schmeicheln ist der Gott des Hades zu erweichen; nur dem Orpheus gelang es durch die Macht seines Gesanges, ihn zur Rückgabe der Eurydike zu bewegen. Aber auch sie kam schließlich nicht zurück ..."

Die Stimme der Kaiserin vibrierte angstvoll, während sich Pallas ernsthaft fragte, ob die Kaiserin wohl auch an den Stier der Europa glaubte, oder daran, dass Zeus (griech. Jupiter) mit der Tochter des Königs Agenor über das Meer geschwommen sei, um auf den Matten von Kreta den Minos und Radamanthos zu zeugen.

Unterdessen war Agrippina mit furchterfüllter Stimme fortgefahren:

„Der einzige Weg, den es gibt, diesem schrecklichen Schicksal des

Hades zu entgehen, ist, in den Olymp aufgenommen zu werden, in das Elysium der Götter. Nur dort herrschen Frohsinn und Glück. Aber wie oft in der Menschheitsgeschichte ist es vorgekommen, dass die unsterblichen Bewohner des Olymp von sich aus einen Sterblichen zur Würde eines Gottes erhoben haben?"

Pallas überlegte.

„Dieses glückliche Schicksal war meines Wissens nach der Überlieferung nur Romulus, Aeneas, Herakles, Achill, Agamemnon und Julius Cäsar beschieden."

„Sehr wenigen Menschen also, ausschließlich Männern zumal ...", bestätigte die Kaiserin. Im krampfhaften Bemühen, nicht zu schluchzen, ballte sie die Fäuste. „Und wenn ich auf die Unsterblichen nicht hoffen kann, muss mich also mein Sohn zu einer Göttin machen!"

„Aber hat nicht schon dein Bruder Caligula dich zur Göttin erhoben?"

„Das ist richtig. Aber später hat er mir meine göttliche Würde wieder genommen und mich in die Verbannung geschickt!" Der Blick Agrippinas trübte sich, ihr Gesicht wurde abwesend. „Aber nur, wenn ich im Rang einer Göttin sterbe oder unmittelbar nach meinem Tode zur Göttin erklärt werde, kann ich mir meines Platzes im Olymp auf ewig sicher sein!"

Pallas lächelte, halb irritiert.

„Deine Vorsorge für das Jenseits ist von verblüffender Logik und Konsequenz, Herrin."

Nach einer kurzen Pause ergänzte er: „Ich gebe zu, dass dein Ehrgeiz nicht auf Innerweltliches, sondern weit Höheres zielt; freilich zeigt mir das umso mehr, dass dein Einsatz für das Kaisertum deines Sohnes nicht ganz selbstlos ist …"

Agrippina runzelte die Brauen und schnitt Pallas das Wort ab.

„Denke, was du willst."

„Eine Frage habe ich aber noch, Herrin."

„Nun?"

„Warum bittest du nicht einfach deinen Gemahl Claudius, dich zur Göttin zu machen?"

Agrippina hob genervt die Schultern.

„Weil Claudius nicht an die Götter glaubt! Zwar trägt er – aus Gründen der Staatsräson und zur Befestigung seiner Macht – selbst den Titel einer Gottheit. In Wirklichkeit ist er freilich von den atheistischen Philosophien eines Epikur, Lukrez und Horaz ganz und gar durchdrungen. Er ist ein Idiot, ich sagte es schon. … Und selbst, wenn er mich – nur um mir einen Gefallen zu tun – rituell zum Rang einer Göttin erhöbe – ich bin sicher, dass diese Apotheose bei den Unsterblichen nicht gelten würde, weil sie in sein glaubensloses Herz blicken!"

Der Minister sah die Kaiserin forschend an.

„Und du bist sicher, dass Nero an die Götter glaubt, Herrin?"

Über das Gesicht der Kaiserin glitt ein zufriedener Ausdruck.

„Dessen bin ich gewiss! Er ist ein Schüler des Philosophen Seneca, der es im Unterschied zu manch lautstarkem Vertreter seiner Wissenschaft nicht wagen würde, die Existenz der Götter in Frage zu stellen."

Pallas erwiderte gelassen:

„Damit wären wir wieder von den Höhen des Olymp auf dem Boden irdischer Tatsachen gelandet. Seneca beschwert sich nämlich des Öfteren bei mir, dass dein Sohn Domitius Nero seinen Unterricht in Philosophie und Staatskunst versäume, während Britannicus nahezu seine ganze freie Zeit in das Studium des Heereswesens, der Philosophie und der Politik investiere – und äußerst erfreuliche Leistungen hierin demonstriere."

Eine leichte Unruhe zeigte sich auf dem bleichen Gesicht der Kaiserin. Sie knabberte nervös an ihrer Lippe.

„Meinst du nicht, dass, sobald dein Sohn den Kaiserthron besteigen soll, manch böse Zunge behaupten könnte, er sei für dieses Amt gar nicht ausreichend präpariert?" fragte der Minister.

Agrippina machte eine ungehaltene Geste.

„Mein Sohn ist für den Cäsarenstuhl *prädestiniert*!"

„Gewiss. Freilich ist in den Kreisen der Armee der mutmaßliche Fleiß des Britannicus – vor allem sein ausgeprägtes Interesse für das Kriegswesen – sehr bekannt."

Pallas sah die Kaiserin mit einem eigentümlichen Blick an.

„Aus diesem Grund", fuhr Pallas fort, „erfreut sich der Sohn des Kaisers bei den Prätorianeroffizieren und einfachen Legionären auch großer Popularität. Und es dürfte kaum eine Möglichkeit geben, deinen Sohn Nero gegen den Willen der Armee auf den Thron zu heben!"

„Mein Sohn ist bei den Heerführern und Soldaten ebenfalls sehr beliebt", erwiderte die Kaiserin patzig.

„Freilich, aber vor allem bei denen, die zu seinen Freunden zählen und mit denen er prächtig zu feiern versteht …"

„Lassen wir das", sagte Agrippina mit finsterem Blick, „wichtiger für den Aufstieg meines Sohnes ist jetzt zunächst einmal seine Vermählung mit der Prinzessin Octavia."

„Richtig! Durch diese Heirat wird dein Sohn *cäsarbile.* Freilich ist der Name des gegenwärtigen Thronprätendenten immer noch Britannicus ..."

„Welcher Umstand könnte das ändern?"

Pallas überlegte.

„Ich sehe prinzipiell drei Möglichkeiten, Herrin. Erstens könnte Britannicus freiwillig auf den Thron verzichten. Zweitens könnte der Thronprätendent – beispielsweise durch einen Unfall – sterben. Und drittens könnte Kaiser Claudius seinen Sohn von der Thronfolge ausschließen, etwa, weil er ihn verstößt und in die Verbannung schickt."

Ein Blick des Verstehens blitzte aus den blauen Augen der Kaiserin.

„Die erste Lösung ist nicht sehr wahrscheinlich und die zweite erscheint mir sehr blutig und brutal – obwohl man sie freilich nicht gänzlich ausschließen kann. Ich meine aber, dass die dritte Variante die eleganteste wäre ..."

„Ich bin sicher, Herrin, dass du bereits intensiv darauf hinwirkst. Und du weißt, dass du bei der Verfolgung dieses deines Zieles immer auf meine Hilfe und die Hilfe deiner Freunde zählen kannst."

„Das hoffe ich! Darf ich fragen, was du in diesem Sinne bei meinem Gemahl unternimmst?"

„Ich berichte ihm regelmäßig von den Orgien und sonstigen Gelagen, an denen sein Sohn Britannicus teilnähme, wohl wissend – und verschweigend –, dass meine Spione mir ganz im Unterschied dazu die Aussagen von Meister Seneca bestätigen … Und in ähnlicher Weise wirkt auch mein lieber Kollege Callistus – dein treuer Diener und Bewunderer – auf den Kaiser ein."

Ein Strahl der Zufriedenheit erleuchtete das blasse Gesicht Agrippinas.

„Gut. Gut."

„Freilich besteht das Problem, dass dein Gemahl nicht nur uns sein Ohr leiht. Ein Mann, auf den Claudius ebenfalls hört, ist sein Minister Narzissus, und der tut alles in seiner Macht Stehende, seinem Freund Britannicus den Weg zum Thron zu ebnen." Der Minister verzog den Mund. „Und ich muss sagen: er tut das äußerst geschickt, wie ich erst heute Vormittag wieder erleben musste."

„Was war heute Vormittag?"

Die Kaiserin zog die Brauen zusammen.

„Ich hatte Claudius gerade erzählt, dass Britannicus sich mit dem in Ungnade gefallenen Silanus, dem Republikaner Thrasea Paetus, dessen Gesinnungsgenossen Barea Soranus und dem Prätorianeroffizier Antonius Secundus getroffen hat – alles vier Männer, die beim Imperator nicht den besten Ruf genießen."

Pallas schwieg einen Augenblick, während Agrippina mit sichtbarer Spannung auf seine Worte wartete.

„Und obgleich ich von meinen Informanten wusste, dass das lediglich eine harmlose Zusammenkunft zur Verabschiedung des gemeinsamen Freundes Lucius Silanus war, hatte ich vor, Claudius glaubhaft zu machen, dass es sich um ein konspiratives Treffen gehandelt haben könnte."

„Du hattest es lediglich vor? Es ist dir also nicht gelungen?"

„Ich befürchte, nein, Herrin, weil es Narzissus verstanden hat, die ausgestreuten Samen des Zweifels im Herzen des Kaisers am Keimen zu hindern."

„Wie machte er das?"

„Er nutzte schlau das Bild, das Callistus und ich seit langem im Bewusstsein deines Gemahls von Britannicus zu malen versuchen. Obgleich Narzissus aus intimen Kenntnissen weiß, dass dieses Bild nicht der Realität entspricht, versuchte er auch gestern nicht, diese Vorstellung zu korrigieren, was gewiss lediglich Aussage gegen Aussage gestellt und einen unerquicklichen und nutzlosen Disput begründet hätte. Vielmehr argumentierte er, dass sich der bekannte Hang des Prinzen zu Belustigungen schwerlich mit umstürzlerischen politischen Intentionen vertrage." Pallas stockte. „Das war – ich wiederhole mich – ein höchst geschickter Schachzug. Denn wenn der Kaiser auch sicher nicht glücklich darüber ist, was ich ihm über den angeblichen Lebenswandel seines Sohnes berichte, wird er sich dennoch sagen, dass er selber noch lange genug leben und regieren werde, bis Britannicus sich die Hörner abgestoßen und für das Amt des Cäsars gereift sein wird. Ein vorschneller Griff des Sohnes nach dem Thron müsste Claudius freilich sehr viel mehr beunruhigen und alarmieren!"

Agrippina presste die Kiefer aufeinander und schwieg.

„Durch Narzissus behindert", fuhr Pallas fort, „musste ich freilich unverzüglich zurückrudern und auch meinen Plan aufgeben, dem Kaiser ein nächtliches Treffen seiner Tochter mit ihrem ehemaligen Verlobten Silanus zu offenbaren."

Die Kaiserin schien überrascht.

„Octavia hat sich mit Silanus getroffen? Wann?"

„In der Nacht von gestern auf heute. Auf der Via Appia. Meine Spione sind tüchtige Männer. Sie haben auch dieses rührende Schauspiel, das harmlose Abschiednehmen einer liebenden Frau von ihrem Herzensmann, beobachten können."

„Und was lässt dich annehmen, dass auch dieses Treffen nicht dazu diente, Übles gegen Claudius zu planen?"

„Die Vernunft und meine Lebenserfahrung, Herrin."

„Die Vernunft? Aber hätte Silanus nicht allen Grund, sich am Imperator zu rächen, für das, was dieser ihm angetan hat? Und hätte Octavia nicht allen Grund, ihren Geliebten hierbei zu unterstützen?"

Pallas überlegte.

„Gewiss, Grund und Motiv hätten die beiden übergenug. Aber Octavia ist – sagen wir – zu unbeholfen für eine solche Verschwörung – früher hätte man gesagt: zu anständig –; außerdem liebt sie ihren Vater trotz allem immer noch …"

Die Kaiserin kniff die Augen zusammen.

„Und Silanus? Er ist ein Hitzkopf!"

„Mag sein. Aber ein verliebter! Und solche Männer hören auf die Frau ihres Herzens – immer und unter allen Umständen. Du siehst es an mir!"

Agrippina tat so, als hätte sie die letzte Bemerkung überhört.

„Du könntest recht haben", murmelte sie nach einer kurzen Pause. „Silanus und Octavia sind harmlos. Aber dieser Narzissus ist umso gefährlicher! Wie könnte man ihn unschädlich machen?"

„Nun, ich darf die von dir vorhin reflektierten drei Möglichkeiten in Erinnerung rufen: Er könnte freiwillig von seinem Amt zurücktreten. Er könnte sterben. Und er könnte beim Kaiser in Ungnade fallen. Aber wie hast du es noch einmal formuliert? Die erste Lösung ist nicht sehr wahrscheinlich, die zweite erscheint sehr blutig und brutal, die dritte Variante aber wäre die eleganteste …"

„Richtig", bestätigte Agrippina, „das dürfte auch in diesem Fall gelten." Ein grimmiges Lächeln lag auf ihrem Gesicht. „Diesmal werde ich es aber selbst in die Hand nehmen, dass über Narzissus der Bannspruch des Imperators fällt. Ich habe da auch schon eine Idee! Ich werde Claudius da treffen, wo er am empfindlichsten ist, wo jeder Mann am empfindlichsten ist …"

„Bei seiner Ehre?"

„Du sagst es, Pallas! Freilich ist Claudius besonders verletzlich, was sich aus seiner Natur und seiner Biographie erklärt." Agrippina sinnierte. „Von Geburt an kränklich und schwach, hatte er eine traurige Jugend. Da er als Kind stammelte und sabberte, lehnte ihn seine Mutter Antonia ab. Sie bezeichnete ihn als ein Ungeheuer, das die Natur begonnen, aber nicht vollendet habe, und übergab ihren Sohn für viele Jahre seiner Großmutter Livia. Von Natur gutmütig, harmlos und viel zu milde, machten ihn seine merkwürdige Erziehung, seine angeborene Antriebslosigkeit und sein Misstrauen gegen sich selbst zu einem gefügigen Werkzeug seiner Umgebung. Durch die

Ermordung Kaiser Caligulas wurde er dann ganz plötzlich seinem geliebten Gelehrtendasein entrissen. Wie du weißt, versteckte er sich in dem Chaos, das dem Mord an Caligula folgte, im Palast hinter einem Vorhang, wo er vom Prätorianer Gratus entdeckt und gegen seinen Willen zum Kaiser ausgerufen wurde. Ohne jegliche Menschenkenntnis war er zunächst das willensschwache Werkzeug der Armee, später seiner Ratgeber, die er ohne Scharfblick wählte. Hätte ich nicht ein paar kluge Männer in seiner Umgebung platziert, es wäre ein Elend! Außerdem hat das langjährige, wie man so sagt, schamlose Treiben seiner ersten Gattin Messalina und schließlich ihr Verrat am besten bewiesen, wie schwach dieser Kaiser den Frauen gegenüber ist."

„Nicht *den* Frauen gegenüber – aber *dir* gegenüber, Herrin!"

Ein diabolisches Lächeln flog über Agrippinas Züge. Sie erhob sich langsam von ihrem Diwan und trat mit einigen Schritten vor den großen zyprischen Spiegel. Ihre stattliche Gestalt zeichnete sich in geschwungenen, weichen Linien in seinem geschliffenen Glase, und in ihrem blassen Gesicht glühten die großen, geheimnisvollen Augen wie Saphire.

Sie lächelte befriedigt und hing den schweren Purpurmantel um die Schultern.

„Du sagst es, Pallas. Ich werde siegen!"

Eine Stunde später nahm Agrippina ein Bad, ließ sich mit einem blauen Kleid aus leichtem Stoff ankleiden und hüllte sich in einen Samtmantel mit silberner Stickerei. Dann ergriff sie eine Lampe und begab sich, nur von einer jungen Sklavin begleitet, zum Schlafgemach ihres Mannes. Auf dem langen Weg dorthin geisterte der Schein der Kerze über Wände und Decken.

Schließlich durchschritt die Kaiserin einen weiten Vorraum, während ihre Sklavin nach einer tiefen Verbeugung an der Schwelle zu demselben stehen blieb. Vier Prätorianer hielten vor der hohen Tür zum Schlafraum des Cäsars Wache. Als sie seine Gemahlin sahen, grüßten sie militärisch und öffneten ihr unverzüglich.

Die Wände und Decke des großen Gemachs, das Agrippina betrat, waren in dezent grüner Farbe gehalten und mit goldgemalten Blumen durchwirkt. Kerzen tauchten den Raum in warmes Licht. In der Luft hing der schwere Duft von kostbaren Essenzen aus dem Orient.

In einem geräumigen Erker stand ein großes Ruhebett, und über diesem hing eine Sammlung von römischen Waffen – Wurfspeere, Schwerter und Dolche – freilich mit Scheiden in Vermeil gearbeitet, während die Griffe von Edelsteinen funkelten. Vor dem Bett stand ein Tisch in römischem Stil, der von sechs dazu passenden Stühlen eingerahmt wurde. An der Decke hing ein Leuchter aus Silber, Gold und buntem Kristall, prachtvoll in Form und Farbe.

Helle Vorhänge hingen vor den hohen Fenstern, die des Tags den Blick in einen gepflegten Garten freigaben.

Erst jetzt registrierte Agrippina, dass ihr Mann auf dem Bett lag, halb in eine seidene Decke gehüllt. Er trug noch seine Tunika, nur die Tunicella hatte er abgelegt. Offensichtlich hatte Claudius sich nur kurz hinlegen wollen, war darüber aber eingenickt. Er schlief, doch offensichtlich sehr unruhig. Seine Lippen stöhnten leise.

Die Kaiserin blieb, die Augen auf den Schlafenden gerichtet, aufrecht stehen. Ihre Züge drückten Ingrimm und Wut aus, mit einem Gemisch von kalter Verachtung und Hohn. Plötzlich fuhr Claudius auf, wie es Menschen geschieht, die sich einen leichten Schlaf angewöhnt haben. Unverzüglich eilte seine Frau zu ihm, schlang ihre Arme um seinen Hals und lehnte den Kopf an seine Wange.

„Entschuldige, Liebster, dass ich dich gestört habe", flüsterte sie, über ihr Gesicht zuckte ein Lächeln, „aber ich hatte solche Sehnsucht nach dir."

Ihr Mann setzte sich auf. In seinen Augen lagen mehr Zärtlichkeit und Sanftmut als die Trägheit des Schlafes. Zärtlich strich er mit beiden flachen Händen über die Wangen seiner Frau.

„Aber nein, ich freue mich so, dass du heute Abend noch zu mir gekommen bist."

Er küsste ihre Hand, küsste ihre Stirn.

Agrippina schmiegte sich weich und spielend wie ein Kätzchen mit halbgeschlossenen Augen an seine Brust.

„Wie dein Herz klopft!" sagte sie zärtlich. „Nur für mich, nicht wahr? Nur für mich?"

„Immer nur für dich!"

Sie griff ihm schmeichelnd unters Kinn und kraulte es, bis er ihr den Gefallen tat und lachte. Der Kaiser schüttelte den Graukopf und hob erwartungsvoll die grauen Wimpern. Er spürte, wie alles Blut aus seinem Kopf in die unteren Regionen seines Körpers floss. Er hoffte auf mehr – auf jenes Vergnügen, das seine Frau ihm nur so selten gewährte.

Der Kaiserin schienen ähnliche Gedanken durch den Kopf zu gehen, freilich mit Unbehagen; dennoch spielte ein Lächeln um ihren Mund, während sie mit leicht geneigtem Kopf ihren Mann ansah.

„Hattest du heute einen anstrengenden Tag, Teuerster?" fragte sie, wie um ihn auf andere Gedanken zu bringen.

„Ja, sehr anstrengend", antwortete Claudius. Und nachdenklich fügte er hinzu: „Aber am meisten an meinen Kräften hat ein Gespräch gezehrt, das ich mit meinen Kindern Britannicus und Octavia zu führen hatte."

„Worum ging es?" fragte Agrippina. Und diesmal war ihr Interesse nicht geheuchelt.

„Britannicus hat sich vorgestern Abend mit einigen Männern getroffen, die mir nicht freundlich gesonnen – und daher suspekt – sind. Freilich konnte mein Sohn mir glaubwürdig versichern, dass es sich lediglich um ein Treffen gehandelt hat, um Lucius Silanus ‚Lebewohl' zu sagen, und dass über Politik nicht gesprochen wurde."

Der Blick des Kaisers verfinsterte sich: „Mehr Sorge bereitet mir, dass sich dieser Silanus noch in der gleichen Nacht mit Octavia getroffen hat. Sie hatte heute doch wirklich den Mut, mir gegenüber ruhig und offen zu bekennen, sie habe sich von dem Mann verabschiedet, den sie ‚immer noch liebe'. Du wirst verstehen, liebe Agrippina, dass mir dieses Bemerkung ganz und gar nicht gefallen hat."

Angesichts dieser Umstände fiel der Rat der Kaiserin, die Hochzeit Neros mit der Prinzessin zu beschleunigen, „damit Octavia in den Armen eines anderen Mannes ihre alte Affäre vergisst und glücklich wird", wie Agrippina es formulierte, bei Claudius auf fruchtbaren Boden.

Nachdem sie einige Details bezüglich der bevorstehenden Vermählung erörtert hatten, sprach Agrippina bei ihrem Mann zögerlich ein anderes Thema an, das ihr sichtlich unangenehm und peinlich zu sein schien.

„Ich weiß nicht, wie ich anfangen soll, Liebster", begann sie mit leiser Stimme, „ich habe lange gezögert, ob ich dich überhaupt damit belasten soll, aber …"

Ihre Worte stockten, und der Kaiser sah, dass Agrippina rot wurde, erst am Hals, dann im ganzen Gesicht.

Verwunderung und Bestürzung malten sich in seinem Gesicht.

„Was ist passiert?" murmelte er.

Agrippina kniete nun mit gesenktem Kopf im Bett, die Hände im Schoß verschränkt.

„Ich muss mit dir über deinen Minister Narzissus sprechen …"

„Über Narzissus?"

Unverändert blickte Claudius seine Frau mit tiefer, unruhiger Aufmerksamkeit an.

„Ja, ich muss mich bei dir über seine Aufdringlichkeit beschweren. Seit Wochen schon verfolgt er mich mit seinen Blicken."

Die Kaiserin zitterte und ihre Augen füllten sich mit Tränen.

„Du meinst …?"stammelte der Kaiser.

„Zunächst war ich mir nicht sicher", erklärte Agrippina, „daher habe ich dir nichts gesagt. Ich dachte daran, dass Narzissus verheiratet ist und allgemein als guter Ehemann gilt. Auch müsse ihm doch klar sein, überlegte ich, dass ich bei meiner großen Liebe zu dir in jedem Manne nur unwürdige Sklaven sehen könne … Du hast dich sicher geirrt, seine Blicke falsch gedeutet, beschwichtigte ich mich selbst. Doch heute …"

Die Kaiserin stockte wieder.

„Was war heute?"

Claudius fühlte, wie sich seine Kehle einschnürte.

„Heute Nachmittag ist Narzissus in mein Arbeitszimmer gekommen, mir mehrere Dokumente zu bringen, damit ich sie unterzeichne und mit meinem Siegel versehe. Wir waren allein im Raum. Er legte die Schreiben auf den Tisch und erklärte mir kurz den Inhalt derselben. Ich stellte mich in gebührendem Abstand neben ihn und beugte mich über die Schriftrollen. Und wie wir so dastanden und die Dokumente ansahen, rückte er ganz dicht an mich heran, so dass eines seiner Beine von der Wade bis zu den Hüften hinauf eng an dem meinen anlag. Welche Unverfrorenheit, dachte ich, richtete mich wortlos und scheinbar ganz ruhig aus der gebückten Stellung auf und sah ihn an. Er blieb aber, einfach weitersprechend, vornüber gebeugt stehen, ohne sein Bein und seinen Unterkörper im Geringsten von mir zu entfernen. Er richtete nur das Gesicht zu mir empor und lächelte frivol. Du kannst dir denken, dass mir schier der Atem wegblieb!"

Auf dem Gesicht des Kaisers malte sich eindeutige Wut und aus seinen Blicken sprach glühendes Entsetzen.

„Ich tat, als hätte ich nichts bemerkt", erklärte Agrippina, „rief einen der wachhabenden Sklaven und komplimentierte Narzissus unter irgendeinem Vorwand hinaus."

Die Halsmuskeln des Kaisers zuckten fieberhaft, die Pupillen seiner Augen zogen sich zusammen, keuchende Atemzüge hoben die Brust. Er glich einem zum Sprunge bereiten Raubtier.

„Ich werde den elenden Schuft hinrichten lassen“, rief er zornig.

Doch Agrippina versuchte ihn zu beschwichtigen.

„Ich meine, Göttlicher, dies wäre nicht klug gehandelt, und ein solcher Fehlgriff stände zu vereinzelt in der Reihe deiner ebenso vorsichtigen wie gerechten Handlungen da, um nicht das unliebsamste Aufsehen zu erregen. Du wärest, um der Gerechtigkeit Genüge zu tun, gezwungen, ihm den Prozess zu machen, ihn vor Richter zu stellen, denen du vielleicht nicht völlig vertrauen kannst. Es entstünde ein Frage- und Antwortspiel, das im Volke zu unnötigen Mutmaßungen und Gerüchten führen würde, die uns schließlich mehr schaden würden, als dir der Tod des Narzissus nützen könnte.“

Der Kaiser, gewohnt, in den Worten und Ratschlägen seiner Frau stille Befehle zu erblicken, die er blindlings ausführte, weil er ihre geistige Überlegenheit nur zu oft empfand, sah eine Zeitlang sinnend zu ihr auf, als erwarte er, dass sie ihm mit einem neuen Rat zu Hilfe komme. Doch sie schwieg und sah ihrerseits erwartungsvoll auf den Gemahl, gleichsam ihren Wunsch durch die Kraft ihrer Gedanken auf ihn übertragend. Es war dieser Blick, der einen unwiderstehlichen Zwang auf Claudius ausübte.

„Wenn du meinst“, sagte er endlich, „will ich sein Leben schonen. Ich werde ihn ohne Aufsehen vom Hof entfernen.“

Agrippina triumphierte im Stillen. Nichts weiter hatte sie erreichen wollen als dies, eine Maßnahme, die ihr mehr nützen musste als die übereilte Hinrichtung des angesehenen und beim Volk beliebten Ministers.

„Dieser Entschluss“, flötete sie, „macht deiner Weisheit alle Ehre. Du bist in Wahrheit der größte der Cäsaren, die je Rom beherrschten. Schließlich ist das Verbrechen des Narzissus durch meine Vorsicht und schier grenzenlose Liebe zu dir nicht allzu groß geworden, und ich bin überzeugt, dass eine Verbannung von vielleicht einem Jahr sein allzu feuriges Herz beruhigen wird.“

Der Kaiser führte die Hand seiner Gemahlin an die Lippen.

„Wie gut du bist, meine Taube“, sagte er, „da besudelt ein Wüstling deine makellose Ehre, und du vergibst ihm generös und deutest sein Vergehen so milde und nachsichtig. Was für eine wunderbare Frau ich doch habe!“

Agrippina konnte sich ein kurzes Lächeln der Geringschätzung ihrem Mann gegenüber, der so plump in jede Falle tappte, nicht verkneifen.

Dann berührten ihre zarten Lippen die seinen, ihr Körper drängte sich leicht gegen ihn. Er konnte ihre weichen Brüste spüren, die Wärme, die sie ausstrahlte. Er erwiderte ihren Kuss, während er seine Hände über ihren Rücken gleiten ließ.

Doch bevor sein Verlangen fordernder wurde, erhob sich Agrippina schnell.

„Gute Nacht, Liebster“, flüsterte sie, und ihm noch einmal einen lächelnden Blick zuwerfend ging sie hinaus, in seiner Brust die wilde Erregung zurücklassend, welche die Leidenschaften der Liebe und der Eifersucht erzeugt hatten.

Der Kaiser blieb auf dem Bett liegen. Er spürte, dass er lange keinen Schlaf finden würde. So viele Gedanken waren in ihm. Seine Züge waren schmerzlich verzerrt und eine dunkle Melancholie lag in seinen Augen.

Was war er im Begriff zu tun?

Er wollte den Mann aus seiner Nähe entfernen, der sich bisher als der treueste seiner Diener erwiesen, der durch Wort und Tat stets das Wohl seines Herrn im Auge behalten hatte.

Durfte er diesen Mann wegschicken, ohne ihm Gelegenheit zu geben, sich zu rechtfertigen?

Wie – wenn Agrippina sich getäuscht hätte?

Aber war das Verhalten des Narzissus nicht zu eindeutig gewesen?

Und war ein solcher Irrtum bei Agrippina denn überhaupt möglich? Bei dieser immer abwägenden, vorsichtigen und gescheiten Frau, welche die Menschen wie Glas durchschaute?

Nein.

Narzissus war schuldig, das lag außerhalb jeden Zweifels!

Der mächtigste Mann der Erde schlug die Hände vors Gesicht und murmelte:

„So gibt es niemanden mehr, dem ich Vertrauen schenken darf? Keinen mehr, dessen Treue Bestand hat? Nichts als Lüge, Heuchelei und Intrigen um mich her?“

Doch nein, zuckte es dem Kaiser durch den Kopf. Hatte er nicht Agrippina, die über ihm und seinem Haus wachte? Sie und ihre Vertrauten waren die letzte Stütze seines Throns.

Claudius gab den Wachen einen versiegelten Brief – und einige Stunden später befand sich Narzissus in geheimer Mission auf dem Wege nach Cilicia.

3. Kapitel

Im großen Empfangssaal der Kaiserin warteten – neben mehreren Adeligen, Offizieren, Senatoren und Rittern, die als Parteigänger Agrippinas galten – der Präfekt Vitellius, der, nachdem er seine Geschäfte bei Claudius erledigt hatte, gerne der von ihm bewunderten Kaiserin seine Aufwartung machte, Afranius Burrus, der Befehlshaber der Prätorianer, welcher sich, einer von Agrippina neu eingeführten Sitte zufolge, anstatt vom Imperator von ihr die Tageslosung für die Truppen holte, und Callistus, der nach dem Fortgang des Narzissus der Kaiserin die an diese gerichteten Bittschriften vorzulesen und ihre Befehle entgegenzunehmen hatte.

Die Anwesenden unterhielten sich wortreich über die erst wenige Wochen zurückliegende Vermählung des Prinzen Domitius Nero mit der Prinzessin Octavia, die mit aller nur erdenklichen Prachtentfaltung gefeiert worden war.

Da öffnete sich die hohe Flügeltür und Agrippina war bei ihren Getreuen eingetreten. Huldvoll schritt sie die Reihen entlang, dem einen die Hand zum Kusse reichend, den anderen durch ein Lächeln belohnend, von jenem zufrieden eine Meldung entgegennehmend, diesen durch ein Stirnrunzeln in Furcht versetzend.

Agrippina liebte es, nach Erledigung der Staatsgeschäfte eine kleine Weile plaudernd mit ihren Getreuen zu verbringen, vor denen sie sich gab, als könnte zwischen ihnen und der Kaiserin kein Geheimnis bestehen, so dass diese Männer früher oder später ihre Masken fallen ließen und sich der Gemahlin des Imperators in ihren geheimsten Gedanken preisgaben, während diese nur das verriet, was ihr notwendig schien, und so alle diese Männer auf subtile Weise beherrschte.

„Folgt mir", raunte Agrippina nach einer knappen Stunde ihren Vertrauten Vitellius, Burrus und Callistus zu. Dann schritt sie mit diesen nach dem hintersten Ende des Saales, der hier in einen breiten Säulengang auslief.

„Hört!" sagte die Kaiserin, als sie sich außerhalb der Hörweite der anderen glaubte. „Ich habe keinen Grund, vor euch Geheimnisse zu haben."

Ihre Stimme klang schwirrend, von innen heraus heiß gehetzt.

„Es gibt gewichtige Hinweise darauf, dass Prinz Britannicus ein Komplott plant, um meinem Sohn, der durch seine Vermählung mit der Cäsarentochter Octavia endgültig zum – de jure gleichberechtigten, de facto aber wesentlich geeigneteren – Thronprätendenten aufgestiegen ist, die Kaiserwürde vorzuenthalten und an seiner Statt Imperator zu werden. Er will mit Hilfe so fragwürdiger Männer wie Thrasea Paetus, Barea Soranus und Antonius Secundus sowie anderer seiner Gesellen diverse Prätorianeroffiziere, Adelige und Senatoren bestechen oder erpressen, damit sie nach dem Ableben meines Mannes für die Erhebung des Britannicus zum Imperator stimmen. Auch versucht er durch allerlei Schliche, auf meinen gesundheitlich angegriffenen und daher in seiner Entscheidungskraft eingeschränkten Gemahl einzuwirken, auf dass dieser ihn – und nicht meinen Sohn Domitius Nero – als seinen Wunschnachfolger benenne."

Agrippinas Lippen kräuselten sich spöttisch.

„Es gibt ja wohl keinen Zweifel, dass Britannicus nicht zum Imperator taugt, weil es ihm an Klugheit, Stärke und Mannhaftigkeit fehlt. Alle diese Eigenschaften, die einen wahren Kaiser ausmachen, vereint freilich mein Sohn auf das vollkommenste in sich."

„Daran besteht in der Tat kein Zweifel, Herrin", flötete Vitellius, während die beiden anderen Männer bestätigend nickten. „Das träumerische Wesen des Britannicus ist nicht geeignet für das höchste Staatsamt. Die Bürger Roms wollen einen Mann auf dem Throne sehen, der notfalls mit eiserner Faust den vielen Übeln unserer Zeit zu begegnen weiß."

Die Kaiserin lächelte.

„Mit diesen Worten beweist du, dass du ein Mann von Klugheit und politischem Scharfsinn bist."

Agrippina kniff ihre Lippen schmal zusammen.

„Darüber hinaus zweifelt ja wohl niemand von euch daran, dass Britannicus, sobald er den Cäsarenthron bestiegen haben wird, sich auf übelste Weise an all denen rächen wird, die ihm als Anhänger meines Sohnes bekannt sind. Also auch an euch und an mir!"

Die Kaiserin hielt inne und beobachtete, welche Wirkung diese wohlüberlegte Lüge auf die Männer ausüben würde. Sie wurde in ihren Erwartungen nicht getäuscht. Eine Ratlosigkeit hatte alle ergriffen. Niemand vermochte sofort zu antworten. Alle Blicke hingen gespannt am Munde der Kaiserin, um von ihr die nötigen Ratschläge zu erwarten.

Diese straffte ihre Gestalt.

„So ist es denn unsere Pflicht, für Roms Ehre und Wohlergehen alle nur erdenklichen Mittel zu ergreifen, um die Pläne des Britannicus zu durchkreuzen."

„Die Mehrheit der Prätorianer steht hinter Nero", meinte Afranius Burrus. „Für die Garde bürge ich." Breit lächelnd ergänzte er: „Freilich würde es nicht schaden, wenn ich jedem Soldaten noch eine gewisse Summe in Aussicht stellen könnte …"

„Versprecht ihnen Ämter, Titel, Geld, was immer sie wollen", entgegnete Agrippina, „an solchen Dingen darf unser hehres Ziel zum Wohle des Imperiums nicht scheitern!"

„Ich will das vorbereiten", sagte Burrus. „Doch eine weitere Bedingung ist, dass Prinz Nero sofort nach dem Ableben des Claudius zur Stelle ist, sich den Truppen zu zeigen, und dass Britannicus gehindert wird, in die Entwicklung einzugreifen."

„Das wird geschehen, ich garantiere es", sagte die Kaiserin.

„In der Vergangenheit ist das Ableben eines Imperators immer mit Palastrevolten verbunden gewesen", überlegte Callistus. „Es ist davon auszugehen, dass das auch beim Tode von Kaiser Claudius so sein wird. Es ist daher unabdingbar, dass die Gruppe derer in der Armee, die Nero als Kaiser sehen wollen, möglichst stark ist und bereit steht, damit widerspenstige Elemente sofort eliminiert oder in Schach gehalten werden."

Burrus nickte.

„Ich sichere Nero den Senat“, sagte Vitellius, „in dem übrigens schon heute eine Stimmung für ihn herrscht, die nur geschickt ausgenutzt werden muss.“

Agrippinas Worte flockten nun säuerlich wie geronnene Milch.

„Von entscheidender Bedeutung ist, dass dem Britannicus nicht genug Zeit bleibt, Teile der Armee und des Senats auf seine Seite zu ziehen. Daher wäre es im Sinne Roms gut, wenn Claudius bald …“

Drei Augenpaare waren gespannt auf die Kaiserin gerichtet.

„… stürbe“, pfiff Agrippina langsam und scharf durch die Zähne.

Vitellius, Burrus und Callistus blickten die Kaiserin eine Zeitlang schweigend an, während sie ihren verschmitzten Blick ohne Scheu auf die Männer gerichtet hielt.

„Man könnte der Natur ein wenig nachhelfen“, wagte Callistus die Sache schließlich auf den Punkt zu bringen.

Als Agrippina sich lächelnd vorneigte, ergänzte er:

„Man könnte die Dienste der stadtbekannten Giftmischerin Lucusta in Anspruch nehmen.“

„Nein“, entgegnete die Kaiserin, „ich denke hier eher an Gaius Stertinius Xenophon, den Leibarzt des Kaisers.“

„Ah – du willst also doch Gift anwenden?“ fragte Vitellius.

„Gewiss.“

„Xenophon ist sehr reich“, wandte Burrus ein, „durch Geld wird er nicht zu gewinnen sein.“

Die Kaiserin lachte:

„Aber er ist ein Mann … Überlasst ihn ruhig mir!“

Nach einer Weile ergänzte sie: „Nichtsdestoweniger wird sich mein

Sohn als Kaiser gewiss bei allen erkenntlich zeigen, die ihm den Weg zum Throne geebnet haben. Zögert daher nicht, mir hier und jetzt eure diesbezüglichen Wünsche zu offenbaren."

„Natürlich denke ich bei der Verwirklichung unseres gemeinsamen Anliegens in erster Linie an das Imperium ...", meinte Callistus.

„Natürlich ...", bestätigte die Kaiserin, mit leicht ironischem Unterton.

„Freilich bin ich im Unterschied zu Xenophon nicht reich", fuhr Callistus fort, „daher ..."

„Was verlangst du?" unterbrach ihn die Kaiserin.

„Ja nun, sagen wir – zehntausend Denare?"

Agrippinas Mund verzog sich verächtlich.

„Du sollst das Doppelte erhalten! Ich werde dich rufen lassen, sobald ich deiner bedarf."

Mit ehrerbietiger Verneigung zog Callistus sich zurück.

„Und du Vitellius? Was erhoffst du dir?" wandte sich die Kaiserin an den Präfekten.

„Ich träume für mich und meine Familie schon lange davon, in den Adelsstand erhoben zu werden", antwortete Vitellius zögernd.

„Es wird geschehen, du hast mein Ehrenwort", sagte Agrippina und reichte ihm die Hand zum Kusse.

Nachdem auch der Präfekt sich entfernt hatte, fragte Agrippina den Befehlshaber der Prätorianer.

„Und du, Afranius Burrus, was begehrst du?"

„Weder Geld noch Titel, davon habe ich genug", antwortete dieser. „Mir gelüstet es eher danach, mein heißes Blut zu kühlen!"

„Ah, wie ich dich kenne, benötigst du dazu ein Weib."

Die Kaiserin lächelte.

„Nicht irgendein Weib, Herrin, sondern ein ganz bestimmtes Mädchen."

„Mache es nicht so spannend, Burrus. Um wen handelt es sich?"

„Um Iunia Silana, die Schwester des Exsenators Lucius Silanus."

„Silana?" fragte Agrippina verächtlich. „Sie gilt als schrecklich tugendhaft. Mit anderen Worten: Sie ist kalt wie ein Fisch."

„Ist sie kalt, soll sie in Feuer geraten."

Die Augen des Burrus glitzerten lüstern.

„Du hast einen merkwürdigen Geschmack, mein Lieber", die Kaiserin zuckte mit den Schultern, „aber gut, wenn sie es ist, die du verbrennen lassen willst, so sei es!"

„Allerdings steht die Jungfrau Silana unter dem persönlichen Schutz des Prinzen Britannicus", gab der Befehlshaber der Prätorianer zu Bedenken.

Agrippina lachte gepresst auf.

„Oh – nach Neros Thronbesteigung ist der Schutz des Prinzen Britannicus eine Verdächtigung!"

„Schön. Ich sehe, wir verstehen uns", sagte Burrus. „Ich werde dich also zu gelegener Zeit an die Affäre erinnern."

„Mache dir keine Sorgen. Die Jungfer liegt schon so gut wie sicher in deinem Bett."

Die Kaiserin lachte noch einmal böse auf.

„Wie sehr ich Frauen dieser Sorte doch hasse!"

Am Abend desselben Tages beauftragte Agrippina eine Sklavin, den griechischen Leibarzt des Imperators zu ihr zu bringen.

Es verging eine längere Zeit, ehe dieser bei der Kaiserin eintrat.

Agrippina hatte sich in ihr Schlafgemach zurückgezogen und war auf ein mit Leopardenfellen bedecktes Ruhebett gesunken.

Die Sklavin geleitete den Arzt durch eine Flucht von Gemächern und einen langgestreckten Säulengang zum Schlafgemach der Kaiserin, vor dem zwei Prätorianer Wache hielten.

Es lag nichts Ungewöhnliches in diesem Besuche, denn Agrippina wurde öfters von einem Unwohlsein befallen und benötigte die Hilfe des Arztes häufiger als Claudius selbst.

Der geschmeidige Grieche, ein mittelgroßer Mann mit klassisch hellenischen Zügen, trat mit fast unhörbaren Schritten in das Gemach der Kaiserin. Nach einer Verbeugung ergriff er ihre Hand, um den Puls zu fühlen.

„Welche Beschwerden hast du genau, Herrin?" fragte er.

Statt einer Antwort sagte Agrippina freundlich: „Setze dich."

Der Arzt zögerte, dieser ungewöhnlichen Aufforderung Folge zu leisten.

So blieb er stehen, unschlüssig, was er tun solle, und starrte die Kaiserin an. Er hatte etwas schief stehende, von samtenen Wimpern umrahmte dunkle Augen, und den Zärtlichkeit weckenden Blick eines jungen Welpen.

Agrippina musste lächeln.

„Setze dich doch, Xenophon", wiederholte sie. Es kam selten vor, dass die Kaiserin ihn mit seinem Namen ansprach. Als der Grieche sich irritiert nach einer geeigneten Sitzgelegenheit umsah, wies sie auf den freien Platz neben sich auf dem Ruhelager.

Der Arzt erbleichte. Seine Lider schlugen auf und nieder, seine Lippen zitterten.

Agrippina war es in der Vergangenheit nicht entgangen, dass Xenophon für sie schwärmte, gar heimlich in sie verliebt war, denn sein ganzes Verhalten ihr gegenüber ließ gar keine andere Deutung zu.

Bislang waren ihr die Gefühle des Arztes freilich völlig gleichgültig gewesen. Was hätte ihr dieser Grieche auch je nützen können? Doch nun hatte sich die Situation grundlegend geändert. Allein das Ziel vor Augen, das sie erreichen musste, war die Kaiserin bereit, die Waffen einer Frau in die Waagschale zu werfen.

„Wie geht es meinem Gemahl gesundheitlich?“ fragte sie, nachdem Xenpohon endlich – linkisch und schüchtern – neben ihr Platz genommen hatte.

„Der Imperator müsste sich mehr schonen“, antwortete der Grieche, „und weniger arbeiten. Seine Gesundheit ist sehr angegriffen.“

„So?“ Ein sonderbares Lächeln huschte um Agrippinas Mund – und verschwand gleich wieder. „Findest du nicht, dass er sehr gealtert ist?“

„Ja, seine Pflichten reiben ihn auf“, bestätigte der Arzt.

„Er altert so schnell“, fuhr die Kaiserin fort, „dass es mir manchmal fraglich erscheint, ob er überhaupt imstande ist, sein Amt länger auszufüllen – ich meine, etwas Ruhe müsste ihm gut tun …“

Xenophon zuckte mit den Schultern.

„Ich befürchte, er kann nicht zur Ruhe kommen. Sein Geist ist zu sehr in Sorgen und Arbeit verstrickt.“

Agrippina beugte sich leicht nach vorne und sprach, mit den Fingerkuppen zusammenstoßend: „Und wenn er sich ganz von den Staatsgeschäften zurückziehen würde, denkst du, dass dies vorteilhaft wäre?“

„Für seine Gesundheit?“ fragte der Arzt irritiert.

„Für Rom!“ erwiderte die Kaiserin, ohne mit der Wimper zu zukken.

„Der Körper deines Gemahls ist widerstandsfähig, Herrin – und Rom ist zufrieden.“ Die Stimme des Griechen klang brüchig.

„Das erste mag sein“, erwiderte Agrippina. „Das musst du wissen. Das ist dein Beruf. Das letztere trifft aber nicht zu.“

Der Arzt hatte genügend Hofintrigen miterlebt, um zu ahnen, dass dieses Gespräch gefährlich werden konnte. Er beschloss, sich aus der Situation zu retten, indem er den Naiven mimte.

„Rom, sagst du, ist unzufrieden mit dem Imperator?“

Agrippina sah kurz und scharf in die irritiert blickenden Augen ihres Gegenüber.

„Ja!“

Xenophon sprach überhastet und, gegen seinen Willen, mit einem Ton in der Stimme, der Furcht verriet:

„Herrin, bist du nicht die Repräsentantin, das Sprachrohr und das Herz des römischen Volkes? Wenn das Volk unzufrieden sein sollte mit verschiedenen Maßnahmen des Imperators, wüsstest du es dann nicht am besten, und wärest du dann nicht ebenfalls unzufrieden mit der Politik deines Mannes?“

„Es kann gar nicht anders sein“, erwiderte die Kaiserin. Ihr Instinkt witterte in die mit Händen zu greifende Erregung ihres Gegenübers hinein, so wie der Suchhund in die Spuren im Schnee witterte.

„Bist du also unzufrieden?“ fragte der Arzt vorsichtig nach.

Agrippina schwieg. Wie in Gedanken schob sie den goldenen, mit Saphiren und Diamanten besetzten Ring an ihrer Rechten am Finger auf und nieder. Schließlich fragte sie mit gedämpfter Stimme:

„Würdest du Verdacht schöpfen, wenn Claudius plötzlich stürbe?“

Xenophon schrak zusammen. Noch nie hatte er solche Worte aus dem Mund der Kaiserin oder eines anderen, dem Imperator nahestehenden Menschen gehört. Seine Sinne drängten dem Ungeheuerlichen dieser Worte nach – tausend Fallstricke dahinter spürend. Dennoch wagte er es instinktiv, die Achseln zu zucken.

„Ich weiß nicht … Vielleicht … Aber ich könnte schweigen …“

Der ganze Mann zitterte und seine Stirn glänzte von Schweiß. Waren das nun die richtigen Worte gewesen?

Das Gesicht der Kaiserin, das immer denselben gelassenen Ausdruck zeigte, ließ durch keine Bewegung, nicht durch die geringste Reaktion ihrer blauen Augen erkennen, ob er sich gerade um seinen Kopf gebracht hatte, oder ob er dabei war, in ein verschworenes Bündnis mit jener Frau zu treten, die er seit langem insgeheim begehrte. Verzweifelt bemühte der Grieche sich, um seine Lippen jenes verschwiegene Lächeln zu legen, das den treuen und zuverlässigen Mitwisser ausmachte.

Erleichtert sah er endlich auch um den Mund Agrippinas ein zufriedenes Lächeln spielen.

„Nero wird dich belohnen“, sagte sie, nur scheinbar das Thema wechselnd.

„Dein Sohn wird einmal ein großer Cäsar sein.“

Agrippina warf den Kopf zurück und blickte zur Decke.

„So ist es! Darum wäre es Zeit, ihm den Thron zu sichern.“

„Wie soll das geschehen?“ flüsterte Xenophon.

Die Kaiserin reckte sich, blitzte ihn an:

„Durch Gift.“

Die Gedanken des Griechen tasteten sich an den blutigen Klumpen Entsetzens heran, den diese Worte mitten in sein Leben geschleudert hatten. Es half nun nicht mehr, den Naiven zu spielen, oder mit vagen, ausweichenden Worten zu antworten. Agrippina hatte ihm nun endgültig und unwiderruflich eine dunkle Komplizenschaft angeboten.

„Du willst deinen Mann vergiften?“ fragte der Arzt schließlich. Die Worte glucksten ihm in der Kehle.

„Gewiss.“

„Und dieses Gift willst du von mir?“

„Nicht nur das, Xenophon. Du wirst ihm das Gift verabreichen.“

Der Grieche unterdrückte einen Seufzer.

„Und wenn ich mich weigerte?“

„Du wirst es tun, Xenophon.“

„Du bist dessen sicher?“

Ein hartes Lachen war die Antwort.

Etwas in dem Griechen bäumte sich auf. Als letzten Versuch fanden seine Worte ihren Weg zu den zitternden Lippen:

„Und wenn ich hinginge und diesen deinen Plan dem Kaiser verriete?“

Die Augen der Kaiserin waren plötzlich kalt wie die eines Fisches.

„Man würde dir nicht glauben, Sklave, und ich ließe dich den Hunden zum Fraße vorwerfen."

„Gifte, die bei meinen Kollegen keinen Verdacht erregen, sind sehr selten und sehr, sehr teuer!"

Eine frivole Lust spielte um die Lippen Agrippinas, als sie sich wohlig streckte. Sie rückte ganz nahe an den Griechen heran und fasste wie Mut spendend und animierend zugleich seinen Arm. Die Berührung ihrer Hand ließ ihn bis in die Kopfnerven hinein vibrieren. Wie betäubt, wagte er es, seine Hand liebkosend über ihren makellosen weißen Nacken gleiten zu lassen. Sie ließ es geschehen.

„Kennst du den Preis meiner Gifte?" fragte Xenophon mit heiserer Stimme.

„Ich kenne ihn", lachte die Kaiserin und bot ihm ihre Lippen zum Kuss dar.

Octavia ging unruhig in ihren Gemächern auf und ab, die nun in dem Teil des kaiserlichen Palastes lagen, den sie mit ihrem Mann Domitius Nero bewohnte. Sie war blasser und stiller geworden, seit sie mit ihm die Ehe geschlossen hatte. Nero begegnete ihr zwar mit einer gewissen Achtung; aber es war mit Händen zu greifen, dass er sie nicht liebte. Selbst wenn er seine Rechte als Ehemann in Anspruch nahm, tat er es ohne große Leidenschaft und ohne wirkliches Begehren.

Dabei war Octavia ohne Zweifel ein schönes Mädchen – schön in jeder Hinsicht. Schwarze Locken ringelten sich ihr um Stirn und Nacken und verstärkten, mit den in der gleichen Farbe gefärbten

Wimpern, den Reiz der funkelnden, dunklen Augen. Der Mund mit den rosenroten Lippen war vollendet geschwungen. Wohlstehende Grübchen in Kinn und Wangen, Stirn und Nase unterstrichen den Ausdruck des hübschen wie intelligenten Gesichtsausdrucks und standen in schönem Einklang mit dem schlanken Körper, dessen Formen die aus hellem Stoff gearbeitete Tunika mit den blauseidenen Bändern, welche Octavia an diesem Tage trug, dezent betonte.

In ihrem Unglück und ihrer inneren Einsamkeit fand Octavia neben ihrer Beschäftigung mit der Philosophie Trost bei ihrer Freundin Iunia Silana, der Schwester ihres geliebten Lucius Silanus.

Silana, aus alter römischer Adelsfamilie stammend, war zusammen mit Octavia erzogen worden und im gleichen Alter wie diese. Die Verderbtheit des Hofes war an ihrer Seele ganz ohne jeglichen Schaden vorbeigegangen. Und so hatte sich dieses zarte, sensible Mädchen etwas ganz Leises und Zurückhaltendes in ihrem Wesen bewahren können, frei von allem Firnis eitler Manieren.

Zwischen den beiden Freundinnen gab es kein Geheimnis, außer einem, das in einer seltsamen Wandlung Silanas seinen Anfang genommen hatte. Ohne sich bewegen zu lassen, Zweck und Ursache anzugeben, hatte Silana seit Monaten oftmals Nächte hindurch den Palast verlassen, und Octavia half ihr, vor den anderen diese Ausflüge zu verbergen, ohne weiter in die Freundin um Enthüllung ihres Geheimnisses zu dringen.

Als Octavias Gemüt sich auch an diesem sonnigen Tag des jungen Oktobers nicht aufhellen wollte, beschloss sie, zu ihrer Freundin zu flüchten, um bei ihr Trost und Zerstreuung zu suchen.

Die Prinzessin lächelte, als sie Silana in dem mit einer Terrasse versehenen Garten jenes Teils des Palastes antraf, den die Gefährtin seit Kindestagen bewohnte. Sie trug eine schneeweiße Tunika aus weich fließendem Stoff und einen großen Strohhut, der über ihren dunklen Locken leicht hin- und herschwappte. Keusch zeichneten sich die Formen des Busens, der Hüften, der langen schmalen Beine im locker anliegenden Stoffe ab. Nichts an ihrer Gewandung wirkte wie eine Herausforderung, alles an ihr mutete vielmehr unschuldig und rein an.

Silana wandelte in ihrem wunderschönen Garten umher, blieb hier und dort stehen vor mächtigen Kübeln mit Palmen, Oleander und Lorbeer, welche die Fülle tropischer Wälder vortäuschten. Sie war so beschäftigt mit der Pflege dieser Pflanzen, dass sie ihre Freundin zunächst nicht bemerkte. Erst als ihr diese auf dem gepflasterten Pfad entgegenkam, blickte sie lächelnd auf. Ihre Augenbrauen, eine Idee dunkler als ihr Haar, stachen scharf von ihrem Gesicht ab.

„Octavia“, rief sie, fiel der Prinzessin um den Hals und küsste sie mit gespitzten Lippen. „Wie schön, dass du mich besuchen kommst!“

Freilich entging ihr nicht, dass das Gesicht Octavias blass und die Bewegung ihrer Hand, mit der sie die Freundin umarmte, müde und kraftlos waren.

Verständnisvoll blickte sie die Prinzessin an.

„Ach Liebste! Wie traurig du aussiehst! Sage ich dir nicht immer, du sollst nicht so in Gram und Leid aufgehen? Das kann kein gutes Ende nehmen.“

Octavia schüttelte nur wehmütig das Haupt, während ein erzwungenes Lächeln in ihre Züge trat.

„Lass' uns hineingehen …", meinte Silana.

Der Garten war von einer mannshohen, efeubewachsenen Mauer aus grob gehauenen Steinquadern umgeben. Ein gusseisernes Tor, in dem sich der hochgewachsene Lucius Silanus immer hatte ducken müssen, führte durch die Mauer zum Palast.

Der Raum, den die beiden Frauen kurz darauf betraten, war groß und freundlich. Octavia und ihre Freundin setzten sich auf zwei Stühle in der Nähe des geöffneten Fensters. Die späte Nachmittagssonne warf noch reichlich helle Strahlen durch das mit Kletterrosen umrankte Fenster.

„Kannst du denn die Vergangenheit nicht vergessen?" begann Silana das Gespräch. „Siehe, auch ich habe meinen Bruder verloren. Und dennoch versuche ich, Frieden in meinem Herzen zu finden."

„Wie kann ich Frieden finden, wenn man mein Herz zertreten hat?" erwiderte Octavia. „Oh, wenn du fühlen könntest, Silana, welch ein Schmerz die Sehnsucht ist! Mein Leben gäbe ich gerne für die Ruhe des Herzens. Aber was nützt aller gute Wille? Was nützt alle Suche nach Zerstreuung und Ablenkung? Was nützt die Beschäftigung mit der Philosophie? Melancholisch rinnt das Blut durch meine Adern. Meine Schläfen hämmern schmerzvoll. Mir ist, als wäre ich nur noch ein Schatten meiner selbst."

Silana fuhr wie Mut spendend mit ihrer Hand über Octavias Haar.

„Es wird sich alles bessern, Liebe", flüsterte sie, „und die Zeit wird auch die Wunden deiner Seele heilen."

„Ich danke dir für deine Güte, Silana. Aber versuche nicht, mir

Trost zu spenden, der mich schmerzt. Für mich gibt es keine Ruhe mehr und kein Vergessen. Ich muss mein Leben weiter schleppen wie die parthische Sklavin ihre Ketten, solange, bis mich der Tod von diesem Leben erlösen wird."

„Octavia!" flüsterte die Freundin, erschrocken über diese Worte. „Ich weiß nicht, warum, aber offensichtlich wollten die Götter das, was dir und mir geschah!"

„Die Götter?" fragte Octavia. „Manchmal zweifle ich an ihnen. Wie kann man noch an die Götter glauben in einer Zeit, in der die schrecklichsten Verbrechen ungesühnt bleiben, Unschuldige aber so furchtbar leiden müssen?"

Die Prinzessin hielt kurz inne, denn ihre Stimme begann zu zittern.

„Oh, Silana, wenn es sie gibt, wodurch habe ich mich dann gegen die Götter versündigt, dass sie mein Leben an Nero ketten, diesen unreifen Knaben, der in seiner Brust die Skrupellosigkeit seiner Mutter mit der Verderbtheit unseres Zeitalters vereinigt? Muss ich dafür büßen, was meine Mutter verbrochen hat? War ihr grausamer Tod nicht Strafe genug – auch für mich? War ihr Schoß verflucht?"

Als Silana schwieg, fuhr Octavia fort, Tränen benetzten ihre Wangen, und immer wieder ging ein leichtes Beben durch ihren Körper:

„Sag', Freundin, ist dir schon einmal der Gedanke gekommen, dass ein schlimmes Fatum über dem julischen Haus waltet? Augustus ließ seine Tochter auf einer öden Insel verderben. Tiberius mordete den Germanicus und dessen Familie. Und Gajus Caligula? Über seine Leiche schritt mein armer Vater, schuldlos an seinem Tod, zum

Throne. Klebt nicht das Blut der Cäsaren auf seinem Sitze? Verdirbt er nicht jeden, der diesen mordbefleckten Purpur trägt? Messalina, meine irregeleitete Mutter …"

Silana unterbrach die Prinzessin.

„Reiße dich los von diesen entsetzlichen Gedanken! Willst du dich selbst zerfleischen? Selbst die Existenz der Götter zweifelst du an? Sicher leben wir in furchtbaren Zeiten, die alle Tugenden des alten Roms mit Füssen treten. Doch nicht der Zweifel an der weisen Vorsehung unserer Götter hilft uns da weiter, sondern nur die Rückkehr zum alten Glauben, der Rom einst groß und mächtig gemacht hat!"

„Ach Silana", seufzte Octavia. „Ich bewundere deinen unerschütterlichen Glauben! Auch ich nehme mir jede Nacht vor, am nächsten Morgen in den Tempel zu gehen, um den himmlischen Schutz für Silanus und uns alle zu erbeten. Aber oft kann ich es dann nicht. Ich möchte die Zeremonien unserer Religion in Anspruch nehmen, die mir seit meiner Kindheit so vertraut sind, aber immer wieder sperrt sich etwas in mir dagegen. Wo sind die Unsterblichen? frage ich dann. Warum helfen sie uns denn nicht in unserer Not? Warum lassen sie all das Furchtbare zu, das mit Rom geschieht? Und dennoch ist der Glaube an die Bewohner des Olymp auch mein letzter Schutz gegen die Angst, die in mir tobt."

Voller Mitleid blickte Silana in die großen, tränenerfüllten Augen ihrer Freundin.

„Als mein Bruder in die Verbannung nach Ägypten gehen musste, ging es mir ähnlich wie dir, liebe Octavia. Ich war todunglücklich und traurig. Tag und Nacht lag ich auf den Knien und schrie um

Hilfe zu den Unsterblichen. Ich aß nicht und trank nicht. Ich schlief und ruhte nicht. Nachts lief ich in die Tempel, dort Trost suchend. Und ich habe ihn gefunden! Vor allem die Gebete und Zeremonien der Vestalinnen gaben mir Mut und Hoffnung."

„Im Tempel der Vesta bist du also immer gewesen, wenn du des Nachts den Palast verlassen hast?" fragte Octavia.

„Ja, genau dort", antwortete Silana. „Wie schön ist es doch, sich in der Gemeinschaft dieser heiligen Jungfrauen zu bewegen, deren Leben dem göttlichen Kult geweiht ist."

Ein Strahlen erhellte Silanas Gesicht.

„Hast du dir schon einmal Gedanken darüber gemacht, liebe Octavia, wie viele gerechte und reine Seelen wohl nötig sind, all der Verderbtheit ringsum die Waage zu halten, wie viel starken Glauben, wie viel Hingabe die Götter in ihrer Stadt Rom noch immer finden müssen, damit sie das Imperium trotz all der Frevel und Verbrechen nicht vom Erdboden vertilgen?"

Wie oft hatte Octavia schon beobachtet, dass sich Silanas Haltung und Aussehen wundersam verwandelten, sobald sie über Religiöses sprach. Wirkte ihr Blick gewöhnlich, zumal in Gesellschaft, oft schwankend und unsicher, wurde er nun mit einem Mal fest und durchdringend. Das Seltsamste an Silanas Aussehen, ihre graublauen Augen, die in merkwürdigem Gegensatz zu ihrem dunklen Haar standen, begannen von Innen heraus zu strahlen. Ihr gewöhnlich weicher Mund schien von einem Moment zum anderen in harter Linie geschwungen, was ihren Zügen einen ungemein stolzen Charakter verlieh. Alles Verschlossene und Unstete ihres Wesens schien plötzlich wie verschwunden, und ganz andere, ungeahnte Empfindungen und Regungen traten zum Vorschein. Unter der Blässe ihrer Haut schimmerte dann etwas fremdartig Energisches, ja etwas Wildes und Unnachgiebiges, das Octavia gleichermaßen faszinierte wie erschreckte.

„Du meinst, dass die Vestalinnen durch ihre Gebete und Opfer den Zorn der Götter besänftigen?"

„Sie und alle, die unerschütterlich am Glauben unserer Väter festhalten", bestätigte Silana. „Was wissen wir darüber, wie viel Treue zu der alten Ordnung dem mannigfachen Unrecht noch entgegensteht, wie viele Opfer und Gebete, freiwillig geleistet für die Sünden, Verbrechen und Nachlässigkeiten einer ganzen Menschheit, bewirken, dass die Unsterblichen noch immer Segen ausgießen, statt die Erde den Furien des Zornes zu überantworten?"

Die Tochter des Kaisers zuckte mit den Schultern.

„Vielleicht stimmt, was du sagst, liebe Freundin. Auf jeden Fall hast du hast mir heute viel gegeben, weil du mich zum Nachdenken brachtest – und du musst wissen, dass das die einzige Luft ist, die mich noch an's Leben fesselt."

Es war, als habe Silana ihr nicht richtig zugehört. Ihr Blick schweifte in die Ferne, und mit fester Stimme wiederholte sie ihren soeben formulierten Gedanken:

„Nur das getreuliche Festhalten am alten Götterglauben mit seinen Kulten und Zeremonien wird das Kaiserreich erhalten und bewirken, dass wir wieder zu den Werten und Tugenden zurückkehren, die Rom einst groß gemacht haben."

4. Kapitel

Rund zwei Wochen waren seit dem Gespräch der Freundinnen verflossen.

Es war ein trüber Tag.

Kaiser Claudius hatte drei Tage zuvor sein Lieblingsgericht, das aus Pilzen bestand, genossen und war einige Stunden später auf das heftigste erkrankt.

Die Diagnose seines Arztes Xenophon lautete: Herzschwäche – und es schien keinen Grund zu geben, daran zu zweifeln. Auf allen Altären Roms und der benachbarten Provinzen loderten fortan die Opfer, um von den Göttern die Genesung des Kaisers zu erflehen.

In der Frühe des 13. Oktobers ließ der Leibarzt, der den Kranken unter seiner persönlichen und alleinigen Aufsicht behalten hatte, die engsten Familienmitglieder benachrichtigen, dass sich das Befinden des Imperators noch einmal lebensbedrohlich verschlechtert hatte.

Einige Minuten später stürzte eine Sklavin in die Gemächer Octavias.

„Der Imperator liegt im Sterben, Herrin. Man ruft nach dir."

Mit einem Schreckensschrei sprang die Prinzessin auf und eilte davon, Säle und Gänge hindurch, wo sich die Hofleute mit scheuem Flüstern drängten, zum Krankenzimmer des Vaters.

Doch die Tür zu demselben war verschlossen. Auch Britannicus und Domitius Nero waren nicht zu ihrem Vater und Stiefvater gelassen worden und warteten mit einigen Adeligen vor dem verschlossenen Krankenzimmer.

Mit einem Aufschrei sank Octavia vor der Tür nieder. Verzweifelt trommelte sie mit beiden Fäusten gegen dieselbe.

„Vater, geliebter Vater! Hörst du mich? Dein Kind, Octavia, will zu dir."

Britannicus versuchte, seine Schwester zu trösten.

„Es hat keinen Sinn. Xenophon lässt uns nicht hinein. Er ist alleine mit Agrippina bei unserem Vater."

Er half Octavia auf die Beine und führte sie einige Schritte beiseite.

In dem Moment öffnete sich die hohe Tür, und die Kaiserin trat, begleitet von Xenpohon, der sie stützte, aus dem Krankenzimmer. Agrippina war in Tränen aufgelöst.

Der Leibarzt des Imperators räusperte sich. Dann erklärte er mit belegter Stimme:

„Soeben ist unser geliebter Kaiser, Tiberius Claudius Caesar Augustus Germanicus, in die Ewigkeit hinübergegangen. Die unsterblichen Götter haben ihn in ihre Gemeinschaft aufgenommen."

Laut weinend warf sich Octavia an die Brust ihres Bruders.

Agrippina hob die Hand.

„Der göttliche Claudius hat mir, seiner Gemahlin, sein Testament und seinen letzten Willen mitgeteilt", begann sie. Sie schien mit den noch so frischen Erinnerungsbildern ringen zu müssen.

„Als ich vor einer halben Stunde endlich zu meinem geliebten Gemahl vorgelassen wurde, sank ich mit einem Aufschrei an seinem Lager nieder. Der Kaiser war bewusstlos. ‚Claudius, geliebter Claudius!' rief ich. ‚Wie ist dir? Deine Frau spricht zu dir!' Da schien es, als käme noch einmal Leben in die starren Augen des Imperators. Sie öffneten sich weit, und der Blick irrte zunächst im Kreis umher, als suche er jemanden. Die blau gewordenen Lippen bebten wie im Krampfe. ‚Agrippina', kam es kaum hörbar aus seinem Munde. Sein Blick blieb auf mir haften, bohrte sich geradezu in meine Augen, und wieder bewegten sich die Lippen des Kaisers. Mit letzter Kraftanstrengung flüsterte er: ‚Nero … soll … Imperator … werden.'"

Während sich die Geschwister Octavia und Britannicus einen raschen Blick der Verständigung zuwarfen, fuhr Agrippina pathetisch fort:

„Kaum hatte Claudius diese Worte gehaucht, sank er röchelnd zurück; noch einmal zuckte der Körper in einem letzten Widerstand. Dann war alles zu Ende. Weinend warf ich mich über den entseelten Leichnam und drückte – als letzten Liebesdienst – dem toten Gemahl die Augen zu."

Die Kaiserinwitwe hielt kurz inne. Dann breitete sie leicht die Arme aus.

„Es war also der Wille meines göttlichen Gemahls, dass mein Sohn Domitius Nero nach ihm den Thron der Cäsaren besteigen soll. Und das Wort eines Gottes ist Gesetz!"

Agrippina trat vor ihren Sohn hin und verneigte sich vor ihm. Dann sagte sie mit erhobener Stimme:

„So lasst uns nun alle das große Wort rufen, dass meinem Sohn von nun an Tausende und Abertausende seines Volkes zurufen werden – und das ihn zum Herrn der Erde macht: ‚Heil Nero! Heil Imperator!'"

Noch ehe die Anwesenden dieser Aufforderung nachkommen oder überhaupt irgendwie reagieren konnten, hörte man Lärm vom unteren Stockwerk. Es war ein lautes, verworrenes Gemurmel, wie es von großen Volksmassen ausgeht. Plötzlich hörte man wirr durcheinander die Rufe: „Nero", und schwächer: „Britannicus!"

Britannicus drehte sich hastig um und eilte hinaus, einen Gang hindurch, zur Treppe. Dort stand ein Prätorianer in voller Rüstung.

„Gib mir dein Schwert und deinen Panzer", rief der Kronprinz und entwand dem Soldaten mit einigen geschickten und kräftigen Bewegungen das Verlangte. Den Panzer um die eigene Brust geschnallt, stürmte Britannicus, die blanke Waffe in der Hand, die marmorne Treppe hinunter.

Wirres Getümmel herrschte überall. Der große Saal war voller Soldaten der Garde, dazwischen mehrere Offiziere. Auch Adelige und Hofleute aller Chargen drängten sich durch die Menge.

Ein Ritter erkannte den Prinzen.

„Heil dem Imperator!" rief er ihm entgegen.

Brausende Rufe folgten.

„Vivat Britannicus! Imperator!"

Da dröhnte die Stimme eines Offiziers dazwischen. Er stand nur zwei Schritte von Britannicus entfernt.

„Pereat!"

„Nieder mit Britannicus", johlten seine Leute befehlsgemäß. „Es lebe Nero!"

Britannicus erbleichte.

Der Offizier lachte ihm höhnisch ins Gesicht. Da traf ihn der wütende Schwertstreich des Prinzen. Der Offizier brach zusammen. Das wirkte. Die Soldaten wichen zurück. Ein Senator drängte sich an Britannicus heran. Ein anderer folgte. Es waren seine Freunde Thrasea Paetus und Borea Soranus. Sie rissen den Kronprinzen mit sich.

„Schnell – sonst ist alles verloren. Du musst unverzüglich vor dem Senat sprechen und deinen Anspruch auf den Thron verteidigen!" keuchte Thrasea Paetus.

Da trat ihnen ein anderer Offizier entgegen.

„Heil Nero!" rief dieser. „Nero Imperator!"

Britannicus zog unverzüglich sein Schwert. Heftig kreuzte sich seine Klinge mit der des Offiziers.

Das war das Signal zu einem fürchterlichen Durcheinander. Ein kleiner Teil der Soldaten stand auf der Seite des Britannicus. Alle anderen schienen zur Partei Neros zu gehören.

Ein wildes Handgemenge setzte ein. Schwerter blitzten und klirrten, Eisenhemden rasselten. Dicht fielen die Hiebe auf Brustpanzer, Helme und Hauben.

So ging es gut eine viertel Stunde.

Plötzlich stürmten rund fünfzig Prätorianer, angeführt von ihrem

Befehlshaber, Afranius Burrus, den Raum. Burrus, ein Mann von wohl sechs Fuß Höhe und fuchsroten Haaren, stürzte sich auf den Kronprinz, während seine Männer die Zu- und Ausgänge des geräumigen Stockwerkes und die breite marmorne Treppe besetzten.

„Ergib dich!“ rief Burrus dem Kronprinzen zu. „Du siehst, dass jeder Widerstand vergeblich ist. Ergib dich, wenn dir dein Leben lieb ist!“

„Ich denke gar nicht daran, Verräter!“ entgegnete Britannicus. Seine Kraft schien ungebrochen. Den Schwertangriff des Rothaarigen parierte er eine Weile geschickt und brachte seinem immer wütender anstürmenden Gegner einige wohl gezielte Stöße bei, die freilich dessen Panzer nur geringen Schaden brachten.

Da schlug Burrus mit der Armschiene das Schwert des Prinzen zur Seite. Klirrend fiel es zu Boden. Noch ehe Britannicus sich bücken und die Waffe aufheben konnte, richtete der Befehlshaber der Prätorianer die Spitze seines Schwerts auf die Brust des Prinzen.

„Schluss jetzt, Britannicus. Ergib dich, oder du bist verhaftet!“

„Verhaftet?“ schrie der Prinz wutentbrannt. „Auf wessen Befehl?“

„Auf Befehl des Imperators!“

„Ich bin Imperator. Ich befehle dir, gib den Weg frei!“

„Nero ist Kaiser“, antwortete Burrus. „Die Prätorianer haben den Kaiser ausgerufen. Eben bestätigt der Senat ihre Wahl.“

Der Prinz blickte sich nach seinen Freunden Thrasea Paetus und Borea Soranus um, die von einigen Männern des Burrus in Schach gehalten wurden. Der verzweifelte Gesichtsausdruck der beiden Senatoren machte Britannicus unmissverständlich klar, dass er verloren hatte.

Nach einer Pause des Nachdenkens sagte der Prinz mit fester Stimme:

„Ich ergebe mich!“

Damit drehte er sich um und betrat entschiedenen Schritts die ersten Stufen der breiten Treppe. Die Soldaten des Burrus wichen zurück. Britannicus stieg langsam die Treppe hinauf. Niemand folgte ihm.

Im Sterbezimmer des Claudius lag Octavia alleine vor dem Bett des Vaters auf den Knien.

Britannicus neigte sich von hinten her über seine Schwester, umfasste mit seinen Armen ihre Schultern und lehnte seine Wange an ihr Haar.

„Nero ist zum Kaiser ausgerufen worden“, flüsterte er, Schmerz und Zorn in der Stimme. „Das war alles vorbereitet – eine Verschwörung. Nur deshalb konnte alles so schnell gehen. Die Truppen und weite Teile des Senats sind bestochen worden.“

Octavia nickte stumm.

„Ein Gutes hat es wenigstens“, ergänzte Britannicus. „nun bist du Roms neue Kaiserin.“

„Ich würde alles dafür geben, dass dieser bittere Kelch an mir vorüberginge“, erwiderte Octavia.

Ihr Bruder blickte auf den Leichnam ihres Vaters. Die Züge des Toten waren verzerrt, seine Hände verkrallt.

„Ich bin sicher, dass er vergiftet worden ist“, sagte er dumpf.

Octavia sah ihren Bruder starr an, und langsam stieg die fürchterliche Erkenntnis in ihre Augen.

„Vergiftet?" flüsterte sie mit brüchiger Stimme. „Vergiftet? – Jupiter, welch eine Mördergrube ist dieser Palast! Welcher Fluch ruht auf unserem Haus? Welche Hyänen umschleichen uns hier?"

Sie blickte wieder auf den Toten.

„Armer, unglücklicher Vater! Wärest du doch nie aus dem Dunkel deines Lebens hervorgetreten. Hättest du nie diesen Thron bestiegen, dessen Purpur aus Blut gewebt ist!"

Nach einer Pause fragte sie:

„Und wir Unglücklichen … und du, Britannicus? Was soll nun werden?"

5. Kapitel

Es geschah gut ein halbes Jahr nach dem geschilderten Ereignis, im elegantesten Viertel Roms, zwischen dem Kolosseum und dem Lateran, genauer gesagt: im herrlichen Wohnhaus des Rufius Crispinus.

Poppäa Sabina, die Gemahlin des Rufius Crispinus, hatte, wie schon so oft, die alte Megäre Hippolyta zu sich rufen lassen, welche sich meisterhaft auf Schönheitspflege verstand. Diese Art von Frauen vermittelte freilich unter dem Deckmantel ihres Gewerbes auch manch andere Dienste. Sie kolportierten nicht nur allerlei Klatsch, der in Rom umging, sie befriedigten auch mitunter die mehr oder weniger lasterhaften Wünsche ihrer Kundinnen.

Nachdem Hippolyta das Antlitz Poppäas mit pflegenden Essenzen eingerieben hatte, um die Haut geschmeidig zu machen, legte sie Bleiweiß in die kleinen Falten um die Augen und verteilte eine zarte Schicht von Puder darüber. Schließlich fuhr sie mit einem dünnen Pinsel Wimpern und Augenbrauen nach, zog einen dunklen Streifen unter den Augenlidern und legte einen Schimmer Rot auf Wangen, Lippen und Ohrläppchen.

Hippolyta wusste, dass Poppäa Sabina, trotz ihres nicht mehr ganz jugendlichen Alters, immer noch ungemein eitel war. Noch größer als ihre Eitelkeit waren freilich die Lasterhaftigkeit und der Ehrgeiz Poppäas.

Rufius Crispinus, einer der angesehensten Edelleute der Hauptstadt, außerordentlich reich und begütert, dabei für seine Gerechtigkeit und Großzügigkeit bekannt, hatte das damals fünfzehnjährige Mädchen geehelicht, dessen Körper bereits in Form und Linie erblüht war. Ihre Stirn trug zudem den Stempel herausragender Klugheit, so dass Poppäa schon damals nicht nur als eine der schönsten, sondern auch als eine der intelligentesten Frauen Roms galt.

Kaum geweckt, beherrschte freilich auch eine schier ungezähmte Sinnlichkeit das Herz und den Leib der jungen Frau. Verbunden mit einer – mit Absicht und Bedacht – freisinnigen Lebenseinstellung, hatte Poppäa bald begonnen, ihren Gemahl zu betrügen, sooft sich ihr die Gelegenheit dazu bot. Gewährten die vornehme Abkunft ihres Mannes, sein Reichtum und sein exzellenter Ruf Poppäa auch das edle Relief, dessen sie für ihr Leben zu bedürfen glaubte und das ihr, wie sie meinte, auch wie selbstverständlich zustand, empfand sie dennoch keinerlei Gewissenbisse bei ihren Ehebrüchen. So ging es schon mehrere Jahre. Die fast sprichwörtliche Güte des Rufius Crispinus war nämlich, wie das nicht selten der Fall ist, mit einer fast grenzenlosen Naivität gepaart. Und so kam es, dass halb Rom von den ehebrecherischen Eskapaden Poppäas wusste, ihr Gemahl aber nicht das Geringste davon ahnte.

Doch vor kurzem – so wusste Hippolyta von ihrer wohlhabenden Kundin selbst, da diese mit der Megäre ganz offen über ihr Liebesleben sprach – war der jüngere und ebenfalls aus sehr wohlhabendem Hause stammende Salvius Otho in das Leben Poppäas getreten. Schnell hatte diese Gefallen an dem eleganten, gutaussehenden und ebenso verwegenen wie ausgelassenen Mann gefunden, und dieser war offensichtlich ebenfalls in heftigster Leidenschaft zu der immerhin schon fast dreißigjährigen, aber immer noch ausgesprochen attraktiven Frau entbrannt.

Würde Poppäa die Scheidung einreichen und die Gemahlin von Salvius Otho werden – dem Gerede und Getuschel der vornehmen Gesellschaft zum Trotz? Denn ungehindert aller Freizügigkeit der Sitten, welche sich die Wohlhabenden Roms erlaubten, galt eine Scheidung nach so langer Ehe immer noch als anrüchig. Eine Frau zumal, die eine solche Scheidung beantragte, verfiel meistens der Miss-achtung aller, und auch ihr neuer Mann begab sich fast zwangsläufig ins gesellschaftliche Aus.

Nachdem Hippolyta die Gattin des Rufius Crispinus auf die erwähnte Art und Weise geschminkt hatte, ging sie zu deren Frisur über. Die kleinen, faltigen Hände der Megäre verschwanden unter der Flut der bernsteinfarbenen Haare. Nachdem Hippolyta es mit Salben und wohlriechenden Ölen geschmeidig gemacht hatte, rollte sie die Strähnen in Spiralen auf, immer höher, bis sich das Haar in raffiniert geordneter Frisur zu einem mächtigen Kunstwerk erhob. Dann streute sie aus einer Perlenschale feinen Goldstaub in die hellen Flechten, bis das Haar in sonnigem Glanze schimmerte.

Poppäa wollte heute besonders schön sein; denn sie war für den Abend mit ihrem Mann zu einem Fest am kaiserlichen Hof geladen.

Nachdem Hippolyta durch ein Zeichen kundgetan hatte, dass alles fertig war, erhob sich Poppäa von ihrem, mit goldenen Ornamenten bestickten Ruhesessel und trat an den großen Kristallspiegel ihres Schlafgemachs.

„Hippolyta“, sagte sie schließlich, das Haupt von dem Spiegel wendend, „was hat eigentlich diese schrecklich tugendhafte Octavia, die Gemahlin unseres Imperators, mir voraus?“

„Nichts, rein gar nichts“, beeilte sich die Alte einzuwerfen. „Sie ist dürr wie eine Dattelpalme.“

„Und sie hat eine Hakennase“, ergänzte Poppäa.

Sie stampfte zornig auf den Boden.

„Und ist trotzdem Kaiserin! Kaiserin – verstehst du, was das heißt? Die Herrin der Welt! Juno, die Gemahlin des Jupiters, kann sich nicht glücklicher preisen als sie.“

„Wer weiß“, warf die alte Hippolyta listig lächelnd, ein, „wer weiß … du bist so schön …“

Poppäa lachte.

„Schmeichle mir nur, alte Hexe. Du hast freilich nicht unrecht. Vielleicht – wenn ich einmal will … Aber jetzt will ich erst einmal einen anderen – und zwar ganz und gar!“

In den kaiserlichen vatikanischen Gärten erhob sich ein Zeltdach aus syrischem Purpurstoff, das auf silbernen Stangen ruhte. Unter dem Dache standen Tische für die Gäste, schwer beladen mit kostbarstem alexandrinischen Glase, Kristall, Geschirr und Vasen, deren Glanz geradezu die Augen blendete. Ringsum standen die anmutigsten, aus

Gold, Silber und edlen Stoffen gefertigten Gestalten – Nymphen, Sirenen, Seejungfrauen und der Meeresgott Neptun, dazu allerlei Phantasiefische, Schwäne, Möwen und Flamingos. In kunstvoll gemachten kleinen Booten und Schiffen mit bemalten Rudern – die aussahen, als hätten sie, zu Wasser gelassen, wirklich schwimmen können – saßen Sklavinnen aus allen Gegenden des Kaiserreiches und von ausgesuchter Schönheit, fast nackt, die Haare nach Sitte ihrer Heimatländer aufgeputzt. Dazu männliche Sklaven von bewundernswerter jugendlicher Kraft und Schönheit der schlanken Glieder, deren tiefes Braun nur um die Hüften ein kostbarer Schurz von Scharlach verhüllte.

Die imposanten Ulmen und Pinien des Parks boten eine eindrucksvolle Kulisse. Springbrunnen sandten ihre farbigen Strahlen aus silbernen und goldenen Becken empor. Künstlich angelegte Bäche gluckten durch filigrane Grotten aus Alabaster und Marmor oder zerstäubten an farnumwucherten, ebenfalls künstlichen Felshängen.

Aus den Hainen rings um das Zelt drang aus phantastischen Konstruktionen, die für dieses Fest gebaut und im Dickicht verborgen waren, Musik und Gesang in die Umgebung, und die versteckten Hörner und Trompeten erfüllten den ganzen Park.

Auf der prächtigen Pan-Allee, die den Park von Norden nach Süden schnurgerade durchschnitt, schritt Nero mit seinen annähernd dreihundert Gästen auf das purpurne Zelt zu.

Nicht nur die Frauen hatten sich in ihre besten Gewänder gehüllt und ihre Haare kunstvoll frisieren lassen. Auch die Herren hatten sich die Haare gekräuselt und die Gewänder mit wohlriechenden Stoffen durchräuchert. Sie hatten sich die Hände und das Gesicht mit wohlriechenden Wassern gewaschen sowie ihre Schmucksachen und ihre Ringe geputzt, damit alles an ihnen dem Kaiser gefiele.

Zur Rechten des Imperators ging die Kaiserin, zu seiner Linken seine Mutter Agrippina. Dahinter schritten der Philosoph Seneca, der Prätorianeroffizier Tigellinus, der in letzter Zeit zu einem besonderen Günstling Neros aufgestiegen war, sein Kollege Anicetus, der Gardepräfekt Burrus, Petronius, der galante Berater Neros und bekannteste Lebemann der römischen Gesellschaft, Luccanus, ein Neffe Senecas und gleich diesem ein erfolgreicher Dichter und Philosoph. Dann kamen die Militärtribunen, mehrere Senatoren mit ihren Frauen und Töchtern, Ritter, die sich im Staatsdienste oder als Rechtsbeistände hervorgetan hatten, die Priester der drei obersten Gottheiten, der Stadtpräfekt, mehrere süditalienische Großgrundbesitzer; auch auswärtige Machthaber, Gäste aus Asien und dem Norden, und schließlich ein großer Teil des gesamten Hofes. Unter den Geladenen waren weiters Corbulo, der neu ernannte Feldherr, der bestimmt worden war, um den Krieg mit den Asiaten endlich zu Ende zu führen, und Tiridates, ein armenischer Kronprätendent, der hier mit größter Zuvorkommenheit und Liebenswürdigkeit behandelt wurde, damit es ihm weniger Bewusstsein komme, dass die Freunde und Verbündeten des Römischen Reiches nichts weiter waren als Sklaven an goldenen Ketten.

Unter den Gästen befanden sich auch Rufius Crispinus und seine Gemahlin Poppäa. Diese war wundervoll anzusehen. Das rot und weiß gestreifte Kleid, dessen Ärmel aus geradezu ätherischer Gaze gesponnen waren, harmonierte perfekt mit dem Schmuck, ihrem kunstvoll geschminkten, zart rosa gepuderten Gesicht und den glänzend hellbraunen Haarflechten. Ihre Linke auf den Arm ihres Gatten gelegt, ließ sie sich von diesem langsam zum Ort der Feierlichkeit geleiten, während ihre dunklen Augen träumerisch auf den einige Reihen vor ihr schreitenden Kaiser gerichtet waren.

Nachdem die Gäste sich auf ihren ausgewiesenen Plätzen niedergelassen hatten, waren an die zweihundert Sklaven fortwährend beschäftigt, die Menschenmenge mit Speis und Trank zu versorgen. Dem Anlass des Festes entsprechend, das zu Ehren des Meeresgottes Neptun gegeben wurde, wurden zum Essen ausschließlich kulinarische Köstlichkeiten aus dem Meer gereicht. Und so bogen sich die dargereichten Schalen und Tabletts geradezu unter den gekochten und gegrillten Krebsen, Hummern, Langusten, Muscheln, Austern und Möweneiern. Als besondere Delikatesse wurden sechs Pfund schwere Steinbutte dargeboten, die seit Jahren im Meerwasser mit Gänseleber gemästet worden waren. Dazu gab es die verschiedensten Fische und Kaviarsorten. Freilich wurden auch Kastanien, Oliven sowie die verschiedensten Früchte und Teigwaren gereicht. Die erlesensten Weine aus allen Regionen des Imperiums wurden in mit Bergschnee gefüllten Silberkübeln gekühlt und in geschliffenen Kristallkaraffen ausgeschenkt. Schnell erhitzten sich die Herzen und Köpfe der Festteilnehmer angesichts dieser Köstlichkeiten für Augen, Ohren und Gaumen. Ringsumher aus den kleinen Booten flogen immer wieder Tauben und andere Vögel aus Indien und Afrika auf, die an kaum sichtbaren Seidenfäden befestigt waren. In ihren Gefiedern hingen bunte Blüten aus ihren Ursprungsländern, die malerisch auf die verzauberten Gäste herabregneten.

Als die Dämmerung hereinbrach, wurde der Hain plötzlich durch tausend Lampen erhellt.

Auf den weichen Speisesofas liegend, erwarteten die Gäste des Kaisers nun einen weiteren Höhepunkt des Festes. Bezaubernde Tänzerinnen traten auf, Indiens schönste Töchter, so schien es, deren schwarzes Haar auf wundervolle, entblößte Nacken fiel, Araberinnen mit olivgrüner Haut und glutblitzenden Augen, sowie weitere atemberaubend attraktive junge Frauen aus allen Teilen des Reiches. Leichte Schleier hüllten die schlanken Gestalten wie durchsichtige Nebel ein, wie zarte Wolken aus Rosenblättern, mit Goldsternen, Diamanten und Rubinen besetzt, die Lichtfunken sprühten, wenn die Schönen im Takt der Musik hin und her wogten. Dabei schlugen sie mit ihren schlanken Fingern kunstvoll Lauten und Tamburine.

Die kleinen schön geformten Füße berührten kaum den Boden, wenn sie so dahinschwebten. Es war, als seien die schönen Dienerinnen des Olymp zu den Sterblichen herabgestiegen.

Die halbe Nacht hindurch dauerte so die Lustbarkeit. Gelächter und amüsante Gespräche wechselten ab mit Musik, Tanz und weiteren atemberaubenden Darbietungen.

Poppäa Sabina war zwar nicht betrunken vom Weine, wie nach und nach so mancher Gast um sie herum, wohl aber geblendet und trunken von all dem, was sie mit allen Sinnen aufnahm.

Wollte sie das alles wirklich gefährden, um der Liebe eines Mannes willen?

Es war Nacht.

Die Polizeikohorte hatte ihre Runde im Quirinal beendet. Der Palast des Rufius Crispinus lag in tiefer Stille. Leise säuselte es in den hohen Pappeln, hier und dort neigte sich eine schlanke Zypresse.

Inmitten des Gartens plätscherte der Springbrunnen, dessen silbernes Wasser sich in dem breiten Marmorbecken sammelte, das ein gequält blickender Atlas auf seinen breiten Schultern trug.

Weit hinten, wo die letzten Lampen schon erloschen waren, sah man unter den Zypressen die Schatten zweier Sklaven, welche bis an die Zähne bewaffnet waren. Sie behüteten zwei Maultiere, die zusammengekoppelt waren und in ihrer Mitte eine Sänfte trugen. Ein schnelles Berberross scharrte mit den Hufen.

Die Sklaven horchten angestrengt in die Nacht hinaus, ob nicht ein Pfiff ertönte, das vereinbarte Signal, auf welches hin sie ihrem Herrn zur Hilfe eilen mussten.

Doch alles blieb still. Nur in den Bäumen rauschte der Wind.

An der Außenwand des Palastes gaukelte ein riesengroßer Schatten hin und her. Bald schrumpfte er zusammen, sank tiefer und stieg wieder höher, wuchs ins Unermessliche. Man vermochte nicht zu erkennen, von wem dieses seltsame Schattenspiel ausging. Plötzlich wurde im ersten Stockwerk eine Lampe entzündet. Das Fenster erleuchtete sich. Im Rahmen des Lichts erschien Poppäa Sabina. Sie trug ein kostbares Kleid, über welches ein Mantel von schwarzer Seide geworfen war. Ihre Haare hingen aufgelöst über die Schultern und ringelten sich in glänzenden Locken den Rücken hinab. Ihre Züge waren angespannt lauschend, das Gesicht bleich. Nur die Augen fieberten vor Erregung. Nachdem sie eine Weile gelauscht hatte, ergriff sie eine Öllampe, die kaum mehr Licht verbreitete als eine Kerzenflamme, und hielt sie über die Brüstung. An einem Stricke pendelte ein Mann an der Mauer hin und her. In einem Augenblick hatte er das Fenster erreicht und schwang sich in das Innere des Gemachs.

„Bist du fertig?“ fragte er leise.

Es war Salvius Otho. Seine Kleidung war die eines gewöhnlichen Bauern. Das Gesicht war mit Kohle geschwärzt. An seiner Seite hing ein entblößtes Schwert.

Poppäa reichte ihm ein zierliches Kästchen.

„Mein Schmuck!“

Sie schlang beide Arme um seinen Hals und verweilte so einen Augenblick.

„Wie ich dich liebe – nun darf ich es wohl sagen. Erkennst du, was ich für dich wage und opfere?“

„Ja – es gilt nur noch unser beider Glück, Geliebte. Wir haben aber keine Zeit zu verlieren. Vorwärts!“

Er hob mit starken Armen den zierlichen Körper Poppäas empor. Sie schmiegte sich zitternd an seine Brust und hielt sich mit den Armen an seinem Hals fest. Mit einem Sprung erklomm Otho die Brüstung, fasste mit der Rechten den Strick und begann, langsam mit seiner Last sich in die Tiefe zu lassen.

Als er ungefähr in der Mitte zwischen dem Fenster und dem Erdboden hing, erschien der Kopf der alten Hippolyta in der Flut des Lichts, welches aus dem Fenster drang, und die alte Megäre rief leise hinunter:

„Poppäa Sabina, gute Herrin, wohin eilst du in dieser ungewöhnlichen Stunde?“

Die Flüchtenden antworteten nicht. Otho glitt rascher in die Tiefe. Die Alte aber, in Sorge, nun ihre Stellung und einen großen Teil ihrer Einnahmen zu verlieren, fürchtete überdies, von Rufius Crispinus der Mitschuld an dieser Entführung bezichtigt zu werden. So schrie sie mit wutentbrannter Stimme so laut sie konnte:

„Herrin! Warte! Wohin so spät? Auf, schnell, ihr Sklaven! Unsere Herrin wird entführt! Ein Verbrecher ist im Palast! Lasst die Hunde los!“

Fast im gleichen Moment wurde es im Haus lebendig. Eben erreichte Otho mit Poppäa den Boden, als die Pforte aufgerissen wurde, und zwei Sklaven auf die Flüchtenden zustürmten. Otho ließ seine Geliebte zu Boden gleiten und riss das Schwert aus dem Mantel. Zugleich stieß er einen gellenden Pfiff aus. Mit einem geschickten Hieb machte er den ersten Sklaven, der auf ihn eindrang, kampfunfähig. Doch schon zückte der zweite Sklave seine Waffe. Im Hintergrund stürmten weitere Sklaven heran. Wüstes Lärmen entstand. Fackeln wurden herbeigetragen. Die Tuba der im Laufschritt herbeieilenden Polizeikohorte tönte schaurig durch die Nacht.

Da sprangen zwei riesige Männer in den Kreis der Sklaven des Rufius. Blitzschnell teilten sie links und rechts Hiebe aus, dass die Angreifer, verblüfft und erschreckt über die neu aufgetauchten Gegner, zurückwichen. Es waren Sklaven Othos, die sich wie wilde Tiger auf die Diener des Rufius Crispinus stürzten. Eine allgemeine Verwirrung entstand. Die Fackeln verlöschten. Da riss Otho die halb ohnmächtige Poppäa empor und eilte mit ihr in langen Schritten davon.

Als sich die Sklaven des Rufius Crispinus vom ersten Schrecken des neuen Überfalls erholt hatten, war das ehebrecherische Paar verschwunden. Ein wütendes Handgemenge hob zwischen den Sklaven des Hausherrn und denen des Ehebrechers an. Man merkte schnell, dass letztere Gladiatoren waren. Nach und nach wichen die Diener des Rufius Crispinus zurück, in Richtung Palast gedrängt. Da erschien die Polizeikohorte. Aber ehe die Sklaven des Rufius Crispinus, die zunächst neue Gegner vermuteten, die Polizisten erkannten, waren die beiden Gladiatoren zwischen ihnen hindurchgeschlüpft und in der Dunkelheit verschwunden.

Unterdessen war Otho mit Poppäa, die ihre Geistesgegenwart wiedergefunden hatte, zur Sänfte geeilt. Poppäa sprang in das Innere, ihr Geliebter schwang sich auf das Pferd – ein Peitschenhieb, und die kleine Karawane eilte die engen Gassen hindurch, in Richtung des östlichen Stadttores. Sie waren schon ziemlich vom Ort der Gefahr entfernt, als ein Reiter plötzlich den Weg der Flüchtenden kreuzte.

„He – wohin?" schrie er Otho an, der kaum das Pferd zurückzureißen vermochte, „mir scheint, du führst nichts Gutes im Schilde! Halt, sage ich!"

Otho, der auf den ersten Blick den heimkehrenden Rufius Crispinus erkannte, unternahm den Versuch, an ihm vorbeizureiten und seinen Gegner dabei vom Pferde zu stoßen. Crispinus saß allerdings zu fest und sicher im Sattel. Die Maultiere scheuten, und die beiden Männer kreuzten die Schwerter.

„Gib den Weg frei!“ schrie Otho außer sich vor Wut, „oder du bist des Todes!“

Rufius Crispinus, der den Freund – für einen solchen hatte er den Nebenbuhler stets gehalten – an der Stimme erkannte, riss verblüfft sein Pferd zurück.

„Salvius – du?“

Diesen Augenblick der Verwirrung nutzend, versetzte Otho den Maultieren, welche die Sänfte trugen, einen so kräftigen Hieb, dass diese mit einem Satz weiterjagten.

Schon ertönten hinter den Männern die Stimmen der Verfolger.

„Poppäa Sabina – Entführung – Verrat“, klang es wild durcheinander.

Rufius Crispinus schien immer noch verwirrt. Er griff sich an die Stirn. Doch schnell verstand er den Zusammenhang. Otho hackte seinem Pferd die Sporen in die Weichen. Doch der gehörnte Ehemann riss sein Pferd herum und stürmte dem Davoneilenden hinterher. Die Schwerter blitzten im Mondlicht. Eine Weile rasten die beiden Männer bald neben-, bald hintereinander dahin, und klirrend schlugen die Waffen zusammen.

Da, als Rufius Crispinus wieder etwas zurückgeblieben war, parierte Otho plötzlich mit außerordentlicher Gewandtheit sein Pferd, warf es herum, und in dem Augenblick, da der Konkurrent in vollem Galopp vorbeisprengte, bohrte er ihm von rückwärts die Klinge bis ans Heft in das Genick.

Der Schwerverletzte stieß einen Schmerzensschrei aus und fiel dumpf vom Pferd, das scheu geworden in eine Nebengasse davon galoppierte. Otho aber setzte den flüchtigen Maultieren nach.

Die Verfolger wurden durch Rufius Crispinus aufgehalten, dessen Leib quer über dem Weg lag.

Entsetzt hoben ihn die Sklaven auf, um ihn nach Hause zu bringen. Aber der Sterbende wehrte ihnen mit einer schwachen Handbewegung. Dann wies sein Finger in die Richtung, welche Otho genommen hatte.

„Fluch über euch!“ murmelten die zuckenden Lippen.

Blut quoll aus seinem Mund. Der Kopf fiel schwer zur Seite.

Einige Stunden später verbarg ein Landhaus in der Campagna das untreue Liebespaar.

Poppäa sank Otho in die Arme.

„Es ist geschafft“, flüsterte dieser.

„Aber welch hohen Preis verlangte unsere Liebe!“ erwiderte Poppäa. „Glaubst du, dass er tot ist?“

„Ich nehme es an“, bestätigte Otho.

„Was wird geschehen, Liebster?“ fragte Poppäa.

„Du wirst dich erst einmal eine Zeitlang hier verbergen müssen“, sagte Otho. „Ich reite morgen nach Rom zurück, herauszubekommen, ob man mich mit der Entführung in Verbindung bringt. Rufius hat mich erkannt, ohne Zweifel, aber er müsste tot sein. Ob er noch jemanden sagen konnte, dass ich es war, der dich entführt habe, wissen wir nicht. Außer ihm dürfte mich niemand erkannt haben.“

„Oh, Geliebter, ich habe solche Angst. Warum ist er uns in die Quere gekommen? Und selbst, wenn man dich nicht des Mordes verdächtigt … Soll ich mich nun mein ganzes Leben verstecken – und nie mehr nach Rom zurückkehren können?“

„Fürchte dich nicht, Poppäa. Wenn man mich nicht unmittelbar verdächtigt, deinen Mann getötet zu haben, beziehungsweise, wenn man mir nicht sofort etwas nachweisen kann, was die Eröffnung eines Strafprozesses rechtfertigte, verhalten sich die Dinge so, wie wir sie besprochen haben. Eine Scheidung, eingereicht von einer Frau, gilt in der vornehmen Gesellschaft Roms als Schande, entführt aber ein Rivale einem Mann dass Eheweib, wird eine solche Heldentat bewundert. Der Ehemann, durch eine solche Demütigung genötigt, die Scheidung einzureichen, gilt als Schwächling, man spottet heimlich oder ganz offen über ihn. War die Frau mit der fingierten Entführung einverstanden, wünscht man ihr und ihrem Geliebten in der Regel alles Gute! Einer Eheschließung steht dann nichts mehr im Wege."

Otho grinste. Dann fuhr er süffisant fort:

„Wenn etwas Zeit ins Land gegangen und etwas Gras über die Sache gewachsen ist, können wir uns ganz offen als Liebespaar zeigen. Immer vorausgesetzt, dass es keine konkreten Beweise gegen mich gibt, und davon gehe ich aus, mag mancher ruhig vermuten, dass ich dich entführt und deinen Mann erschlagen habe, ja, man mag das sogar allgemein als wahrscheinlich annehmen, das ändert nichts an der Bewunderung, die einem Liebespaar in einem solchen Entführungsfall gilt. Zumal man sich sagen wird, dass der Tod deines Mannes mehr oder weniger ein Unfall gewesen ist, weil er so töricht war, sich uns in den Weg zu stellen."

„Aber Rufius war sehr beliebt", gab Poppäa zu bedenken.

„Mag sein!" entgegnete Otho. „Aber unsere Zeit vergisst Tugend und Anstand schnell. Was in guter Erinnerung bleibt, ist das Frivole, das

Wagemutige. Du wirst sehen: Insgeheim wird man uns bewundern!“

Otho grinste noch breiter:

„Und vergiss nicht, dass ich ein Günstling des Kaisers bin. Sicher, sollte es Beweise für meine Tat geben, wäre Nero genötigt, einen Prozess gegen mich zu eröffnen. Im andern Fall aber spielt die Zeit für uns!“

„Und wie lange werde ich mich verbergen müssen?“ klagte Poppäa.

„Nicht so lange, Liebste. Spätestens in einem halben Jahr kannst du dich wieder in Rom zeigen – Hand in Hand mit mir!“

„Aber man wird mich fragen, was passiert ist, und wer mich entführt hat …“

„Dann wirst du geheimnisvoll lächeln und schweigen – das gehört zu den Spielregeln unserer Gesellschaft in einem solchen Fall. Die zu spielende Rolle einer entführten Geliebten ist klar umrissen. Niemand wird dich ungebührlich bedrängen.“

„Meinst du?“ Popäa kräuselte die Stirn. „Aber ein halbes Jahr – ohne den Glanz und Zauber Roms? Ohne rauschende Feste und Gastmähler?“

„Ist dir das unsere Liebe nicht wert?“ fragte Otho.

„Oh, doch, natürlich“, beeilte sich Poppäa säuselnd. „Natürlich …“

Otho lächelte.

„Und außerdem soll es dir auch hier an nichts fehlen!“

6. Kapitel

Die Kaiserin saß auf ihrer Terrasse, im Schatten dunkler Pinien und dachte über ihr Leben nach. Zwanzig Monate waren nun seit ihrer Vermählung mit Nero und fast ein Jahr seit dessen Erhebung zum Imperator des römischen Weltreiches vergangen.

Aber was bedeutete das für sie, den Menschen Octavia? Wem, außer ihrer Herzensfreundin Silana, konnte sie sich mitteilen, wem ihr Innerstes offenbaren? Wem, von einer Hand voll Freunden abgesehen, durfte sie wirklich Vertrauen schenken? Und nur sich selbst allein konnte sie in aller ungeschönten Wahrhaftigkeit gestehen, was sie litt. Was gab ihr diese Pracht des Palastes, ihr Reichtum, der Titel einer Kaiserin?

Der Papagei dort in seinem goldenen Käfig war gewiss zufriedener und glücklicher als sie, und diesen Statuen aus Marmor war eher ein warmes liebendes Herz zuzutrauen als den Höflingen und Sklaven, die sie wie Mücken umschwärmten, gewiss immer sprungbereit, ihr jeden Wunsch zu erfüllen. Aber was dachten sie wirklich über ihre Herrin?

Natürlich, da war ihr Bruder Britannicus, den sie von Herzen liebte, und der sie innig liebte. Aber nur selten konnte sie die Freude seiner Gegenwart genießen, weil er so viel zu tun hatte – nicht nur in Rom, sondern im ganzen Reich. Außerdem wusste Octavia nur zu gut, wie ungern Neros misstrauische Seele das innige Miteinander der Geschwister sah und deshalb Bruder und Schwester so weit wie möglich getrennt hielt.

Wahrlich, die Kaiserin in all ihrer Pracht wusste kaum, was Liebe, Treue und Hingabe waren. Hätte sie nicht einst die ehrliche und bedingungslose Liebe ihres Lucius Silanus erlebt, sie müsste an der Wirklichkeit dieser schönen Seelenhaltungen zweifeln.

Den Imperator, der sie nie geliebt hatte, hatte Octavia ihrerseits nach und nach zu verachten gelernt. Seine grausame Freude an den blutigen Zirkusspielen und Gladiatorenkämpfen, dazu seine verruchten und derben Scherze, mit denen er mit seinen Kumpanen des Nächtens die Bevölkerung Roms in Angst und Schrecken hielt, ließen seine Gemahlin befürchten, dass Nero die Lüste und Gräuel eines Kaisers Tiberius noch übertreffen könnte und seine Untertanen vor ihm bald mehr zittern müssten als vor Caligula unseligen Andenkens.

Dazu kamen die ungeschickten Dichtungen des Imperators, seine unsäglichen Kompositionen, ganz zu schweigen von jener fast weibisch-aufgeschwemmten Physiognomie, in welche sich sein einst nicht unschönes Gesicht infolge unzähliger prasserischer Gastmähler und Saufgelage in kürzester Zeit verwandelt hatte, und in der jeder Menschenkenner wie in einem Buch etwas über Laster, Charakterlosigkeit und Triebhaftigkeit lesen konnte.

In Folge dieser Entwicklungen wies Octavia die rohen Liebkosungen ihres Mannes seit längerem zurück, und so oft Nero körperliche Annäherung suchte, begegnete sie ihm mit solch offensichtlicher Verachtung, dass seine einstige Gefühlsarmut ihr gegenüber früher oder später fast zwangsläufig in unversöhnlichen Hass umschlagen musste.

Trost und geistige Erquickung fand die Kaiserin weiterhin allein in der Religion, bei ihren Lieblingsdichtern und den Philosophen, vor allem bei Platon, und manche Worte dieses Weisheitslehrers hallten des Abends, ehe sie sich niederlegte, in ihrem Inneren wider.

Nur eines gab es, das der Kaiserin ähnlich viel Trost und Kraft schenkte wie die Lektüre philosophischer Werke, und das war ihre Freundschaft zu Silana. Mit heller Freude blickte Octavia daher der trauten Begegnung entgegen, die sie für den heutigen Abend mit der Seelenverwandten vereinbart hatte.

Die Kaiserin konnte freilich noch nicht ahnen, dass dieses Treffen ihr einen tiefen Schmerz bereiten würde.

Die beiden Frauen hatten sich ins Schlafgemach der Kaiserin zurückgezogen. Es war ein großer Raum mit gewölbter Decke, in schönen Verhältnissen erbaut, aber ohne Säulen und ohne größeren architektonischen Schmuck. Kerzenlicht umschimmerte die zarten Reliefs an den Wänden, in dessen kleinen Nischen Büsten von Julius Cäsar, Kaiser Augustus und Octavias Vater Claudius standen. Goldbestickte Vorhänge umflossen die hohen Fenster, ein Löwenfell breitete sich auf dem bunten Mosaikfußboden aus.

Statuen der Venus und des Eros umstanden das breite Bett, auf dem die zwei Freundinnen es sich, in purpurne Wolldecken gehüllt, gemütlich gemacht hatten.

Auf einer Anrichte konnte man Reiseandenken, Statuetten, Masken und allerlei Kunstwerke aus aller Herren Länder betrachten. Da gab es neben anrührenden und feinen Kleinodien auch manch Prunkendes und Glitzerndes, Phantastisches und Arabeskes – aber nichts, was nicht von Geschmack und Schönheitssinn gezeugt hätte. Freilich schien es, als ob in dem Raum eine Vielzahl von Träumen – ernsten und heiteren – durcheinanderwirbelten.

Octavia und Silana tranken Mulsum aus fein geschliffenen Tassen und naschten aus einer großen Schüssel exotische Früchte. Nachdem sie sich über das neueste Gemälde des Malers Amulius und das neueste Werk des Philosophen Seneca unterhalten hatten, meinte die Kaiserin seufzend:

„Du bist eine der wenigen, mit denen ich über Kunst und Schöngeistiges sprechen kann. Die meisten hier bei Hofe kennen Seneca nur vom Sehen und von mehr oder weniger belanglosen Unterhaltungen bei den Festen des Imperators, aber sie haben noch nicht eines seiner Werke gelesen. Aber wie viele Männer der Gladiator Herkules in der letzten Woche getötet, ob der starke Fulgur des Tigellinus oder der Phaon des Anicetus im Zirkus gesiegt, oder welche Art von neuer Obstpastete der kaiserliche Koch Thrasykles kreiert hat, darüber wissen sie sich freilich bestens zu äußern.“

„Du hast recht, Liebste“, erwiderte Silana, „es ist erschreckend, was aus Rom geworden ist. Die großen Denker unserer Geschichte, unsere Dichter und Künstler, gelten nur noch wenig.“

„Was es Nero leicht macht, sich für den begnadetsten Künstler der Geschichte zu halten", unkte Octavia und verdrehte spöttisch die Augen. Mit ernster Stimme fuhr sie fort:

„Das Volk wird mit Brot und Spielen übelster Art bei Laune gehalten, aber auch die, welche sittliche und geistige Vorbilder sein sollten, versagen völlig und versinken in Unmoral und Dummheiten peinlichster Art."

Da ihr Gespräch dieses Thema erreicht hatte, lag es nahe, dass die Kaiserin und ihre Freundin die verschiedenen Ereignisse und Begebenheiten in der römischen Gesellschaft besprachen und dabei auch die dunklen Dimensionen des kaiserlichen Hofes nicht aussparten.

„Der schlimmste von allen ist freilich der Imperator selbst", seufzte Octavia. „Neulich hat er einen ehrbaren Senator, der es gewagt hatte, ihm zu widersprechen, splitterfasernackt ausziehen und vor dessen Haus an einen Baum festbinden lassen. Einen anderen, schon sehr betagten Senator, hat Nero mit einigen seiner Spießgesellen aufgrund irgendeiner Nichtigkeit in die Kloake geworfen, was der arme Greis nicht überlebt hat."

„Ist es überhaupt vorstellbar, dass die Dekadenz Roms noch schlimmere Ausmaße annimmt?" fragte Silana betroffen. „Denke doch nur an das schreckliche Ende des edlen Rufius Crispinus, der ermordet wurde, als ein Unbekannter seine Gemahlin Poppäa Sabina entführte. Von ihr und dem Mörder fehlen jegliche Spur."

„Ja, es ist eine schreckliche Geschichte", bestätigte die Kaiserin. „Aber bei dem Ruf, den Poppäa Sabina genießt, sollte es mich nicht wundern, wenn sie mit ihrem Entführer unter einer Decke steckte.

Es gibt Gerüchte, um wen es sich bei dem Entführer handeln könnte, aber man spricht darüber – wie in solchen Fällen bei Hofe üblich – nur hinter vorgehaltener Hand. Augenzwinkernd wird ein ehebrecherischer Hintergrund vermutet, weshalb sich niemand wirklich Sorgen um Poppäa Sabina macht und die polizeilichen Nachforschungen sehr lax betrieben werden. Jedermann glaubt, dass die liederliche Frau bald wieder, Seite an Seite mit ihrem Geliebten, in Rom auftauchen wird."

„Wie furchtbar ist das alles, gute Freundin", seufzte Silana. „Nichts ist in Rom noch heilig, nicht die Ehe, nicht das Leben. Und daher ertrage ich diese Stadt – all diese Laster, all diese Rohheiten um mich herum – kaum mehr."

Dann schilderte die Freundin Octavias zum wiederholten Male, wie glücklich sie im Unterschied dazu die Gemeinschaft der vestalischen Jungfrauen mache, wie sehr sie der Kult im Tempel der Vesta tröste und geistig erhebe.

Eine plötzliche Eingebung durchzuckte die Kaiserin.

„Silana, spielst du mit dem Gedanken, selbst Vestalin zu werden?" fragte sie voller Furcht.

Die Gefragte schloss kurz die Augen, atmete tief durch, dann sah sie wieder auf.

„Ja, ich möchte Vestalin werden", antwortete sie. „Die Götter haben ihre kleine Weintraube gründlich gekeltert, und ich habe mich bedingungslos ihrem Willen und ihrem Wohlgefallen überlassen. In wenigen Wochen werde ich die Gelübde ablegen und zur Vestalin geweiht werden."

Die Entschlossenheit, die aus Silanas Augen glänzte, verlieh ihrem Blicke einen unbeschreiblichen Ausdruck.

„Aber beste Freundin“, fragte Octavia erschrocken, „warum hast du mir nie etwas davon gesagt? Haben wir uns nicht immer alle Geheimnisse unserer Herzen anvertraut?“

„Ich hatte nicht den Mut, es dir zu sagen“, erwiderte Silana, „weil ich ja weiß, wie sehr dich mein Fortgehen schmerzen muss. Angedeutet habe ich dir diesen meinen innersten Seelenwunsch freilich schon oft ...“

Octavia begann zu weinen. Silana rückte näher und nahm sie zärtlich in die Arme.

„Aber willst du denn wirklich lebenslange Jungfräulichkeit geloben, auf die Liebe eines Mannes und eigene Kinder verzichten?“ fragte die Kaiserin nach einer Weile mit vor Schmerz zitternder Stimme.

Silana blickte ihrer Freundin eindringlich in das tränenfeuchte Gesicht.

„Denke an dein eigenes Schicksal, Octavia. Bist du nicht an einen Mann gebunden, den du nicht liebst? Vielleicht wirst du Kinder von ihm bekommen – aber das alles war nicht das, was du dir für dein Leben erhofft hast, nicht wahr? Ist es da nicht besser, gleich freiwillig auf das Glück einer liebevollen Ehe und Familie zu verzichten, um der größeren Aufgabe willen, den Göttern zu dienen, und dadurch mitzuhelfen, dass unser geliebtes Vaterland wieder zu seiner alten Pracht und Würde zurückfindet?“

Octavia dachte nach. Ihre Freundin hatte sich bei Hofe immer etwas unsicher und ungelenk bewegt. Die kleinen diplomatischen

Künste, welche in den adeligen Kreisen so wichtig waren, hatte sie nie wirklich beherrscht. Stets war eine gewisse Hilflosigkeit um ihre schmale Gestalt, was sie unreifer und kindlicher erscheinen ließ, als sie in Wirklichkeit war. In Gesellschaft wurde ihr die Luft schnell zu dünn, und selbst wenn sie sich an Späßen der Aristokratie beteiligte, den harmlosen wohlbemerkt, wirkten ihre heiter gemeinten Worte und Gesten nicht selten bemüht und ungeschickt.

Ja, vielleicht war das abgeschiedene Leben einer Vestalin in der Tat nicht das Schlechteste für Silana, musste Octavia sich eingestehen, so sehr sie der Gedanke, ihre beste Freundin so bald an die Gemeinschaft der geweihten Jungfrauen zu verlieren, schmerzte.

„Ich will über deine Worte nachsinnen“, sagte die Kaiserin immer noch leise schluchzend, „und zu verstehen suchen, ob das Leben einer Vestalin das Richtige für dich sein könnte.“

Sie lehnte sich zurück und lächelte traurig.

„Vielleicht haben dich die Unsterblichen ja wirklich in dieser dunklen Nacht, die über uns hereingebrochen ist, als Stern der Hoffnung an den Himmel gestellt.“

Wieder einmal hatte die Kaiserinmutter ihre Getreuen, den Präfekten Vitellius, Afranius Burrus und die Minister Callistus und Pallas zu sich gebeten.

„Wie ist die Stimmung im Senat, bei der Armee und im Volk“, fragte Agrippina. „Lieben die Menschen meinen Sohn immer noch so, wie am Tage seiner Erhebung zum Imperator?“

„Ehrlich gesagt“, begann Burrus, „ist die Stimmung in der Garde und in der Armee nicht besonders gut. Nero kümmere sich zu wenig um militärische Angelegenheiten und die Sicherheit des Reiches, heißt es bei den Offizieren und den einfachen Soldaten gleichermaßen. Dein Sohn lebe nur für die Musik und das Theater, so die allgemeine Meinung. Er beschäftige sich zu ausgiebig mit neu erfundenen Musikinstrumenten – wie jenem wasserbetriebenen Spielwerk, das Nero aufwendig auf dem Palatinus ausprobieren ließ –, aber kaum mit der Entwicklung neuer Waffen. Und das in einer Zeit, wo das Imperium von vielen Seiten bedroht ist!"

„Mein Sohn setzt in seiner Klugheit eben weniger auf die Macht des Militärs", erwiderte Agrippina patzig, „sondern auf das Geschick seiner Diplomatie. War der großartige Empfang, den er der Gesandtschaft des Kattenvolks bereitete, etwa nicht von Erfolg gekrönt? Wie schlau war es doch, den Hof des Palatiums für diese Feierlichkeiten zu verwenden, und nicht den Sitzungssaal des Senats, wie die Herren Senatoren es wollten, weil das Palatium doch eine viel schönere und seelenvollere Kulisse bot! Dem Künstler und Ästheten Domitius Nero war das sofort klar, nur den sich mokierenden Herren Senatoren nicht. Musik, Tanz, Theater – all das kam beim Empfang der Katten zur Geltung. Und wie mein Sohn dann noch selbst zur Harfe griff und zu Ehren seiner Gäste sang … Da ich dem Empfang präsidierte, weiß ich, wie ergriffen die zwölf Botschafter der Katten von der ganzen Zeremonie waren! Unter der Regierung meines Sohnes sind die Künste eben zu einem Mittel der Politik geworden! Es muss all denen in Armee, Adel und Senat, welche die Regierungskünste meines göttlichen Sohnes noch nicht begreifen, zum Bewusstsein gebracht werden, dass für die römischen Staatsgeschäfte eine neue Ära begonnen hat!“

„Bei den Katten, welcher der klügste und kultivierteste unter den Volksstämmen der Germanen ist, wozu auch die unmittelbare Nachbarschaft zur römischen Reichsgrenze beigetragen hat, mag das alles für eine gewisse Zeit schmeichelnden Eindruck gemacht haben“, erwiderte Burrus, „aber die Sigambrer und Rugier und all die anderen wilden Germanenstämme, die immer wieder gegen das Reich anstürmen, verstehen nur die Sprache der Waffen, wie es in den glorreichen Tagen des Varus war. Aber dein Sohn will ja von keiner Gefahr etwas wissen …“

„Außerdem hat uns der vorläufige Frieden mit den Katten eine riesige Summe Geld gekostet“, gab Vitellius zu bedenken. „Nicht wenige im Senat und der Armee meinen, dass ein militärischer Schlag hier preiswerter und wirkungsvoller gewesen wäre!“

„Unsinn!“ rief die Kaiserinmutter. „Der schlaue diplomatische Schachzug meines Sohnes, die Katten durch einige Zugeständnisse, insbesondere durch Zahlung einer sogenannten Entschädigungssumme, zur Abwiegelung zu bringen, war zukunftsweisend. Das Ziel, den Germanen die Freundschaft mit dem gewaltigen Römerreich als herrliches Panorama auszumalen, das bei den Katten so wunderbar erreicht wurde, wird gewiss auch bei den anderen germanischen Stämmen erlangt werden!“

„Durch Musik, Tanz und die Verse deines Sohnes?“ fragte Pallas mit unverhohlen spöttischer Stimme.

Agrippina drückte die mit Ringen bedeckte Rechte, als ob sie einen Schmerz empfinde, auf das Ohr.

Die Wangen des Ministers Pallas röteten sich; aber er tat der Kaiserinmutter nicht den Gefallen, über dieses Thema zu schweigen, vielmehr ergänzte er:

„Es ist ja nicht nur das. Als aus Griechenland die Nachrichten von den Triumphen des Kaisers nach Rom drangen, von dem man erzählte, dass er Dutzende von Gesanges- und Schauspielwettbewerben gewonnen habe, war der Spott groß. Und als dein Sohn dann noch seinen kolossalen und äußerst kostspieligen Triumphzug durch die Ewige Stadt durchführen ließ, um sich als den größten Künstler der Welt feiern zu lassen, ist es in den armen Vierteln zu Aufständen gekommen, die sich mit Gewissheit ausgeweitet hätten, wenn die Armee nicht mit harter Hand durchgegriffen hätte."

Als die Kaiserinmutter immer noch nichts sagte, fuhr Pallas fort.

„Als Nero sich für seinen Triumphzug des Wagens bediente, den Augustus nach sieghaften Schlachten benutzt hatte, hagelte es Kritik von allen Seiten. Auch dafür, dass hinter dem Triumphwagen Tafeln mit den Namen derjenigen Städte, in denen Nero siegend aufgetreten war, getragen wurden, wie als hätte es sich um im Kriege eroberte Städte gehandelt. Doch dass der Imperator den Bogen des Zirkus abreißen ließ, nur um für den Einzug genügend Raum zu gewinnen, verstanden selbst viele seiner treuen Anhänger nicht mehr."

In den Augen Agrippinas funkelte es böse.

„Und warum sind dann der ganze Senat, die Ritterschaft und eine unübersehbare Menge des Volkes meinem Sohn jubelnd entgegengeströmt? Die Mauern erdröhnten unter dem Freudengeschrei! Ich höre es noch wie heute: ‚Sei gegrüßt, Nero, sei gegrüßt, Göttlicher!

Olympischer! Unsterblicher! Salve!' Einem helvetischen Bergstrom vergleichbar quoll der dankbare Jubelschrei aus tausend Kehlen! ,Heil dem Kaiser! Heil Nero, der Wonne des Menschengeschlechts!' Es klang in meinem Ohr wie ein Festgesang der Unsterblichen! Habt ihr damals etwa alle nur geheuchelt?"

Diesmal tat Pallas so, als habe er nichts gehört und fuhr ungerührt fort:

„Noch am Abend nach dem Triumphzug waren die Säulen und Tempelmauern mit Inschriften bedeckt, worin der Kaiser verspottet und beschimpft wurde für seine Verschwendung und seine Albernheiten. Entschuldige, Herrin, ich zitiere nur, was das Volk damals geschrieben hat … Die Kunst hat ihre bestrickenden Reize, aber der Cäsar darf nun einmal nicht selbst zum Künstler werden. Er möge Theater bauen und Artisten beschützen, er werfe sein Geld unter die Dichter, Schauspieler, Sänger und Flötenspieler – aber er darf nicht selbst dichten und deklamieren! Er überlasse die Kithara den Kitharöden! Die Hand, die das Weltgeschehen lenken soll, ist dafür nicht geschaffen!"

Das Gesicht der Kaiserinmutter hatte sich völlig verdunkelt.

„Nero scheint mir zu weich, zu schmiegsam für das Herrscheramt eines Cäsaren", fuhr Pallas ungerührt fort. „Sein harmloses Auge übersieht die entsetzliche Tücke, die rings in den Höhlen und Schlupfwinkeln eines abgrundtiefen Neides lauert. Er müsste mit gebührender Strenge walten. Beliebt sein – was Nero zudem in der Tat ja gar nicht ist – ist schön und gut; gefürchtet sein ist besser und sicherer. Meinst du, Herrin, die Senatoren, die sich in scheinbarer Ehrerbietung vor seiner Größe beugen, seien innerlich von dieser Größe überzeugt? Ach, wie schlecht kennst du die römischen Aristokraten! Sie denken: ‚Nero ist Cäsar durch unsere Duldung und Gnade!' Fällt es ihnen ein, und bietet sich die erwünschte Gelegenheit, so zertrümmern sie seine Herrschaft so schnell wie in der Vergangenheit die Herrschaft anderer Cäsaren!"

„Es ist ein Jammer! Nur wenige wissen das Genie unseres Imperators zu schätzen, nicht nur im Volk, sondern auch in der Aristokratie", meinte Callistus speichelleckend.

Ein gequältes Lächeln Agrippinas war sein Lohn.

„Die wachsende Unbeliebtheit Neros ist das eine", goss Burrus Öl ins Feuer, „die wachsende Beliebtheit des Britannicus das andere. Immer mehr Menschen in Armee, Senat und im Volk meinen, dass Nero abgelöst und der Sohn des Kaisers Claudius zum Cäsar ausgerufen werden sollte."

„Welche Unverfrorenheit!" knurrte Agrippina.

„Dazu kommt die unvergleichliche Beliebtheit der Kaiserin Octavia", meinte Vitellius. „Man nennt sie in weiten Kreisen die Dulderin des Cäsarenhofes, weil man allgemein um den schlechten Zustand der Ehe deines Sohnes weiß. Nicht wenige sähen anstelle Neros gerne das Geschwisterpaar Britannicus und Octavia gemeinsam an der Spitze des Staates."

„Die beiden stellen also eine Gefahr für den Thron dar", schnitt Agrippina den sie ärgernden Wortfluss von Vitellius, Pallas und Burrus ab. „Wir müssen etwas unternehmen!"

Die Kaiserinmutter schloss die Augen. Dann seufzte sie mehrmals schmerzhaft.

Sie öffnete die Augen wieder.

„Ich werde mir etwas überlegen müssen“, sagte sie. „Und ich hoffe, ihr helft mir dabei.“

Die vier Männer nickten.

„Dann ist es gut“, meinte Agrippina, und nach einigen Augenblikken: „Ihr, Callistus, Pallas und Vitellius könnt gehen.“

Sie reichte ihnen die Rechte zum Kusse.

„Du bleibst noch hier“, befahl sie Burrus.

Als die Kaiserinmutter mit ihm allein war, meinte sie:

„Du hast heute vieles gesagt, was mir gar nicht gefallen hat.“

„Ich weiß, Herrin“, erwiderte der Befehlshaber der Prätorianer, „aber ich musste dir zumuten zu wissen, was man über deinen Sohn denkt. Meine ewige Loyalität dir und Nero gegenüber wird davon nicht tangiert.“

Die Kaiserinmutter machte eine energische Handbewegung.

„Ja, es ist gut! Lassen wir das jetzt. Ich wollte etwas anderes mit dir besprechen ...“

„Worum geht es?“ fragte Burrus.

Das Gesicht Agrippinas wurde noch strenger.

„Stimmt, was ich hören musste, dass du vor einigen Tagen in den Schlafraum von Iunia Silana, der Schwester des Lucius Silanus, eingebrochen bist?“

„Das stimmt“, antworte Burrus ehrlich.

„Du wähntest sie alleine“, fuhr Agrippina fort, „aber ihr Sklave Helios war in der Nähe und verprügelte dich!“

„Erinnere mich nicht daran“, bat Burrus. Sein Gesicht verdüsterte sich.

„Welcher Dämon war in dich gefahren, in das Zimmer der Jungfer Silana einzudringen? Was sollte diese dumme Frechheit?"

„Die Liebe war mir zu Kopf gestiegen. Nenne es Frechheit! Ich nenne es Rausch!"

Als er Agrippinas spöttisches Lächeln sah, sagte Burrus wütend: „Herrin, du versprachst mir Silana vor über einem Jahr, für den Fall, dass ich mithelfe, deinen Sohn Nero auf den Cäsarenthron zu heben. Ich habe meinen Part des Vertrags erfüllt! Und du?"

Agrippina schüttelte langsam das majestätische Haupt.

„Sei doch etwas geduldiger, Burrus. Ich hätte bald schon etwas unternommen in der Sache!"

„Leidenschaft und Liebe können nicht warten!" höhnte der Gardepräfekt.

„Ja, ja", sagte die Kaiserinmutter. „Für den Fall, dass du mir bei dem hilfst, was ich bezüglich Britannicus und Octavia plane, verspreche ich, dir den Rücken freizuhalten, falls du abermals versuchen solltest, dir deine begehrte Beute zu holen …"

Jenseits des Tibers lag ein stolzer Palast, den Nero seiner Geliebten Acte, der ehemaligen Sklavin seiner Mutter, geschenkt hatte.

Zypressen standen vor dem hohen Eingangstor. In dem Garten blühten Palmen und exotische Blumen. Eine Wache stand Tag und Nacht vor der Pforte, jeden Unberufenen von dem stillen Haus fern zu halten.

In dieser Nacht hatte der Kaiser sich zu jenem Palast begeben, der ihn so oft als einzigen Gast sah. In seinen Mantel gehüllt, schritt er einsam, von niemandem geleitet und beschützt, über den Tiber und befand sich bald an seinem Ziel.

Die Wache grüßte ehrfurchtsvoll, nachdem Nero ein Losungswort ausgesprochen hatte, und öffnete die Tür.

In kurzer Zeit erhellte sich das Innere des schweigenden Hauses. Dutzende farbige Lichter leuchteten auf und badeten die Marmortreppe in violettem Schimmer. In den großen Marmorvasen zitterten Lilien und Rosen. Die Palmen schienen aus ihrem Schlummer zu erwachen und ihre großen Blätter grüßend zu senken. Ein Duft von Myrrhe und Malobathrum breitete sich aus.

Der Kaiser eilte raschen Schritts die Treppen empor.

Mehrere Sklavinnen aller Länder, von der schwarzgelockten Nubierin bis zur bleichen Circassierin, Mädchen in der ersten Blüte der Jugend, in babylonische Gewänder gehüllt, Edelsteine in den wallenden Haaren, warfen sich zu beiden Seiten des Weges nieder, den der Cäsar beschritt. Durch einen künstlich angelegten Garten hindurch gelang er an eine Pforte, die im weißen Licht der Ampeln badete. Zwei Sklavinnen, schön wie die Blumen Kaukasiens, öffneten ihm.

Acte hatte sich von ihrem Lager erhoben, als die Glocke die Ankunft des Imperators verkündete. Verwirrt und doch ihre Freude nicht verbergend, eilte die schöne Griechin dem Manne entgegen, den sie, obgleich er der Herrscher der Welt war, und ungeachtet all der furchtbaren Dinge, die sie über ihn hören musste, als Menschen liebte.

Er riss sie stürmisch an sich und bedeckte das errötende Gesicht des Mädchens mit glühenden Küssen.

„Endlich, endlich kommst du wieder zu mir", sagte sie seufzend, ihn zu einem Ruhelager führend, indes Dienerinnen in kostbaren Gefäßen Wein und erlesene Früchte herein trugen.

Hinter Portieren versteckt saßen junge Mädchen und schlugen leise die Harfe, deren silberne Klänge sich zittern durch die Räume tasteten.

Acte sah den Mann, den sie liebte, mit traurigen Augen an, die er mit neuen Küssen schloss.

„Ich dachte schon …", klagte sie.

„Du dachtest, duftende Rose, ich hätte dich vergessen?"

Scherzhaft warf Nero Acte eine Feige zu; aber das Mädchen fing sie behände mit den glänzend weißen Zähnen und verzehrte sie mit ruhigem Behagen.

„Ich weiß nicht, was ich dachte", sagte Acte schließlich mit ernster Stimme. „Wenn du nicht in meiner Nähe bist, bin ich betrübt – zu Tode betrübt. Das ist alles, was ich weiß."

„Still. Der Tag wird kommen, wo du ununterbrochen um mich sein sollst."

„Aber das ist ja, worum ich dich immer bitte. Als die niedrigste deiner Sklavinnen stets dir nahe sein zu dürfen. Nichts anderes will ich sein als deine Sklavin, die glücklich ist, wenn sie dich lächeln sieht."

„Du bist nicht meine Sklavin – und wirst es nie mehr sein. Ich schenkte dir die Freiheit – und wenn es nach mir ginge, würde ich dich bald zu meiner Gemahlin und Kaiserin erheben!"

„Aber, was sagst du, Domitius? Rom hat eine Kaiserin, und eine ganz traumhaft gute dazu. Wie sehr ich Octavia bewundere! Ich bin ein Nichts im Vergleich zu ihr!“

Neros Gesicht verdüsterte sich.

„Liegt die Erde nicht blühend zu meinen Füßen? Bin ich nicht Cäsar? Ja, beim Glanz des Himmels: Ich kann Glückliche machen bis in die fernsten Gestade – Glückliche, so weit ein römisches Segel das Meer durchfurcht! Und ich will dich glücklich machen, bei meiner Seele!“

„Ich erlaube mir nur, dich zu lieben“, sagte Acte, „und ich erlaube dir nur, mich zu lieben, weil ich weiß, dass eure Ehe von deiner Mutter Agrippina und Kaiser Claudius arrangiert wurde, aus Gründen der Staatsraison. Nicht Gefühle der Liebe waren und sind es, die Octavia und dich verbinden, und so ...“ Acte lachte auf. „Aber ich, Kaiserin? Was redest du? Was würden deine Untertanen, was würde die Welt sagen? Ich, eine ehemalige Sklavin ...“

Nero starrte finster vor sich hin.

„Ich bin ein Gott – und könnte dich zur Göttin machen! Wer wollte mir verbieten, dich zu ehelichen und dich zur Kaiserin zu machen?“

Das Mädchen sah ihn mit erstaunten, vorwurfsvollen Augen an.

„Welch ein unsinniger Gedanke! Du hast eine Gemahlin – vor den Göttern und den Menschen! Nein, ich will nichts mehr davon hören!“

„Ich fürchte dich, Acte!“ sagte der Kaiser.

Die junge Frau blickte ihn fragend an.

„Du fürchtest mich, du, der Herr der Welt? Du, Göttlicher, fürchtest dich vor Acte, die nichts besitzt, und nichts besitzen möchte, als deine Liebe?“

Nero schüttete aus dem goldenen, mit Edelsteinen verzierten Becher mehrere Schlücke Methymnerwein hinunter, sah dem Mädchen mit einem halb scheuen, halb leuchtenden Blick in die Augen und antwortete:

„Ja, Acte, ich fürchte dich. Der Adler fürchtet sich vor der Taube, weil er sie nicht zur Adlerin machen darf, weil er ihr überhaupt nichts bieten kann, was sie für immer an ihn binden könnte."

„Aber Geliebter, du schenktest mir die Freiheit, dieses wunderbare Haus mit aller seiner Pracht, viele Dienerinnen …"

„Das alles ist nichts!" prahlte Nero. „Ich werde dir noch viel mehr schenken! Mir gehört die Welt!"

„Gewiss, das tut sie, Geliebter. Aber ich will nichts als dein Herz! Glaubst du mir denn nicht, mir, deiner kleinen Acte? Liegt meine Seele denn nicht vor dir wie ein durchsichtiger Kristall?"

„Doch, Acte – du bist gut und aufrichtig", murmelte Nero. „Deine Seele ist rein und klar wie ein Bergbächlein. Ich täusche mich nicht in dir. Wärest du schlecht und falsch – das Himmelsgewölbe müsste über deiner Lüge zusammenbrechen. Du bist nicht wie all die anderen, die mich umgeben."

„Dann glaubst du, dass ich dich auch liebte, wenn du der Geringste deiner Untertanen wärest?"

„Ja, ich glaube es!"

Nero umarmte das Mädchen.

„Manchmal", fuhr er träumerisch fort, „scheint es mir, dass ich in der Tat weit glücklicher wäre, legte ich den kaiserlichen Purpur ab, der wie Blei auf meine Schultern drückt."

„Du könntest dich ganz den Künsten widmen, der Musik, der Dichtung …“, gab Acte lächelnd zu bedenken.

„Ja, das könnte ich …“

Der Blick des Kaisers wanderte in eine imaginäre Ferne. Dann schüttelte er sich leicht.

„Doch es ist nicht möglich“, sagte er. „Wer einmal die Macht geschmeckt, wer einmal triumphierend über die tausend geduckten Leiber geschritten, wer einmal seine Kraft über die Masse entdeckt hat, der kann von der Herrschaft nicht mehr lassen. Es ist ein Rausch! Eine körperliche und seelische Ekstase!“

Acte sah in seine Augen und erschauderte.

„Ach Liebster“, flüsterte sie. „Ich will nichts mehr hören über Macht und Herrschaft. Sei nicht mehr der Kaiser Nero, sondern der Mann Domitius …“

Ein sonniges Lächeln zog über ihr Gesicht. Sie schmiegte sich an seine Knie, strich ihm lächelnd über die mit Brenneisen gelockten Haare, umarmte seinen Hals.

Er beugte sich über die Geliebte und küsste ihre Stirn. Sie umschlang ihn fester und zog ihn liebend zu sich herab.

Er küsste ihr Gesicht, ihre schneeweißen Schultern, ihr duftendes Haar, das gelöst über ihren Nacken rollte.

Das war es, was ihn am Wesen Actes immer und immer wieder so entzückte: ihre zaghafte Scheu, diese mädchenhafte Befangenheit, und gleich darauf die hingebungsvolle Kraft einer Liebe, die keine Grenzen zu kennen schien.

Die Harfenmusik war verklungen. Deshalb griff der Imperator

nach der Laute, die nicht weit von ihm lag, und begann zu singen, wobei er improvisierte:

„Ach, himmlische Acte,
wahrlich, ich sage dir,
käme die Schönheit aller Frauen,
von Germaniens Grenzen bis zum Vesuv,
in einem einzigen liebreizenden Wesen vereint,
zu mir,
ich würde sie verschmähen.
Selbst der göttlichen Aphrodite riefe ich zu:
‚Was willst du?
All deine Schönheit ist nichts,
verglichen mit Acte,
meinem lieben Schatz.'"

7. Kapitel

Es war ein unfreundlicher nasskühler Abend, als Silana, die Schwester des Lucius Silanus, in Begleitung einer ihrer Sklavinnen durch die Straßen Roms eilte. Sie hatte eine Freundin besucht und wollte nun schnell nach Hause gelangen.

Der ohnehin schon dunkle Himmel war von noch dunkleren Wolken bedeckt, die wie zerrissene Fetzen weiterjagten, während Windstöße wie durchsichtige Schleier durch die Straßen fegten.

Als Silana an der Seite ihrer Dienerin eilig dahin schritt, weilten ihre Gedanken bei dem fernen Bruder, der durch viele Länder von ihr getrennt war. Sie hatte einen Brief von ihm erhalten, der von seiner Beförderung zum Oberst und den Lebensumständen in Alexandria berichtete. Es ging ihm gut, soweit dies in Anbetracht der Schicksalsschläge, die ihn getroffen hatten, überhaupt möglich war. Sie sollte ihm über die Lage in Rom und über Octavia berichten, da die ehemalige Geliebte und er sich nicht schreiben durften.

Silana überlegte, was sie dem Bruder mitteilen sollte. Näheres über Nero weiterzugeben, war gefährlich. Denn seine Minister unterhielten eine ganze Armee von Spionen, die sich nicht scheuten, Kuriere anzuhalten und die Postbriefe aufzubrechen.

Was gab es auch über Nero zu sagen? Die Regierungsgeschäfte führten Pallas und Callistus, wie ehedem. Freilich erzählte man sich, dass der Imperator durch mehrere Bauvorhaben zur Verschönerung Roms und die Verbesserung des Straßensystems beitragen wolle. Die Kaiserinmutter führte unterdessen einen erbitterten Kampf mit den Ministern ihres Sohnes um den Einfluss auf den Imperator. Was sollte sie über Octavia schreiben? Die Dulderin auf dem Throne schwieg und litt, und nicht einmal der Trost blieb ihr, ihren Schmerz wenigstens zeitweise zu vergessen, wie es Silanus im fernen Ägypten vielleicht zu tun vermochte.

Silana wurde in ihren Gedanken gestört. Sie hatte aufgrund des heftiger werdenden Wetters mit ihrer Dienerin eine Abkürzung durch das transtiberische Viertel genommen, einem Quartier, das fast ausschließlich von den ärmsten Bevölkerungskreisen bewohnt wurde. Es war nicht ungefährlich für ein junges Mädchen, diese Gegend zu kreuzen, und die beiden Frauen liefen förmlich die einsamen, engen Straßen entlang. Schon bereute Silana, diese Abkürzung genommen zu haben.

Gerade gingen die beiden Frauen an einer moosgrünen Häuserfassade vorbei, die im Dunkeln fast ebenso grau aussah wie die der anderen Häuser der Straße. Der Wind fegte über den Boden, fauchte an den Mauern vorbei, sang heftig und metallisch in den Regenrinnen. Silana und ihre Dienerin gingen immer schneller.

Der Wind blies durch ihre Mäntel – legte sich dann aber mit einem Mal, fast als habe es ihn nie gegeben. Die beiden Frauen verlangsamten daraufhin ihr Tempo und verständigten sich mit einigen humorvoll klingenden Worten darüber, wie dumm es doch sei, sich dermaßen zu verausgaben; sie hätten ja noch eine nicht geringe Strecke vor sich. Ohne es sich gegenseitig einzugestehen, spürten die Frauen freilich, dass sie sich beide fürchteten. Ihre aufgesetzte Heiterkeit sollte nur darüber hinwegtäuschen. Diesem Zwecke diente auch die Melodie, welche Silana im Rhythmus ihrer Schritte zu summen begann. Aber das beklemmende Gefühl wollte sich nicht legen.

Plötzlich hörte Silana hinter sich ein leises Klappern, wie von einem verlorenen Schlüssel. Es war ein eiliges Geräusch, das fast sofort wieder verstummte, und Silana war sich nicht sicher, ob da überhaupt etwas gewesen war. Ein rascher Blick zu ihrer Sklavin bestätigte der jungen Adeligen freilich, dass diese das Geräusch auch gehört hatte. Und da war es auch schon wieder, wenn es diesmal auch anders klang. Es waren Schritte, ja, da war Silana sich sicher. Klappernde, harte Schritte.

Erst jetzt wagte Silana, sich umzudrehen – und im selben Moment stürzten drei Männer aus dem Dunkel hervor.

Für einen Augenblick schien Silana alles unwirklich, überlaut hörte sie ihre Sklavin schreien, und schon befand sie sich mittendrin in einem wüsten Handgemenge. Die Dienerin versuchte noch, sich zu wehren, aber ein einziger Dolchstoß ließ sie tot danieder sinken.

Silana schrie entsetzt auf. Sie bettelte um Erbarmen und bot den Unbekannten Geld an. Doch sie wurde zu Boden gerissen. Die junge Frau wehrte sich mit dem Mut der Verzweiflung gegen die keuchenden und schnaufenden Männer. Vergeblich. Ehe sie sich versah, waren ihre Hände und Füße gefesselt. Als sie ein letztes Mal laut aufschrie, drückte ihr einer der Männer den Mund zu und hielt ihr sein Messer an die Kehle.

„Ein Laut noch, und ich steche dich ab", spuckte er ihr ins Gesicht. „Aber wenn du dich ruhig verhältst, geschieht dir nichts!"

Im selben Augenblick wurde Silana ein Sack über den Kopf geworfen, der ohnehin jeden weiteren Schrei erstickt hätte. Sie spürte, wie sie hochgehoben und in eine Sänfte geschoben wurde. Noch ehe sie sich fragen konnte, wo dieser Tragestuhl so plötzlich hergekommen war, hörte sie unvermittelt ein heftiges Geschrei.

Offensichtlich waren, so schlussfolgerte sie, von irgendwoher, vielleicht aus den nächststehenden Häusern, andere Männer gekommen, die ihr zu Hilfe eilen wollten. Schwerter klirrten, Hölzer krachten. Dann spürte die junge Frau, wie die Sänfte emporgehoben wurde. Im Laufschritt entfernten sich die Träger der Sänfte von dem Schauplatz des Kampfes, und Silana verlor das Bewusstsein.

Als sie wieder zu sich kam, bemerkte sie, dass die Sänfte zu Boden gestellt wurde. Zwei starke Männerarme zogen sie heraus und trugen sie eine endlose Reihe von Stufen empor. Dann hörte Silana eine schwere Tür ins Schloss fallen, man schnitt den Sack von ihrem Kopfe und befreite ihre Hände und Füße; doch ehe sich ihre Augen an das Licht der Öllampen gewöhnt hatten, waren die Personen, welche sie entführt hatten, verschwunden.

Silana sah sich in dem eleganten Raum um, dessen luxuriöse Einrichtung ebenso verschwenderisch wie lüstern war, und sie konnte auf den ersten Blick erkennen, dass sie sich in einer jener Villen römischer Wüstlinge befand, die für ihre Ausschweifungen und Orgien berühmt und berüchtigt waren.

Der erste Gedanke der jungen Frau war, um Hilfe zu rufen. Allein was konnte ihr das helfen? Sie eilte mehrere Zimmer hindurch, bis sie an eine eiserne Tür gelangte, die fest verschlossen war. Sie maß die Höhe bis zu den Fenstern – diese waren mit massiven Gittern versehen. Mit einem verzweifelten Seufzer wandte sie sich um – und sah sich dem Befehlshaber der Prätorianer, Afranius Burrus, gegenüber, der lautlos durch eine geheime Tür eingetreten war.

Einige Augenblicke durchbohrte dieser die Hilflose mit einem zynischen Blick. Er schien sich an ihrer Bestürzung ebenso zu weiden wie an ihrer Verzweiflung, bis sich Silana, rot vor Scham und Zorn, abwandte und ihm den Rücken zukehrte. Burrus lachte jenes hässliche, heisere Lachen, für das er bekannt war.

„Wie gefällt es dir hier, mein Täubchen?“ fragte er höhnisch, sich in einem Armstuhl niederlassend.

„Ich verlange im Namen des Gesetzes, dass du mich sofort frei und nach Hause gehen lässt“, antwortete die junge Frau mit vor Zorn funkelnden Augen.

„Du gefällst mir besonders gut, wenn du so böse blickst“, grinste Burrus. „Und daher kann ich mich leider im Augenblick ganz und gar nicht dazu entschließen, deinem Wunsche Folge zu leisten.“ Er lachte. „Mit welchem Recht überhaupt stellst du auch ein so unvernünftiges Verlangen an mich? Im Namen des Gesetzes? Pah – das Gesetz sind der Imperator und seine Mutter. Und letztere hat dich mir geschenkt. So einfach ist das.“

„Was willst du von mir?“ fragte das Mädchen, während ein verächtlicher Zug um ihre Lippen trat.

„Was ich von dir will? Ja nun, das ist ein bisschen viel auf einmal gefragt. Da du mich und meinen Ruf kennst, sollte dir die Antwort auf die Frage, was ich von einer schönen Frau wollen könnte, ohnehin nicht schwer fallen. Zumal es ja nicht das erste Mal ist, dass ich mir zu holen versuche, was mir ohnehin schon zusteht!“

Silana antwortete ihm mit einer Gebärde des Ekels.

„Vergiss es, Burrus, auch diesmal wird es dir nicht gelingen. Unter keinen Umständen werde ich dir geben, was du begehrst. Ich habe meine Jungfräulichkeit den Göttern geweiht.“

„Ja, ich hörte schon davon, dass du eine Vestalin werden willst“, erwiderte der Befehlshaber der Prätorianer noch breiter grinsend, „schade, dass daraus jetzt nichts werden wird, denn schon morgen früh bist du keine Jungfrau mehr – und die Vestalinnen wollen dich dann nicht mehr haben. Mich aber reizt der Gedanke ganz besonders, heute noch ein solch süßes Geschenk der Götter zu vernaschen ...“

„Wage es ja nicht, mich anzurühren!“ rief Silana. „Du wirst dein Ziel niemals erreichen. Das schwöre ich bei den Unsterblichen, die du gerade beleidigt hast! Also gib mich frei.“

„Auf keinen Fall. Ich will dich gewinnen. Leiste also keinen frevlerischen Meineid. Es wird mir gelingen – und du wirst vor Wolllust quietschen.“

„Niemals. Du bist wie eine giftige Schlange, die man tottreten muss.“

„Ich liebe deinen Zorn, Süße. Aber gerade dieses mein Gift wird dich gefügig machen!"

„Ich werde dich töten!"

Ein Hohngelächter war die Antwort. Burrus hatte sich der jungen Frau genähert, sprang aber sofort mit einem Schmerzensschrei zurück. Silana hatte ihm mit einer einzigen Bewegung ihrer rechten Hand das Gesicht blutig gekratzt.

„Na warte, du Biest!" schrie der Gardepräfekt. „Ich kann auch anders. Du hättest deinen Spaß hier in diesen komfortablen Räumen genießen können – an nichts hätte es dir hier gefehlt. Aber dieses Haus hat auch einen kerkerartigen Keller! Ich hole mir so oder so, was mir zusteht, hier oben oder da unten. Das ist mir egal!"

Dann trat er vor und schlug Silana mit seiner beringten Rechten ins Gesicht. Abermals verlor die junge Frau das Bewusstsein.

Als Silana wieder zu sich kam, lag sie in einem düsteren Raum auf schmierigem Stroh. Ein schwaches gelbliches Licht, dessen Ursprung sie zunächst nicht ausfindig machen konnte, ließ sie erst nach und nach die Ausdehnung und bauliche Beschaffenheit ihres unterirdischen Gefängnisses überblicken. Der Raum war nahezu rechteckig und sein Umfang betrug höchstens zwanzig Schritte. Das Mauerwerk bestand aus massiven Steinquadern, die mehr oder weniger grob verputzt waren. Die Decke des Gefängnisses war niedrig. Sie mochte an die sieben Ellen hoch sein und von ähnlicher Bauart wie die Seitenwände. Der Fußboden war ebenfalls von Stein und schmutzig, zum Teil mit zerbrochenen oder zu Schutt zersplitterten Ziegelsteinen bedeckt.

An den Wänden glitzerte Wasser, wie Silana allmählich im diffusen Schein der zwei kleinen, an den Wänden befestigten Talglichter erkennen konnte, die den ansonsten leeren Raum in sein gelblich-dämmeriges Licht tauchten. Es herrschte Grabesstille, der unterirdische Kerker verschluckte alle Geräusche aus der Welt, die irgendwo über ihm lag.

Die Gefangene versuchte, flach zu atmen, da die stickige Luft faulig roch. Was wird noch alles geschehen? fragte sie sich verzweifelt. Mehrmals versuchte sie aufzustehen, war aber zu schwach dafür.

„Ihr Götter – Jupiter, Fortuna, Juno, Libertas – helft mir doch! Steht mir bei!“ betete das Mädchen. „Bitte lasst nicht zu, dass mir das Furchtbarste, was einer Frau widerfahren kann, geschieht! Ich habe mein Leben und meinen Leib doch euch alleine geweiht!“

Plötzlich knirschte es metallen. Die eiserne Kerkertür sprang auf. Silana riss ihre Augen auf, ihr Kopf flog zur Seite. Vor ihr stand Burrus. Hinter ihm zwei Soldaten.

„Na, Liebchen“, höhnte der Befehlshaber der Prätorianer, „weil du mich verschmäht hast, habe ich dir zwei meiner bestaussehendsten Männer mitgebracht. Die werden es dir jetzt an meiner Statt besorgen. Viel Spaß!“

Hätte man die Formulierung des Burrus über das angeblich gute Aussehen der zwei Prätorianer als Ironie bezeichnet, wäre das eine starke Untertreibung gewesen. Tatsächlich waren die beiden Männer von abstoßender Hässlichkeit.

Der eine Prätorianer war ein großer, breitschultriger Mann mit einem unförmig dicken Kopf, einem hochroten Gesicht und buschigen kohlrabenschwarzen Brauen, unter denen ein Paar kleine, dunkle Augen hervorstachen. Zudem hatte er eine über die Oberlippe gebogene Nase. Im Unterschied dazu war der andere Prätorianer von extrem hagerer Gestalt. Er trug kein einziges Haar mehr auf dem Kopf und hatte große, abstehende Ohren. Sein Gesicht war grau und knochig, wie bei einem Totenschädel, mit aufgeworfenen Lippen über dem Blauschatten der Bartstoppeln.

„Die ist noch Jungfrau", sagte der eine Prätorianer und leckte sich über die Lippen.

„Bald nicht mehr!" erwiderte der andere. Dabei entblößte er seine braunen Zahnstummel. „Die pfähl' ich, dass sie nicht mehr laufen kann."

Ein dreckiges Lachen folgte, und drei Augenpaare richteten sich gierig auf den Körper des Mädchens.

Dann schritt der breitschultrige Prätorianer, von Burrus angestachelt, mit gezücktem Messer auf Silana zu. Er schnitt ihr in die Toga und entblößte ihre Brüste. Aus aufgerissenen Augen blickte Silana ihn bettelnd an, und versuchte sich mit den Händen zu bedecken. Der unglaubliche Gestank des Mannes schlug ihr entgegen. Er stülpte ihr seine Lippen entgegen, als wolle er sie küssen. Schnell wandte sie sich ab.

Als ihr der hagere Prätorianer auf einen Wink seines Vorgesetzten hin die Kleider vollends vom Leib reißen wollte, schrie Silana und wehrte sich mit Händen und Füßen. Der rotgesichtige Prätorianer hielt Silana ein Messer an den Hals, sein stechender Geruch raubte ihr fast den Atem, und voller Angst und Ekel rührte sie sich nicht mehr. Sie lag inzwischen halbnackt auf dem Boden, von einem der Männer im Klammergriff gehalten, während der andere ihre Knie auseinander zu drücken versuchte. Als der breitschultrige Mann ihr zwischen die Beine greifen wollte, trat das Mädchen wieder wild um sich. Der Dünne schlug ihr daraufhin mehrmals ins Gesicht, bis ihr Blut aus Nase und Mund floss, und drückte ihr dann wieder sein Messer an den Hals. Sie erstarrte und gab den Widerstand für einige Augenblicke auf. Als er sich über das Mädchen hermachte, bäumte sie sich wieder auf. Sie wollte schreien, wurde aber gewürgt. Zwischen den Beinen des dünnen Prätorianers baumelte unterdessen unverdeckt sein Geschlechtsteil, und grinsend machte er eine unmissverständliche Geste. Das freudige Gejohle seines Kumpanen war die Antwort. Silana schrie abermals schrill um Hilfe. Sofort riss der Mann mit dem entblößten Geschlechtsteil einen Stofffetzen aus ihrem Kleid und stopfte ihr damit den Mund.

„Gleich bist du dran!“ stieß er hervor, biss ihr ins Ohr und kniete sich dann zwischen ihre Beine. Silana starrte auf das gerötete Teil, das sich drohend aufgerichtet hatte und gierig zuckte. Und daneben der behaarte Arm des Mannes, auf dem sich eine tätowierte Kobraschlange ringelte. Sie schloss in tödlichem Entsetzen die Augen, und mit Gewalt spreizte der Mann ihre Schenkel. Silana glaubte, sterben zu müssen. Sie wartete auf den Schmerz, der spitz in sie eindringen musste.

Was dann geschah, erlebte das Mädchen teilweise wie eine unbeteiligte Zuschauerin. Es war Silana, als sei sie aus ihrem Körper herausgetreten, und ein anderes Opfer sei an ihre Stelle getreten. Als ob sie die ganze Szene in Wirklichkeit nicht viel anginge, beobachtete sie, wie plötzlich Burrus auf sie zukam. Er schubste seine beiden Untergebenen zur Seite und sagte etwas im Befehlston. Offensichtlich verwirrt zogen die beiden Prätorianer sich zurück. Danach ging alles sehr schnell. Der Oberkörper des Burrus lag schwer auf dem ihren, sein Unterkörper erdrückte sie fast. Die junge Frau verspürte ein Brennen im Unterleib, und die Decke des Kerkers schien ihr auf seltsame Weise entgegenzukommen, als sei der Raum lebendig geworden und zöge sich zusammen. Der Mund des Burrus, dicht an ihrem Mund, mutierte zu einem hämischen Grinsen, sein Blick drang wie Messer in ihre Augen, dann wurden auf seinen Wangen ein paar dunkle Flecken sichtbar und ein seltsam zischender Laut fuhr durch seine zusammengekniffenen Zähne. Mehr erstaunt als ängstlich beobachtete das Mädchen, wie das Gesicht ihres Vergewaltigers zur Tierfratze wurde. Etwas trieb seine Lippen nach vorne – und machte ihn zum Fuchs; dann zog ihm etwas das Fleisch von den Zähnen, dass sie blutig aufbleckten – und machte ihn zum Wolf; schließlich wölbten sich seine Backen und Lippen zu satten Wülsten – und machte ihn zum Schwein.

Silana starrte den Mann noch einige Herzschläge lang mit fiebrig flackernden Augen an. Dann wurde alles um sie herum dunkel.

Der junge Prätorianeroffizier blieb an der Schwelle zum Arbeitskabinett der Kaiserin stehen. Octavia saß hinter ihrem prächtigen Schreibtisch und war so sehr in das Verfassen eines Schreibens vertieft, dass sie die Anwesenheit des Offiziers zunächst nicht bemerkte.

Dieser ließ seinen Blick durch den Raum schweifen. Der Arbeitsraum der Kaiserin war geräumig und verfügte über vier große Fenster. In der Mitte des Zimmers stand der Schreibtisch aus hellem Eichenholz mit reicher Schnitzarbeit, vor dem Schreibtisch waren mehrere, grün gepolsterte Stühle gruppiert. Hinter dem Schreibtisch, im Rücken der Kaiserin, zu den Fenstern der rechten Seite des Raumes hin, erhob sich ein Stehpult im Stil der Stühle und des Tisches, ihm gegenüber ein Schrank in ähnlicher Machart wie die übrigen Möbel.

Auf dem Schreibtische selbst waren verschiedene Dokumente sorgfältig auseinandergefaltet und durch allerlei bronzene Briefbeschwerer vor Unordnung bewahrt. Mehrere zusammengerollte Pergamente lagen penibel aneinandergereiht, jedes auf ihrem, ihnen wie ein für allemal zugewiesenen Platz.

Die Kaiserin schrieb immer noch. Ihre Feder rauschte über das Papier. Offensichtlich überwältigt von starken Gefühlen, schrieb sie, ohne auch nur einmal innezuhalten.

Endlich blickte Octavia auf.

„Antonius Secundus“, sagte sie, „gut, dass du so schnell kommen konntest.“

„Du hast nach mir rufen lassen, Herrin. Womit kann ich dir dienlich sein?“ fragte der junge Mann und ließ sich auf eine entsprechende Handbewegung der Kaiserin auf einem der Stühle vor dem Schreibtisch nieder.

„Du bist einer der besten Freunde von Silanus“, sagte Octavia, „ich muss dir daher etwas Schreckliches erzählen. Meine gute Gefährtin Iunia Silana, die Schwester von Lucius Silanus, ist vor zwei Tagen spurlos verschwunden! Ihre Sklavin wurde im transtiberischen Viertel tot aufgefunden, und Zeugen haben ausgesagt, dass Silana von drei vermummten Männern in einer Sänfte entführt worden sei. Seitdem hat sich jede Spur meiner Freundin verloren. Niemand weiß, wo sie ist und wer sie entführen ließ."

Der Prätorianeroffizier erbleichte.

„Das ist ja schrecklich! Nein, davon wusste ich nichts! Warum hat man davon nichts gehört?"

„Weil Nero die ganze Angelegenheit weitgehend geheim halten möchte", antwortete die Kaiserin. „Er will, dass am Hofe und in der römischen Bevölkerung keine Panik entsteht, was leicht geschehen könnte, wenn sich herumspricht, dass in diesen gefährlichen Zeiten nicht einmal mehr Mitglieder des hohen Adels vor Entführungen sicher sind."

„Lässt Nero nach Iunia Silana suchen?" fragte Antonius Secundus.

„Ja, er hat eine entsprechende geheime Order herausgegeben. Da er allerdings um meine unveränderten Gefühle für Lucius Silanus weiß, hasst er ihn und jedes Mitglied seiner Familie. Entsprechend lasch und oberflächlich sind, so befürchte ich, die Anstrengungen seiner Beamten und Spione. Auf der anderen Seite muss Nero befürchten, dass man ihm Unfähigkeit vorwirft, wenn Silana nicht gefunden wird. Bei seiner derzeitigen Unbeliebtheit im Senat, der Armee und weiten Teilen der Bevölkerung darf der Kaiser diese Gefahr nicht unterschätzen. Auch aus diesem Grunde will er diese ganze Angelegenheit vorerst geheim halten."

„Und nun hast du an Lucius Silanus geschrieben?" schlussfolgerte

Antonius Secundus, „obwohl dir verboten ist, mit ihm Kontakt aufzunehmen …“

„Es ist ein Notfall“, sagte die Kaiserin. „Silanus muss wissen, was geschehen ist, und er muss unverzüglich nach Rom zurückkehren. An dem Abend vor seiner Abreise, als wir uns das letzte Mal gesehen haben, schwor er mir, zurückzukommen, sollten mein Bruder Britannicus oder ich in Gefahr sein. Das ist, soweit ich das erkennen kann, derzeit nicht der Fall. Aber auch das Verschwinden seiner Schwester ist ein Umstand, der es rechtfertigt, ja notwendig macht, dass er – aller diesbezüglichen Verbote zum Trotz – nach Rom kommt. Da Nero im Entführungsfall Silanas zu wenig unternimmt, muss Silanus das selber in die Hand nehmen. Er hat genug Freunde in der Stadt, die ihm bei der Suche helfen können.“

„Und du willst von mir, dass ich ihm das Schreiben bringe?“ fragte Antonius Secundus. „Wo ist er derzeit stationiert?“

„Immer noch in Alexandria“, antwortete Octavia, „aber es ist nicht nötig, dass du meinen Brief persönlich überbringst. Es erscheint mir sogar besser, wenn du in Rom bleibst. Vielleicht kannst du, bis Silanus zurück ist, etwas über den Verbleib seiner Schwester herausfinden. Du verfügst doch gewiss über gute, vertrauenswürdige Männer, denen du einen solchen Kurierdienst anvertrauen kannst?“

Der Prätorianeroffizier nickte.

„Ich werde meinen Diener Exuperius schicken.“

„Bis wann, meinst du, kann Silanus hier sein?“ fragte die Kaiserin.

„Ein berittener Bote, der von Puteoli aus ein Schiff nimmt, benötigt nach Alexandria etwa sieben Tage. Wenn Silanus sich dann nur ein wenig sputet, könnte er am 3. September hier sein."

„Er muss natürlich inkognito reisen. Niemand darf wissen, dass er in Rom ist. Denn erstens ist ihm streng verboten, die Stadt zu betreten, und zweitens fühlt sich der Entführer Silanas gewiss sicherer, wenn er nicht weiß, dass ihr Bruder zurück ist, um nach ihr zu suchen. Vielleicht begeht er aus dieser vermeintlichen Sicherheit heraus einen entscheidenden Fehler."

„Was meinst du, ist das Motiv des Entführers?" fragte der Prätorianeroffizier.

„Wenn ich das wüsste, wären wir schon ein gutes Stück weiter", seufzte Octavia. „Ich vermute, dass jemand Lösegeld erpressen will. Doch bis jetzt ist meines Wissens nirgendwo ein entsprechendes Schreiben aufgetaucht."

Die Kaiserin überlegte.

„Bis zum 3. September, meinst du, könnte Silanus hier sein? Gut, dann schreibe ich ihm, dass er am 3. September gegen Mitternacht heimlich zur Via Appia kommen soll, an den Ort, wo wir vor gut zwei Jahren Abschied voneinander genommen haben. Dort will ich ihn treffen. Dann werden wir weitersehen, was zu tun ist."

Während die Kaiserin so sprach, schrieb sie den Brief an ihren ehemaligen Verlobten zu Ende. Dann neigte sie sich nach vorne und begann in den Fächern ihres Schreibtisches und den Schubladen herumzusuchen. Sie fand allerdings zunächst nicht, was sie suchte, und holte immer weiter Briefe, Päckchen und Pergamentrollen heraus. Endlich richtete sie sich auf. In der Hand hielt sie eine längliche Silberdose. In diese legte sie das Schreiben an Silanus. Dann wand sie um die Dose eine rote Schnur, deren Knoten sie vorsichtig mit Wachs versiegelte.

Die Kaiserin lächelte, als sie Antonius Secundus die Silberdose reichte.

„So sorgenvoll schwer mein Herz auch ist, weil ich nicht weiß, was mit meiner liebsten Freundin geschehen ist, und wie es ihr geht, so sehr freue mich doch darauf, meinen geliebten Silanus wiederzusehen."

Silana befand sich bereits seit fast zwei Wochen in ihrem schrecklichen Gefängnis. Nahezu jeden Tag hatte sich Burrus auf das Furchtbarste an ihr vergangen. Jedes Mal hatte Silana sich mit aller Kraft gewehrt, obwohl sie wusste, dass es vergebens war und sie ihrem Schicksal nicht entgehen konnte. Manchmal kam Burrus auch nur in ihr Verließ herunter, um ihr Speisen und Getränke oder eine Schüssel mit Wasser und Seife zu bringen, oder etwas zum Anziehen. Hin und wieder tat das auch ein Sklave, ein großer dunkelhäutiger Mann. Silana hatte versucht, sich mit diesem Sklaven zu verständigen. Doch der Schwarze schien weder Gehör noch Sprache zu besitzen, und so blieb der Gefangenen nichts übrig, als sich in ihr Geschick zu ergeben.

Alles was ihr blieb und Kraft gab, war ihr Glauben an die Götter.

8. Kapitel

Es war der Abend des 2. September.

Lucius Silanus war ohne Zwischenfälle nach Rom zurückgekehrt, und ohne, dass es jemand erfahren hatte.

Nun lief er im Schein der untergehenden Sonne durch die Stadt. Das Kolloseum war nicht eingestürzt. Die alten Tempel aus den Zeiten der Republik leuchteten in alter Pracht. Das Kapitol stand finstern, und ehern, und die Menschen gingen ihren gewohnten Beschäftigungen nach.

Und doch saß ein illegitimer Okkupator auf dem Thron der Cäsaren, der durch die mordende Hand seiner Mutter zur Macht gelangt war.

Doch nicht aus diesem Grunde war der Oberst nach Rom zurückgekehrt. Seine geliebte Schwester war entführt worden, Octavia hatte ihm alles schriftlich mitgeteilt. Ein ihm von früher persönlich bekannter Bote seines Freundes Antonius Secundus hatte den Brief der Kaiserin überbracht.

In Gedanken versunken schritt der Oberst im Gewand eines einfachen Bürgers dahin, immer darauf achtend, keinem Menschen zu begegnen, der ihn hätte erkennen können. Es waren noch drei Stunden bis Mitternacht. Dann würde Octavia ihn an der Stelle der Via Appia erwarten, an der sie vor gut zwei Jahren so schmerzlichen Abschied genommen hatten.

Die Dämmerung war weiter fortgeschritten, und Silanus schlenderte, um die Zeit zu überbrücken, mehrere, nahe der Via Appia gelegene Straßen entlang.

Ungefähr eine Stunde vor Mitternacht begann er die Via Appia entlangzugehen. Die Straße war menschenleer und badete malerisch im Licht des Vollmonds.

Über eine halbe Stunde mochte er gegangen sein – er hatte die vereinbarte Stelle fast erreicht –, als sein Fuß strauchelte. Voller Schrekken erkannte Silanus die Gestalt eines Menschen, welcher regungslos am Boden lag. Rings um den Körper breitete sich eine Lache geronnenen Blutes aus.

Der Oberst beugte sich zu dem leblosen Körper herab. Es war ein Mann. Sein Gesicht war verzerrt. Und doch deuteten alle Einzelheiten auf einen Menschen von vornehmer Herkunft hin: der kostbare Mantel, die zarten Hände. Wie Silanus in heftiger Gemütsbewegung die kalte Rechte des Leblosen ergriff, ihm in das bleiche Antlitz blickte und dessen Gesichtszüge studierte, da zuckte ein heftiger Schrecken durch sein Herz. Mit einem halb unterdrückten Aufschrei fuhr er empor.

Der Mann war ohne Zweifel tot – und es war Narzissus, der Minister von Kaiser Claudius!

Nach einigen wild pochenden Herzschlägen kniete Silanus abermals nieder. Zitternd untersuchte er den Leichnam, ob nicht ein Anhaltspunkt zu finden sei, der auf die Spur der Täter führen könnte. Nun erst realisierte der Oberst, dass in der Brust des Toten ein Dolch steckte!

Eine innere Stimme sagte ihm, dass der Mörder oder doch zumindest der Auftraggeber für diesen Mord in der kaiserlichen Hofburg sitzen musste. Aber was war das Motiv zu dieser Tat? Und wie war Narzissus hierhergekommen, justament an den Ort, den Octavia ihm als Treffpunkt mitgeteilt hatte? Und wo war Octavia?

Das Geräusch herannahender Schritte riss Silanus aus seinen Gedanken und ließ ihn auffahren. In der Annahme, der oder die Mörder kämen noch einmal zurück, um vielleicht ihr Opfer fortzuschaffen, war er bereit, sich gegebenenfalls auf den Aggressor zu stürzen. Doch in diesem Augenblick erfasste er, dass es eine Polizeikohorte war, die heranstürmte, und noch ehe der Oberst begreifen konnte, was das zu bedeuten hatte, war er umzingelt.

Der Offizier der Kohorte – es war Quirinus, ein Untergebener und enger Vertrauter des Afranius Burrus – trat an die Leiche heran, untersuchte sie oberflächlich und schritt dann auf Lucius Silanus zu, der von zwei Soldaten festgehalten wurde.

„So, so! Wen haben wir denn da?“ sagte er. „Den Exsenator Lucius Silanus. Bist du unerlaubterweise nach Rom zurückgekehrt, um mit jemandem eine alte Rechnung zu begleichen?“

„Was soll das heißen?“ schrie der Oberst wütend. „Was erlaubst du dir? Anstatt Unsinn zu reden, solltest du mit deinen Männern lieber dem Mörder hinterher jagen, weit kann er noch nicht sein.“

„Das ist wohl kaum nötig“, entgegnete ihm der Führer der Kohorte, „den Schuldigen haben wir bereits.“

Silanus zuckte zusammen.

„Du verdächtigst mich des Mordes?“

„Du sagst es! Du bist des Totschlags an diesem Mann im höchsten Maße verdächtig! Was dein Motiv ist, werden wir herausbekommen!“

Und zu seinen Männern gewandt, sagte Quirinus:

„Hebt den Toten auf, Soldaten.“

Als der Offizier der Kohorte einen weiteren prüfenden Blick auf den Leichnam warf, trat er, sichtlich erstaunt, einen Schritt zurück.

„Beim Styx – wenn mich nicht alles täuscht, so ist der Tote – Narzissus, der Minister.“

„Den feige Schergen eines verkommenen Hofes aus dem Weg geräumt haben“, rief Silanus erbost.

Der Befehlshaber der Kohorte zog die Brauen zusammen.

„Wie meinst du das?“

Aber Silanus war klug genug, seine Äußerung, die ihm Scham und Zorn eingegeben hatten, nicht weiter auszuführen. Stattdessen sagte er:

„Ich ging diese Straße und fand den Edelmann in seinem Blute liegend. Er kann noch nicht sehr lange ermordet sein.“

„Das mag glauben, wer will“, knurrte der Kohortenführer. „Aber was tust du zu so später Stunde auf dieser Straße – du, der Rom ohne die Erlaubnis des Kaisers überhaupt nicht betreten darf? Sehr merkwürdig das Ganze, nicht wahr?“

Silanus presste die Lippen aufeinander und schwieg. Was hätte er auch antworten sollen?

„Führt mich vor den Richter", flüsterte er schließlich resigniert.

„Das wird geschehen, Exsenator", erwiderte Quirinus auflachend.

„Vorwärts", kommandierte er seine Männer – „zum Mamertinischen Kerker!"

Eine Stunden später lag Silanus gebunden in einer schmutzigen Kerkerzelle. Das Halseisen und die schweren Ketten hinderten ihn an fast jeglicher Bewegung. Das Grausamste war, dass man ihm nicht einmal die einfachste Bodenmatte oder auch nur etwas Stroh hingelegt hatte. So saß er also auf dem harten Boden, den Kopf an die kalte Mauer gelehnt, und musste die Fesseln am Halseisen beständig mit einer Hand halten, weil sie ihn entweder würgten oder hinten am Genick die Nervenbahnen zusammendrückten, was Silanus heftige Kopfschmerzen verursachte. Da die Stange, welche man zwischen seinen beiden Händen angebracht hatte, die eine Hand nach unten drückte, wenn die andere, auf das Knie gestützt, die Halsfesseln zu erleichtern suchte, erstarrten seine Muskeln allmählich, und seine Arme wurden schwer. Der Oberst konnte sich beim besten Willen nicht vorstellen, wie er in solcher Lage schlafen oder auch nur ruhen sollte.

Mehr als diese körperlichen Strapazen quälte Lucius Silanus freilich die seelische Ungewissheit. Ständig fragte er sich, was wohl geschehen sein mochte. Wer hatte Narzissus getötet? Warum und wann war dieser nach Rom zurückgekehrt? Kaiser Claudius hatte ihn doch mit einer langfristigen Mission in Cilicia betraut, und Nero hatte diesen

Auftrag mehrmals verlängert. Und selbst wenn Narzissus vor kurzem nach Rom zurückkehren durfte, wovon Silanus im fernen Alexandria nichts erfahren haben musste: Warum lag seine Leiche ausgerechnet an dem Ort, der als Treffpunkt mit Octavia dienen sollte, und das genau zu der Stunde, welche die Geliebte angegeben hatte? Hing dieses neuerliche Verbrechen mit der geheimnisvollen Entführung seiner Schwester zusammen? Und die Kaiserin? Schwebte sie in Gefahr? Oder war ihr bereits etwas zugestoßen?

Schmerzen, Müdigkeit, Gefühle der Angst und die allmähliche Erstarrung all seiner Glieder peinigten Silanus immer mehr. Endlich überwog der quälende Zustand seiner Leibeskräfte die Angst, an der Fessel um seinen Hals zu ersticken, und er verfiel in einen ohnmachtartigen Schwäche- oder Schlafzustand.

So vergingen auch die nächsten drei Tage und Nächte. Der Oberst wurde so schwach, dass er kaum die Kraft hatte, seinen Wasserkrug an den Mund zu bringen. Die stickige Luft, die Kopfschmerzen und der im Eisen angeschwollene Hals brachten ihn mitunter fast zur Raserei.

Silanus sagte sich, dass der Hades nicht schlimmer sein konnte: in schweren Fesseln auf dem feuchten Boden eines stickigen Kerkers zu sitzen, und außer ein paar trockener Brotkrumen nichts zur Stärkung zu erhalten – keinen Tropfen Suppe, keinen Tropfen Wein. Dazu das ununterbrochene Alleinsein in einer quälend ungewissen Situation mit ihren Hunderten von Fragen.

Sieben Tage später hatte Silanus vorsichtig einen der wachhabenden

Polizisten für sich gewonnen. Dieser kam heimlich zu ihm; schüttete ihm sein Herz aus, klagte über Schulden, Mangel und Not, die sich seit dem Regierungsantritt Neros überall in der Stadt ausbreiteten, weil der Kaiser immer mehr Steuergelder in kostspielige Bauten und ausschweifende Feste stecke. Die Gehälter seiner Soldaten, Polizisten und kleinen Beamten aber wurden immer schmaler. Der Polizist – mit dem Namen Simplicius – hatte eine Frau und drei kleine Kinder zu ernähren, und so nahm sein Klagen und Jammern schier kein Ende. Da der Wachmann wusste, um wen es sich bei seinem Gefangenen handelte, und Silanus ihm Geld versprach, sobald er aus diesem Kerker heraus wäre, genehmigte Simplicius dem Gefangenen sehr bald heimlich allerlei Erleichterungen. Er entfernte seine Halsfessel und ließ ihm andere Handschellen anlegen, die so groß waren, dass der Oberst die Hände bequem herausziehen konnte. Auch die übrigen Fesseln konnte er auf diese Weise nach Belieben ablegen. Wenn er einige Schritte in seiner Kerkerzelle machen oder in sonstiger Weise seinem Verlangen nach körperlicher Bewegung Befriedigung verschaffen wollte, hielt er einfach die Ketten in der Hand und machte damit etwas Gerassel, um die aufpassenden Wachposten vor der Zellentür in die Irre zu führen.

Simplicius steckte dem Gefangenen zudem Kerzen und Schwefelhölzer zu, brachte ihm hin und wieder etwas kaltes Fleisch und Obst, auch mal eine warme Suppe, und so wurde seine Lage ganz erträglich.

Besonders wichtig war Silanus, dass der Polizist ihm von dem berichtete, was in Rom vorging und was man sich in der Stadt erzählte.

Diesen Berichten zufolge schien die Lage am kaiserlichen Hofe unverändert. Octavia war nichts zugestoßen; sie kam ihren öffentlichen Verpflichtungen als Kaiserin nach wie immer. So sehr den Gefangenen diese Informationen beruhigten, so sehr quälte ihn etwas anderes: Seit seiner Festnahme in der Via Appia hatte er außer seinen Wachen niemanden zu Gesicht bekommen: Weder Quirinus, den Prätorianer, der ihn verhaftet hatte, noch Afranius Burrus, keinen Richter und niemandem sonst vom kaiserlichen Hof!

Hatte man gar nicht vor, ihm den Prozess machen? Sollte er vielmehr hier in den Tiefen des Mamertinischen Kerkers unbemerkt von der Außenwelt vermodern?

Doch schon am nächsten Tag wurde Lucius Silanus aus seinem Kerker geholt und vor einen Untersuchungsrichter geführt. Nach einem kürzeren Verhör erklärte der Richter dem Gefangenen, dass morgen der Prozess gegen ihn eröffnet werde. Die Anklage laute auf Mord.

Da Silanus ein ehemaliger Senator und ein Mitglied des Adels war, hatte der Kaiser den schweren Fall dem Senat zur Aburteilung übergeben. Wider die Sitten verlangte Agrippina, der Verhandlung gegen den früheren Verlobten ihrer Schwiegertochter beizuwohnen. Der Senat, welcher nicht mehr eine freie Volksvertretung, sondern weitgehend eine dem Willen der Krone gefügige Institution geworden war, die alle Traditionen des republikanischen Roms geringachtete, gab seine Zustimmung. Da wollte es wenig besagen, dass einzelne ehrenwerte Männer treu an den Pflichten festhielten, welche die römische Verfassung den Senatoren – auch gegen den Kaiser – auferlegte. Sie waren Felsen in der Brandung, wohl unerschütterlich, aber fast gänzlich machtlos.

Man hatte Agrippina den Ehrensitz eingeräumt, den sonst der Kaiser einzunehmen pflegte, wenn er einer bedeutungsvollen Senatssitzung präsidierte.

Langsam füllte sich die hohe Halle. Die Senatoren nahmen ihre Plätze ein. Endlich erschien Agrippina, die Kaiserinmutter. Um ihre Schultern hing ein Purpurmantel aus schwerer alexandrinischer Seide, der mit kostbaren Goldstickereien verziert war. Ehrerbietig begrüßt, nahm sie auf dem Thronsessel Platz. Sie sah mit stolzen Blicken in den Kreis der Senatoren. Da stand in allernächster Nähe der allmächtige Minister Callistus, der in diesem Prozess als Ankläger fungieren sollte. Die Kaiserinmutter selbst hatte ihn mit dieser Aufgabe betraut, und ein freundlicher Blick aus ihren Augen ermunterte ihn, seine Rolle in ihrem Sinne auszuüben.

Finsteren Blickes maß Agrippina freilich den Mann, der den Mut besessen hatte, die Verteidigung des Angeklagten zu übernehmen. Es war Barea Soranus, ein Freund des Prinzen Britannicus und des Silanus zugleich. Das allein musste ihn in den Augen der Kaiserinmutter verdächtig machen.

Eine Bewegung ging durch die Versammlung.

Der Angeklagte erschien vor seinen Richtern.

Er war blass und durch die Haft in dem unterirdischen Verließ geschwächt. Doch seine Haltung war stolz, sein Mut ungebrochen.

Silanus zuckte dennoch zusammen, als Callistus, der Ankläger, seine Rede begann. Hatte er von dieser Seite etwas Gutes zu erwarten?

„Senatoren", hob Callistus an. „Wenn je die volle Strenge eures erprobten Gerechtigkeitssinnes einen Schuldigen treffen musste, so ist es der Exsenator Lucius Silanus, der einen Minister unseres Kaisers getötet hat. Nach längerer Mission in Cilicia, mit der ihn noch Kaiser Claudius beauftragt hatte, ist Minister Narzissus vor wenigen Wochen nach Rom zurückgekehrt, wo ihn Kaiser Nero wieder in seine Dienste nahm. Und kaum erfährt Silanus im fernen Alexandria, wo er in der Armee des Kaisers diente – strafversetzt aus gutem Grunde –, von der Rückkehr des Narzissus, verlässt er ohne Erlaubnis, ja heimlich, seine Truppe, lockt den Minister unter irgendeinem Vorwand zur nächtlichen Stunde auf die Via Appia und ermordet ihn dort hinterrücks!"

Mit süßlichem Lächeln und gespielter Begeisterung zählte Callistus die Verdienste des Narzissus auf.

„Das Vaterland verlor in ihm einen seiner besten Diener. Treibt es nicht jedem, der das Imperium höher als alle anderen Güter schätzt, Tränen der Scham, der Verzweiflung und des Zornes in die Augen, wenn man bedenkt, dass dieser hochverdiente Bürger auf offener Straße sein Leben hat beenden müssen, dass dieser begabte und fleißige Beamte unter dem feigen Dolchstoß eines Meuchelmörders verbluten musste?"

Nun erging sich Callistus in der Ausmalung aller näheren Umstände, unter denen Silanus von der Polizei festgenommen worden war.

„Alle Tatsachen, meine Herren Senatoren, sprechen dafür, dass niemand anderes als Lucius Silanus die feige Tat begangen haben kann. Aber diese Indizien können den Ruchlosen noch nicht bewegen, ein

Geständnis abzulegen. Er leugnet, und seine Verteidigung gipfelt in der Frage, die er gestern an den Untersuchungsrichter gestellt hat: ‚Warum hätte ich die Tat begehen sollen?' In Wahrheit, meine Herren Senatoren, haben wir nicht die Mittel in der Hand, die Motive des Angeklagten, die ihn dazu brachten, ein Mörder zu werden, restlos zu beweisen. Wir sind nicht allmächtig in unserem Reiche, wir sind keine Götter, um die geheimen Regungen eines jeden Herzens zweifelsfrei zu durchleuchten. So können wir auch hier nur spekulieren, in unserem Fall aber auf gut gesicherter Grundlage!"

Callistus hielt kurz inne und beugte sich leicht nach vorne.

„Verstehe mich recht, Lucius Silanus, und, bei den Göttern und deiner Ehre, antworte der Wahrheit gemäß: Liebtest du nicht Octavia, unsere Kaiserin?"

Der Angeklagte erbleichte, nicht nur, weil er in dieser Frage eine gefährliche Falle vermutete, sondern weil es seinem Edelsinn widerstrebte und ihn aufs tiefste verletzte, dass der Name dieser tugendhaften Frau in diese unselige Affäre gezogen wurde. Gleichwohl brachte er es nicht über sich, in diesem Augenblick eine Lüge auszusprechen.

„Ja", antwortete er, „es gab eine Zeit, da ich die Hohe Frau liebte. Wir waren offiziell verlobt. Das ist allgemein bekannt. Allein, sie entschied sich für einen anderen Mann, unseren heutigen Imperator. Ich fügte mich in das Unvermeidliche. Octavias Tugend führte mich auf den rechten Weg, mir – nicht ihre Liebe –, wohl aber ihre Achtung zu erwerben. Aber worauf willst du mit deiner Frage überhaupt hinaus, Callistus?"

Über das Gesicht des Anklägers zog ein diabolisches Grinsen.

„Worauf ich hinaus will, werden die Anwesenden im weiteren Verlauf meiner Darlegungen schon verstehen, Lucius Silanus. Und glaube mir: Niemand hegt Zweifel an der Tugendhaftigkeit unserer Kaiserin – wohl aber ist es uns erlaubt, Zweifel an der Wahrheit deiner Worte zu hegen. Denn die sinnliche Leidenschaft ist wie eine Glut, die im Sturme immer von neuem entfacht wird. Scheinbar unter der Asche der Entsagung glimmt das heimliche Feuer, um beim nächsten Anlasse zu einer alles verzehrenden Flamme emporzuschießen, die alles vernichtet – Wahrheit, Ehre und Tugend."

Callistus hielt wiederum kurz inne. Dann fragte er:

„Warum, Lucius Silanus, hat Kaiser Claudius dich als Senator entlassen und aus Rom verbannt?"

Der Angeklagte antwortete ehrlich.

„Weil er mich nach der Verlobung Octavias mit Nero bezichtigte, immer noch seiner Tochter nachzustellen. Freilich war das nicht der Fall!"

„Der verewigte Imperator Claudius hat dich also der Stadt verwiesen, weil er – ob zu recht oder zu unrecht, lasse ich einmal dahingestellt – annahm, dass du seiner Tochter nachstelltest, wie du es soeben selber formuliert hast. Jedenfalls hat Kaiser Claudius dich so schnell und kompromisslos aus Rom verbannt, dass in einigen Kreisen sogar das Gerücht aufgekommen ist, der Kaiser hätte dich hinrichten lassen oder du hättest Selbstmord begangen. Und ich behaupte: Aus einem ähnlichen Grund hat Claudius seinen Minister Narzissus, ungeachtet seiner Verdienste für das Vaterland, die ich soeben erwähnte, mit einer langfristigen auswärtigen Mission betraut – weil er ihn verdächtigte, sich mehrmals seiner Tochter Octavia mit unreinen Absichten genähert zu haben!“

Ein Murmeln ging durch die Versammlung. Der greise Senator Gaius Cestius Gallus erhob sich. „Das ist eine unbewiesene Behauptung, Callistus. Wie kommst du zu dieser Unterstellung?“

„Meine Behauptung kann ich sehr wohl belegen, Senator“, erwiderte Callistus. „Zum Beweis meiner These rufe ich keine Geringere als die Kaiserinmutter Agrippina als Zeugin auf.“

Abermals ging eine Bewegung durch den Raum. Der Ankläger wandte sich an die Kaiserinmutter.

„Hohe Frau, ist dir etwas über die Motive bekannt, die deinen göttlichen Gemahl Claudius dazu bewogen haben, Minister Narzissus aus Rom fortzuschicken?“

Agrippina beugte sich ein wenig nach vorne, um die etwas in Unordnung geratenen Falten ihres Kleides zu glätten, dann antwortete sie:

„Mein göttlicher Gemahl hat seinen Minister Narzissus nach Cilicia gesandt, weil er glaubwürdig erfahren hatte, dass dieser ein Auge auf seine Tochter Octavia geworfen hatte. Der Minister hatte es sogar gewagt, sich der Kaisertochter körperlich zu nahen. Erspart mir bitte die unappetitlichen Details …“

Über die Lippen Agrippinas spielte ein Lächeln der Befriedigung, als sie die entsetzten Gesichter der Senatoren sah. Callistus warf Silanus einen tückischen Blick zu, senkte aber sofort die Augen. Der übermenschliche Zorn, welcher in den Augen des Angeklagten lohte, erschreckte ihn.

Callistus wandte sich wieder an die Kaiserinmutter.

„Wenn dem so ist, wie du sagst, Hohe Frau, warum ließ dann dein Sohn – unser geliebter Imperator Nero – den Minister Narzissus vor wenigen Wochen wieder nach Rom zurückkehren?“

Agrippina schüttelte den Kopf.

„Entweder wusste Nero nichts davon, dass Narzissus seinerzeit Octavia nachgestellt hat …“

„Du hast deinem Sohn damals nicht erzählt, was du wusstest?“ unterbrach Callistus seine Zeugin.

„Nein“, antwortete diese, „ich hielt es für klüger, das Herz meines Sohnes nicht damit zu belasten, zumal ich *damals* bezüglich Octavias Tugendhaftigkeit keinen Zweifel hegte …“

Die Art und Weise, wie Agrippina das Wort „damals“ betonte, irritierte die anwesenden Senatoren. Doch noch bevor sie die Bedeutung dieser Wortwahl erwägen konnten, hatte die Kaiserinmutter den Faden ihrer Ausführungen wieder aufgegriffen.

„Entweder wusste mein Sohn also nichts davon, dass Narzissus Octavia seinerzeit nachzustellen wagte“, wiederholte sie, „oder er ging davon aus, dass seiner Frau heute von dieser Seite keine Gefahr mehr drohe, in der Annahme, dass das Feuer des Narzissus gelöscht sei. Ich weiß es nicht.“

„So oder so wusste dein Sohn ohnehin, dass die Gelüste sowohl des Angeklagten als auch des Ermordeten an seiner Gemahlin Octavia abprallen mussten, wie die Pfeile der Germanen an den Rüstungen unserer Soldaten!“

Agrippina antwortete mit einem Gesichtsausdruck, der eine Mischung aus Skepsis und Schmerz zu offenbaren schien.

„Ich hoffe es …“, sagte sie knapp.

Ein leises Raunen ging durch den Saal.

„Zurück zum Angeklagten“, sagte Callistus. „Wusste er, dass Minister Narzissus die damalige Prinzessin Octavia mit seinem sinnlichen Begehren belästigt hat?“

„Ich gehe davon aus, dass Octavia es ihm erzählt hat“, antwortete die Kaiserinmutter.

Silanus war puterrot geworden. Wütend rief er:

„Octavia hat mir gegenüber zu keiner Zeit auch nur angedeutet, dass der ermordete Minister sich ihr unziemlich genähert hätte!“

Den Satz: „Und ich weiß daher auch, dass es nicht so war“, wagte er freilich nicht hinzuzufügen, denn damit hätte er die Kaiserinmutter öffentlich der Lüge bezichtigt oder die Klugheit des verstorbenen Kaisers Claudius in Frage gestellt. Beides konnte lebensgefährlich sein.

Callistus resümierte mit süffisantem Unterton:

„Ich stelle also fest: Es kann als sicher gelten, dass der Ermordete sich unserer Kaiserin gegenüber ungebührlich verhalten hat. Auch steht fest, dass der Angeklagte, ebenfalls in Liebe zu ihr entbrannt, in Narzissus eine Art Nebenbuhler sehen musste. So unsinnig dieser Gedanke auch gewesen sein mag, in dem Minister eine Konkurrenz um das Herz der Verehrten zu erblicken, weil unsere Kaiserin ihrem Gemahl Nero völlig in Liebe und Treue ergeben ist, so ist in dieser Seelenverwirrung des Angeklagten dennoch dessen Motiv für seine blutige Tat zu sehen. Lucius Silanus hat Minister Narzissus ermordet, um einen vermeintlichen Konkurrenten um die Gunst der Kaiserin aus dem Weg zu räumen!“

Das Murmeln im Saal war diesmal deutlich lauter.

Doch nun trat Barea Soranus vor, und Callistus mit einem finsteren, verachtungsvollen Blick messend, begann er mit klarer, wohl tönender Stimme:

„Senatoren! Mir scheint, die Rede des Callistus trug so sehr den Stempel unbewiesener Spekulationen, dass es gut wäre, gerade in diesem schwierigen Fall sich nicht durch den Ankläger, sondern nur durch die Tatsachen – und durch die untadelige Person des Angeklagten – leiten zu lassen. Dieser sagt aus, dass er von unziemlichen Annäherungen des Narzissus nichts wusste. Wenn Octavia ihm davon nichts berichtet hat, kann sie das angebliche Begehren des toten Ministers zumindest nicht als bedrohlich oder auch nur als besonders beachtenswert gehalten haben. Wahrscheinlich ist unsere Kaiserin in ihrer unbedingten Liebe zu ihrem Gemahl ohnehin gänzlich blind für die charmante Aufmerksamkeit anderer Männer, von welcher Seite sie auch immer kämen. Der Angeklagte wusste zudem um diese unerschütterliche Liebe und Treue Octavias zum Imperator – warum also hätte er in einem dritten Mann eine ernstzunehmende Konkurrenz sehen sollen? Dass jedes eventuelle Hoffen vergeblich war, wusste Lucius Silanus spätestens ab dem Tag, an dem die damalige Prinzessin Octavia unserem heutigen Kaiser die Hand zur Verlobung reichte. Wozu also hätte der Angeklagte den Narzissus ermorden sollen? Die allgemein bekannte Tugendhaftigkeit unserer Kaiserin hat ja auch der Ankläger nicht im Geringsten in Zweifel zu ziehen gewagt!“

„… aber die Kaiserinmutter Agrippina“, flüsterten einige Senatoren ihrem jeweiligen Nachbarn zu.

Doch schon sprach Barea Soranus von den Umständen, unter denen Silanus verhaftet worden war. Er bestritt die Wahrscheinlichkeit, dass der Angeklagte, wenn er wirklich den Mord begangen, sich der Polizeikohorte – glaubend, es seien die zurückkehrenden Mörder – entgegengestürzt hätte.

„Minister Callistus", beendete Soranus seine Rede, „nannte die Liebe eine alles verzehrende Flamme, in deren Glut alle Tugend untergehe. Ich meine, das ist eine schlechte Erklärung für die edelste Empfindung, der auch Lucius Silanus einst unterworfen war, und nicht zum Schlechten, nein, zum Guten musste ihn seine Neigung zu der tugendhaften Hohen Frau Octavia führen. Niemals aber kann diese Liebe des Angeklagten, die dereinst eine legitime und durch eine offizielle Verlobung geadelte war, ihn dazu verleitet haben, eine schmähliche Tat an jenem Manne zu begehen, der ihm persönlich und politisch so lange Zeit freundschaftlich nahegestanden hat."

Die Rede verfehlte ihren Eindruck auf die Senatoren nicht. Agrippina zog die Brauen finster zusammen; Callistus stieß ein heiseres Lachen aus.

Da erhob sich Calpurnius Piso, der Princeps Senatus, und sprach: „Lassen wir es für heute genug sein – zu verwirrend sind die festgestellten Fakten und die mit ihnen verknüpften Spekulationen. Lasst uns alle das Gehörte in Ruhe reflektieren, eine Nacht darüber schlafen – und das Verhör des Angeklagten morgen fortsetzen."

Das Nicken der um ihn herum sitzenden Senatoren deutete der Princeps Senatus zurecht als dankbare Zustimmung, und so hob er die Sitzung kraft seines Amtes für den heutigen Tag auf.

Vier Prätorianer führten den Angeklagten in das Mamertinische Gefängnis zurück.

Silanus lag in seiner Kerkerzelle und dachte nach.

Mit Sicherheit würde man ihn morgen im Kreuzverhör inquirieren, warum er es – ungeachtet des kaiserlichen Verbotes, zudem heimlich und fahnenflüchtig – gewagt hatte, Rom zu betreten.

Für den Gefangenen gab es nicht viel zu überlegen, dass er auf gar keinen Fall den wahren Grund seiner Rückkehr preisgeben durfte. Er musste Octavia schützen, durfte sie nicht in diese prekäre Angelegenheit hineinziehen. Wie leicht konnten Gegner der Kaiserin den Umstand, dass sie es war, die ihn gebeten hatte, nach Rom zurückzukehren, als Ungehorsam gegenüber den Anweisungen Neros – ja sogar als Hochverrat – deuten. Konnte der Tatsache, dass Octavia sich mit ihm, dem Angeklagten, zu nächtlicher Stunde, zudem an abgelegenem Ort, treffen wollte, von Übelwollenden nicht sogar ein ehebrecherisches Motiv unterstellt werden?

Nein, auf die Person der Kaiserin durfte um keinen Preis auch nur der geringste Schatten fallen!

Nun hätte Silanus vor Gericht einfach sagen können, er habe von der Entführung seiner Schwester erfahren und sei deshalb nach Rom zurückgekehrt. Das wäre ein plausibles Motiv gewesen; aber auch das wagte er nicht. Denn wiederum konnte es allein die Kaiserin gewesen sein, die ihm von der offiziell geheim gehaltenen Entführung berichtet hatte. Außerdem blieb die quälende Frage, ob ein dunkler Zusammenhang zwischen der Ermordung des Narzissus und dem

Verschwinden Silanas bestand. Konnte ein unbedachtes Wort in der Öffentlichkeit insofern vielleicht sogar das Leben der geliebten Schwester gefährden? Das alles erwägend, gab es für den Oberst keinen Zweifel, dass er eisern schweigen musste.

In diesem Zusammenhang grübelte der Gefangene, ob die Kaiserin etwas von seiner Verhaftung, seiner Einkerkerung und seinem Prozess vor dem Senat erfahren hatte. Dem Gefangenen schien es fast undenkbar, dass dem nicht so war.

Hatte Octavia vielleicht versucht, ihm zu helfen, ihm eine Nachricht zukommen zu lassen oder ihn sogar in diesem düsteren Kerker aufzusuchen? So sehr der Gefangene sich nach der geistigen oder gar körperlichen Nähe der geliebten Frau sehnte, hoffte er doch inständig, dass es nicht so sei, weil die Kaiserin sich dadurch sehr gefährden würde.

Am Vormittag des nächsten Tages wurde im Senat – abermals in Gegenwart der Kaiserinmutter – das Gerichtsverfahren fortgesetzt.

Man schritt unverzüglich zu einem nochmaligen Verhör des Angeklagten.

„Warum kamst du an dem Tag, da Narzissus ermordet wurde, nach Rom“, fragte Callistus, „wo dir das doch strikt verboten war? Du hast sogar unerlaubt und ohne jemandem etwas zu sagen, deine Truppe verlassen. Du musst also einen schwerwiegenden Beweggrund gehabt haben, die Ewige Stadt zu betreten.“

„Ich wollte Rom wiedersehen“, antwortete Silanus. „Die Sehnsucht nach meiner Heimatstadt trieb mich.“

„Sonst nichts?“

„Sonst nichts!“

„Und du gingst ganz zufällig die Via Appia entlang?“

„Ja, zufällig.“

„Was wolltest du ausgerechnet auf dieser Straße?“ hakte Callistus nach.

„Meine Gedanken – ein unglückseliger Zufall hatte mich so geleitet.“

„Du musstest aber doch irgendeine Absicht verfolgen, Angeklagter?“

„Nein, Minister. Ich ging, wie gesagt, in Gedanken.“

„Und von woher kamst du?“

Der Gefragte schwieg.

„Es muss dir klar sein, Lucius Silanus“, gab Callistus dem Angeklagten zu bedenken, „dass du, wenn du einen vernünftigen und plausiblen Grund benennen kannst, warum du dich – ausgerechnet um die fragliche Zeit, kurz bevor man den Toten fand – in dieser entlegenen Ecke Roms aufgehalten hast, deine Unschuld beweisen kannst. Dein Schweigen aber kommt einem Geständnis gleich. Benenne also dein Motiv, Lucius Silanus, warum du auf der Via Appia gewesen bist. Rede endlich!“

Noch immer schwieg der Angeklagte. Seine Blicke schweiften im Kreise umher, blieben auf dem Antlitz der Kaiserinmutter haften.

Agrippina beugte sich weit vor. Ihren Mund umzuckte ein Lächeln. Nun wollte sie das Netz, in dem Silanus sich verfangen hatte, noch recht festzurren.

„Warum kamst du nach Rom, entgegen des Verbotes meines göttlichen Sohnes?“ mischte sie sich mit weicher, verführerischer Stimme in das Verhör ein.

„Warum begingst du sogar Fahnenflucht? Unmöglich kann dich wirklich nur die Sehnsucht nach der Heimat getrieben haben! Und warum warst du justament zur Stunde der Ermordung des Narzissus dort an jenem finsteren Ort? Nur aus Zufall?“ fragte sie süffisant. „Gibt es denn keine Freunde, die du stattdessen in Rom hättest sehen wollen? Ist da also keine Person von gutem Ruf, die für deine Unschuld in die Schranken treten und dir ein Alibi geben könnte?“ Und nach einer Pause: „Erkläre uns, Angeklagter, ein einleuchtendes Motiv – und du bist frei.“

Silanus schwieg beharrlich.

Plötzlich erbleichte die Kaiserinmutter.

Eine junge, weißgekleidete Frau hatte mit wahrhaft vornehmer Haltung den Saal betreten, kaum dass Agrippinas letzte Worte verhallt waren.

Die junge Frau trat mit raschen Schritten in den Vordergrund, und in leidenschaftlichem Flehen die Hände in Richtung der Senatoren ausstreckend, rief sie mit glockenklarer Stimme:

„Er ist unschuldig!“

Die Senatoren standen starr, kaum einer Bewegung fähig.

Agrippina war aufgesprungen und streckte gebieterisch den Arm nach der Frau aus – aber ihre Stimme versagte den Dienst. Callistus biss die Zähne in die Lippen. Nur Barea Soranus lächelte glücklich.

Silanus war einen Schritt zurückgetreten.

Seine Augen hingen teils zu Tode erschrocken, teils bewundernd an der zarten Gestalt der Hinzugetretenen, und ein seltsames Leuchten flog über seine markanten Züge. Einen Augenblick, einen kurzen, flüchtigen Moment wandte die junge Frau dem Angeklagten ihr bleiches Antlitz zu, und in ihren reinen Augen glühte es auf.

Calpurnius Piso erhob sich.

„Hohe Frau, edle Kaiserin", grüßte er. „Es ist uns eine große, kaum auszudenkende Ehre, dass du zu uns gekommen bist."

Der Bann, den das plötzliche und gänzlich ungewöhnliche Erscheinen Octavias im Rate der Senatoren hervorgerufen hatte, war mit einem Mal gelöst.

Eine intensive Neugier ergriff die ganze Versammlung.

„Ich bin in eure Mitte getreten, ehrenwerte Herren Senatoren", erklärte die Kaiserin, „um mit meinem Namen und mit meiner Stellung als erster Frau des Reiches zu bezeugen, dass der Angeklagte, Oberst Lucius Silanus, unschuldig ist am Tode des Ministers Narzissus."

„Weshalb bist du dir dessen so gewiss?" fragte der Princeps Senatus, Calpurnius Piso.

„Ich war es, die den Oberst bat, in die Ewige Stadt zurückzukehren", antwortete Octavia.

„Das ist ein wichtiger Punkt, Hohe Frau", sagte Barea Soranus, sich von seinem Sitz erhebend, „denn dann konnte der Angeklagte davon ausgehen, dass das kaiserliche Verbot, Rom zu betreten, für ihn aufgehoben war."

„Das konnte der Oberst in der Tat so verstehen!" bestätigte Octavia.

„Werte Kaiserin, erkläre uns bitte, auf welchem Wege du dem Angeklagten deinen Wunsch kundgegeben hast“, sagte Barea Soranus.

Die Kaiserin zeigte auf den Mann, der mit ihr den Saal betreten hatte. Erst jetzt nahmen die meisten Senatoren ihn wahr.

„Ich bat den mich begleitenden Prätorianeroffizier Antonius Secundus, einen Vertrauten von Lucius Silanus und mir, dem Angeklagten ein von mir verfasstes Schreiben zukommen zu lassen. Ein Diener des Antonius Secundus sollte dem Oberst den Brief nach Alexandria bringen. Das ist offensichtlich nicht geschehen!“

Der Verteidiger Soranus war erstaunt.

„Das sei nicht geschehen, sagst du, Herrin? Aber Oberst Silanus ist doch nach Rom zurückgekehrt …“

„Er ist zurückgekehrt, das ist richtig“, bestätigte die Kaiserin, „aber er tat es nicht aufgrund des Schreibens, das ich ihm sandte.“

„Das verstehe ich nicht, Herrin“, sagte der Verteidiger sichtlich erstaunt. „Erkläre mir das bitte.“

Statt einer Antwort wandte sich die Kaiserin direkt an den nicht weniger verwirrten Angeklagten – wehmütig weilte ihr Blick einen Herzschlag lang auf den Zügen des Geliebten. Niemals ist er so schön gewesen, so unvergleichlich, dachte sie. Dann sagte sie:

„Lucius Silanus, sage uns bitte, ob dir der Diener deines Freundes Antonius Secundus, mit dem Namen Exuperius, den du von früher kennst, ein Schreiben überbrachte.“

„Ja, das tat er!“ nickte der Angeklagte.

„War dieses Schreiben in meiner, dir ebenfalls bestens bekannten Handschrift verfasst?“

„Nein Herrin, das Schreiben war von einer mir fremden Hand geschrieben. Ich ging davon aus, dass du das Schreiben jemandem diktiert hast."

„Das tat ich nicht", erklärte Octavia. „Ich schrieb jede Zeile selbst."

Ein Raunen lief durch die Reihen der Senatoren.

„Und war das Schreiben mit meinem Siegel versehen?" fragte die Kaiserin.

„Nein, die Kapsel, in welchem das Schreiben lag, war nicht versiegelt", antwortete der Angeklagte.

„Mein Schreiben aber war es!" erklärte Octavia. Dann fragte sie ihren früheren Verlobten: „An welchem Tag und zu welcher Stunde solltest du mich, gemäß dem Schreiben, das dir Exuperius überreichte, treffen?"

„Dein Schreiben", sagte der Angeklagte, brach ab und verbesserte sich: „Das Schreiben, das mir als das deinige ausgehändigt wurde, hieß mich am 2. September gegen Mitternacht zu jenem Ort an der Via Appia zu kommen, an dem ich dann die Leiche des Ministers Narzissus fand."

„Ich habe in meinem Brief Oberst Silanus diesen Treffpunkt benannt", bestätigte die Kaiserin den Anwesenden. „Ich hatte ihn aber gebeten, sich am 3. September gegen Mitternacht an jenem Ort einzufinden! Lucius Silanus ist also genau 24 Stunden zu früh dort erschienen."

„Dann ist der Angeklagte offensichtlich in eine raffiniert inszenierte Falle geraten", rief Barea Soranus entrüstet.

„Diese Schlussfolgerung ist vielleicht verfrüht", meinte nun Minister Callistus. Er erhob sich. „Sage uns Angeklagter, kam es dir nicht merkwürdig vor, dass ein Schreiben der Kaiserin nicht von ihrer eigenen Hand verfasst, auch nicht von ihr persönlich unterzeichnet worden war, und dass es nicht ihr Siegel trug?"

„Ich glaubte, das alles sei wohl aus Sicherheitsgründen so geschehen, für den Fall, dass das Schreiben in falsche Hände fielen", antwortete Silanus.

„Und warum hattest du keine Zweifel, dass das Schreiben von der Kaiserin kam?" fragte Callistus weiter.

Der Angeklagte stockte:

„Einige Formulierungen in dem Schreiben stammten unverkennbar von der Hohen Frau. Außerdem bürgte der mir persönlich bekannte Bote meines Freundes Antonius Secundus, der bereits erwähnte Exuperius, für die Echtheit des Briefes."

Callistus wandte sich wieder Octavia zu:

„Sage uns doch bitte, verehrte Herrin, warum du den Angeklagten überhaupt gebeten hattest, nach Rom zurückzukehren. Vielleicht sehen wir dann klarer, was das Motiv für die angebliche Falle gewesen sein mag."

Die Kaiserin antwortete:

„Iunia Silana, die Schwester des Oberst Lucius Silanus, ist vor mehreren Wochen auf geheimnisvolle Weise verschwunden! Ihre Sklavin wurde im transtiberischen Viertel erstochen. Zeugenaussagen gemäß wurde Silana dort von mehreren vermummten Männern entführt. Seitdem hat sich die Spur meiner Freundin verloren. Niemand weiß, wo sie ist, und wer sie entführen ließ."

Die entsetzten Blicke der Senatoren wanderten zu dem Angeklagten, der reglos dastand.

„Die Entführung Silanas wird auf Geheiß des Kaisers offiziell geheim gehaltenen“, erklärte Octavia, „freilich fühle ich mich moralisch befugt, hier und heute über diese Entführung zu sprechen, um den Angeklagten zu retten! Außerdem hege ich inzwischen einen begründeten Verdacht, wer hinter der Entführung seiner Schwester stecken könnte. Als ich mein Schreiben an Oberst Lucius Silanus verfasste, war das noch nicht der Fall, und so bat ich ihn, unverzüglich nach Rom zurückkehren, um Silana zu suchen.“

„Herrin! Du sagtest, du würdest einen Verdacht hegen, wer die Schwester des Angeklagten entführt haben könnte …“, sagte Barea Soranus.

„So ist es!“ bestätigte Octavia. „Lasst mich erklären, wen ich verdächtige und warum: Da sowohl die Ermordung des Ministers Narzissus, die Auffindung seiner Leiche als auch die Verhaftung des Oberst Silanus zunächst auf Befehl des Befehlshabers der Prätorianer, Afranius Burrus, geheim gehalten wurden, begab ich mich am Abend des 3. September gegen Mitternacht nichts ahnend – und natürlich vergeblich – an jenen Ort, der tags zuvor Schauplatz einer grausamen Bluttat und einer ungerechten Verhaftung gewesen war. Am nächsten Tag – ich war völlig aufgelöst vor Sorge, was falsch gelaufen und mit Oberst Lucius Silanus geschehen sein mochte – kam Antonius Secundus zu mir, um mir zu berichten, dass sein Diener Exuperius zwar nach Rom zurückgekehrt sei, aber den Dienst quittiert habe.“

Nun meldete sich der Prätorianeroffizier Antonius Secundus zu

Wort mit der Bemerkung, dass er die Aussage der Kaiserin vollumfänglich bestätigen und beeiden könne. Außerdem ergänzte er:

„Ein paar Tage später hatte ich über verschiedene Umwege in Erfahrung gebracht, dass Exuperius nunmehr im Dienste des Afrianus Burrus steht."

„Von letzterem wiederum ist bekannt, dass er seit längerem meiner Freundin Iunia Silana nachgestellt hat", griff die Kaiserin den Faden auf. „Vor einigen Monaten ist er sogar im kaiserlichen Palast gewaltsam in den Schlafraum Silanas eingedrungen. Freilich wurde er dort von einem ihrer Sklaven überwältigt!"

„Was soll das, Octavia?" rief die Kaiserinmutter Agrippina erbost. Sie hatte die ganze Zeit bleich und sichtlich nervös zugehört. Doch nun war sie aufgesprungen und zischte: „Das tut hier nichts zur Sache!"

„Das tut es wohl", erwiderte Octavia mit ruhiger Stimme. „Aufgrund der mir nach und nach bekannt gewordenen Fakten ging ich nämlich bald davon aus, dass Afrianus Burrus Silana entführen ließ, und dass er es war, der Oberst Silanus in jene Falle lockte. Warum begab sich Quirinus, ein unmittelbarer Untergebener und Vertrauter des Afranius Burrus, justament zu jener nächtlichen Stunde mit seiner Kohorte an den Ort, an dem sich Oberst Silanus gerade über eine Leiche beugte, weil sie ihm den Weg versperren musste?"

Alle Anwesenden hielten den Atem an. Man hätte eine Stecknadel fallen hören.

„Wenn ich dich recht verstehe, Herrin", sagte Barea Soranus bedächtig, „und alles, was du uns berichtest, zusammenfasse, komme ich zu der Schlussfolgerung, dass du Afrianus Burrus nicht nur der Entführung Silanas bezichtigst, sondern ihn auch verdächtigst, mit der Ermordung des Ministers Narzissus zu tun zu haben, dessen Tod er dem Angeklagten in die Schuhe schieben wollte."

„Warum hätte er das tun sollen?" warf Agrippina hitzig in die Runde.

Octavia drehte sich kaum zu ihrer Schwiegermutter um und erwiderte mit fester Stimme:

„Er wollte Oberst Silanus aus dem Weg räumen, damit dieser nicht nach seiner entführten Schwester suchen könne! Burrus mag noch ein anderes Motiv gehabt haben, den Minister Narzissus töten zu lassen, oder ihn selbst zu töten, das weiß ich nicht. Für mich steht aber fest, dass er es gewesen ist."

„Bei allem Respekt, Hohe Frau, das erscheinen mir recht gewagte Behauptungen zu sein", wandte nun Callistus ein. „Woher hätte Afrianus Burrus denn wissen sollen, dass der Angeklagte zur erwähnten Stunde an jener bestimmten Stelle die Via Appia kreuzen würde?"

„Es gibt nur eine Erklärung", erwiderte die Kaiserin. „Der Diener Exuperius muss seit längerem Kontakt zu Afrianus Burrus haben, der ihn vielleicht anhielt, als eine Art Spitzel im Haushalt des Prätorianeroffiziers Antonius Secundus, der als einer seiner politischen Gegner gilt, zu agieren. Exuperius brachte also mein Schreiben Afrianus Burrus, der es las und Wort für Wort kopieren ließ – mit einer Ausnahme! Er verschob das geplante Zusammentreffen von Oberst Silanus und mir um 24 Stunden nach vorne!"

„Dennoch ist alles, was du ausführst, im höchsten Maße spekulativ, Hohe Frau“, erwiderte Callistus, „welche Beweise hast du für deine Behauptungen?“

„In der Tat fehlte mir lange Zeit das letzte Mosaiksteinchen, um ein vollständiges Bild von den Vorgängen, die hier zu verhandeln sind, zu erlangen.“

Die Kaiserin wandte sich mit einem schmerzlichen Lächeln an den Angeklagten.

„Aus diesem Grunde konnte ich zunächst leider nichts für deine Befreiung und Rehabilitierung unternehmen, Oberst Lucius Silanus.“

Der Angeklagte lächelte. Tränen standen ihm in den Augen.

„Doch gestern“, fuhr Octavia fort, „bekam ich Besuch von der Witwe des getöteten Ministers Narzissus. Unter Schluchzen berichtete sie mir, dass ihr Mann am Morgen des Tages seiner Ermordung durch einen Boten den mündlichen Befehl des Afrianus Burrus übermittelt bekam, am selben Tag, zu später nächtlicher Stunde zu einer Unterredung zu erscheinen. Die Frau des Narzissus wusste nicht, wo dieses ominöse Gespräch stattfinden und worum es gehen sollte, freilich bat sie ihren Mann intuitiv, sich nicht mit Burrus zu treffen, was Narzissus freilich mit dem Hinweis zurückwies, dass der oberste Befehlshaber der Prätorianer ihm gegenüber weisungsbefugt sei. Allerdings sagte der Minister zu seiner Frau: ‚Sollte mir freilich etwas zustoßen, dann gehe zu unserer Kaiserin und berichte ihr, was du weißt.‘“

Octavia hielt kurz inne. Dann fuhr sie fort:

„Mit diesem letzten Indiz ist der Sachverhalt für mich klar. Hinter all den genannten Verbrechen steht Afrianus Burrus, und ich bitte euch, ehrwürdige Senatoren, zu handeln: meine Freundin Iunia Silana zu retten, den Schuldigen zur Rechenschaft zu ziehen und Oberst Lucius Silanus zu rehabilitieren."

Abermals meldete sich Antonius Secundus zu Wort:

„Kraft meiner Stellung als Offizier der Prätorianergarde befehle ich – eure Zustimmung, ehrenwerte Herren Senatoren, vorausgesetzt – hiermit meinen Untergebenen, die Häuser und Anwesen des Afrianus Burrus in und um Rom zu besetzen, die entführte Aristokratin Iunia Silana zu suchen und Burrus – sollte sich seine Schuld erweisen – unverzüglich zu verhaften!"

Der Princeps Senatus erhob sich. Er nickte.

„Angesichts der zu Tage getretenen Indizien gebe ich im Namen des Hohen Senats meine Zustimmung! Die Aktion möge zu nächtlicher Stunde stattfinden, um kein Aufsehen bei der Bevölkerung zu erregen!"

In großer Angst hatte Silana den Tag verbracht. Die Speisen, welche der dunkelhäutige Sklave ihr gebracht hatte, ließ sie unberührt. Seit drei Tagen hatte Burrus sie in Ruhe gelassen. Er schien die Villa verlassen zu haben, denn nichts deutete auf seine Anwesenheit hin. Umso ängstlicher sah Silana dem Augenblick entgegen, da ihr Peiniger zurückkehren würde.

Die Gefangene saß auf ihrem Strohlager, die geröteten Augen in die Düsternis geheftet, die sie umgab. Stunde auf Stunde verrann. Nur die beiden Talglichter an der Wand warfen schmale Streifen gelblichen Lichtes in den Raum.

Sie versuchte zu schlafen, doch ihre böse Ahnung ließ es nicht zu.

Plötzlich öffnete sich die Tür. Silana fuhr empor. Afrianus Burrus stand vor ihr.

Er hatte die Arme über der Brust verschränkt und starrte ihr mit seinem ewig gleichen, gemeinen Grinsen in das bleiche Antlitz.

„Hast du dich endlich eines Besseren besonnen, meine weiße Taube?" unterbrach er das angstvolle Schweigen. „Auch heute biete ich dir an, in die oberen Räume umzuziehen, wo es dir an nichts mangeln soll, wenn du dich endlich entschließt, mir *freiwillig* zu geben, was ich begehre!"

Silana atmete heftig. Ihre Fäuste ballten sich.

Aber sie erwiderte nichts.

Burrus schien sich an dem Grauen seines Opfers zu weiden.

Er trat noch näher an sie heran, so dass seine Arme ihre Brust berührten.

Sie versuchte, ihn mit den ausgestreckten Händen von sich zu stoßen, aber der Schrecken lähmte ihre Kraft.

Da fühlte sie sich schon von seinen Armen umschlungen und auf das Stroh niedergepresst.

Der Ekel ließ sie alle Schwäche überwinden. Unter Aufbietung aller Kraft schlug sie dem Angreifer zwei-, dreimal ins Gesicht, aber seine Hände schlossen sich wie eiserne Klammern um ihre Handgelenke.

Der Mond stand rund und voll oben am Himmel über den Bäumen des parkähnlichen Gartens. Zahlreiche stumme Schatten glitten hinter den Bäumen und Büschen dahin, und ab und zu blitzte ein Mondenstrahl auf einer Schwerter- oder Messerschneide.

Die schwarze Silhouette der Villa hob sich scharf und schweigend vom Himmel ab. Nur in zwei Fenstern des ersten Geschosses war noch Licht.

Plötzlich brüllte die mächtige Stimme des Antonius Secundus:

„Auf, Männer! Vorwärts!"

Da wurden in einem Augenblick die Türen, die Fensterläden und die Fensterscheiben von einer Schar Prätorianer eingestoßen, die vorwärts stürmten, alles zerbrachen und zertrümmerten, und in wenigen Augenblicken das ganze Haus erfüllten.

Vom oberen Stockwerk kamen mehrere Sklaven und Diener des Afrianus Burrus die Treppe herunter gerannt, doch in kürzester Zeit wurden sie von den rund fünfzig Soldaten gepackt, zu Boden geworfen und an Händen und Füßen gefesselt.

Die Diener des Burrus keuchten vor Schreck, wie erschlagen vor Angst.

Antonius Secundus setzte einem von ihnen, einem großen schwarzen Sklaven, den Fuß auf den Leib und rief:

„Wo ist dein Herr? Wo ist die Gefangene?"

Der Schwarze hörte nur das eine Wort „Dominus" und zeigte schweigend auf eine Treppe, die in den Keller führte.

„Dort! Dort!"

Die dicken Wände des Kellers hatten alle Geräusche aus den oberen Räumen geschluckt. Nicht das Geringste war von dem Kampfeslärm in Silanas Gefängnis gedrungen.

Antonius Secundus war unterdessen mit einer größeren Anzahl

seiner Männer die Kellertreppe hinuntergestiegen. Mit angehaltenem Atem lauschte er in den finsteren Gang nach irgendeinem Hinweis, der ihm den Weg zu seinem Ziel lotsen würde.

Da wurde die Stille von einem schrillen Schrei unterbrochen.

Er kam aus einem Raum, der von dem Gang nur durch eine Tür getrennt war.

In diesem Augenblick schien Antonius Secundus alle Ruhe und Selbstbeherrschung verloren zu haben. Mit einem dumpfen Tone, wie ihn ein aufs äußerste gereiztes Raubtier von sich gibt, warf sich der Prätorianeroffizier mit aller Kraft gegen die Tür.

Das Mauerwerk schien in seinen Festen zu erzittern – ein Krachen, das Splittern von Holz –, und der Körper des starken Mannes flog in das Innere der Kerkerzelle.

Es war alles so schnell gegangen, dass Burrus gerade noch Zeit hatte, von seinem Opfer hochzufahren. Doch schon traf ihn ein Fausthieb, der ihn wie einen gefällten Baum zu Boden streckte.

Der Prätorianeroffizier beugte sich zu der zitternden Gestalt hinunter, die rücklings auf feuchtem Stroh lag. Sobald Silana das Antlitz ihres Retters erblickte, schlang sie ihre dünnen Arme um ihn.

„Antonius Secundus …“, flüsterte sie. Dann verlor sie das Bewusstsein.

9. Kapitel

Als Nero erfuhr, dass seine Gemahlin Octavia sich seinem Befehl widersetzt und eigenmächtig ihren einstigen Verlobten gebeten hatte, nach Rom zurückzukehren, tobte er. Vor allem erboste ihn, dass die Kaiserin vor den Senatoren die auf seinen Befehl hin geheim gehaltene Entführung Silanas enthüllt hatte.

Zwar bestätigte er das Urteil des Senats, welcher Oberst Silanus freigesprochen hatte, auch stimmte er – angesichts der unleugbaren Fakten – der Verhaftung des Afrianus Burrus zu, dennoch verbannte er seine Frau – der die Aufdeckung des schier unbeschreiblichen Verbrechens und die Befreiung Silanas letztlich zu verdanken war – unverzüglich aus dem römischen Kaiserpalast. Er befahl ihr, bis auf weiteres in Neapolis, auf der Burg von Bauli, Wohnung zu nehmen. Gleichzeitig verfügte er, dass die Kaiserin ohne seine Erlaubnis weder Besuch empfangen, noch Briefe schreiben oder empfangen, noch die Burg verlassen dürfe.

Die Verbannung Octavias nach Neapolis ging so schnell vonstatten, dass sie nicht mehr die Möglichkeit hatte, ihre befreite Freundin zu sehen oder auch nur in Erfahrung zu bringen, wie es Silana körperlich und seelisch ging. Ebenso hatte Octavia zwar noch vom Freispruch und der Entlassung ihres ehemaligen Verlobten aus dem Gefängnis gehört, aber nicht mehr die Gelegenheit gehabt, ihn noch einmal zu sprechen.

Kurz nachdem er Octavia nach Neapolis befohlen hatte, schiffte sich Nero nach Achaja ein, um an den isthmischen Spielen im Lande der Griechen teilzunehmen.

Acte begleitete ihn, desgleichen eine starke Kohorte von Offizieren der Garde.

An der Küste von Korinth landete der Kaiser mit seinem Gefolge, um gleich am nächsten Tag bei den Wettkämpfen zuzusehen.

Korinth schlief seit Jahrzehnten im Glanze seiner Vergangenheit. Denn die Hellenen waren Sklaven geworden, seit die Römer sie unterjocht hatten, und die hohe Kultur Griechenlands war – vermengt mit allerlei römischen Elementen – auf das Kernland der neuen Herren der Welt übergegangen.

Seit Julius Cäsar die Mauern Korinths wieder hatte aufbauen lassen, hatte die Stadt sich äußerlich freilich erneut zu einer Metropole entwickelt. In den Monaten und Wochen aber, da man die Vorbereitungen für die Spiele traf, schien die einst so stolze Stadt wieder mit Rom um die Weltherrschaft zu wetteifern – nicht auf dem Gebiet der Macht und der Politik, sondern im Reich der sportlichen Wettkämpfe. Schon seit Wochen waren Fremde aus allen Erdteilen in Griechenland zusammengeströmt, Ringkämpfer und Wagenlenker, mit ihnen Tausende von Neugierigen, die eines der größten Schauspiele, welche die Erde zu bieten hatte, nicht versäumen wollten, um so mehr, als den Spielen die Kunde voraus lief, Nero selbst, der Herr der Welt, werde die Spiele mit seiner Anwesenheit beehren.

Korinth glich einem Kriegslager oder besser noch einem Stapelplatz des Welthandels, wie es einstmals gewesen, als die Schiffe aller Nationen in dem Golf angelegt hatten. Schlanke Fahrzeuge wiegten sich im Hafen, durch die Straßen der Stadt wogte eine festlich geschmückte Menge, hohe Amtspersonen fuhren in kostbaren Gefährten durch die Gassen, elegante Reiter präsentierten ihre feurigen Pferde auf allen Plätzen.

Die kaiserliche Galeere im Hafen erregte selbstverständlich die größte allgemeine Aufmerksamkeit. Sie bestand aus sechs Ruderreihen. Auf dem goldenen Kiel spiegelte sich die Sonne; in den purpurroten Segeln fing sich der Wind. Sie schaukelte graziös, einer Libelle gleich, auf dem Rücken des Meeres.

Der große Tag brach an. Im Gymnasium wogte die Menge durcheinander wie ein aufgepeitschtes Meer. Ein Brausen tönte rings in der Runde, dass man glauben konnte, es sei wieder jene Zeit, da die Perser mit Übermacht das freieste Volk der Erde bedrohten, und das griechische Kriegsheer sammle sich zur Entscheidungsschlacht. Das Gymnasium selbst bot ein Bild von nie gesehener Pracht.

Nero und seinem Gefolge war aus kostbarsten Materialien eine imposante Tribüne mit samtbesetztem Gestühl errichtet worden, die von einem purpurfarbenen Baldachin überdacht wurde. Das Volk brach in frenetischen Jubel aus, als der Imperator mit den Offizieren und Höflingen, darunter Acte, erschien. Nero trug eine blaue Dalmatik aus teuersten Stoffen, in die Edelsteine gewebt waren. Wenn die Sonne ihren Glanz darauf warf, dann funkelten sie in allen Regenbogenfarben. Die Augen des Kaisers ruhten interessiert auf den ersten Kämpfern, die die Arena betreten und respektvoll in seine Richtung gegrüßt hatten. Dann schweifte sein Blick über das ungezählte Menschenmeer ringsumher.

Auf ein Zeichen des Imperators hin begannen die Spiele. Als erstes Paar traten ein Korinther und ein Römer – Neros junger Gladiator Sextus – in die Arena. Der Korinther war, ganz im Gegensatz zu seinen Landsleuten, von herkulischem Körperbau. Auf einem breiten, stierähnlichen Nacken saß ein runder, massiver Kopf, und im Sonnenlicht konnte man die mächtigen, wohlproportionierten Muskeln seines Körpers studieren. Der Römer, sein Gegner, schien auf den ersten Blick bei weitem nicht so stark. Die Formen seines Körpers waren weicher, sein Antlitz durchaus nicht brutal. Es wirkte vielmehr intelligent und edel. Mit fast verächtlichem Blinzeln maß der korinthische Ringkämpfer, der schon mehrere Siege errungen hatte, seinen Gegner. Ein höhnisches Lächeln spielte um seine Lippen.

Da hoben die Preisrichter die Stäbe zum Zeichen des Beginnens.

Mit gespannten Muskeln, den Kopf vorgebeugt, schlich der Grieche auf den römischen Gladiator zu. Dieser stand unbeweglich, den Blick auf den Gegner gerichtet. Die Ellenbogen eng an den Leib gepresst, fasste der Korinther ihn blitzschnell an. Doch mit einer elastischen Bewegung, schnell wie der Sprung eines Panthers, war Sextus ihm schon ausgewichen. Rascher als ein Gedanke hatte er sich umgedreht und den Korinther, der mit den Händen ins Leere gegriffen hatte, untergefasst. Im nächsten Augenblick bildeten die Kämpfer eine formlose Masse, die sich zuckend hin- und herstieß. Staub wirbelte auf. Jetzt kollerten beide über den Boden. Die Fäuste lösten sich, sie sprangen auf, sich wieder umklammernd. Ihre Stirnen stießen aneinander wie eherne Schilder. Jetzt fuhren die Arme des römischen Kämpfers wie Schlangen um den Leib des Korinthers, und schneller, als dieser die Absicht seines Gegners durchschauen konnte, presste Neros Gladiator den Leib des Griechen mit solcher Kraft zusammen, dass der Körper unwillkürlich in die Höhe schnellte und ihm das Blut aus Mund und Nase schoss. Nun warf der Römer seinen Gegner mit Gewalt zu Boden, und den rechten Fuß auf den zuckenden Körper setzend, grüßte er stolz die vor Erstaunen verstummte Menge.

Rasender Beifall erschütterte die Luft. Neros Gladiator hatte gesiegt.

Sein Blick flog zu seinem Herrn, der zugleich der Herr der Welt war.

Dieser lächelte zufrieden.

Noch sieben Paare kämpften um den Sieg, und mit dem besten der Kämpfer rang Sextus nochmals um den ersten Ehrenpreis.

Auch hier blieb er Sieger, und das Publikum sah mit großer Erwartung dem Wagenrennen entgegen, das am nächsten Tag stattfinden würde. Denn auch in dieser Disziplin würde Neros Gladiator Sextus antreten, hieß es.

Am folgenden Tag beteiligten sich sechs Wagen an dem Wettkampf, mit sechs Lenkern verschiedener Nationalitäten und Pferden der verschiedensten Rassen. Korinther, Thebaner, Asiaten und Römer standen unbeweglich auf den kleinen, althomerischen Streitwagen, die Zügel in den Händen, die Blicke auf die glänzenden Rücken ihrer Pferde – drei schwarze Hengste arabischer Rasse und drei Schimmel, so weiß wie die Blüten des Apfelbaums – gerichtet. Die Masse der Zuschauer schwieg in atemloser Spannung. Ein Trompetenstoß gellte durch die Arena. Jetzt löste sich die Spannung in einen einzigen wilden, aus tausend Kehlen dringenden Schrei. In eine Staubwolke gehüllt, rasten die Wagen in den Kreis, den sie siebenmal umfahren mussten. Oben am Ende stand eine Zielsäule, welche von allen Wagen umfahren werden musste, ein gefährliches Hindernis, gefährlicher als die Aufregung der Pferde, gefährlicher als eventuelle Fehler der Lenker. Beinahe nebeneinander, dicht gedrängt, fuhren die Wagen dahin. Es schien, als wolle keiner dem andern vorauseilen, als prüfe jeder der Lenker die Geschicklichkeit und den edlen Galopp seiner Pferde, die sich ungeduldig in den Geschirren bäumten. Jetzt löste sich der Knäuel. Ein Achaier fuhr voraus. Mit einem glänzend ausgeführten Manöver umkreiste er die Zielsäule. Hinter ihm lenkten die anderen durch die schmale Gasse. Das Volk jauchzte, schrie. Die Pferde wurden wild, die Augen der Wagenlenker blitzten. Die zweite Runde kam. Eine wilde Bewegung fasste die Wettkämpfer. Der Achaier an der Spitze ließ die Pferde ausgreifen. Der Thessalier hinter ihm tat es ihm gleich. Ein Megarer und ein Sybarite überholten Neros Kämpfer Sextus. Dieser fuhr noch langsamer, die erregten Pferde ununterbrochen zügelnd. Die anderen Wagenlenker holten ebenfalls auf, waren ihm dicht auf den Fersen. Schließlich kreiste der Römer am Ende.

Das Volk lachte, spottete. Man schrie ihm zu, nicht zu träumen. Er aber wandte keinen Blick von den Mähnen seiner Pferde. Eine Runde nach der anderen wurde genommen. Die anderen Wagenlenker wurden in einen wilden Kampf verwickelt. Die Wagen flogen gleichsam durch die Arena. Ganze Fontänen von Sand und Staub spritzten über die Rosse. Der vorderste Wettkämpfer, ein Thessalier, hielt in der Eile und Erregung die Pferde nicht knapp genug. Man hörte kaum das Knirschen des Holzes, den kurzen, gellenden Schrei. Unter den Trümmern seines Wagens lag der zerfetzte Leichnam des Jünglings. Jetzt fuhr der Sybarite vor. Die letzte Runde kam. Der Sybarite sauste glücklich um die verhängnisvolle Ecke. Hinter ihm zerschellte der Wagen eines Korinthers. Peitschenknallen pfiff durch die Luft. Die Bäuche der Pferde schienen den Erdboden zu berühren. Die Wagen flogen über den Sand. Jetzt hob der Römer, der zurücklag, den Kopf. Sein Blick maß prüfend die Entfernung bis zum Ziel. Er schrie einige unverständliche Worte. Da griff sein weißes Pferd aus. Sextus schrie wieder etwas. Er raste dahin, dass sein Wagen beinahe aus der Spur gehoben wurde. Er überholte den ersten Wettkämpfer vor ihm. Die Peitsche des Römers knallte um die Ohren seiner dahineilenden Rosse. Sie schäumten, und wie Pfeile flogen sie dahin, an allen vorbei, den eben noch ersten Wagen überholend, dampfend, Schaum aus den Nüstern sprühend, jagten sie als Sieger durch das Ziel.

Das Volk raste.

Sextus sah mit bleichen Lippen zu Nero auf, der in seiner Loge saß.

Der Kaiser lächelte sichtlich zufrieden. Anerkennend reckte er den Daumen seiner rechten Hand nach oben.

Am dritten Tag versammelte sich das Volk, um den Mann zu ehren, der den Sieg über die bedeutendsten Ringkämpfer und Wagenlenker der Welt errungen hatte. Als der Gladiator Sextus als letzter nach allen anderen Sportlern die Arena betrat, schien die Menge alle Besinnung verloren zu haben. Die Männer rasten, die Frauen schütteten ein Meer von Blumen auf den herrlichen Sieger herab, der in zwei der schwierigsten sportlichen Disziplinen Sieger geblieben war. Doch seltsam: Der Mann, der da im Rahmen duftender Blüten und inmitten all der Jubelrufe stand, der Mann, der alle Augen auf sich zog, darunter Hunderte von zärtlichen Blicken junger, schwärmender Mädchen, blickte finster in die Menge zurück.

10. Kapitel

Über Neapolis stand der Mond. Silberlicht lag über dem Vesuv, und der Golf schien ein blauer Samtmantel mit Hunderten von bleichen, zitternden Sternen zu sein. Schweigend lag die Brücke, welche Caligula über den Golf von Puzzeoli hatte spannen lassen und welche die beiden weit entfernten Ufer miteinander verband. In den Häfen von Oenaria, Procida und Bajae lagen schweigend Barken und kleine Segelschiffe. Der Himmel war schwarzblau und spiegelte sich im Meer. Der Leuchtturm am Kap Misenum strahlte seine Flamme über das Vorgebirge. Wie der erhitzte Atem eines Riesen stieg ferne aus der Brust des Vesuv eine Dampfwolke zum Himmel.

Gegenüber den Gärten des Hortensius lag, umrahmt von rauschenden Bäumen, der goldschimmernde Palast von Bauli.

In seinen Gemächern lag die Ruhe des Todes. Seit mehreren Wochen lebte die Kaiserin nun hier, wie in einem Grab, in das man sie lebend gesenkt hatte.

So lebte sie inmitten unbeschreiblicher Pracht, abgeschieden von allen Freunden, allein mit ihren zermürbenden Gedanken und Gefühlen. Ihr Sinnen beschäftigte sich vor allem mit dem zurückliegenden Prozess gegen Lucius Silanus. Wie merkwürdig und rätselhaft erschien der Kaiserin inzwischen vieles, was während des Prozess zu Tage getreten war.

Dann betete Octavia wieder für die Freundin Iunia Silana und deren Bruder, den geliebten Silanus. In solcher Stimmung, da sie eben vor ihrem Hausaltar in inbrünstigen Gebeten zu Jupiter auf den Knien lag, ward der Kaiserin eine Sklavin Neros gemeldet.

„Man führe sie herein“, sagte Octavia, sich neben dem goldenen Altar niederlassend, auf dem frische Blumen lagen, ein Frühlingsopfer für Vesta, die Göttin der Keuschheit.

Der Sklave eilte fort und kehrte in Kürze mit einem Mädchen zurück, welches sein Antlitz hinter dichten Schleiern verbarg. An ihrer Kleidung und der Tracht der Haare aber war ihre dienende Stellung zu erkennen, und man vermutete in ihr sofort eine jener zahlreichen kaiserlichen Dienerinnen.

Sie verneigte sich ehrerbietig vor Octavia. Die Kaiserin fragte das Mädchen teils erstaunt, teils furchtsam musternd:

„Welcher Zweck führt dich hierher, mein Kind? Hast du eine Botschaft des Imperators für mich? Willst du nicht deinen Schleier lüften, damit ich dich erkennen kann?“

Die Gefragte schüttelte zunächst das Haupt, und erst als die Schritte des Sklaven in der Ferne verklungen waren, schlug sie den Schleier zurück.

Mit einem Aufschrei stürzte die Kaiserin in die Arme der Freundin.

„Silana, meine Silana! Du?“

„Octavia!“ rief die Schwester des Lucius Silanus. Sie umklammerte die Kaiserin wie eine Ertrinkende.

Es brauchte viele Minuten der seelischen Erschütterung und Ergriffenheit, bis die beiden Frauen wieder in der Lage waren, mit normaler Stimme zu sprechen.

„Ich habe diese Finte, mich als eine Sklavin der Imperators auszugeben, die eine Botschaft an dich zu überbringen habe, gewählt, um dich endlich wiederzusehen“, sagte Silana. „Nichts hätte mich davon abhalten können!“

„Meine Liebe, wie mutig war das doch von dir. Und das nach all dem Furchtbaren, was du erduldet hast!“ sagte Octavia. All ihre Liebe und das Mitleid mit der Freundin lag in diesen Worten.

„Sprechen wir nicht davon“, erwiderte Silana. Ihre Stimme war belegt und rau, wie bei Knaben im Stimmbruch. „Was ich durchgemacht habe, war wie eine ununterbrochene Folter. Nur der Glaube an die Götter und der Gedanke an die Menschen, die ich liebe und von denen ich weiß, dass sie mich lieben, haben mich am Leben gehalten. Aber es ist sehr vieles in mir zerbrochen und kaputtgegangen!“

Die beiden Frauen setzten sich.

„Ich danke dir von Herzen, liebe Octavia“, sagte Silana schließlich. „Deiner Intelligenz und Deinem Mut habe ich es zu verdanken, dass ich gerettet wurde. Aber wie vergilt es dir Nero? Er verbannt dich in diesen goldenen Käfig! Dich – die du das Verbrechen aufgeklärt hast!“

„Habe ich das wirklich?“ fragte die Kaiserin stockend und mit eingezogenem Atem.

„Aber natürlich!“

Silana schien verwundert.

„Ich bin mir nicht sicher“, erwiderte Octavia. „Es schien zunächst alles so klar, spätestens als du tatsächlich im Hause des Scheusals Burrus gefunden wurdest! Doch ich habe viel darüber nachgedacht – über deine Entführung, mein gefälschtes Schreiben an Silanus, wie er die Leiche des armen Ministers Narzissus gefunden hat ... finden musste, dann die Sache mit dem untreuen Diener Exuperius; alles schien lückenlos zusammenzupassen. Doch nun ...“

„Nun glaubst Du, es gäbe etwas, was wir noch nicht wissen, dass doch einiges anders gewesen sein könnte, als es zunächst schien?“ fragte Silana.

Octavia nickte.

„Vor allem geht mit Folgendes nicht aus dem Kopf: Warum war Burrus so unvernünftig, Narzissus durch einen Boten in seinem eigenen Namen zur Via Appia zu befehlen? Er musste doch damit rechnen, dass der Minister jemandem davon erzählen würde, was Narzissus ja auch tat. Er erzählte es seiner Frau!“

„Vergiss nicht, wie mächtig Burrus sich wähnen konnte“, gab Silana nach einigen Augenblicken des Nachsinnens zu bedenken. „Er war ein Günstling Neros und seiner Mutter Agrippina gleichermaßen. Burrus hielt sich für unangreifbar – daher seine Unvorsichtigkeit.“

„Dennoch...“, wandte die Kaiserin ein. „Wenn Burrus vorhatte, Narzissus zu töten oder töten zu lassen, hat er sich doch recht merkwürdig verhalten. Und welchen Sinn machte es überhaupt, den Minister zu beseitigen?“

Ihre Freundin zog die Lippe empor.

„Er wollte, dass mein Bruder die Leiche findet, für den Mörder gehalten und zum Tode oder viele Jahre Gefängnis verurteilt wird. Auf diese Weise sollte Silanus schachmatt gesetzt und daran gehindert werden, mich zu suchen. So hast du es den Senatoren erklärt – und so war es mit Sicherheit auch!“

Die Kaiserin zog ihre Stirn in Falten.

„Aber wenn das wirklich das Motiv des Burrus war: warum brachte er Silanus dann nicht gleich um? Es wäre für ihn doch mit viel weniger Risiken verbunden gewesen, deinen bei Hofe in Ungnade gefallenen Bruder sterben zu lassen, als den von Nero wieder in Gnaden aufgenommenen Minister Narzissus zu töten.“

Das Gesicht Silanas zeigte jene roten Flecken, die bei ihr immer schon auf Verwirrung hindeuteten.

„Wahrscheinlich hatte Burrus ein uns unbekanntes Motiv, Minister Narzissus umzubringen beziehungsweise umbringen zu lassen“, sagte sie, „so dass er gewissermaßen zwei unliebsame Personen mit einem Schlag zu beseitigen suchte.“

„Ja, das kann sein“, erwiderte die Kaiserin, „dennoch glaube ich, vor einem unentwirrbaren Rätsel zu stehen.“

„Burrus sitzt im Gefängnis und wird peinlichst verhört werden“, sagte Silana, und der Klang ihrer Stimme nahm eine bei ihr nie gehörte Kälte an. „Die Wahrheit wird bis ins Kleinste aufgeklärt werden, sei gewiss. Und dann wird das Urteil über ihn gesprochen – und dieses Urteil kann nur das Todesurteil sein.“

In Silanas Augen trat ein Funkeln. Als die Kaiserin prüfend in das Gesicht ihrer Freundin blickte, schien es ihr, als ob etwas Unfassbares und Grauenerregendes tief unter diesem Blick schlummerte.

„Ich hoffe, der Schuft wird dazu verurteilt, auf das Grausamste im Zirkus zu sterben!“ Silana wurde nun feuerrot im Gesicht, sie ballte die Rechte zur Faust. Gleichzeitig klangen die Worte aus ihrem Munde eisig: „Möge er gevierteilt, gerädert, gebrannt, gekreuzigt und geteert werden! Kein Flecken seines widerlichen Körpers soll heil bleiben! Möge er lange, lange leiden – und sehr, sehr langsam dabei sterben!“

Octavia blickte entsetzt in das Gesicht der Freundin – es war Hass, der in ihren Augen aufleuchtete, Hass und Rache – doch die Kaiserin schwieg.

Um Silana von ihren schlimmen Gedanken abzulenken, fragte sie: „Wie geht es Silanus?“

Silanas Augen glänzten plötzlich wieder heller.

„Oh, das vergaß ich ganz, dir zu erzählen! Nero ließ meinem Bruder nach dessen Entlassung mitteilen, er möge sich unverzüglich wieder zu seiner Truppe nach Alexandria begeben; doch mein Bruder ignorierte den Befehl!“

„Er ignorierte ihn? Wie meinst du das?“ fragte Octavia entsetzt.

„Silanus will Rom nicht verlassen, um in meiner Nähe bleiben zu können. Er hat bei Kameraden Zuflucht genommen und versteckt sich vor Neros Schergen in wechselnden Häusern und Villen der Freunde.“

„Weiß Silanus, dass du zu mir nach Neapolis kommen wolltest?“ fragte die Kaiserin.

„Ja, er weiß es“, bestätigte Silana, „und er hat mir die herzlichsten Grüße und Wünsche für dich mitgegeben!“

Nun lächelte Octavia wieder. Tränen traten ihr in die Augen.

Im Mamertinischen Gefängnis, in einem seiner tiefsten, dunkelsten Kellergrüfte, gab Minister Callistus ein Zeichen, Afranius Burrus auf die Folterbank zu zwingen. Zwei starke Kerkergehilfen packten den Gefangenen an den Armen und stießen ihn auf das harte Brett. Burrus leistete Widerstand, so weit es seine durch die Haft und die Verhöre geschwächten Kräfte zuließen, aber es gelang den Schergen ohne große Mühe, ihn auf das hölzerne Bett zu pressen. Die Schlingen der Stricke waren bald um seine Knöchel gelegt und die Arme wurden über den Kopf hinaufgezogen.

„Noch einmal befehle ich dir, zu gestehen!“ sagte Callistus mit strenger Stimme. „Gestehe den Mord an Minister Narzissus! Gestehe, dass du Lucius Silanus auf diese Weise aus dem Weg räumen wolltest, damit er nicht nach seiner Schwester Silana suchen könne!“

„Ich habe die Jungfer Silana entführt, das gestehe ich. Ich habe ihr mehrmals Gewalt angetan, auch das gestehe ich!“ schrie Afrianus Burrus. „Mit dem anderen aber habe ich nichts zu tun! Ich habe Narzissus nicht getötet! Ich habe Lucius Silanus nicht zur Via Appia gelockt! Ich weiß nichts von einem Brief unserer Kaiserin an ihn! Nichts von all dem, was ihr mir nun seit Tagen einzureden versucht!“

Callistus machte den Folterknechten ein weiteres Zeichen, und diese setzten die beiden Räder der Folterbank, um deren Kurbeln die Stricke geschlungen waren, in Bewegung. Die Glieder des Gefangenen wurden durch einen plötzlichen Ruck gestreckt, und dies genügte, ihm einen feurigen Schmerz durch den ganzen Körper zu jagen. Doch noch waren seine Glieder nicht aus ihren Gelenken gerissen; dies zu bewerkstelligen blieb dem nächsten Drehen des Rades vorbehalten. Ein Zittern all seiner Glieder und ein plötzliches Knacken legte, neben dem unmenschlichen Schrei, der aus seiner Kehle drang, Zeugnis ab von der Qual, welche Burrus fast umzubringen schien.

„Weder Drohungen noch Schmerz werden mir ein falsches Geständnis aus dem Munde reißen", keuchte der auf die Folterbank gespannte Mann mit letzter Kraft. „Ich kann nicht anderes tun, als meine Unschuld am Tode des Narzissus zu bezeugen!"

„Komm, gestehe", schrie Minister Callistus „– und du bist für heute erlöst!"

Burrus schien diese Worte nicht mehr zu hören, sondern machte seinen Qualen nur noch in steinerweichenden Schreien Luft.

„Du widerborstiger Idiot!" schrie Callistus wutentbrannt. „Dann werden wir etwas Wirksameres versuchen. Männer, legt eine brennende Fackel an seine Seiten."

Es dauerte etwas, bis eine der brennenden Fackeln aus ihrer Halterung an der Wand gelöst war. Der Folterknecht trat mit der Fackel vor und presste sie gegen die nackte Brust des Gefangenen.

Wieder schrie dieser gellend auf.

Erst als der Folterknecht die Fackel endlich zurückriss – der ekelhafte Geruch verbrannten Fleisches breitete sich unverzüglich aus –, keuchte der ehemalige Befehlshaber der Prätorianer:

„Ich gestehe! Ich gestehe alles, was ihr wollt!"

Auf ihrem Ruhebett saß Agrippina, die Kaiserinmutter. Sie hatte das Haupt sinnend auf den Arm gestützt und starrte vor sich hin.

Verirrte Sonnenstrahlen gaukelten durch die Glasfenster, die in verschiedenen Farben gestaltet waren, so dass das Pantherfell, welches den Boden zu Agrippinas Füßen bedeckte, einem Beet der verschiedensten Blumen glich, in dem sich der edelsteinverzierte Schuh der Kaiserinmutter sonnte.

Nach einer Weile trat ein Mann kaum hörbar in das Gemach.

Es war Pallas.

„Du wünschtest mich zu sprechen, Herrin?"

„Wundert es dich?"

Pallas setzte sich.

„Kaum. Deine Gedanken sind längst die meinen."

Agrippina war merklich nervös, doch Pallas war an diesem Tag offensichtlich nicht gestimmt, die Nerven der Kaiserinmutter beruhigen zu wollen oder sie wenigstens zu schonen. Vielmehr schien er aufgelegt, noch Öl in das lodernde Seelenfeuer Agrippinas zu gießen.

„Dein so listenreich und scharfsinnig vorbereiteter Plan ist offensichtlich gescheitert, Herrin", begann er, „grandios durchkreuzt und ausgehebelt von deiner Schwiegertochter Octavia …"

„Dieser Schlange!" zischte Agrippina.

„Nun, wer Schlange und wer Taube war in diesem Spiel, scheint mir noch nicht ausgemacht", erwiderte Pallas trocken.

Ein kurzes Schweigen herrschte.

Aus weiter Ferne drangen die Schritte der Wache.

„Vergiss nicht, Pallas", sagte die Kaiserinmutter, „wo ich klug, oder, wie du wohl sagen würdest, listig vorgegangen bin wie eine Schlange, tat ich es im Sinne und im Interesse des Staates, während Octavia nur an ihre eigenen Interessen und die ihrer Freunde denkt."

Der Minister zauberte wieder sein altes, verschmitztes Lächeln auf die Lippen.

„Ist das wirklich so, Hohe Frau? Dein ganzes Sinnen und Trachten ist doch darauf gerichtet, deinem Sohn Nero die Macht zu erhalten und diese im günstigsten Falle zu stärken."

„*Das* dient dem Interesse des Staates!" erwiderte Agrippina.

„Doch auch dem deinem, Herrin, denn dein Sohn hat dich immer noch nicht zur Göttin erklärt!"

Das Antlitz der Kaiserinmutter verdüsterte sich.

„Nero hält mich immer wieder hin", seufzte sie.

Jetzt schwieg Pallas eine Weile. Mit gedämpfter Stimme sagte er:

„Du bist beim Volk, vorsichtig formuliert, nicht besonders beliebt. Die Menschen erwarten daher, dass Nero zunächst seine allseits geschätzte Gemahlin Octavia zur Göttin erhebe. Wahrscheinlich zögert der Imperator deshalb, deine Apotheose vorzunehmen! Da er Octavia nicht für unsterblich erklären will, käme es wohl leicht zu Protesten und Tumulten, spräche er stattdessen dir Göttlichkeit zu!"

Agrippina schnellte von ihrem Sitz hoch. Ihre Züge verzerrten sich.

„Octavia – eine Göttin! Pah!"

„Die Zukunft wird es zeigen", erwiderte Pallas gelassen. „Fest steht, dass der Prozess gegen Lucius Silanus nicht in deinem Sinne verlaufen ist."

„Das ist wohl wahr!" zischte Agrippina, die sich wieder gesetzt hatte.

„Dabei – ich sagte es schon – war alles so kunstvoll vorbereitet!" konzedierte Pallas. „Es schien wirklich, dass du mit ein paar raffinierten Zügen gleich mehrere Gegner schachmatt setzen könntest. Doch das ist misslungen!"

Als die Kaiserinmutter schwieg, fuhr der Minister fort.

„Deine süffisanten Andeutungen während des Prozesses, dass Octavia Nero mit dem Angeklagten und dessem vermeintlichen Opfer gleichermaßen betrogen haben könnte, so dass der Mord an Minister Narzissus als die Eifersuchtstat eines Rivalen um die Gunst der Kaiserin erscheinen musste, war einfach genial – und dämonisch zugleich."

„Dämonisch?"

„Dämonisch insofern, als Octavia – wie wir beide sehr genau wissen – ihrem Gemahl immer treu war. Wäre der Prozess freilich so ausgegangen, wie du es geplant und erhofft hast – wäre Lucius Silanus also als Mörder des Narzissus verurteilt und hingerichtet worden – so wäre es nie zu beweisen gewesen, dass Octavia keineswegs mit Silanus und Narzissus fremdgegangen ist."

Als Agrippina immer noch nichts sagte, fuhr Pallas fort:

„Wäre es dir gelungen, die Kaiserin als Ehebrecherin darzustellen, hätte Nero sich mit dem Verständnis und der Zustimmung der breiten Masse von der ungeliebten Frau trennen können, und zugleich wäre seinem Erzrivalen, Octavias Bruder Britannicus, seelisch und moralisch das Rückgrat gebrochen worden. Ohne seine geliebte Schwester hätte dieser niemals wieder Ambitionen auf das Cäsarenamt gezeigt."

„Ja", gab Agrippina ohne mit der Wimper zu zucken zu, „ich hätte mit einem Schlag die zwei gefährlichsten Konkurrenten meines göttlichen Sohnes beseitigt! Warst es nicht du, der mir immer wieder sagte, wie gerne ein großer Teil des römischen Volkes Britannicus auf dem Thron sähe – mit seiner Schwester Octavia als Mitregentin?"

„Gewiss, die zwei Menschen, die deines Sohnes Macht am meisten bedrohen können, wären beseitigt und geschwächt gewesen", bestätigte Pallas, „und niemand im ganzen Römischen Reich hätte etwas dagegen haben können, dass nunmehr du – anstelle Octavias – zur Göttin erhoben worden wärest. Nero hätte es schon aus Dankbarkeit gewiss getan!"

Agrippina ging auf die erneute Spitze nicht ein. Sie starrte vielmehr versonnen vor sich hin. Also stieß Pallas nach:

„Und diesem Ziel hast du in jener Nacht des 2. September Minister Narzissus geopfert, als du ihn auf der Via Appia erdolchen ließest, kurz bevor Lucius Silanus den Weg kreuzte."

„Die Staatsraison erfordert Opfer", bemerkte die Kaiserinmutter knapp.

„Nun gab es freilich ein weiteres, nicht vorhergesehenes Opfer – nämlich deinen langjährigen Vertrauten Afranius Burrus!"

Agrippina zuckte mit den Achseln.

„Das tut mir leid für ihn! Denn er hatte mit der Ermordung des Narzissus natürlich nichts zu tun, wenn das nunmehr auch jeder in Rom glaubt! Octavia – so klug sie auch zu sein meint – hat falsche Schlussfolgerungen gezogen. Burrus hatte wohl ihre Freundin Silana entführt und geschändet. Das andere freilich hatte er nicht zu verantworten!"

„Wer wüsste das besser als du?" lächelte Pallas. „Freilich ist Burrus nunmehr in einem nicht öffentlichen Prozess nicht nur für die mehrfache Vergewaltigung der Jungfer Silana, sondern auch als der Mörder des Ministers Narzissus verurteilt worden!“

Agrippina schüttelte missbilligend den Kopf.

„Ich habe mein Bedauern schon zum Ausdruck gebracht! Burrus möge sich bei Octavia beschweren …“, sagte die Mutter Neros ironisch.

„Das kann Afranius Burrus nicht mehr“, erwiderte der Minister. „er ist gestern hingerichtet worden!“

„Das ist mir bekannt …“, sagte die Kaiserinmutter sichtlich ungerührt.

„Octavia konnte nicht wissen, dass nicht Burrus ihr Schreiben an Lucius Silanus fälschen ließ, weil der Diener Exuperius nicht nur für diesen, sondern auch für mich als Spitzel tätig war, um über Vorgänge im Hause des Senators Antonius Secundus zu berichten!“

Agrippina richtete ihre funkelnden Augen auf ihr Gegenüber.

„*Dir* nämlich brachte Exuperius das originäre Schreiben Octavias an Oberst Silanus. Und *du* hast es fälschen lassen!“

„Auf *deinen* Wunsch hin, Herrin“, sagte der Minister und verneigte sich ergeben, „*du* freilich bist es gewesen, die Minister Narzissus durch einen Boten – absichtlich irreführend – im Namen des obersten Befehlshabers der Prätorianer, Afranius Burrus, zur Via Appia befahl! Ganz unschuldig bist du am Tode des Burrus also nicht … Du hast seine Verhaftung und Hinrichtung gewiss nicht gewollt, aber sehr wohl in Kauf genommen, denn du hast auf diese Weise die spätere Fährte zu Afranius Burrus gelegt!“

Eine tiefe Falte grub sich in die Stirn der Kaiserinmutter.

„Es ging nicht anders! Ich konnte Narzissus nicht in meinem eigenen Namen an jenen Ort befehlen!"

„Das versteht sich von selbst", erwiderte Pallas, „aber das war die Schwachstelle deines Plans!"

Abermals zuckte Agrippina mit den Schultern.

„Burrus wurde freilich auch der nicht vorhersehbare Umstand zum Verhängnis, dass der Diener Exuperius seinen Dienst bei Antonius Secundus quittierte und stattdessen in die Dienste des Burrus trat … Wahrscheinlich wurde dem Mann die ganze Sache zu heiß, nachdem er das gefälschte Schreiben überbracht hatte, so dass er sich, nach Rom zurückgekehrt, im Hause des obersten Befehlshabers der Prätorianer sicherer wähnte."

„Was ein großer Irrtum war", bemerkte Pallas, „auch Exuperius wurde im Haus des Burrus verhaftet – und wegen Unterstützung eines Verbrechens verurteilt und hingerichtet!"

„Auch das weiß ich …", erwiderte Agrippina.

„Merkwürdig, dass dieser Exuperius bei den Verhören bis zum Schluss nicht verriet, was er über die Sache wusste", überlegte Pallas, „er schwieg, bis er hingerichtet wurde!"

„Natürlich tat er das!" bestätigte die Mutter Neros. „Er hoffte, dass du ihm zu Hilfe kämest."

„Vielleicht ahnte Exuperius sogar, dass *du* hinter der ganzen Sache stecktest", mutmaßte Pallas, „aber auch du bist ihm nicht zu Hilfe geeilt …"

„Warum hätte ich das tun sollen? Ich wusste, dass der Mann schweigen würde. Außerdem hatte ich meine Leute in dem Gefängnis, in dem der Diener lag. Zur Not hätten die ihn auf andere Weise *für immer* zum Schweigen gebracht!“

Der Minister schloss die Augen.

„Und nun war alles umsonst!“

Wieder schwieg Agrippina eine Zeitlang. Dann erhob sie sich langsam.

„Gewiss! Eine Schlacht ist verloren, doch nicht der Krieg!“ sagte sie, jedes Wort betonend. „Ich werde schon noch einen Weg finden, meine Ziele zu erreichen!“

11. Kapitel

Seit einigen Tagen war eine neue Sklavin in den Dienst der Kaiserin Octavia getreten. Nero hatte sie von Rom nach Neapolis, in den Palast Bauli, beordert. Octavia war sofort die ungewöhnliche Ähnlichkeit zwischen dem jungen Mädchen und ihr selbst aufgefallen.

Doch die Kaiserin hatte noch keine Gelegenheit gefunden, mit der neuen Dienerin zu sprechen. Daher ließ sie diese eines Tages zu sich rufen, um das fremde Mädchen ein wenig kennen zu lernen.

„Tritt näher", sagte Octavia freundlich, als die Sklavin eintrat. „Wie heißt du?"

„Myrrha", antwortete das Mädchen.

„Bist du in Griechenland geboren?" fragte die Kaiserin.

„Meine Eltern sind Griechen, aber ich bin in Rom geboren."

„Und du standest nur kurz im Dienste des Imperators?"

„Ja, nur sehr kurz, genau genommen keine ganze Woche. Ich arbeitete unter der Oberaufsicht von Acte."

Das Gesicht der Kaiserin verdüsterte sich, als sie den Namen von Neros langjähriger Geliebten hörte, die sie freilich nie gesehen hatte.

„Und wie kommt es, dass dich der Kaiser so bald wieder aus seinen Diensten entließ?" fragte Octavia.

Ein Ausdruck von Unsicherheit und Furcht trat in die Augen der jungen Sklavin.

„Ich weiß es nicht, Herrin", antwortete sie. „Ich scheuerte im Palast gerade mit einigen anderen Dienerinnen die marmornen Treppenstufen, als der Cäsar mit seinem Gefolge vorbeiging. Er erblickte mich und begann unverzüglich zu rufen: ‚Du, du, verschwinde von hier! Fort aus meinen Augen! Arbeite irgendwo anders, nur nicht hier! Gehe von mir aus nach Neapolis und diene im Schloss Octavias, im Palast Bauli!' Dann wandte der Imperator sich brüsk um, und ging wütend weg."

Das Mädchen hielt kurz inne, dann ergänzte es:

„Acte ließ schnell meine wenigen Habseligkeiten packen und schickte mich auf die Reise hierher … O Hohe Frau, ich bin so froh und glücklich, dass ich an diesem Orte arbeiten darf."

Mit zitternder Stimme fragte die Sklavin:

„Warum, Herrin, hat der Imperator mich fortgeschickt? War er mit meiner Arbeit nicht zufrieden? Aber wie hätte er mein unbedeutendes Tun auch nur beachten sollen?"

Die Kaiserin lächelte, doch ihr Lächeln war voller Schmerz.

„Mache dir keine Sorgen, liebes Kind, der Kaiser verstieß dich um meinetwillen!"

„Um deinetwillen, Herrin?"

„Ist dir nicht aufgefallen, wie ähnlich wir uns sehen, liebe Myrrha? Nun, Nero ist es sofort aufgefallen, und so vertrieb er in dir mich zum zweiten Mal."

„Nero hat dich aus Rom verbannt, Hohe Frau, dich, die beste Kaiserin, die das Reich je hatte?"

Eine tiefe Traurigkeit sprach plötzlich aus den großen, glänzenden Augen der Sklavin, die denen eines Rehs glichen.

Als Octavia schwieg, meinte Myrrha:

„Außerdem hat der Kaiser sich geirrt. Du bist so schön, Herrin, wie konnte der Imperator eine Ähnlichkeit zwischen dir und mir einfachem Mädchen erblicken?"

Octavia lächelte.

„Nun", meinte sie, „diese verblüffende Ähnlichkeit besteht tatsächlich."

Sie nahm der jungen Sklavin das Tuch ab, mit dem diese ihr Haar bedeckt hatte, richtete dem Mädchen ein wenig die Frisur und setzte ihr das Diadem auf, das sie selbst auf dem Haupte trug. Dann band sie sich das Kopftuch der Dienerin um. Schließlich führte sie das Mädchen vor einen großen Spiegel.

Ein paar Minuten standen die Kaiserin und ihre Dienerin Seite an Seite vor dem Spiegel. Es war, als hätten sie Tuch und Diadem nicht getauscht. Die beiden Frauen blickten sich an, blickten in das Glas, sahen sich noch einmal an, um danach wieder ihr Spiegelbild zu betrachten. Schließlich sagte die Kaiserin lächelnd:

„Was hältst du davon?"

„Ach, liebe gute Herrin, verlange keine Antwort von mir. Es geziemt sich nicht, dass eine Sklavin so etwas ausspricht."

„Dann will ich es aussprechen. Du hast das gleiche Haar wie ich, ähnliche Augen, ein sehr ähnliches Gesicht, die gleiche Größe und Haltung. Wären wir beide nackt, so könnte niemand sagen, wer von uns beiden die Kaiserin von Rom ..."

„… und wer die kleine unbedeutende Sklavin wäre“, ergänzte Myrrha.

Es war Abend, als die Kaiserinmutter Agrippina, von Pallas begleitet, das kaiserliche Schloss verließ, um sich zur Wohnung der Giftmischerin Lucusta zu begeben.

Schon brach die Nacht herein, als die Kaiserinmutter und ihr Getreuer an die Tür des Hauses klopften, in dem jene Frau wohnte, die vielen als Ausgeburt des Bösen galt, und die menschenseelenallein, nur in der Gesellschaft ihrer vielen halbwilden Katzen lebte.

„Wer ist da?“ ertönte eine barsche Stimme aus dem Innern.

„Öffne!“ antwortete Pallas.

„Wer ist da?“ klang es abermals scharf zurück.

„Deine oberste Herrin und ihr ergebenster Diener“, antwortete Pallas, einem plötzlichen Einfall folgend.

Die schwere Holztür öffnete sich einen Spalt. Lucusta, in schwarze Gewänder gehüllt und eine schmierige Öllampe in der zitternden Hand, musterte die Ankömmlinge. Sie erkannte die Kaiserinmutter, deren Gesicht ihr wohl vertraut war.

„Kommt!“ sagte die Alte kurz, den finsteren Hausflur voranschreitend, bis sie vor einen verschlissenen Vorhang gelangt waren. Kaum hatte Lucusta diesen zurückgeschlagen, als eine blendende, phosphorartige Flamme den Raum erhellte. Gespenstische Schatten zitterten um die Gegenstände, die geeignet waren, Furcht und Entsetzen einzuflößen. Fledermäuse huschten die Decke entlang, und fauchende Katzen schlichen zwischen den Beinen ihrer Herrin umher. An den Wänden hingen seltsam geformte Flaschen, die verschiedenartige Flüssigkeiten enthielten, vom purpurnen Rot bis zum kräftigsten Grün. Über einer leise knisternden Flamme hing ein Kessel, in dem ein unangenehm riechendes Gebräu brodelte, indes ringsherum auf einem kupfernen Gesimse allerhand teils frische, teils gedörrte Kräuter lagen.

Pallas, der zum ersten Mal diese seltsame Behausung betrat, musterte mit verstohlenem Staunen und kaum unterdrücktem Grauen die gesamte Einrichtung. Das, was dem Minister dabei den größten Schauer einjagte, war ein großes Glas, das ebenfalls auf dem Gesimse stand und in dem sich eine dicke, unförmige Schlange wand. Das Tier hatte sich halbaufgerichtet. Seine Augen glühten gleich Karfunkeln, indes immer wieder eine lange, gespaltene Zunge aus dem geöffneten Rachen stieß.

Die Giftmischerin warf einige Gewürze in den Kessel.

„Du kommst selbst?“ fragte sie währenddessen in Richtung der Kaiserinmutter, ohne sich umzuwenden.

„Ja. Ich kann nur wenigen Menschen in meinem Umfeld wirklich vertrauen“, erwiderte Agrippina, „und daher …“.

„Hast du das Geld?“ kam es unbeeindruckt aus dem Halbdunkel zurück, während Lucusta den Schaum des im Kessel brodelnden Gebräues abschöpfte.

„Hier.“

Die Kaiserinmutter zog eine goldgefüllte Börse heraus und reichte sie dem Weib.

„Und die andere Hälfte?“ fragte die Giftmischerin, nachdem sie einen raschen Blick hineingeworfen hatte.

Die Stimme Agrippinas klang gepresst.

„Die erhältst du, wenn du das Gift geliefert hast."

„Es ist gut", antwortete Lucusta. „Und wann und wem soll ich das Kleinod bringen, wenn es fertig ist?"

„Morgen Abend, dem Mundschenk des Kaisers!" erwiderte Agrippina. „Du kennst ihn."

„Wird das Gift denn auch sicher wirken?" fragte nun Pallas.

Lucusta lachte.

„Binnen einiger weniger Pulsschläge."

Nach einem misstrauischen Augenblinzeln hakte der Minister nach:

„Und werden Ärzte das Gift auch sicher nicht im Leichnam nachweisen können?"

Die Giftmischerin lachte abermals.

„Gewiss nicht. Ihr ärztliches Urteil wird auf plötzlichen Herzstillstand lauten!"

Agrippina und Pallas nickten. Dann entschwanden sie wieder, so still und unauffällig, wie sie gekommen waren.

Über Rom sank abermals die Nacht.

Nero gab zu Ehren des neu ernannten Statthalters von Britannien, einem ehrgeizigen Emporkömmling namens Markus, der in selbiger Nacht noch abreisen sollte, ein glänzendes Gastmahl. Eine lange, marmorbedeckte Tafel war in einem prächtig geschmückten Saale aufgestellt. Die hohen ionischen Säulen umrankten Gewinde kostbarer orientalischer Weinblätter. Kunstvolle Mosaike umzogen die im Halbkreis gebaute Wand, während die Statuen in den Nischen von dem Purpurlicht einer Reihe farbiger Lampen umschmeichelt wurden.

Die Tafel selbst glänzte durch ihren Blumenschmuck. Zarte Pflanzengewinde schlangen sich um die silbernen Mischkrüge und die kostbaren Murrhagefäße. Für die Stirnen der Festteilnehmer lagen schöne Weinlaubkränze bereit. Blumenblätter überdeckten, so weit das Auge reichte, den Fußboden.

Rings um die Tafel standen Ruhepolster aus Zedernholz mit Arabesken und eingelegtem Elfenbein. Die Füße und Verzierungen waren aus Gold, und schwere, seidengewebte Decken verhüllten die Ruhelager halb.

Oben am Ende der Tafel stand das Prunklager des Imperators.

Allmählich füllte sich der Saal mit den Gästen. Da waren Senatoren, Politiker, Dichter und Künstler in zwangloser Vereinigung, wie es Nero liebte, wenn er gut gelaunt war. In kurzer Zeit waren die Gäste verteilt, dank der großen Gewandtheit der Obersklaven und ihrer Gehilfen.

Trompetengeschmetter kündigte die Ankunft des Kaisers. Gleich darauf trat Nero, begleitet von seiner Mutter Agrippina, unter seine Gäste, bestieg sein thronartiges Ruhelager, umbraust von den Begrüßungsrufen seiner Getreuen.

Das Mahl nahm seinen Anfang mit lucrinischen Austern, asiatischen Meertulpen und ähnlich extravaganten Spezialitäten des Meeres. Während vom Garten her flotte Weisen erschallten, gossen Sklaven und Sklavinnen aus etruskischen Henkelkrügen goldenes Rebengewächs in die glänzenden Becher.

In der Vorhalle des Speisesaales erschien Prinz Britannicus. An der Türschwelle blieb er stehen. Sein Blick flog suchend über die Tafel, dann über Neros Thronlager, zu dessen Linken Agrippina saß, und blieb einen Moment an einem leeren Stuhl, rechts neben dem Ruhelager des Kaisers, haften. Falten gruben sich in die Stirn des Prinzen.

Doch schnell glätteten sich seine Züge. Er durchmaß mit raschen Schritten den Abstand zwischen der Türe und dem Throne des Kaisers und grüßte seinen Stiefbruder und Schwager mit militärischer Haltung und Würde.

„Verzeihe meine Unpünktlichkeit, Cäsar", sagte er, „aber wichtige Staatsgeschäfte hielten mich in Verona auf, von wo ich soeben komme."

Der Prinz hielt kurz inne. Dann sagte er:

„Ich hoffte, heute Abend meine Schwester Octavia wieder zu sehen. Aber, wie ich bemerke, ist sie nicht hier!"

„Die Kaiserin ist immer noch in Neapolis", antwortete Nero unbeeindruckt. Er lächelte kalt: „Die Einsamkeit, die sie im Palast von Bauli umgibt, wird sich wohltuend auf ihren Charakter auswirken."

Agrippina lächelte süffisant.

Britannicus warf dem Kaiser und dessen Mutter einen gezähmt wütenden Blick zu. Dann verneigte er sich gezwungen und schritt zu seinem Lager.

Das Vormahl verlief ziemlich ruhig. Man unterhielt sich über die politische Lage und erörterte alltägliche Fragen.

Aber schon beim Hauptmahl vergaß man die guten Sitten. Man schrie, lärmte und lachte durcheinander, unbekümmert um die Gegenwart des Kaisers, dessen Wangen ebenfalls bereits vom starken

Weingenuss gerötet waren. Das Mahl war entsprechend extravagant. Gegrillte Antilopen, noch mit ihren Hörnern, wurden serviert, gesottene Pfauen in ihrem Gefieder, ganze, in süßem Wein gedünstete Hammel, Kamel- und Büffelkeulen, gekochte Hamster in Honigsauce, gebackene Heuschrecken und sonstige Gerichte, die andere, weniger dekadente Völker gewiss verabscheut hätten.

Der Trinkmeister lief geschäftig umher, um in dem Vorgemache, wo die Karaffen aufgestellt waren, den Wein sorglich mit Wasser zu mischen.

Mit Efeu bekränzte Knaben eilten zwischen den Gästen hindurch, ihnen die Trinkbecher immer wieder von neuem zu füllen. Eine Wolke von Wohlgerüchen breitete sich um die Zechenden, welche sich scherzhaft die Weinlaubkränze in die Haare drückten. Geschäftige Sklaven salbten ihre Herrschaften mit parfümierten Ölen.

Schon erreichte das Gelage seinen Höhepunkt. Auf einen Wink Neros sprangen leichtfüßige Tänzerinnen in den Saal, halbbekleidet mit duftigen babylonischen Stoffen, die vollendeten Formen unter durchsichtigen, golddurchwirkten Schleiern kaum verhüllt.

Auf die Tänzerinnen folgten Sänger, die das Lob des Kaisers sangen, Flötenspieler und Possenreißer in schneller Reihenfolge und steter Abwechslung.

Nun erhob Nero den schweren, goldenen Becher, machte eine gebieterische Handbewegung, und Stille trat ein.

„Ich trinke auf das Wohl des Statthalters Markus. Glück auf seine Wege, die Götter seien mit ihm! Auf das Wohl Britanniens und meines getreuen Präfekten!"

Alle stimmten ein. Ein Meer von Stimmen und Glückwünschen umbrauste den neuernannten Verwalter.

Nun schwenkte Markus selbst den rosenumwundenen Becher, hob ihn in die Höhe, brachte den Trinkspruch aus auf Nero, den „Allgeliebten", den „Hehren", den „Glücklichen".

„Jupiter mit dir, gnädiger Kaiser, der du der größte unter den göttlichen Cäsaren bist, die uns bis jetzt beherrscht haben! Was war Augustus gegen dich? Ein Schatten! Deine Tage sind von den Göttern begünstigt. Das Land gedeiht in Frieden und Wohlstand. Du bist weise und tapfer zugleich, energisch und milde, gerecht und strenge, wo es das Wohl des Reiches erfordert! Heil dir, heiliges Rom! Die Unsterblichen selbst haben aus ihrer Mitte den Besten ausgesondert und zu uns gesandt, um den Erdkreis zu regieren!"

In artigen Wendungen flocht Markus die Kaiserinmutter in diesen Trinkspruch mit ein, um dann wieder ausschließlich zu der Person des Kaisers zurückzukehren und jeden Segen der Götter auf das teure Haupt hernieder zu flehen.

Tosender Jubel folgte diesen Worten.

Nero dankte wortlos mit einer Bewegung der rechten Hand; es schien, als ob die Rührung über die Herzlichkeit dieser Laudatio ihn übermannte.

Stimmengewirr und erregtes Lachen der Feiernden erfüllte bald wieder den Raum.

Währenddessen blickte Agrippina unbeobachtet in Richtung des Vorraumes. Einen Herzschlag lang traf der Blick des Mundschenks das Auge der Kaiserinmutter.

Diese nickte unmerklich.

„Gute Lucusta“, flüsterte sie dabei.

Niemand außer der Kaiserinmutter sah, wie der Mundschenk langsam, sorgsam abzählend, zehn Tropfen in einen Becher schüttete, niemand sah, wie er den Becher gegen einen anderen auf einem Tablett austauschte und ihn so zum Tisch brachte.

Trunken vom Wein, das Gesicht gerötet, schwenkte Nero seinen Becher.

„Auf das Wohl meines Bruders Britannicus, des edlen Prinzen, des tapfersten Soldaten und treuesten Ritters des Römischen Reiches!“

Britannicus wunderte sich, dass Neros Lob plötzlich ihm galt, erklärte es sich aber damit, dass der Kaiser ihn versöhnlich stimmen wollte angesichts des traurigen Schicksals seiner Schwester Octavia.

Der Prinz griff daher nach seinem Becher, den der Mundschenk gerade mit anderen Trinkgefäßen auf einem Tablett hereingetragen hatte.

„Auf das Wohl des Imperators“, sagte er, „auf Nero, der gerecht, aber auch barmherzig ist, und der die kleinen Fehler der Menschen, die ihn lieben, verzeiht!“

Der Prinz führte den Becher zum Munde. Wie Pantheraugen hefteten sich seine Blicke auf Nero, lauernd, ob dieser seine Anspielung verstanden habe und beherzige.

„Hoch Britannicus“, scholl es in die Runde.

Da – was war das? Der Prinz, in der Rechten krampfhaft den Becher haltend, sprang von seinem Lager auf, taumelte, hielt sich an der Tischplatte fest, seine Augen weit aufgerissen. Er versuchte etwas zu sagen, konnte es aber sichtlich nicht.

Mit letzter, erlöschender Kraft schleuderte er den Becher in Richtung Nero und dessen Mutter.

Dann brach er zusammen. Mit Händen und Füßen um sich schlagend, wand der Prinz sich auf dem Boden, mit stierem Blick, verrenktem Hals und Schaum auf den Lippen. Jedermann, der das sah, musste denken, er sei vergiftet, doch niemand wagte diesen Verdacht zu äußern.

Schließlich regte sich Britannicus nicht mehr.

Nero stand bebend, bleich wie Elfenbein, auf der Kante der Stufen, die zu seinem Thronlager führten. Agrippina jedoch lächelte zynisch. Ein Teil der Gäste stand wie erstarrt, eine mächtige Verwirrung hatte sich ihrer bemächtigt. Der größere Teil der Gästeschar freilich schien von den Vorgängen gar nichts mitbekommen zu haben, weil er viel zu betrunken war.

Nero hob die Hand.

Seine Züge glätteten sich wieder.

„Dem Prinzen – ist – unwohl geworden. Tragt ihn hinaus!"

Das Fest nahm seinen Fortgang.

Die Kaiserin stand am Fenster ihres neapolitanischen Schlosses und ließ den Blick über die Stadt schweifen, als ihr Auge unwillkürlich nach einer Richtung gelenkt wurde. Sie sah in der Ferne mehrere Reiter auftauchen, die offensichtlich den Palast von Bauli anstrebten. Als vorderster ritt ein Mann, dessen Aussehen Octavia wohlbekannt war. Es war der Prätorianeroffizier Tigellinus, ein enger Vertrauter Neros.

Als fürchtete sie, gesehen zu werden, trat Octavia hinter den Vorhang zurück. Nach einer Weile passierte der Trupp die Mauer, welche den Palast von Bauli umgab. Einen Augenblick starrte die Kaiserin wie betend zum Himmel empor, als ahnte sie eine furchtbare Nachricht. Ihre Augen verschleierten sich.

Kurz darauf stand Tigellinus mit zwei Prätorianern am anderen Ende des Gemaches, in dem Octavia immer noch wie traumverloren aus dem Fenster sah.

Sie drehte sich langsam um.

Die Männer grüßten ehrerbietig.

„Herrin! Wir haben eine traurige Nachricht für dich", sagte Tigellinus. Er zögerte; dann sagte er: „Dein Bruder Britannicus ist tot."

Die Kaiserin sah den Prätorianeroffizier mit entsetzten Augen an.

„Britannicus tot?" stammelte sie.

„Dein Bruder starb auf einem Fest des Imperators", fuhr Tigellinus fort. „Die Todesursache ist ein Herzversagen."

Octavia wandte sie sich ab, barg das Gesicht in der weißen Toga, die sie trug, und begann, hemmungslos zu schluchzen.

„Der Kaiser lässt dir sein tief empfundenes Beileid bekunden. Auch er weint um seinen Bruder", sagte der Prätorianeroffizier noch. Doch Octavia hörte ihn nicht mehr.

Als die Kaiserin in der Lage war, ihre Freundin Silana zu sich rufen zu lassen und ihr zu berichten, was Fürchterliches geschehen war, nahm die Freundin sie zwar in den Arm, doch sie stand dabei ganz still und unbeweglich. Ihre brennenden Augen blickten ins Leere, das Nichts. All das Furchtbare, das sie im Hause des Burrus erfahren hatte, hatte sie das Weinen verlernen lassen, den letzten Trost des Unglücks.

Nach einer Weile, da Octavia immer noch in heftiger Erregung zitterte, sagte Silana: „Britannicus ist sicher vergiftet worden! Sein Blut klebt an den Neros Händen!"

Die Kaiserin wandelte durch den Garten ihres neapolitanischen Palastes. Der muntere Sonnenschein glänzte in den Gebüschen. Die Vögel zwitscherten und sprangen hin und her; die fröhlichen Lerchen sangen über den leichten, vorüber fliegenden Wolken! Düfte strömten von den laubgefärbten Obstbäumen. Es war ein wunderschöner Herbsttag. Octavias tränenmüde Augen schweiften über alle Gegenstände. Ihre Seele wollte an irgendetwas Trost und Frieden finden, aber sie konnte immer nur an den toten Bruder denken, und so ging sie in stiller Trauer weiter. Die Natur hatte sich für sie umsonst so bunt geschmückt, die Kaiserin sah in ihrer Phantasie nur die Totenbahre und den Leichnam des Bruders, zu dem sie nicht hatte eilen dürfen.

Als sie wieder den Palast betrat, kam ihr Silana entgegen.

„Hat dir der Spaziergang etwas Kraft verliehen", fragte sie, „dich etwas abgelenkt?"

Octavia schüttelte traurig den Kopf.

„So fröhlich der Gesang von jedem Zweige tönt, so lieblich sich auch die Stimmen der Vögel mit dem Flüstern der bunten Blätter vermischen, so höre ich dennoch aus der Ferne nur das letzte Todesröcheln meines Bruders. Die ganze Natur lebt noch einmal auf vor dem Winter, aber ich versinke immer mehr in schwarzer Melancholie, mich erquickt die noch immer starke Wärme der Sonne nicht, mir hilft nicht die farbentragende Flur, nicht der Baum, der vor mir rauscht – und meiner zu Tode betrübten Seele nur lauter Totenlieder singt."

12. Kapitel

Es war kurz vor Mitternacht.

Silanus schlief auf einem dem Friedhöfe in der Nähe der Via Appia zwischen hohen Grabmälern. Noch waren die Nächte nicht zu kalt dafür. Der Oberst hatte sich mehrere Tage im Haus des Senators Thrasea Paetus verborgen gehalten. Doch als die Kunde vom Tode seines Freundes Britannicus die Runde machte, war Silanus sich sofort sicher gewesen, dass Nero der Mörder von Octavias Bruder war. Er hatte überlegt, ob er sich nach Neapolis begeben sollte, um der geliebten Frau in ihrem Schmerz beizustehen. Da er freilich seine Schwester Silana bei der Kaiserin wusste, hatte er diesen Gedanken aufgegeben. Vielleicht war es wichtiger in Rom zu bleiben, um hier – bei Gelegenheit – etwas gegen die Schreckensherrschaft Neros zu unternehmen, der nunmehr offensichtlich vor keinem Verbrechen mehr zurückschreckte.

Als der Kaiser allerdings kurz darauf, auf der Suche nach Silanus, das Haus des Senators Thrasea Paetus hatte durchsuchen lassen, war der Oberst gerade noch rechtzeitig entwichen. Seitdem versteckte er sich – um seine Freunde nicht zu gefährden – hier draußen vor der

Stadt. Die Friedhöfe und unterirdischen Katakomben außerhalb der römischen Stadtmauern boten seit alters her Menschen, die zu Recht oder zu Unrecht verfolgt wurden, eine gute Möglichkeit, sich zu verbergen. Diese Gegend galt daher, vor allem wenn es dunkel war, als unsicher und gefährlich, weshalb sich kein Römer ohne Grund des Nachts hier aufhielt.

Doch diesmal war es anders.

Silanus erwachte. Ein Geräusch hatte ihn geweckt. Er richtete sich auf.

Durch die Stille des nächtlichen Friedhofs vor ihm schritten zwei Menschen. Ein Greis, gebeugt von der Last der Jahre, und ein junges Mädchen, vielleicht seine Enkelin, welches dem Begleiter die Schulter bot, dass dieser sich auf sie stützen konnte. Von Zeit zu Zeit blieb der alte Mann stehen, spähte vorsichtig um sich und setzte dann seinen Weg wieder fort. Das alles kam dem Oberst sehr merkwürdig vor. Um diese Zeit besuchte kein Römer die Gräber seiner Angehörigen. Der alte Mann und das Mädchen wirkten aber auch nicht wie Menschen, die sich hier verstecken mussten. Oder doch?

Silanus war neugierig geworden. Er stand auf. Vorsichtig schlich er dem seltsamen Paar nach.

In einem Seitenflügel des Friedhofs, wo die Grabdenkmäler weniger prunkvoll waren, lag eine Felsengruppe, deren Mitte eine kleine Höhle aufwies. Die beiden nächtlichen Wanderer schritten auf diese Höhle zu, und der Greis legte seine Hand um den Arm des Mädchens, das einen Moment gezögert hatte, ihm in das gähnende Dunkel, schwärzer als die Nacht hier draußen, zu folgen. Dann traten sie in das enge Gewölbe. Silanus – immer neugieriger geworden – folgte ihnen nach einiger Zeit auf Zehenspitzen.

Der alte Mann und das Mädchen hatten sich unterdessen in der undurchdringlichen Finsternis vorsichtig vorwärts getastet, bis plötzlich eine leise, aber energische Stimme vor ihnen ertönte:

„Wer da?“

„Freunde!“ antwortete der Greis.

Darauf der andere:

„Gelobt sei der Herr!“

„In Ewigkeit!“ lautete die Antwort.

Der alte Mann und das Mädchen durften weitergehen.

Silanus aber hatte jedes Wort gehört. Als er sich vorsichtig weitertastete, ertönte abermals die Stimme aus der Dunkelheit:

„Wer da?“

„Ein Freund!“ antwortete Silanus.

„Gelobt sei der Herr!“

„In Ewigkeit!“ erwiderte der Oberst, wie er es gerade gehört hatte.

Dann ging er unbehelligt weiter.

Plötzlich wurde es heller. Fackeln hingen links und rechts des engen Weges. Ihr unruhiges Licht warf lange, zuckende helle Linien an die Wände und zeichnete seltsame Figuren auf die Steine. Der Weg wurde allmählich breiter. Säulen und mächtige Quaderbildungen wurden sichtbar, um gleich wieder im tiefsten Dunkel Umrisse und Gestaltung zu verlieren. Auch die Decke wurde immer höher, schließlich wölbte sie sich schier himmelhoch. Tropfsteinartige Gebilde hingen tief herab, während sich die Höhle, welche zunächst so schmal gewesen war, dass kaum zwei Personen nebeneinander gehen konnten, sich immer mehr und mehr weitete.

Der Oberst schritt nun eine steinerne Treppe hinab. Er wusste nicht, ob es allein die Neugier war, die ihn weitertrieb. Seltsamerweise fühlte er sich nicht wirklich in Gefahr, obwohl er sich doch sagen musste, dass er vielleicht einer Diebes- oder Mörderbande auf der Spur war. Doch der alte Mann und das Mädchen hatten nicht so ausgesehen, als ob sie einer Gruppe von Kriminellen angehörten.

Wohl hundert Stufen stieg Silanus in das Innere der Erde. Da öffnete sich der Raum, und die Höhle erweiterte sich zu Säulengängen und breiten Nischen. Das Auge des Oberst streifte halb furchtsam, halb neugierig die Seitenwände. Wie eine kleine Stadt für sich reihte sich hier Sarkophag an Sarkophag, und über ihnen, in Nischen eingelassen, lagen die Särge hinter großen Steintafeln, auf denen die Namen der Verstorbenen eingemeißelt waren.

Plötzlich blieb Silanus stehen und lauschte.

Von fernher schwebte ein melodischer Gesang durch die Gewölbe. Rein wie Kristall flossen die Stimmen und ließen das Herz des Oberst schneller schlagen. Nein, in eine Räuber- und Mörderbande war er gewiss nicht geraten. Aber was für eine seltsame Versammlung war es dann?

Nun durchschritt Silanus einen langen, schmalen Gang und befand sich gleich darauf in einem riesigen unterirdischen Raum. Der Anblick, der sich ihm bot, verschlug ihm fast den Atem.

Vor einer Art Altar aus weißem Marmor stand ein ebenfalls weiß gekleideter Mann von gewiss über 60 Jahren. Schon seine Gestalt reichte hin, um Achtung und Respekt einzuflößen. Sein semitisch wirkendes Gesicht war streng und undurchdringlich, wie aus Marmor gemeißelt, und nur die leuchtenden Augen strahlten einen Glanz aus, der seine Züge milderte.

Eine große Menge Menschen – Männer und Frauen jeden Alters, auch Kinder – bildeten einen Halbkreis um ihn. Die meisten standen, viele knieten. Alle schienen zu beten. Was sie halblaut sprachen, konnte Silanus nicht verstehen. Einzelne Worte schienen von besonderer Bedeutung zu sein. Begriffe, die wie „Amen" und „Halleluja" klangen, wurden mehrmals wiederholt.

Ritter und Sklaven, Frauen aus den Kreisen der Senatoren und des Adels sowie armselige Weiblein standen und knieten hier durcheinander, alle vereint durch ein merkwürdiges Geheimnis.

Plötzlich endete das gemeinschaftliche Beten.

Der ehrwürdig aussehende Mann vor dem Altar erhob stattdessen seine Stimme:

„Gnade mit euch und Friede von Gott in unserem Herrn Jesus Christus!" sagte er in gutem Latein mit hebräischem Akzent.

Silanus grübelte. Jesus Christus! Jesus Christus! Diesen Namen hatte er doch schon einmal gehört. Plötzlich durchfuhr es den Oberst wie ein Blitz. Er war in eine Versammlung jener neuen Glaubensgemeinschaft geraten, die sich Nazaräner oder Christen nannten, eine merkwürdige Sekte aus Palästina, die einen zum Kreuzestod verurteilten Verbrecher als den Sohn Gottes verehrten.

Mehr wusste Silanus über diese Gruppe nicht. Daher hörte er dem Anführer dieser Sekte atemlos zu.

„Ihr alle kennt mein Leben und meine Vergangenheit, geliebte Söhne und Töchter“, sagte er soeben. „Einst war ich Simon, der Freund unseres Herrn Jesus Christus – doch ich Elender verleugnete ihn in der Nacht seiner Gefangennahme dreimal, noch ehe der Hahn krähte. Und ich floh vor seinen Verfolgern, ließ ihn im Stich, als er am Kreuzesstamme starb! Ich konnte das wahre Licht nicht sehen, das in die Welt gekommen war. Doch dann erschien mir der auferstandene Herr! Er nahm die Binde von meinen Augen und ließ mich ihn erkennen. Nun verstand ich und wurde zu Petrus: Christus ist der Herr der Welt! Der Sohn Gottes! In die Welt gekommen und Mensch geworden, uns durch sein Kreuz zu erlösen! Nun haben Tod und Sünde keine Macht mehr über uns. Durch den Glauben an ihn allein werden wir gerettet! Drum gebt euch dem wahren Gott hin, der ewiges Leben ausströmt. Alle Sünde ist fortgewaschen im Blute Christi! Gott sieht sie nicht mehr an, denn ihr steht nicht mehr unter dem Gesetz, sondern unter der göttlichen Gnade, die euch rettet! Nicht die Erfüllung des alten Gesetzes, überhaupt nichts, was wir tun könnten, kann uns erlösen! Sondern nur der Glaube an ihn, Jesus Christus! Der Glaube allein macht uns zu Kindern Gottes! So ihr glaubet, seid ihr frei, auch wenn ihr vor den Menschen Sünder, Sklaven und Bedrückte seid!“

Was für eine seltsame Ansprache war das? Silanus verstand den Sinn der Worte nicht. Aber dennoch ging von den sanft gesprochenen Worten des Mannes, der sich Petrus nannte, etwas ungemein Tröstliches und Friedvolles aus.

Atemlos war die Versammlung am Munde des beeindruckenden

Mannes gehangen. Nun er geendet, setzte der Chor wieder ein. Weißgekleidete Jungfrauen, die wie ätherische Wesen erschienen, niedergestiegen aus einem himmlischen Reiche, sangen in überirdischer Schönheit. Ein Schauer ergriff Silanus.

Dann traten einige Männer aus der Schar der Versammelten hervor und knieten vor Petrus nieder. Dieser legte dem ersten seine Hände auf das Haupt und sprach:

„Sei hiermit ordiniert zum Presbyter! Weide die dir anvertrauten Gläubigen im Namen unseres Herrn Jesus Christus!"

Auf diese Weise legte der Apostel allen vor ihm knienden Männern die Hände auf.

Wieder ertönte ein Hymnus von wundervoller Schönheit.

Nun durften die Gläubigen dem Mann, der sich selbst Petrus genannt hatte und den sie mit „Apostel" ansprachen, Fragen stellen. Die meisten wollten Dinge wissen und Zusammenhänge verstehen, die ihren Glauben betrafen, dem sie offensichtlich noch nicht lange angehörten. Andere befragten den Apostel nach seinen Missionsreisen im Dienste dieses Glaubens. Der Mann schien einen nicht geringen Teil der bekannten Welt bereist zu haben.

Plötzlich wurde die Versammlung durch einen jungen Mann gestört, der atemlos gelaufen kam und mit lauter Stimme rief:

„Soldaten kommen!"

Augenblicklich, aber ganz ruhig, gingen die Menschen auseinander. Keine Verwirrung, keine Furcht machte sich bemerkbar. Die Fakkeln verlöschten. Geheime Gänge öffneten sich, und wie ein stummer Geisterchor verschwanden die Christen schweigend und still in den steinernen Wänden, gleich als hätten sie die Kraft, Felsen zu sprengen und die Erde zu öffnen.

Alsbald brach Fackelschein von außen in das Dunkel, und an der Spitze einer Kohorte stürmte ein Offizier in den leeren, unterirdischen Tempel.

Einen Augenblick meinte der Offizier, eine steinerne Statue zu sehen, die aus der Wand geschlagen war. Doch als er näher trat, sah er, dass ein Mann, der einsam und verlassen in dem Gewölbe zurückgeblieben war, sich an die Mauer drückte, in der Hoffnung, im Halbdunkel, das hier herrschte, nicht bemerkt zu werden.

Finsteren Blickes trat der Offizier auf den Mann zu, indes die Soldaten sich im Halbkreis um ihren Anführer scharten.

„Wer bist du? Bist du ein Christ?“ fragte der Offizier.

Aber er erhielt keine Antwort. Der Mann stand, wie zur Abwehr bereit, das Gesicht auf den Offizier gerichtet.

„Wer bist du?“ fragte der Offizier abermals.

Keine Antwort.

„Du bist verhaftet! Folge mir, Unbekannter!“

Aber der Angesprochene regte sich nicht.

Da trat der Offizier zornig an die Gestalt heran und berührte die Schulter des Mannes unsanft.

Der Offizier prallte zurück.

„Oberst Silanus! – Oberst Lucius Silanus!“ rief er erstaunt. „Wie kommt ihr hierher?“

Tief unten, in einem Gewölbe, das zwischen Tag und Nacht jede Grenze verwischte, saß Lucius Silanus angekettet an einen Stein.

Er befand sich wieder im Mamertinischen Kerker, wenn diesmal auch in einer anderen Zelle.

Einsamkeit und Kälte ließen ihn zeitweise zusammenschauern. Mehr noch quälte ihn freilich der Gedanke, wie ihm diese erneute Verhaftung widerfahren konnte. Warum war es ihm nicht gelungen, rechtzeitig jene unterirdische Gebetsstätte der Christen zu verlassen? Alle Anhänger dieses neuen Kultes waren rasch, wenn auch unaufgeregt, entschwunden, auch die Frauen und Kinder. Nur er, der nicht zu dieser Sekte gehörte, war nicht rechzeitig entkommen. Gewiss, er war in die versteckten unterirdischen Ausgänge nicht eingeweiht gewesen, er hatte auch vermeiden wollen, von den Christen entdeckt zu werden, weshalb er sich noch eine Weile nach dem Warnruf „Soldaten kommen!" verborgen gehalten hatte. Aber das alles war es nicht allein!

Es war dieser geheimnisvolle Zauber gewesen, der über der ganzen Kultstätte lag, der ihn zurückgehalten hatte, ein Zauber, der auch noch wirkte, als die Anhänger jener geheimnisvollen Religion entschwunden waren. Es war, als wären mit dem Duft von Weihrauch und Myrrhe noch die Gesänge und Gebete jener friedlichen Schar zwischen den Säulen und Mauern haften geblieben! Und von ihnen ging ein mystischer Sog aus, der den Willen und das Tun des Oberst wie gelähmt hatte.

Was würde nun mit ihm geschehen?

Was, wenn man ihm, der ohnehin bei Hofe als Gegner Neros galt, nun auch noch unterstellte, ein Mitglied jener Christensekte zu sein, die allgemein als staatsfeindlich galt? Wie sollte er nachweisen, dass er kein Christ war und nur mehr oder weniger zufällig in jene religiöse Versammlung geraten war? Er war nicht gerade als regelmäßiger Besucher der römischen Tempel und Kulthandlungen bekannt. Wie sollte er also belegen, nicht doch heimlich Christ geworden zu sein?

Octavia lag im Dunkel der Nacht in ihrem Bett. Mattes Mondlicht fiel durch die Fenster. Sie konnte nicht schlafen. Das Herz der Kaiserin war zu sehr voller Trauer und Schmerz über den Verlust des geliebten Bruders. Immer wieder dachte sie an all die dunklen wie lichten Seiten ihres gemeinsamen Lebens in Kindheit und Jugend, spürte aber nun, dass sie über diese Jahre nicht nachsinnen konnte ohne Enttäuschung und Bitternis.

Plötzlich hörte sie ein Geräusch. Es kam von ihrer Schlafzimmertür. Die Kaiserin richtete sich auf. Ein schmaler Lichtstreifen drang in das Dämmerlicht und traf auf die nackten und kalten Säulen.

Aus der Düsternis hob sich eine weiße Gestalt, die langsam, sich vorsichtig vorwärts tastend, auf das Bett zukam. Die Türe hatte sich hinter ihr geschlossen.

„Bist du es, Silana?“ fragte Octavia, während sie die Kerze neben ihrem Bett entzündete.

Die Gestalt kam näher; nun stand sie dicht vor dem Fußende des Bettes. Die Kaiserin starrte in ein todbleiches Gesicht.

Es war Silana.

Octavia ahnte sofort, dass dieses nächtliche Erscheinen der Freundin nichts Gutes bedeuten konnte.

Sie erhob sich.

„Was gibt es?“ fragte sie besorgt.

Silana antwortete stockend.

„Soeben ist ein Diener des Senators Thrasea Paetus hier eingetroffen, mit einer Botschaft seines Herrn an dich und mich. Der Diener wagte es freilich nicht, dir mit dieser erneuten furchtbaren Nachricht selbst unter die Augen zu treten. Und so bat er mich, dir das Entsetzliche mitzuteilen.“

„Was ist es?“ fragte Octavia mit belegter Stimme.

Silana atmete tief durch.

„Mein Bruder sitzt wieder im Gefängnis. Man wirft ihm vor, zur Sekte der Christen zu gehören!“

„Zu den Christen?“ fragte die Kaiserin. „Ich hörte schon von dieser Sekte aus dem Judenland beziehungsweise der Provinz Judäa – doch dass Silanus …“

Silana setzte sich auf das Bett, auf das sich auch Octavia wieder niedergelassen hatte.

„Auch ich kann nicht fassen, dass mein Bruder Christ geworden sein soll!“

„Er müsste sich dieser Glaubensgemeinschaft während seiner Zeit in Alexandria angeschlossen haben“, überlegte die Kaiserin. „Während der Zeit unserer Verlobung habe ich immer darunter gelitten, dass Silanus sich so wenig für religiöse oder philosophische Fragen interessiert hat. Ich kann daher kaum glauben, dass er sich diesen Christen angeschlossen haben soll.“

Silana überlegte schweigend; schließlich sagte sie:

„Das Desinteresse meines Bruders an unserer römischen Religion und unseren Göttern, unter dem auch ich immer gelitten habe, lässt es mich leider für wahr oder doch zumindest möglich halten, dass Silanus diesem fremden Kult beigetreten ist."

Octavia machte eine abwehrende Handbewegung.

„Egal, ob es wahr ist oder nicht, mache ich mir um Silanus große Sorgen. Seine Gesundheit schien mir schon durch seinen ersten Gefängnisaufenthalt aufgerieben und sehr geschwächt zu sein. Welche körperlichen und seelischen Schäden wird seine jetzige Einkerkerung zur Folge haben?"

Silanas Gesicht war plötzlich wie zur Maske erstarrt.

„Sollte mein Bruder sich tatsächlich dieser staatsfeindlichen Sekte angeschlossen haben", sagte sie mit rauer Stimme, „ist mir sein Schicksal vollkommen gleichgültig. Unsere Gesellschaft hat schon jegliche Moral verloren, wenn wir nun auch noch unseren Glauben aufgeben, besitzt Rom keine Seele mehr! Mich hat während meiner Gefangenschaft nur die Hilfe der Götter am Leben erhalten!"

Sie schien sich einen Moment zu sammeln, um die Wichtigkeit dessen zu betonen, was nun folgen würde.

„Wir müssen als römisches Volk wieder zur Moral unserer Väter zurückkehren. Und das können wir nur, wenn wir die Götter so verehren, wie es einst gewesen ist. Jeder, der unseren Staat, unsere Kultur und unsere Religion in Frage stellt, ist mein Feind! Sollte mein Bruder sich wirklich dieser Christensekte angeschlossen haben, die alles negiert, was Rom einst heilig war, ist Silanus für mich gestorben!"

Die Kaiserin erschrak bei diesen Worten. Wie um ihre Freundin von diesen lieblosen Gedanken abzulenken, sinnierte sie:

„Ich weiß kaum etwas über diese Christen. Ist dir etwas über diese Sekte bekannt, was sie glaubt, ihren Kult?“

„Ich weiß ebenfalls so gut wie nichts über diese Sekte“, erwiderte Silana. „Mir genügt es zu wissen, dass die Anhänger dieses Kults unsere Götter nicht verehren. Der Glaube an unsere Götter ist aber das, was unser Volk zusammenhält. Fällt dieser Glaube dahin, zerfällt Rom! Außerdem ist mir bekannt, dass diese Christen einen jüdischen Verbrecher als Gott verehren, den wir Römer gewiss mit gutem Grund gekreuzigt haben. Insofern stellt dieser neue Kult um diesen gekreuzigten Juden unsere römischen Gesetze und Strafsanktionen in Frage, vor allem aber unser von den Göttern verliehenes Recht, als Römer über die Welt zu herrschen! Die Christensekte ist zudem ein Kult, dem sich in erster Linie Sklaven anschließen. Die Sekte soll zwar schon Anhänger in allen Schichten Roms haben, aber zuallererst sind es Sklaven, zudem der sonstige Abschaum und der Bodensatz unserer Gesellschaft, der sich zu diesem neuen Kult bekennt, weil dieser gekreuzigte Jude ihnen die Freiheit versprochen haben soll. Man stelle sich vor, die Sklaven Roms machten, wie einst Spartakus und seine Rotte, abermals einen Aufstand gegen die herrschende Ordnung, weil ihnen die Führer dieser Christensekte solch gefährliche Ideen in den Kopf setzen!“

Silanas Lippen waren nun ohne Farbe, die Augen hatte sie geschlossen. Still, aber innerlich erschaudernd, hörte die Kaiserin ihr zu.

„So wie Ratten die Keller, unterirdischen Tunnel und Kanäle Roms bevölkern und die Fundamente unserer Häuser und Tempel unterminieren, so unterwandern und unterminieren die Christen die

Fundamente unseres Staates, unserer Kultur und unserer Ordnung. Sie sind gefährlich – und man sollte sie totschlagen, wie man Ratten totschlägt!“

Octavia blickte Silana entsetzt an. Was war aus ihrer Freundin, diesem einst so menschenfreundlichen Mädchen, geworden? Eine Misanthropin schlimmster Art! Wie schwer und tief musste die Wunde in ihrer Seele sein, welche ihr das Schicksal geschlagen hatte!

Am nächsten Morgen reiste Silana nach Rom zurück. Der Abschied der Kaiserin von der Freundin war schmerzhaft – in mehrerlei Hinsicht. Ohne es ausdrücklich auszusprechen, wussten die beiden Frauen, dass sie sich diesmal nicht nur räumlich trennten, sondern dass dieser körperlichen Trennung eine seelische Trennung und geistige Entfremdung vorausgegangen war. Octavia bedrückte vor allem der Gedanke, dass sie in Silana keine Verbündete hatte in ihren Bemühungen zur Rettung des Geliebten und Bruders. Hier musste sie andere Wege beschreiten!

Eine Stunde nach der Verabschiedung Silanas ließ die Kaiserin ihre Dienerin Myrrha zu sich rufen. Die Sklavin erschien sofort. Octavia reichte ihr ein versiegeltes Schreiben.

„Liebes Kind“, sagte sie dabei, „ich will dir eine wichtige Mission anvertrauen. Reise mit diesem Brief unverzüglich nach Rom. Ich werde dir meinen besten Wagen und meine besten Pferde dafür zur Verfügung stellen. Zwei starke Sklaven sollen dich zu deinem Schutz begleiten. Wenn du in Rom angekommen bist, bringe das Schreiben zum kaiserlichen Palast und gib es Acte, die dir ja gut bekannt ist, mit meiner herzlichen Bitte, sie möge den Brief dem Imperator überreichen. Sage ihr, das Schreiben sei sehr, sehr wichtig!"

„Das will ich gerne tun, Herrin", sagte Myrrha, „aber was soll ich Acte sagen, wenn sie mich fragt, worum es in dem Schreiben gehe?"

„Dann antworte ihr, dass es sich bei dem Brief um meine Bitte an den Kaiser handelt, er möge einem Freund von mir zu Hilfe kommen, der in großen Schwierigkeiten steckt."

„Ein Freund von dir ist in Not, Herrin?" fragte die Dienerin. Ihre dunklen Augen waren tränenumflort.

Auch die Kaiserin hatte nun Tränen in den Augen.

„Ja, leider ist es so", antwortete sie. „Man hat ihn in den Kerker geworfen, weil man ihm vorwirft, ein Christ zu sein."

Die Sklavin wurde bleicher als die Wand.

„Gilt es denn jetzt schon als Verbrechen, ein Christ zu sein?" flüsterte sie heiser.

Einer plötzlichen Eingebung folgend, fragte Octavia:

„Bist *du* eine Christin, Myrrha?"

„Ja, Herrin, das bin ich", gestand das Mädchen. „Verzeih' mir, dass ich es dir nicht gleich gesagt habe. Aber, ja. Vor zwei Jahren habe ich den wunderbaren christlichen Glauben kennen gelernt, und vor drei Monaten bin ich durch die heilige Taufe ein Kind Gottes worden!"

„Natürlich verzeihe ich dir, liebe Myrrha", beruhigte die Kaiserin das Mädchen. „Aber, wenn du eine Christin bist, dann sage mir, ob du in deiner Gemeinschaft jemals den Namen Lucius Silanus gehört hast. So nämlich heißt mein Freund."

„Lucius Silanus?“ überlegte die Sklavin. „Nein, diesen Namen habe ich noch nie gehört. Aber darf ich dich etwas fragen, Herrin?“

„Natürlich.“

„Erlaubst du mir, dass ich, sobald ich dein Schreiben zum kaiserlichen Palast gebracht habe, einem unserer Presbyter in Rom – Presbyter oder Älteste, so nennen wir unsere Gemeindeaufseher – von deinem Freund erzähle und berichte, was mit ihm geschehen ist? Vielleicht hat einer von uns eine Idee, wie man deinem Freund helfen könnte.“

„Das kannst du gerne tun“, antwortete die Kaiserin. „Freilich weiß ich nicht, ob Lucius Silanus wirklich ein Christ ist oder ob man ihn dessen zu Unrecht bezichtigt. Die Tatsache, dass du seinen Namen nicht kennst, lässt mich jetzt fast wieder daran zweifeln, dass er ein Christ ist.“

„Ob dein Freund wirklich ein Christ ist oder nicht, tut nichts zur Sache“, antwortete das Mädchen, „wir Christen versuchen, jedem Menschen in Not zu helfen, ob er nun zu uns gehört oder nicht – so hat Jesus es uns gelehrt!“

„Jesus? Wer ist das?“ fragte die Kaiserin.

Das Gesicht Myrrhas begann zu strahlen.

„Jesus ist unser Erlöser und Gott! Diesen Namen trug er, als er unter uns Menschen lebte. Wir nennen ihn Christus, das heißt: der Gesalbte.“

„Die Römer ließen ihn kreuzigen, nicht wahr?“ fragte Octavia vorsichtig.

„Ja“, bestätigte das Mädchen, „aber nach drei Tagen ist er mit Leib und Seele vom Tode auferstanden.“

„Er ist leiblich vom Tode auferstanden?“

Das Gesicht der Kaiserin verriet größte Zweifel. Aber sie sagte:

„Liebe Myrrha, gerne kannst du mir bei Gelegenheit mehr über deinen Glauben erzählen. Wenn Silanus wirklich Christ ist, möchte ich sogar alles über diese neue Religion erfahren, aber nun haben wir keine Zeit. Du musst dich sputen und nach Rom eilen.“

„Das werde ich tun“, antwortete die Sklavin. „Ich werde alles so vollbringen, wie du es mir aufgetragen hast.“

13. Kapitel

Bei einem seiner Gelage hatte Nero in der Menge seiner Gäste die Geliebte seines Freundes und Günstlings Salvius Otho erblickt.

„Das ist Poppäa Sabina, die Witwe des getöteten Rufius Crispinus", hatte Tigellinus auf die entsprechende Frage des Kaisers geantwortet. Und grinsend war er fortgefahren: „Man erzählt sich, dass Otho selbst es gewesen ist, der ihren früheren Mann beseitigt hat …"

„Ich weiß, ich weiß", hatte Nero bestätigt, nicht weniger grinsend. „Na, dann muss die Frau ja wirklich etwas ganz besonderes sein!"

Diese so flott dahin gesprochenen Worte täuschten freilich. Denn den Cäsar hatte augenblicklich eine glühende Leidenschaft nach Poppäa erfasst – eine Leidenschaft, die umso glühender sein musste, als eine dunkle, blutige Geschichte mit dieser Frau verbunden war.

Poppäa, deren Seele in ihrer Abgründigkeit der des Kaisers so ähnlich war, hatte sich geschickt bemüht, Nero nicht zu enttäuschen. In den folgenden Wochen, in denen sie oft die Gelegenheit eingeräumt bekam, mit dem Kaiser allein zu sein, war es ihr schnell gelungen, das Verlangen des Kaisers nach ihr und ihrem Körper noch erheblich zu steigern.

Es war an einem düsteren herbstlichen Morgen, der einer leidenschaftlichen Nacht folgte, als der Cäsar Salvius Otho zu sich rufen ließ.

Otho erschien sofort, in Erwartung einer weiteren Gunst des Kaisers, wie sie ihm Nero schon so oft gewährt hatte. Dieser empfing den bisherigen Freund freilich nicht mit den üblichen Zeichen ihrer intimen Beziehung. Er nahm vielmehr die Haltung des Imperators an und wies Otho, der auf ihn zueilen wollte, mit einer stolzen Handbewegung zurück.

„Du hast ein Weib in deinem Haushalt, Salvius“, begann Nero unvermittelt, „die würdig ist, mein Bett zu zieren.“

Otho trat erschrocken einen Schritt zurück. Alles Blut wich aus seinen Wangen. Denn so leichtfertig er auch war und so wenig er sich auch bemühte, einen anstandslosen Lebenswandel zu führen, so hing er doch mit ganzem Herzen an Poppäa. Ihre Schönheit und ihre Künste in der körperlichen Liebe hatten ihn so an die Geliebte gefesselt, dass schon der Gedanke an eine Gefährdung dieser Verbindung ihn erzittern ließ.

„Du meinst Poppäa Sabina?“ entgegnete er nach langem Schweigen, sich bemühend, möglichst gleichmütig zu erscheinen.

„Dieselbe“, entgegnete Nero knapp.

„Sie war die Gemahlin des Rufius Crispinus“, sagte Otho, als könnte dieser Umstand den Kaiser von seinem Vorhaben abhalten.

Doch dieser antwortete ungerührt:

„Das weiß ich! Und du hast ihren Mann umgebracht!“

„Oh, nicht doch – es war ein ehrlicher Zweikampf!“ stotterte Otho.

„Wie auch immer. Du hast sie entführt.“

„Wenn du es so nennen willst, Nero."

Der Kaiser richtete sich auf.

„Nenne mich Imperator!" knurrte er.

„Die Götter mögen mir verzeihen – ich wusste nicht, dass du meine Freundschaft nicht mehr wünschst."

„Nein. Wir können nicht mehr Freunde sein!"

„Und warum, Cäsar?"

„Weil ich Poppäa liebe!"

Otho wurde zornrot.

„Sie ist *meine* Geliebte!" sagte er bestimmt.

„Nein, sie *war* es!" erwiderte Nero. „Nun liebt sie mich – mich allein!"

Othos Augen funkelten.

„Du wirst sie mir nicht entreißen", sagte er drohend.

„Doch, Salvius Otho, das werde ich! Und ich rate dir gut, dich still in das Unvermeidliche zu fügen. Sie ist schon mein! Ein gutes Dutzend mal habe ich bereits ihren Leib genossen!"

„Das kann nicht sein!" rief Otho verzweifelt.

In dem Gesicht Neros malte sich die ganze Grausamkeit seiner ungezügelten Sinnlichkeit. Mit harter Stimme sagte er:

„Noch heute Nacht verlässt du Rom! Für immer! Du gehst nach Lusitanien!"

Otho schlug sich gegen die Stirn.

„Wie, Cäsar, du verbannst mich?"

„Da geht es dir doch noch besser als dem armen Rufius Crispinus, nicht wahr?" erwiderte Nero sarkastisch.

„Ich will nicht fort aus Rom! Und ich will dir meine Geliebte nicht überlassen“, jammerte Otho.

„Gut!“

Der Kaiser erhob sich. Zum ersten Mal fiel Otho der breite Nakken auf, der Nero auszeichnete. Und mit einem Male erkannte er in dem einst harmonischen Gesicht Neros die zuckenden Linien seiner über Leichen gehenden Leidenschaften.

Der Imperator klatschte in die Hände. Ein Vorhang wurde zurückgeschlagen. Ein Mann, in einen scharlachroten Mantel gehüllt, stand da, mit ehernen Zügen im grobschlächtigen Gesicht. Er hatte die Arme entblößt, auf denen die Muskeln eines Stieres spielten. Seine großen Fäuste umklammerten ein Schwert.

„Dein Henker!“ sagte Nero, ohne mit der Wimper zu zucken.

Otho fuhr mit einem wilden Aufschrei zurück.

„Du willst mich töten lassen? Du schreckst nicht vor gemeinster, brutalster Gewalt zurück, um eines Weibes Mann zu werden?“

„Du bist des Mordes an Rufius Crispinus überführt! Es ist alles *lege artis*“, sagte Nero ungerührt.

Noch ehe Otho etwas erwidern konnte, winkte der Kaiser, und der stiernackige Henker trat näher und hieb seine schwere Faust in den Nacken Othos, dass dieser zusammenzuckte wie ein gebrochenes Rohr.

Die Sonne brach durch die Wolken und warf ihre Strahlen spielend über das nackte Schwert des Henkers.

„Sie ist dein!“ schrie Otho in Todesangst.

Ein Wink – der Henker verschwand. Der Vorhang schloss sich.

Eine Klingel ertönte. Ein Sklave übernahm ein Schreiben. Nero machte eine Handbewegung, und Otho war entlassen.

Unten angekommen warf sich Otho in seinen Wagen.

„Fahre, was die Pferde laufen können", schrie er seinem Kutscher zu, und gleich darauf floh das leichte Gefährt pfeilschnell durch die Straßen Roms.

An seinem Stadthaus angekommen, eilte Otho in die Gemächer seiner Geliebten. Sie war eben aus dem Bade gestiegen und hatte, durch die stürmische Ankunft überrascht, ihren Körper nur noch in Eile in ein seidenes Badetuch hüllen können, als Otho atemlos eintrat. Die schwüle parfümgeschwängerte Luft, das schöne, kaum verhüllte Weib erhitzten ihn noch mehr. Er warf sich zu Füßen seiner Geliebten nieder, und flehentlich ihre Knie umklammernd, rief er:

„Verlasse mich nicht, Poppäa – bleibe mein oder ich werde sterben!"

Poppäa Sabina, die so tat, als ahne sie den Grund der Verzweiflung nicht, die Otho ergriffen hatte, neigte sich zu ihm nieder, so dass ihr salbenduftendes Haar über seinem Haupt zusammenfiel, und hob den Schluchzenden auf.

„Was ist dir, Geliebter?" fragte sie zärtlich lächelnd, indes Otho ihr mit angstvollen Blicken ins Antlitz sah.

„Oh, der Hund! Der Schurke!" schrie er in einem plötzlichen Wutanfall. „Diese Hyäne schleicht umher, über Leichen gehend! Es ist doch nicht wahr, was er mir sagte?"

„Was soll nicht wahr sein?" fragte Poppäa. „Wen meinst du?"

„Ich meine das gekrönte Aas, den Lügner, den Mörder und Räuber an seinem Volke! Den Abscheulichen! Nero – den Wahnsinnigen auf dem Cäsarenthron!“

„O – welch furchtbaren Worte sprichst du, mein lieber Salvius“, antwortete Poppäa, und das gütige Lächeln auf ihren Lippen verwandelte sich in Spott. „Spricht man so über seinen Kaiser? Ich finde Nero keinesfalls abscheulich, vielmehr witzig, geistreich und sehr *zärtlich*!“

„Wie?“ rief Otho, „dann stimmt es, was er mit sagte? Er gefällt dir?“

Poppäa nickte.

„Gewiss. Er gefällt mir.“

„Dann, beim Styx, ist es auch wahr, dass ihr wiederholt miteinander geschlafen habt? So warst du auch diese Nacht nicht bei deiner Schwester, wie du sagtest, sondern bei ihm?“

Poppäa richtete sich auf, und Otho fest ins Gesicht sehend, antwortete sie:

„Es stimmt!“

Otho erblasste.

„Was hat er, was ich nicht habe?“ fragte er heiser.

„Ist er schöner als ich?“

„Nein.“

„Ein besserer Liebhaber?“

„Nicht unbedingt.“

Otho lachte bitter auf.

„Er kann dir nicht mehr bieten als ich – außer der Schande, seine Laster zu teilen!“

Poppäa lächelte spöttisch.

„Seit wann huldigst du der Philosophie der Stoiker?"

Er blickte beschämt zu Boden.

„Du liebst ihn?"

„Ach, weißt du …", erwiderte Poppäa ausweichend.

„Dann zählst du zu denen, die seine Laster reizen?"

„Nein. Mich reizt die Krone."

Otho sah betroffen zu der schönen Frau auf.

„Du willst Kaiserin werden?"

Poppäa nickte.

„Aber Rom hat eine Kaiserin …", stotterte Otho.

„Das ist mir egal!" rief Poppäa hochfahrend. „Ich will die Krone des Imperiums tragen. Meinst du etwa nicht, sie würde mein Haupt besser zieren als das blasse, steife Weib Octavia?"

Otho antwortete zunächst nicht; ihm wurde schwarz vor Augen. Schließlich flüsterte er:

„Und deshalb willst du mich verlassen?"

„Und deshalb *werde* ich dich verlassen, Salvius! Meine wichtigsten Sachen sind bereits gepackt. Noch heute ziehe ich zu Nero – in seinen Palast!"

Es war Nacht. Otho stand in seinem Schlafgemach. Poppäas Lager war leer. Eine Ampel warf ihr unruhiges Licht über das Gesicht des jungen Edelmannes.

Eine Mischung aus Schmerz und Trotz war in seinen Zügen zu lesen. Wildes Feuer flackerte in den geröteten Augen.

Otho war reisefertig. Lange stand er unbeweglich, in Gedanken versunken. Dann presste er seine Lippen auf jene Stelle des Bettes, wo Poppäa noch vorletzte Nacht geruht hatte, und ging raschen Schrittes hinaus. Stimmen dröhnten durch die Hallen. Fackellicht flog hin und her. Otho schwang sich auf ein bereitstehendes Pferd, und begleitet von einem Tross bewaffneter Diener ritt er in schnellem Trabe von der Stätte seines Glücks, das er durch ein Verbrechen errungen und durch die Untreue einer Frau wieder verloren hatte.

Als ferne im Zwielicht des Mondes die kaiserliche Burg sichtbar wurde, hielt Otho sein Pferd an. Erstaunt sah seine Begleitung, wie die Züge seines Gesichts sich verzerrten. Aber er sprach kein Wort. Die Augen auf die Burg gerichtet, bewegten sich nur seine schmalen Lippen.

Dann stob die Kavalkade davon.

Im Schloss war es still.

Poppäa erwartete im Schlafgemach des Kaisers, in kostbare, duftige Gewänder gehüllt, den Cäsar. Sie lag auf dem Ruhebett, das in einem Meer schwer duftender Rosenblätter versank. Ihre Augen waren sinnend zur Zimmerdecke gerichtet, die das Meisterwerk eines griechischen Malers und zugleich ein bekanntes erotisches Motiv zeigte: Leda mit dem Schwan.

Aber obwohl Poppäa ebenso kunstverständig wie lüstern war, konnte das farbenreiche Bild ihre Aufmerksamkeit nicht wirklich fesseln. Unruhig wanderten ihre Blicke in dem Gemache hin und her; wirre Gedanken schienen ihr Gemüt zu peinigen.

Sie erhob sich und schlug den Vorhang vor dem Fenster zurück. Unter ihr lag Rom.

An dem anderen Ende des Raumes öffnete sich unterdessen eine Tür, und eine hochgewachsene Frauengestalt, ein Diadem in den schweren, schwarzblauen Haaren, trat majestätisch ein.

Poppäa wandte sich um und sah halb erstaunt, halb angstvoll auf die Eingetretene, in der sie Agrippina, die Mutter des Kaisers, erkannte.

Diese musterte schweigend die neue Geliebte ihres Sohnes. Ohne sie eines Grußes zu würdigen, sprach sie finster:

„Du bist also Poppäa Sabina, jenes liederliche Weib, das seinen Gemahl, den edlen Rufius Crispinus, ermorden ließ, um mit dem Nichtsnutz Salvius Otho ins blutbefleckte Lotterbett zu steigen? Und von diesem Lager bist du nun ins ehebrecherische Bett des Kaisers gekrochen! Was für einen schlechten Geschmack hat mein Sohn doch nur, wenn es um Frauen geht!"

Zorn und Wut traten in Poppäas Augen.

„Was erlaubst du dir?" empörte sie sich. „Ich werde Roms neue Kaiserin!"

Agrippina lachte; das Lachen klang schrill und höhnisch.

„Sieh an – Kaiserin! Ich wäre meinem Sohne immer hilfreich gewesen, die jetzige Kaiserin loszuwerden. Aber die Vorstellung, dass eine Gatten mordende Dirne an die Stelle einer Tochter meines verstorbenen Gemahls Claudius treten könnte, lässt selbst mich erschaudern!"

Poppäa, die angestachelt durch den überlegenen Spott der Kaiserinmutter ihre Gefühle kaum mehr beherrschen konnte, antwortete heftig:

„Octavia? Sie war lange genug Kaiserin – bis ich kam!"

„Du Dirne", wiederholte Agrippina zornig, „du willst es wagen, deine Schande bis vor den Thron Roms zu tragen? Du willst es wagen, die Augen zu einer Krone zu erheben, die einst auch ich, eine Tochter des Germanicus, getragen habe?"

„Nicht nur das!" rief Poppäa trotzig. „Ich werde nicht nur Kaiserin, sondern auch Göttin werden! Lange bevor du das auch nur realistisch erhoffen kannst! Nero, mein Imperator und Geliebter, hat es mir versprochen!"

Agrippina trat näher und erhob den schneeweißen Arm.

„Wage es ja nicht!" schrie Poppäa.

Doch die Kaiserinmutter, durch die Worte dieser verachteten Frau in Rage versetzt, schlug ihr mit dem beringten Handrücken ins Gesicht.

„*Was* soll ich nicht wagen?" lachte sie höhnisch.

Ein schmaler roter Streifen lief quer über die Wange Poppäas, deren Augen sich unverzüglich mit Zornestränen füllten.

„Was geht hier vor?" erscholl plötzlich eine zornige tiefe Stimme.

Nero war in den Raum getreten. Schnell stand er zwischen den beiden Frauen.

„Siehe, was deine Mutter getan hat", rief Poppäa und hielt sich die blutende Wange

„Sie hat mich beleidigt!" sagte Agrippina, auf die junge Rivalin deutend.

Nero warf seiner Mutter einen zornig-bösen Blick zu.

„Entferne dich!“ sagte er barsch.

Agrippina zögerte.

„Entferne dich“, schrie Nero nochmals mit einer Stimme, die von den Wänden widerhallte.

Seine Mutter drehte sich um. Erhobenen Hauptes ging sie aus dem Gemach.

Nero wandte sich Poppäa zu. Seine funkelnden Augen blickten auf die begehrte Frau nieder, während sich seine Arme um ihren elastischen Leib schlangen.

Doch sie entwand sich ihm.

„Was wirst du mit ihr tun?“ fragte Poppäa.

„Mit ihr? Du meinst: meiner Mutter?“

„Natürlich! Welche Folgen wird ihre ungeheuerliche Unverschämtheit mir gegenüber für sie zeitigen?“

„Ich verwies sie des Raumes!“ antwortete Nero.

„Das soll alles sein?“ Poppäa schien empört. „Sie hat mich beleidigt! Sie hat mich geschlagen! Und die einzige Sanktion hierfür soll sein, dass du sie des Zimmers verweist?“

„Sie ist meine Mutter …“, rechtfertigte sich Nero.

„Und ich? Ich bin die zukünftige Kaiserin des Imperiums! Hast du vergessen, was du mir versprochen hast, Domitius?“

„Nein“, erwiderte der Cäsar. „Du wirst Kaiserin, sobald ich eine Möglichkeit gefunden habe, mich von Octavia zu trennen.“

Nero lächelte, aber seine Züge verfinsterten sich sogleich, als Poppäa abermals seinen Arm von sich stieß.

„Deine Mutter wird vielleicht deiner Scheidung von Octavia zustimmen – aber sie wird sich bis aufs Blut unserer Vermählung widersetzen! Sie hasst mich!“

„Lasse uns morgen darüber sprechen“, meinte der Kaiser einschmeicheln, „ich will mit dir jetzt weit Angenehmeres tun!“

„Nein!“ sagte Poppäa entschieden.

„Beim Jupiter – hat sich dein Verstand verwirrt, Weib? Ich bin der Cäsar!“

„Und ich“, antwortete Poppäa, „bin die Geliebte des Cäsars! Also mächtiger als dieser!“

Nero lachte, aber seine Lippen pressten sich zusammen, als Poppäa ihn zum dritten Mal von sich stieß.

„Geh!“

„Was soll das heißen?“ fragte der Kaiser fast ungläubig.

„Ich liebe Schwächlinge nicht!“

Nero lachte heiser auf.

Doch seine Geliebte sah ihn nur mit höhnischen Blicken an.

„Ich bin kein Schwächling“, sagte Nero trotzig wie ein kleines Kind.

„Doch – und unfähig, den Purpur zu tragen.“

Er fuhr auf. Aber ihr Blick bezähmte ihn, insofern ihre Gelassenheit ihn noch unsicherer machte.

„Warum?“ knirschte er.

„Weil du feige bist.“

„Feige?“ brüllte er.

„Feige“, bestätigte sie. „Feige und schwach.“

„Warum, Weib?“

Poppäa richtete sich auf und bohrte den Blick in Neros Augen.

„Weil du dich fürchtest, als Muttermörder in die Geschichte einzugehen!“

„Als Muttermörder?“ Neros Stimme zitterte. Alles Blut entfloh seinen Wangen. „Du willst, dass ich meine Mutter töten lasse?“

Seine Geliebte rückte nun nahe an ihn heran.

„Es gibt keinen anderen Weg, Geliebter! Andernfalls kannst du dein Versprechen nicht halten, mich zu deiner Kaiserin zu machen!“

Nero antwortete nicht. In seinen Gedanken war schon hin und wieder der Gedanke aufgetaucht, Agrippina aus dem Weg zu räumen. Wie sehr sie ihm auf die Nerven ging, mit ihrem politisch inopportunen Wunsch, eine Göttin zu werden! Und sie hatte ihm diese langweilige Octavia als Gemahlin eingebrockt! Überhaupt hatte seine Mutter ihn immer so sehr gegängelt – ihn, den Beherrscher der Welt! Hatte sie ihn nicht schon als Kind schmerzhaft an den Ohren gezogen, wenn er in der Suburbe mit den Söhnen der Bäcker, Garköche und sonstiger Bediensteter allerlei Tollheiten aufgeführt hatte? Ach, ja! Agrippina hätte an sich schon hundertmal den Tod verdient!

Doch so lasterhaft, so berechnend und rücksichtslos Nero auch war, so sehr fürchtete er in der Tat, nachfolgenden Geschlechtern als Muttermörder zu gelten. Er wollte als der größte Imperator Roms – vor allem aber als der größte Künstler aller Zeiten – in die Geschichte eingehen. Aber als Muttermörder? Das doch nicht! Aus ähnlichen Gründen hatte er immer gezögert, seinen Stiefbruder und Schwager Britannicus töten zu lassen. Und so war es Nero ganz recht gewesen, als er zu ahnen begann, dass seine Mutter ihm diese unangenehme Sache abnehmen würde. Als Britannicus dann auf dem Fest zu Ehren des neu ernannten Statthalters von Britannien tot zusammenbrach, war Nero daher nicht allzu überrascht gewesen, er hatte sich freilich sagen können, nicht selbst Hand an seinen Bruder gelegt zu haben. Und nun sollte er die Frau, die ihm den Weg zum Thron geebnet und ihn auch von seinem Rivalen Britannicus befreit hatte, beseitigen lassen?

Als Poppäa diesen Gedanken wieder lebendig gemacht hatte, zitterte Nero! Er bebte bis ins innerste Mark bei dem Gedanken an die Konsequenzen, aber alle Vernunft, alle Moral und Gerechtigkeit, die er aufbot, löste ihn nicht vom Banne der Angst, Poppäa verlieren zu können. Auch regte ihn der Gedanke, dass seine Mutter die erwählte Geliebte nicht an ihrer Seite dulden würde, wahnsinnig auf.

Und so ließ die Ruhe und Selbstverständlichkeit, mit der das geliebte Weib ihm die Idee, Agrippina töten zu lassen, nahegebracht hatte, keimhaft einen bösen Plan entstehen, der in den folgenden Wochen zur teuflischen Reife gelangen sollte.

Nero ließ Agrippina seinen Befehl überbringen, sich unverzüglich in eines seiner Landhäuser in Kampanien zu begeben. Sie sei, so ließ der Imperator ihr mitteilen, auf Lebenszeit aus Rom verbannt. Die Kaiserinmutter wusste, dass es keinen Sinn machte, diesem Befehl Widerstand zu leisten. Sie würde gehorchen, aber, so hoffte sie, auch bald eine Gelegenheit finden, mit Hilfe ihrer römischen Freunde zurückzukehren – um sich dann an Poppäa Sabina zu rächen. Denn für

Agrippina gab es keinen Zweifel daran, dass sie ihre Verbannung jenem unverschämten Weib zu verdanken hatte, das ihrem so abgrundtief dummen Sohn den Kopf verdreht hatte.

Und so ließ Agrippina sich ihren liebsten Hausrat packen und zog mit einigen ihrer Dienerinnen und zwei ergebenen Sklaven in die Einsamkeit des ihr bezeichneten kampanischen Landhauses.

14. Kapitel

Es war später Nachmittag, als eine junge Frau in Schloss Bauli erschien und eine Audienz bei Octavia, der Kaiserin, erbat.

Die Soldaten ließen die Frau passieren, weil sie ein Beglaubigungsschreiben Neros vorweisen konnte. In den Vorsälen traten ihr Lakaien entgegen. Sie musste warten. Müde setzte sie sich in einen Mahagonisessel. Ihre Blicke schweiften über die schweren Marmorarchitekturen und hefteten sich dann auf den Boden, der in kunstvollem Mosaik ausgeführt war.

Durch das offene Fenster trug ein leiser Wind die Düfte der Gärten, und ein goldener Regen von Sonnenstrahlen flutete herein.

Ein Sklave erschien, um die Besucherin zu den Gemächern der Kaiserin zu geleiten. Die Frau schritt eine Reihe großer Säle hindurch, deren Wände mit kostbaren Gemälden hervorragender griechischer und römischer Meister geschmückt waren. Über spiegelnde Marmortreppen führte sie der Sklave empor, über Teppiche, die so weich und schmiegsam waren, dass in ihnen jeder Laut der Schritte erstarb, an flüsternden Dienerinnen und Dienern und langsam, taktmäßig auf und nieder schreitenden Wachen vorüber, bis sie endlich an dem

Vorgemach zu den Räumen der Kaiserin angekommen waren.

Pochenden Herzens trat die junge Frau ein, und nach einigen Schritten befand sie sich in einem mäßig großen, eleganten Saal, der in seiner Schlichtheit und dem gedämpften Licht nichts von Lebensfreude aufkommen ließ.

Da kam ihr die Kaiserin entgegen.

Die Frau ließ sich auf das Knie nieder, um den Saum von Octavias Gewand zu küssen; doch mit rascher Bewegung verwehrte ihr die Kaiserin das. Sie hob die Unbekannte auf. Nun standen sich die beiden Frauen gegenüber und blickten sich gegenseitig in die Augen.

Aus den Zügen der Kaiserin sprachen Leid und Einsamkeit, und die Fremde – welche die Geschichte dieser Dulderin nur zu gut kannte, trug sie an ihrem Leid doch eine nicht unerhebliche Mitschuld – vergaß einen Moment ihren eigenen Schmerz; so sehr bemitleidete sie die Gattin des Herrn der Welt.

„Du kommst aus Rom, von meinem Gemahl?“ fragte die Kaiserin und nahm in einem, mit orientalischen Fellen bespannten Sessel Platz.

Die Frau nickte stumm mit dem Kopf.

„Wie heißt du?“ wiederholte Octavia.

Plötzlich füllten sich die dunklen Augen der anderen mit Tränen.

„Ich heiße Acte“, gab sie leise zur Antwort, als fürchte sie, diesen Namen zu nennen.

„Acte“, wiederholte Octavia mit belegter Stimme.

Die junge Frau warf sich flehend vor der Kaiserin zu Boden. Dicke Tränen liefen ihr über die Wangen.

„Zürne mir nicht, Herrin – meine Schuld war meine große Liebe zu ihm."

Die Kaiserin hob die Zitternde auf.

„Du liebst ihn noch?"

„Ja, Herrin, ich liebe ihn. Aber er hat mich verstoßen!"

Da wandte Octavia sich erschüttert ab, und blitzschnell in Gedanken einen Vergleich zwischen dem Schicksal dieses Mädchens und dem ihren ziehend, flüsterte sie:

„Glaubst du, dass eine andere Frau der Grund hierfür ist?"

„Ja, so ist es gewiss", antwortete Acte. „Nero hat sich in Poppäa Sabina verliebt."

„Poppäa Sabina ...", flüsterte Octavia.

„Aber ich bin froh", fuhr Acte fort, „dass meine schandbare Beziehung mit Nero beendet ist. Du bist vor den Göttern und den Menschen seine legitime Frau – du alleine! Ich bereue mein ehebrecherisches Verhältnis mit dem Kaiser heute so sehr, zumal ich dich, Herrin, schon immer geliebt und verehrt habe."

„Es ist gut", sagte Octavia mit sanfter Stimme, „ich habe dir längst verziehen. Zum Zeichen dafür sandte ich dir meine Dienerin Myrrha, welche dir einen Brief von mir an Nero überbrachte. Hast du ihn dem Kaiser gegeben?"

„Das tat ich!"

„Und wie reagierte der Imperator?"

Acte zögerte mit der Antwort. Schließlich erzählte sie mit zitternder Stimme:

„Der Kaiser lachte nur spöttisch, nachdem er dein Schreiben gelesen hatte. ‚Ich werde dem Freund meiner Frau gewiss nicht helfen', rief er, ‚ich werde keinen Finger für ihn rühren, wie käme ich denn dazu?' Und dann ergänzte er, wobei er höhnisch grinste. ‚Du Acte, gehe nach Neapolis, zu Octavia, und richte ihr aus, was ich gesagt habe! Und wenn du schon dort bist, kannst du auch gleich dort bleiben! Ich bin deiner nämlich überdrüssig, ich bin dich leid! Verschwinde für immer aus meinem Blickfeld!"

Die Kaiserin war wie hin- und hergerissen zwischen ihrem Mitleid für das Mädchen, das vor ihr stand, und ihrer Sorge um Lucius Silanus. Zu Acte sagte sie:

„Und so hast du nun den langen, beschwerlichen Weg von Rom nach Neapolis auf dich genommen, um mir mitzuteilen, was der Kaiser dir auftrug …"

„Ja, das auch", erwiderte Acte, „aber auch, um meine große Schuld ein wenig wieder gut zu machen, indem ich dich warne!"

„Du willst mich warnen? Wovor?"

„Deinem Leben droht Gefahr, Kaiserin."

Octavia wurde eine Nuance blässer, aber gleichzeitig umspielte ein eigenartiges Lächeln ihre Lippen.

„Sonst nichts, Mädchen?" fragte sie.

Acte schwieg betroffen.

„Mein Leben", fuhr Octavia fort, „ist eine Quelle von Sorgen und Leiden. Wenn mein Tod irgendjemandem Nutzen bringt, weshalb soll ich klagen, wenn ich Schmerz gegen ewiges Vergessenheit Schmerz eintauschen kann? Aber ich danke dir dennoch, Acte, ich danke dir für deine Treue."

„O nicht doch – sprich nicht so!“ rief Acte, sich der Kaiserin abermals zu Füßen werfend, indes ein Tränenstrom aus ihren Augen brach, „sprich nicht von Treue! Nenne es Pflicht! Du kennst zudem nicht alle Beweggründe, welche mich leiten, an dem zum Verräter zu werden, den ich liebe. Denn ich hasse die Andere nämlich. Ich verachte dieses schmachbedeckte Weib abgrundtief! Ich könnte sie umbringen – und muss mich doch in mein Schicksal, verstoßen zu sein, fügen. Aber zu dulden, dass dieses Weib auch über dich triumphieren sollte, dass dein reiner, edler Name in den Schmutz gezogen werde, dass selbst aus deinen Tugenden Laster gemacht werden, die Poppäa Sabina alle übertrifft – das darf denn doch nicht sein!“

Octavias Augen funkelten.

„Wie, Mädchen, ich glaube dich misszuverstehen. Man beschimpft meinen Namen?“

„Man beschuldigt dich des Ehebruchs!“

Ein Schmerzensschrei entrang sich Octavias Brust.

„Des Ehebruchs? Mich? Ist denn die Rache meines kaiserlichen Gatten immer noch nicht gesättigt? Wenn er mein Leben will, so sei es! Er findet doch gewiss leicht einen Weg, mich vom Diesseits ins Jenseits zu befördern. Aber ist ihm denn nicht wenigstens die Ehre einer Tochter des Claudius heilig?“

„Wie sieht der Plan, meine Ehre zu besudeln, aus? Wer ersann ihn?“ fragte Octavia nach einer Pause.

„Du fragst? – Poppäa Sabina natürlich“, antwortete Acte. „Du hättest dich mit einem jungen Mann namens Marcellus vergangen.“

„Marcellus? Wer ist das?“

„Ein römischer Künstler, Herrin. Er porträtierte dich vor gut zwei Jahren."

„Ja, ich erinnere mich. Ein vornehmer, sensibler Jüngling. Und mit ihm soll ich den Kaiser betrogen haben?"

„Du warst einige Stunden mit ihm allein, als du ihm Modell saßest. Und da können böse Personen vieles spekulieren …"

„Aber dieser junge Mann bestreitet doch gewiss, sich mir unziemlich genähert zu haben?"

„Das kann er nicht. Er ist tot!"

„Er ist tot?" fragte die Kaiserin erschrocken.

„Der junge Künstler porträtierte kürzlich auch den Imperator. Diesem gefiel das Gemälde nicht. Er geriet in Wut – und ließ den unglücklichen Marcellus hinrichten!"

„Der arme Mann", rief Octavia schmerzerfüllt. „O, was für ein Ungeheuer du bist, Nero! Und welch einen diabolischen Plan hast du ersonnen! Wie soll ich nun je meine Unschuld beweisen?"

Die Kaiserin faltete die Hände.

„Ich habe so vieles erduldet und immer geschwiegen. Aber schmachbedeckt, der Ehre beraubt in die ewige Nacht zu treten, das wäre unwürdige Schwäche! Die Tochter des Claudius wird aus dem Leben scheiden, wie sie gelebt hat, mit der Würde einer Römerin und Kaiserin! Diesem Plan Neros und Poppäas, mich mit Schmutz zu bewerfen, werde ich Widerstand leisten. Ich werde kämpfen!"

Sie versank ins Grübeln, und aus dem Gesichtsausdruck konnte Acte schließen, dass die Kaiserin allein sein wollte, um nachzudenken, was zu tun sei.

So verließ sie Octavia, unsicher, was ihre eigene Zukunft betraf, aber glücklich in dem Bewusstsein, die Frau, der sie so viel Leid zugefügt hatte, vor der drohenden Gefahr gewarnt zu haben.

Die Kaiserin saß noch, das Haupt auf die Hand gestützt, als ein anderes Mädchen herantrat und jenen Platz einnahm, wo Acte gerade noch gestanden hatte, so dass Octavia, die beim Rauschen des Gewandes aufsah, die Sklavin Myrrha erkannte.

Die Christin sah die Spuren der Erregung auf dem Antlitz der Kaiserin, und wieder ein Unglück ahnend, fragte sie:

„Was ist dir, Herrin? Deine Augen zeigen die Spuren von Tränen. Ist ein Unheil geschehen? Hat man dir wehgetan? Dich beleidigt? Droht dir Gefahr?"

Octavia nickte.

„Alles das, liebe Myrrha."

Sie erzählte der Dienerin, was sie soeben von Acte erfahren hatte.

Die Sklavin legte die Rechte auf die stark pochende Brust.

„Fasse Mut, Herrin! Wenn Jesus Christus mit dir ist – und er ist es gewiss –, wird er dich retten und die Schmach von deinem Namen nehmen!"

„Ach, liebe Myrrha", sagte die Kaiserin, „vielleicht ist jetzt die Zeit, dass du mir etwas über deinen Glauben erzählst ... Ich kann jede Art des Trostes gut gebrauchen!"

Während die Sklavin Octavia die Grundwahrheiten des Christentums darlegte, hörte die Kaiserin aufmerksam zu. Immer wieder lächelte sie, besonders wenn die Dienerin das jenseitige Himmelreich schilderte, das Gott den Seinen verheißen habe.

„Wenn das wahr ist, was du glaubst“, sagte Octavia schließlich, die Augen nachdenklich in die Ferne gerichtet, „ist man nach dem Tode glücklicher als im Leben. Dein Glaube, Myrrha, ist schön und groß; denn nur Göttliches, nie Gehörtes, unfassbar Großes kann in dieser Welt, die am Abgrund des Wahnsinns dahinrast, eine Hoffnung vermitteln, wie du sie offensichtlich in dir trägst.“

„Ja, Herrin, so etwas Großes ist meine Religion“, bestätigte das Mädchen. „Deshalb birg' auch du deinen Kummer im Schoß unseres alles begreifenden Gottes, und du wirst lächelnd ein Leben tragen, das dich zu vernichten droht. Du wirst hoffen können, während du jetzt verzweifelst. Denn das ist die große, froh machende Wahrheit unseres Glaubens, dass das Reich Gottes nicht von dieser Welt ist. So bleibt uns, wenn uns alles verloren ging, doch stets die Hoffnung und die Zuversicht, das, was die Menschen hier trennen und auseinanderreißen, von Gott dereinst wieder zusammengegeben wird.“

Octavia dachte an ihren verstorbenen Vater Claudius, an ihren ermordeten Bruder Britannicus und all die anderen lieben Menschen, die Tod und Gewalt ihr entrissen hatten.

„Und doch ist Gott nicht nur ein Gott der Toten, er ist auch der Gott der Lebenden“, fuhr die Christin fort, „denn jeder, wirklich jeder, der sich in Liebe und Gebet an ihn wendet, ist sein Kind und wird seine Hilfe erfahren. Gott ist ein Gott der ganzen Menschheit, er ist nicht nur ein Gott der Römer, ein Gott der Juden oder ein Gott der Griechen oder Barbaren. Unser Gott ist die Liebe und Gerechtigkeit, die allen Menschen gehört. Kein Olymp dient ihm als Wohnsitz. Die ganze Erde ist sein Haus; denn er hat die Welt erschaffen. Er thront über den Himmeln und ist doch überall. In ihm leben und sind wir, weil wir durch ihn sind. Wenn wir leiden, so leidet er in uns und wir für ihn. Sein sind wir im Leben und im Tode; denn er ist die Auferstehung von dem irdischen Leiden zur himmlischen Glückseligkeit."

Octavia antwortete nicht. Sie stand auf und verließ den Raum, Myrrha dicht hinter ihr. Die Augen der Kaiserin waren zu Boden gesenkt, ihre Gedanken aber erhoben sich von dieser Erde und schweiften weitab in Welten, die sich plötzlich vor ihrem Geist auftaten.

Schließlich wandte sie sich um und sagte leise:

„Alles, was du ausführst, liebes Kind, ist wunderschön. Aber ich kann dir nicht folgen, wenngleich ich dich verstehe. Ich bin zu sehr Römerin, zu sehr eine Frau der Vergangenheit, um nochmals glauben, um noch einmal hoffen zu können! Aber ich halte es für möglich, dass deine neue Religion stärker ist als unsere Vergangenheit, und sie einst herrschen wird über die Welt, wenn unsere Spuren längst verweht sind. Ob das Wort deines Christus den Menschen aber mehr Glück bringen wird als Jupiter? Als Juno oder Venus? Wer weiß es, Myrrha? Es wird einmal an euch Christen liegen, ob es so sein wird, oder nicht. Werdet ihr Christen die Welt besser machen, als sie jetzt ist? Jede Religion, auch wenn sie noch so schön und hoffnungsschwanger ist, kann missbraucht werden zu einem Mittel der Macht, der Gewalt und des Bösen! Denn siehe, ich glaube, das Glück des Menschen liegt in uns selbst, in unseren Händen, nicht außerhalb unser, und die Menschen, ach … vielleicht werden sie sich in Jahrhunderten nicht ändern, ob sie der alten Religion anhangen oder ob sie Christen geworden sind! Deine Religion verheißt ein neues, großes, wunderbares Glück – aber sie ist nicht von dieser Welt und nicht für diese Welt, so lange es Menschen gibt, deren Leidenschaften in der Erde, der Macht und dem Gelde wurzeln!“

Am Abend desselben Tages in Kampanien. Stille lag über der ländlichen Villa, in welchem die Kaiserinmutter nunmehr seit zwei Wochen lebte.

Agrippina lag bereits im Bett und war fast am Einschlafen, als sie von draußen das typische Geräusch hörte, welches marschierende Soldaten in eisernen Rüstungen erzeugten.

Agrippina richtete sich auf.

Ein schweres Schwert schlug an die Außentür des Hauses.

„Aufmachen – im Namen des Kaisers“, hallte es bis in das Schlafzimmer der Kaiserinmutter.

Diese sprang aus ihrem Bett und rannte ans Fenster. Im Scheine von Fackeln sah sie ihren Sklaven Bagnio, der einem Haufen Soldaten den Zutritt zur Villa verweigerte. Doch die Männer verschafften sich gewaltsam Einlass.

Diese Frau, welche mit ihrer Hand alle Laster und Verbrechen berührt hatte, ohne dass ihre festen Nerven zitterten, begann nun Furcht und Entsetzen zu empfinden. Schweres Unheil ahnend, rannte sie zur Schlafzimmertür, riss diese auf und rief ihren anderen Sklaven, der im Gemach neben ihr schlief, zur Hilfe:

„Leo, schnell, Soldaten dringen in das Haus ein! Rette uns!“

Der Sklave rannte aus seinem Zimmer. In seiner Hand blitzte ein

Schwert. Mit wenigen Schritten war er die Treppe hinuntergeeilt, wo er im Atrium mit den Soldaten zusammenstieß.

„Wo ist die Kaiserinmutter?“ rief deren Anführer.

„Entfernt euch aus diesem Haus“, entgegnete Leo scharf, „sonst wird es euch schlecht ergehen!“

„Was willst du?“ lachte der Offizier. „Siehst du nicht, wie viele wir sind?“

„Was wollt ihr von der Herrin?“ fragte der Sklave, einsehend, dass er gegen diese Übermacht kaum etwas ausrichten konnte.

„Begreifst du das nicht?“ antwortete der Anführer der Soldaten lachend.

„Welch ein Frevel!“

„Pah! Kennst du ihr Leben? Ihre Laster? Ihre Verbrechen?“

„Nur den Göttern steht ein Urteil darüber zu, nicht euch!“

„Narr!“ schrie der Offizier. „Beiseite, sage ich, oder …“

Er schlug mit dem Schwert zu. Doch Leo parierte geschickt. Ein Dutzend Soldaten drang nun auf ihn ein. Die Schwerter schlugen aufeinander. Schließlich brach der Sklave blutüberströmt zusammen, mit seiner Leiche noch den Weg versperrend, der zu Agrippina führte.

Diese hatte den Lärm vernommen, sie hörte den Widerstand ihres Sklaven Leo, seinen Sturz, die Schritte der Soldaten, die sich ihrem Zimmer näherten. Mit dem Augenblick, da sie den Tod vor Augen sah und keine Rettung mehr erhoffen konnte, erwachte in ihrem Herzen der Gedanke, dass das Blut der römischen Cäsaren in ihren Adern rann, und einen Mantel um die Schultern schlagend, trat sie den Eindringlingen ruhig entgegen.

Der Anführer der Soldaten prallte zurück, als er sich plötzlich der Frau gegenüber sah, die einst mächtiger war als der Imperator, und die in diesem Moment stolzer erschien denn je.

„Was wollt ihr?“ fragte Agrippina. Sie maß den Offizier mit einem Blick voll Verachtung. In dessen Faust ruhte das Schwert, an dem die Blutstropfen des getöteten Sklaven schimmerten. Da öffnete Agrippina den Mantel, und die Augen zur Decke gerichtet, sagte sie mit hohler Stimme:

„Ich verfluche den Schoß, der den größten Dummkopf des Imperiums geboren hat, verfluche ihn selbst, den Purpur, Rom und das Römische Reich. Mein Blut komme über euch alle!“

Da bohrte sich das Schwert des Offiziers in ihre Brust. Blutüberströmt brach Agrippina zusammen, den Körper in unerträglichen Schmerzen am Boden windend. Ihr weißer Leib, der immer noch jugendlich schön erschien, zuckte minutenlang in den dunklen Falten des Purpurteppichs, der ihr immer schneller fließendes Blut aufsaugte, bis die Kaiserinmutter schließlich mit schmerzverzerrten Zügen ihr Leben aushauchte.

Erst dann verließ der Offizier mit seiner Eskorte die Villa, um Nero die Ausführung seines Befehls zu melden.

Kaum dass er die Nachricht vom Tode seiner Mutter erhalten hatte, ließ Nero seinen Minister Pallas zu sich rufen.

Als dieser das Arbeitszimmer des Kaisers betrat, erhob der Kaiser sich von seinem Stuhl, ging auf Pallas zu und reichte ihm die Hand.

„Wozu das, Cäsar?“ fragte der Minister und ergriff verwirrt Neros Rechte.

„Zum Abschied, Pallas.“

Der Minister wurde blass.

„Warum willst du dich von mir verabschieden, Cäsar?“

„Weil du sterben musst. Wundert dich das?“

Pallas war ein Römer, und er verleugnete seine Abstimmung auch in dem Augenblick nicht, da er dem Tod ins offene Antlitz sah. Er hob den Kopf, und Nero fest anblickend, erwiderte er:

„Nein, es wundert mich nicht! Und ich fürchte den Tod nicht!“

„Das ist gut“, entgegnete Nero, „du warst ein treuer Diener meiner Mutter. Du hast mir den Weg zum Thron geebnet, und du hast – ich muss es einräumen – die Staatsgeschäfte geschickt geführt. Es ziemt sich, die Verdienste der Verstorbenen gebührend zu ehren. Du wirst deshalb ein prächtiges Begräbnis erhalten. Ich selbst werde dir die letzte Ehre erweisen. Auch Agrippina, meine kaiserliche Mutter, wird ein schönes Mausoleum erhalten. Das Imperium soll ihr ein Denkmal setzen, und die Geschichte wird sie unsterblich machen.“

„Ist sie denn tot?“ fragte der Minister mit belegter Stimme, und als Nero nickte, ergriff Pallas plötzlich eine große Zärtlichkeit und er begriff, wie sehr er Agrippina geliebt und dass er sie für immer verloren hatte.

Nero zog unterdessen ein Fläschchen aus der Tasche und reichte es dem Minister.

„Das habe ich im Giftschrank meiner Mutter gefunden“, sagte er.

„Trinke es – und danke mir für die Ehre, dir einen solchen Tod zu gönnen.“

Pallas zauderte. Leichenblässe überzog sein Gesicht, aber keine Miene zuckte, kein Zittern verriet seine innere Bewegung.

„Ich will nicht hoffen, Pallas, dass du das Schwert des Henkers vorziehst. Ich warte, Pallas, denn ich habe mehr Zeit übrig als du.“

Der Minister seufzte tief auf. Sein Blick wanderte zum Fenster, hinaus über das ewige Rom, das im goldenen Glanz der herbstlichen Sonne badete.

Dann leerte er das Fläschchen mit einem Zug.

Octavia saß, wie schon die Tage zuvor, an ihrem Schreibtisch, um unzählige Briefe an die fernen Freunde ihres ehemaligen Verlobten zu schreiben. Flehentlich bat sie diese, Wege zu suchen, dem gefangenen Lucius Silanus zu Hilfe zu eilen. Da erschien einer ihrer Diener, um der Kaiserin den Tod ihrer Schwiegermutter Agrippina zu melden.

Octavia erhob sich ruhig von ihrem Platz und ging in die Kapelle der Vesta hinüber.

Dort sah sie zum Standbild der Schutzgöttin empor. Kein Gedanke des Hasses oder gar der Genugtuung über den Tod Agrippinas war in ihrem Bewusstsein. Kein Wort der Klage über die Verstorbene, die ihr das Leben so schwer gemacht hatte, und die sehr wahrscheinlich die Mörderin ihres Vaters und vielleicht auch ihres Bruders gewesen war, kam über ihre Lippen. Die Seele Octavias glich einem tiefen, dunklen See, der inmitten düsterer Tannen auf hohem Berge liegt, beschattet von beinahe ewiger Nacht. So wie die Tannen, die Sterne und der Himmel sich in der Fläche eines solchen Gewässers spiegeln, so spiegelte das Bewusstsein der Kaiserin sensibel alles wider, was sie um sich erlebte und erfuhr. Und so, wie nie ein Sturm die leise sich kräuselnden Wellen des einsamen Bergsees zerreißt, so trübte kein böser Gedanke das Herz der Kaiserin.

Voller Mitleid und verzeihender Gesinnung betete Octavia vielmehr für jene Frau, deren einzige Hoffnung, zu Lebzeiten zu einer Göttin erhoben zu werden, sich nicht erfüllt hatte. Wie verzweifelt musste Agrippina, den düsteren und nunmehr unabwendbaren Hades vor Augen, gestorben sein!

Einige Tage darauf ließ Nero – um Octavia zu demütigen – die sterblichen Überreste seiner Mutter in den Anlagen des Schlosses Bauli zu Neapolis beisetzen. Die Kaiserin erwies diesem Grab freilich alle nur erdenklichen Ehren. Dass ihre Schwiegermutter ermordet worden war – auf Befehl ihres eigenes Sohnes gar –, das freilich sollte Octavia erst viel später erfahren.

Doch auch damit war die Reihe der schrecklichen Nachrichten noch nicht an ihr Ende gekommen.

Es war eine linde Nacht, als ein einsamer Reiter durch die flache Landschaft um Neapolis galoppierte. Obgleich sein Pferd schon mit Schweiß und Blut bedeckt war, trieb er es immer noch zu größerer Eile an, und immer von neuem gruben sich seine Sporen in die blutigen Flanken des Rosses, das wie ein Pfeil dahinflog. Endlich leuchtete, wo die Ebene in einigen sanften Hügel sich wölbte, in der Ferne ein Palast auf, dessen Inneres noch hell im Glanz der Öllampen schimmerte. Dorthin galoppierte der berittene Diener des Senators Thrasea Paetus. Nahe dem Tor hielt er mit eiserner Gewalt das Pferd an. Nachdem er sich aus dem Sattel geschwungen hatte, schritt er schnell auf das Tor des Palastes von Bauli zu.

In kurzer Zeit wurde er von der Kaiserin empfangen. Die Nachricht, die der Diener zu überbringen hatte, war freilich die schrecklichste, welche die leidgeprüfte Octavia je entgegennehmen musste: Lucius Silanus war in einem nicht öffentlichen Gerichtsverfahren zum Tode verurteilt worden! Die bestochenen Richter hatten auf Wunsch Neros zudem die furchtbarste Todesstrafe gewählt, die das römische Recht – neben der Kreuzigung – überhaupt kannte, und Silanus zur öffentlichen Hinrichtung im Zirkus verurteilt!

Verzweifelt schrie die Kaiserin auf:

„Wann, bei Jupiter und Vesta, wann soll die Hinrichtung stattfinden, wann soll mein Geliebter der Blutgier der Menge – und vor allem der Blutgier dieser Bestie auf dem Cäsarenthron – geopfert werden?"

Der junge Bote getraute sich kaum, der Unglücklichen zu antworten.

„Schon morgen, Herrin", flüsterte er.

15. Kapitel

Blendendes Sonnenlicht leitete den neuen Tag über der Ewigen Stadt ein. Von den Albanerbergen her strich ein kühler, starker Luftzug. In einem wogenden Meere kleiner Silberwolken strahlte die Sonne und sandte ihre Strahlen auf die aufgeregte Menge um den Zirkus Maximus hernieder, welche zu den Gladiatorenkämpfen eilte.

Die Einrichtung des Zirkus war in Rom sehr populär. Wenn sich die Menschen an einem der großen Spieltage zusammenfanden, wussten sie nie, ob sie Zeuge einer blutigen Metzelei oder eines weniger grausamen Gladiatorenkampfes ohne tödlichen Ausgang werden würden. Dieses Element der Unsicherheit verlieh der Veranstaltung einen großen Reiz, der sonst so nicht hätte erreicht werden können. Auf diese Weise wurden die Massen amüsiert und bei Laune gehalten, während der sehr kleine, moralisch empfindende Teil der römischen Gesellschaft vergeblich seine Klage über die Grausamkeit der Spiele äußerte. Niemand glaubte ernsthaft, dass die blutigen Zirkusdarbietungen jemals abgeschafft werden würden.

Zwischen den Massen, die heute zu den Spielen geeilt waren, sah man diesmal besonders viele Offiziere in goldstrotzenden Uniformen und purpurgewandete Senatoren, da Lucius Silanus, der heute in der Arena sterben sollte, einer von ihnen gewesen war. Sowohl diejenigen seiner ehemaligen Kollegen, die der offiziellen Version glaubten, dass Silanus ein Feind des Staates und des Kaisers sei, als auch diejenigen Männer, die daran erheblich zweifelten, wollten Zeuge seines Todes sein. Die einen, um den vermeintlichen Verräter leiden zu sehen, die anderen, um ihm durch ihre Anwesenheit seelisch beizustehen.

Die zwanzigtausend Plätze des Zirkus waren schon nahezu besetzt, viele Menschen drängten sich aber auch noch an der Langmauer und hielten sich an den Statuen, Säulen und Tempelchen fest, die rings um den Zirkus liefen, um Gelegenheit zu haben, in bequemer Stellung eine Zeit lang die Arena zu übersehen.

Nach und nach füllte sich der Zirkus vollständig; endlich erschien Nero, jauchzend vom Volk begrüßt, und nahm auf dem Podium, einem goldenen Throne, Platz, während sich sein Gefolge – darunter Poppäa – um ihn gruppierte.

Ein halb stolzer, halb verächtlicher Blick schoss aus den geröteten Augen Neros. Wer ihn aus der Nähe sehen konnte, musste sich über sein verändertes Aussehen wundern. Aus dem einst ansehnlichen Jüngling war ein feister Mann geworden, dessen Gesicht nur zu deutlich Spuren seiner Ausschweifungen verriet. Wie er dasaß, die ringgeschmückten Hände nachlässig über die Lehnen des Thrones gelegt, den Körper müde zurückgelehnt, die Lippen hämisch verzogen und in den Augen die Erwartung des kommenden Genusses, war dieser Herrscher nun in der Tat das Symbol des römischen Despotismus schlechthin geworden. Doch noch ahnte die Mehrheit seines Volkes nicht, welcher Teufel es regierte.

Auch Senator Thrasea Paetus war in den Zirkus gekommen. Von dem Orte aus, wo er saß – unter den mit weichen Polstern ausgestatteten Plätzen, die für die angesehensten und reichsten Zuschauer bestimmt waren: die Adeligen, Senatoren und alle Personen von ritterlicher Würde – überblickte er die ungeheure Volksmenge, die das geräumige Theater füllte.

Das Fest begann mit der üblichen Einweihung des Zirkus durch die Priester. Auf goldenen Stangen trug man das Bild des Kaisers und seiner Gemahlin Octavia, umgeben von einer Anzahl von Götterbildern, durch die Arena. Das Volk jauchzte besonders beim Anblick von Octavias Gemälde, nicht ahnend, dass Nero sich bereits eine neue Frau ausgesucht hatte.

Dem Kaiser gefiel dieser seiner Noch-Gemahlin geltende Jubel naheliegenderweise ganz und gar nicht.

Ich werde mir bald etwas überlegen müssen, dachte Nero bei sich, und warf Poppäa, die noch in gebührendem Abstand zu ihm saß, einen missmutigen Blick zu. Auch ihre Gesichtszüge verrieten, dass sie verärgert war.

Endlich war der Einweihungsakt zu Ende. Es folgte eine gewisse Stille. Alle Augen richteten sich nach der kaiserlichen Loge. Man erwartete das Zeichen zum Beginn der Vorstellung.

Nachdem der Kaiser es gegeben hatte, indem er mit der Mappula, einem Taschen- oder Schweißtuch, gewunken hatte, rückten die Gladiatoren in einem feierlichen Zuge unter dem Schmettern der Trompeten in die Arena. Sie machten langsam und gemessen ihre Runde, damit die Zuschauer mit Muße ihre abgehärteten und furchtlosen Gesichter, ihre kräftigen Gestalten und muskelbepackten Arme betrachten und die Wetten eingehen konnten, welcher von diesen wohl siegen könnte.

Einer der Gladiatoren war nur mit einem dreizackigen Speer und mit einem Netz bewaffnet. Er trug keine Rüstung, bloß die Binde und eine Tunika. Er war ein starker Mann und würde mit einem stämmigen Gladiator mit rundem Schilde und Schwert, jedoch ebenfalls ohne Rüstung, kämpfen.

Dann folgten zwei Gladiatoren, die im Unterschied zu den ersteren von Kopf bis Fuß bewaffnet waren. Sie ritten auf leichten Pferden in die Arena, trugen Lanzen und runde Schilde mit eingelegten Arbeiten. Die starke, eiserne Rüstung bedeckte jedoch jeweils nur die Lenden und den rechten Arm, ihre Röcke hingegen waren kurz und gingen bloß bis auf den Sattel. Auch an den Füßen trugen sie lediglich Sandalen, die über dem Knöchel befestigt waren.

Es war beschlossen worden, dass die beiden Reiter die Szene eröffnen sollten, und auf ein von Nero gegebenes Zeichen jagten sie gleichzeitig aufeinander los, jeder seine Lanze in der Luft wiegend. Aber als der eine Reiter nur ungefähr fünf Ellen von seinem Gegner entfernt war, hielt er plötzlich sein Pferd an, machte eine kleine Wendung, und als der zweite Kämpfer vorbeischoss, stieß er seine Lanze nach ihm. Der andere fing den Stoß freilich mit zurückgehaltenem Schilde gewandt auf.

„Bravo, Vitus!“ riefen die Zuschauer.

Die Aufregung des Volkes machte sich auch durch manches wilde Rufen und Jauchzen Luft, als Vitus, der jetzt sein Ross mit nicht weniger Geschicklichkeit als sein Gegner wendete, seine Lanze auf den Helm seines Gegners richtete. Dieser hob seinen Schild, um sich zu decken, der scharf blickende Vitus aber benutzte diesen Augenblick, um ihm seine Waffe blitzschnell in die Brust zu stoßen. Sein Gegner wankte und fiel.

Das Volk, welches noch zu keiner grausamen Stimmung angeheizt war, machte das Zeichen der Gnade – den nach oben gereckten Daumen.

Als die Zirkusbeamten der Arena sich freilich dem zu Boden Gestürzten näherten, sahen sie, dass die Milde zu spät kam. Das Herz des Gladiators war durchbohrt und sein Auge schon gebrochen. Mit dem Blut, das dunkelrot in den weißen Sand der Arena strömte, war auch sein Leben ausgeströmt.

Nun traten der Gladiator mit dem dreizackigen Speer und dem Netz sowie der stämmige Gladiator mit dem runden Schild und dem Schwert zum Kampfe an. Der mit dem Schwert schlug zu, es war ein Schlag wie der eines kräftigen Schmiedes auf den Amboss. Der Gladiator mit dem Speer und dem Netz ging aber unverzüglich auf die Knie, und der Schlag ging so über seinen Kopf hinweg. Der Speerträger sprang schnell wieder auf und versetzte seinem Gegner einen gewaltigen Hieb auf die Brust. Er wankte und stürzte zu Boden, das Volk jauchzte. Diesmal wollte es keine Gnade sehen, und schon bohrte sich der Dreizack in die Brust des im Sand Liegenden.

Nachdem die Zirkusbeamten den toten Gladiator hinausgetragen hatten, und das Volk den obsiegenden Kämpfer gebührend gefeiert hatte, schritten sechs neue Kämpfer auf den Platz. Ein sehr großer Gladiator mit einem Netz und einer, sein vorgesehener Gegner, mit einem Schilde und kurzem Schwert. Zwei Kämpfer, die fast ganz nackt waren, außer dass sie je einen Gürtel um den Leib trugen und jeder mit einem schweren Schlagring bewaffnet war. Weiter waren da noch zwei Gladiatoren, die ganz in Stahl gepackt schienen und große Schilder und spitze Schwerter mit sich trugen.

Da der Kampf zwischen den beiden nahezu nackten Gladiatoren am wenigsten gefährlich schien, blieben die vier übrigen, als diese in die Mitte der Arena getreten waren, noch stehen, um erst diesen Kampf vorübergehen zu lassen, bevor sie selbst ihre Kampfhandlungen begannen.

Es konnte wohl kaum zwei unterschiedlichere Gestalten geben als die beiden Gladiatoren, die jetzt aufeinander eindrangen. Der eine war gedrungen und stämmig, ein wahrer Herkules aus Fleisch und Muskeln. Der andere war schlank, aber was ihm vielleicht an Körperkraft fehlte, das ersetzte er durch seine außerordentliche Gewandtheit.

Der Kampf zog sich längere Zeit hin und endete mit dem Sieg des Herkules. Das Volk spendete jauchzend Beifall, schenkte freilich dem unterlegenen Kämpfer ob seiner sportlichen Leistung und seines Mutes das Leben.

Dann wurde es wieder still, bis die Trompeten ertönten. Die vier Kämpfer, die bislang gewartet hatten, standen sich nun drohend gegenüber. Die Namen dieser vier Kämpfer waren den meisten im Publikum bestens bekannt. Der mit dem Netz hieß Gajus, sein vorgesehener Gegner Sosthenes, die beiden Gladiatoren, die ganz in Eisen gewandet waren, trugen die Namen Silvanus und Faustus.

Die Begeisterung der Zuschauer wandte sich zunächst dem Gajus und Sostenes zu, teils weil diese Art des Kampfes gewöhnlich die gefährlichsten Folgen hatte, teils weil sie eine große Gewandtheit voraussetzte. Der eigentümliche Helm, den Gajus trug, und dessen Visier hinabgelassen war, verbarg sein Gesicht, aber die Züge des unbehelmten Sostenes zogen durch ihre Wildheit aller Blicke auf sich. Die beiden Männer standen einige Augenblicke still, sich gegenseitig scharf beobachtend, bis Sostenes sich langsam und mit großer Vorsicht näherte, sein spitzes Schwert gerade vor sich auf die Brust des Feindes gerichtet, während Gajus, das Netz in der rechten Hand, versuchte, damit seinen Gegner zu fangen. Der Gladiator mit dem Schwert entwich jedoch durch eine schnelle Bewegung seines Körpers, er stieß dabei einen scharfen Ton der Freude aus, und drang schließlich auf Gajus ein. Dieser hatte jedoch sein Netz wieder zurückgezogen und lief jetzt mit einer Geschwindigkeit und Gewandtheit im Kreise umher, dass ihm sein Verfolger nur schwer nachkommen konnte.

Inzwischen waren aber auch die beiden anderen Gladiatoren näher aneinandergeraten und boten alle Künste auf, um sich gegenseitig einen Vorteil abzugewinnen. Der Kampf ging längere Zeit unentschieden hin und her. Wenn auch Faustus der überlegene zu sein schien, so verteidigte sich Silvanus doch ausgezeichnet. Plötzlich brachte Faustus, der ältere Gladiator, durch einen gewandten Seitenhieb dem Silvanus eine schwere Wunde bei. Das Volk jubelte.

„Vorwärts, Sostenes, vorwärts!“ rief jetzt das Volk, als Gajus nochmals sein Netz vergeblich nach seinem Gegner ausgeworfen hatte. Dieses Mal war er nicht schnell genug gewesen, es zurückzuziehen, Sostenes hatte ihm eine tiefe Verletzung am rechten Bein beigebracht, und da er jetzt nicht mehr fliehen konnte, rückte ihm sein Gegner bedrohlich immer näher. Die Länge seines Arms und seine Größe gewährten Gajus jedoch noch bedeutende Vorteile, und er hielt mit vorgestrecktem Dreizack seinen Feind noch einige Augenblicke zurück.

Faustus suchte unterdessen durch schnelle Bewegungen, Silvanus, der durch seine Verletzung unbeweglicher geworden war, an anderen, weniger geschützten Körperstellen zu verletzen. Doch Silvanus verteidigte sich immer noch wacker.

Währendessen näherte sich Sostenes dem Riesen Gajus zu ungeschützt, und als er seinen Arm zu einem gewaltigen Hiebe erhob, trafen ihn die drei Spitzen der gefährlichen Waffe mitten in die Brust! Er sank auf die Knie. Im nächsten Augenblick war das Netz über ihn geworfen. Vergebens waren seine Bemühungen, es abzustreifen, und nochmals durchbohrte ihn der fürchterliche Trident! Sein Blut strömte durch das Netz und rötete den Sand! Er ließ die Waffen sinken, ein Zeichen, dass er sich für besiegt erklärte.

Der siegende Gajus zog sein Netz zurück und erwartete den Beschluss der Menge, indem er seinen Blick die Reihen entlang gleiten ließ. Auch der besiegte Gladiator ließ seine verzweifelten Blicke in der Versammlung flehend umherirren, aber überall begegnete ihm nur der Ausdruck der Grausamkeit und Schadenfreude! Keine Hand, selbst keine weibliche, gab das Zeichen der Gnade und des Lebens!

Das Volk war bluthungrig geworden; es verlangte ein Opfer! Die Entscheidung Neros, der ebenfalls seinen rechten Daumen nach unten hielt, gab es ihnen schließlich.

Dafür zeigten sich die Zuschauer, deren Blutdurst nun vorläufig gestillt war, mit Silvanus, der tapfer gekämpft, aber verloren hatte, gnädiger. Sie schenkten ihm das Leben.

Nachdem die drei Gladiatoren die Arena verlassen und der Leichnam nach draußen getragen worden war, bemerkte man in der Versammlung eine allgemeine, anwachsende Anspannung. Jeder ließ sich wieder auf seinen Sitz nieder. Es wurde relativ still.

Eine der Gittertüren am Rande des Zirkus öffnete sich, und langsamen Schrittes kam Lucius Silanus in die Arena. Die Strapazen der letzten Wochen hatten seine Kräfte sichtlich erschöpft. Er schritt mühsam weiter, links und rechts von ihm gingen zwei Gladiatoren.

Diese banden den ehemaligen Verlobten ihrer Kaiserin in der Mitte der Arena mit dem Rücken an einen vorbereiteten hohen Pfahl.

Nachdem sich die beiden Gladiatoren zurückgezogen hatten, wurde ein zweites Gittertor lautstark in die Höhe gezogen.

Aus dem Dunkel wurde ein schwarzer Stier freigelassen, der wild schnaubend durch die Arena jagte. Dabei wirbelte er Wolken von Staub auf. Drei-, viermal rannte er durch den Zirkus, da richtete er seine dunklen Augen auf Lucius Silanus, der wiederum ihn ängstlich fixierte.

Atemlose Stille der Erwartung folgte. Zornig den Boden peitschend, schritt der Stier auf sein wehrloses Opfer zu, blieb stehen und senkte den Kopf zur Erde.

Da schrie plötzlich einer der Senatoren – es war Thrasea Paetus –, übermenschlich durch die Qual der Erregung, in die Arena hinab:

„Silanus, mein Freund – wenn du wirklich ein Christ bist, dann schwöre jetzt deinem Glauben ab, um dein Leben zu retten!"

Silanus wandte den Kopf und sah zu der Stelle, von wo der Ruf gedrungen war. Sein Blick traf die Augen des Senatoren, die wie im Fieber auf ihn gerichtet waren. Ein schmerzliches Lächeln umspielte die Lippen des Gefesselten. Silanus schüttelte das Haupt. Dann sah er wieder zu dem Stier hin, der inzwischen mit den Hufen scharrte.

Erst durch die gerufenen Worte des Senators Thrasea Paetus war der Mehrheit der Zuschauer zu Bewusstsein gekommen, dass der Todeskandidat da unten angeblich ein sogenannter Christ war. Das Volk wusste fast nichts über diese neue Religion – und der Grund der Verurteilung war ihm egal. Die Menge war begierig, weiteres Blutvergießen zu sehen, und so begann sie den Stier durch Geschrei aufzureizen.

Rasend gemacht durch den Lärm stürmte der Stier schließlich auf sein gefesseltes Opfer los.

Da geschah in Sekundenschnelle etwas Unerwartetes. Ein junger Mann schwang sich über das Geländer des Podiums, und stürzte, kaum dass seine Füße den Boden berührten, dem Stier entgegen. Durch den plötzlich auftauchenden Gegner stutzig gemacht, hielt der Stier mit einem Ruck in seinem Lauf inne. Einen Moment standen sich Tier und Mensch gegenüber, und erst jetzt vermochte man den wohlproportionierten, geschmeidigen Körper des Mannes zu bewundern, der augenscheinlich ein Sportler oder Gladiator war. Freilich trug er weder Panzer noch Beinschienen. Um seinen linken Arm hatte er ein rotes Tuch gewickelt, die rechte Faust hielt ein Schwert.

„Wer ist das?“ flog es durch die Reihen der Zuschauer. Aber niemand erkannte ihn. Auch der Kaiser nicht. Denn wie zum Schutze hielt der Jüngling ständig das Tuch vor sein Gesicht.

Die erste Verwirrung des Stieres war indes vorüber. Der junge Mann, bestrebt, die Wut des Tieres von Lucius Silanus abzuwenden, lief im Kreise um den Stier herum, immer das rote Tuch vor sich haltend, was den Zorn des Stieres immer mehr aufstachelte.

Schon hatte der kühne Kämpfer das Tier an den Rand der Arena gelockt; dann stand er still. Der Stier raste auf den Mann los. Doch in dem Moment, da die Hörner seinen Leib berühren mussten, sprang der Jüngling gewandt zur Seite. Sein Schwert bohrte sich blitzschnell in den Körper des vorbeisausenden Tieres. Sofort wendete dieses. Mit blutunterlaufenen Augen stürmte es abermals auf den Gegner zu. Wieder dasselbe Schauspiel. Da, als der Stier erneut knapp vorbei rannte, hatte der junge Kämpfer nicht mehr Zeit, das Schwert zurückzuziehen. Es blieb im Körper des Tieres stecken, das sich blutüberströmt wieder zum Angriff wandte. Das Volk klatschte rasend Beifall.

Was wird er jetzt tun? fragte sich die Menge.

Der junge Unbekannte zog einen Dolch, den er bislang verborgen gehalten hatte, hervor, wich einige Schritte zurück, und in dem Augenblick, da das wütende Tier von neuem angerast kam und seine Hörner dicht vor seinem Gegner den Boden aufwühlten, setzte dieser mit atemberaubender Geschicklichkeit den rechten Fuß zwischen die Hörner und flog so, von dem Kopfe des Kolosses in die Höhe geschleudert, einen Purzelbaum schlagend, durch die Luft. Ehe der Stier sich umgedreht hatte, stand der junge Mann schon wieder mit beiden Beinen auf dem Boden. Das Volk vergaß vor Staunen zu jubeln und zu klatschen. Diese Kühnheit und Geschicklichkeit war wirklich unfassbar! Atemlos folgten alle Augen den nächsten Bewegungen des Stieres. Wieder flog der Unbekannte in die Höhe, aber das Tier rannte diesmal nicht weiter, sondern hielt mitten im Lauf inne, den Herabfallenden aufzufangen. Doch dieser landete geschickt, in sitzender Position auf dem Rücken des Stieres. Blitzschnell hielt der Mann sich an der dichten Mähne des Stiers fest, dann stach er drei-, viermal den spitzen Dolch in den Hals des Tieres. Dieses jagte mit seinem tollkühnen Reiter noch einmal um die Arena, stand dann abrupt still, und am ganzen Körper zitternd, brach es endlich zusammen, indes sein Bezwinger von seinem Rücken sprang. Im Eifer des Kampfes hatte er sein rotes Tuch verloren, so dass er sich nicht mehr damit verbergen konnte, was das Interesse der Zuschauer, wer dieser kühne Held wohl sein mochte, schier ins Unermessliche steigerte. Kränze fielen in die Arena, Blumen bedeckten den Boden.

Der junge Unbekannte aber schritt schweigend auf den gefesselten Lucius Silanus zu, der ihn ungläubig anstarrte, und rief dann, zum Volk gewandt: „Gnade!"

Jetzt erst – an seiner Stimme – erkannte Nero, der dem ganzen Schauspiel atemlos gefolgt war, den tollkühnen Helden da unten.

„Das ist ja mein Gladiator Sextus!" rief er überrascht. „Wie kommt der dazu ...? Ich hatte ihm doch nach seinen Siegen in Korinth die Freiheit geschenkt ..."

Weiter kam der Kaiser nicht.

Denn schon schrie die ganze Menge wie aus einem Munde:

„Gnade! Gnade!"

Nero zögerte. Doch da warf Poppäa dem mutigen Sextus schon die Rosen aus ihrem Haar hinunter, und die Sanaviraria – das Tor der Lebenden – öffnete sich, um den Sieger und den Geretteten in die Freiheit zu entlassen.

Da blieb dem Kaiser schier nichts anderes übrig, als den Daumen seiner rechten Faust gen Himmel zu recken, zum Zeichen, dass er Lucius Silanus begnadige!

Nero sollte diese von der Stimmung im Zirkus getragene Entscheidung freilich schon bald bereuen!

Sextus löste dem Mann, der soeben noch dem sicheren Tode ins Antlitz geblickt hatte, die Fesseln. Wie im Traum betrachtete dieser ihn dabei. Seine Augen dankten dem Retter mehr, als es die Lippen vermochten.

„Wer bist du?" fragte er nur. „Warum hast du das für mich getan?"

Sextus schwieg freilich. Er bot dem Geretteten nur stumm seine Schulter, dass er sich auf ihn stützen konnte.

Doch noch ehe er einen Schritt zu gehen vermochte, presste Silanus plötzlich die Hand gegen seine Brust. Er taumelte und brach zusammen.

Sextus hob den Bewusstlosen hoch und trug ihn – unter dem Jubel und dem Blumenregen des Volkes – aus dem Zirkus hinaus.

Als Silanus die Augen aufschlug, fiel sein Blick auf eine Anzahl syrischer Teppiche, die rings um sein Ruhelager die Wände einhüllten, matt erleuchtet von einer buntfarbigen Ampel, die ihr Licht um den kleinen Raum spann.

Im ersten Augenblick wollte er sich erheben, fiel aber mit einem dumpfen Schmerzenslaut wieder zurück. Sein Kopf brannte wie Feuer. Unwillkürlich griff er mit der Hand nach der Stirn. Sie war glühend heiß.

Und nun kam auch die Erinnerung. Er entsann sich des Zirkusrundes, der bunten, schreienden Menschenmenge, wie er an den Holzpfahl gebunden, und der wütende Stier in die Arena gelassen wurde – und seiner Rettung durch jenen unbekannten, tapferen Mann.

Wann sich das alles wohl zugetragen haben mochte?

Silanus wusste es nicht zu sagen. Lange konnte es her sein. Vielleicht aber war es auch erst gestern geschehen.

Dann bestürmten Silanus die verschiedenartigsten Gedanken. Wer war sein Retter? Was waren seine Motive, ihm zu helfen? Hatte er ihn hierhergebracht?

Stöhnend versuchte er wieder, sich zu erheben.

Aber es war unmöglich.

Wo befand er sich? Bei Freunden? Bei Feinden? War er gefangen? Er begriff nicht, warum man ihn in ein so enges Gemach gelegt hatte. Die Teppichwände drohten ihn schier zu ersticken.

Er lauschte.

Stand etwa eine Wache draußen?

Er hörte nichts.

War überhaupt ein lebendiges Wesen hier? Hatte man ihn vergessen?

Lange lag er regungslos, die heißen Augen in das bunte Licht gerichtet, das die Ampel über sein Gesicht goss.

Da war es ihm, als schritte jemand über den Teppich des Vorraums.

Er stützte das Haupt in die Hand und horchte.

Da wurde ein Vorhang von einer breiten männlichen Hand zurückgeschlagen, und sein Retter, der unbekannte Held, trat leise ein.

Als er sah, dass Silanus erwacht war, blieb er am Eingang stehen, zaudernd, ob er eintreten oder umkehren sollte.

Doch dann trat er, rasch entschlossen, auf das Lager zu, und seine Finger fuhren prüfend über die Stirn des im Bett Liegenden.

Silanus empfand diese Berührung als angenehm, und instinktiv ergriff er die Hand, um sie seinem Retter zu drücken.

„Ich danke dir", sagte er. „Ich weiß nicht, wer du bist und warum du mir geholfen hast, aber ich danke dir von Herzen!"

„Leidest du?" fragte der Unbekannte.

Seine Stimme klang sympathisch.

Silanus schüttelte den Kopf.

„Ich habe Fieber und mir ist übel. Sicher eine Folge der erlittenen Strapazen – aber ich lebe. Und das verdanke ich dir! Offensichtlich hast du mich auch gepflegt. Danke auch hierfür, wer immer du bist. Vielleicht hat ein gütiger Gott dich zu mir gesandt. Vielleicht ist aber alles auch nur ein Traum, ein flüchtiger Traum, kurz bevor der Stier mich auf seine Hörner nimmt, weil ich gar nicht gerettet wurde."

Der junge Mann schwieg, ein freundliches Lächeln umspielte seinen Mund.

„Du träumst nicht, Lucius Silanus“, sagte er schließlich. „Ich heiße Sextus.“

„Sextus … ich danke dir … Sextus.“

Er sprach diesen Namen mit unüberhörbarem Respekt.

„Wie bin ich hierhergekommen?“

„Ich hob dich aus dem Sand der Arena, wo du zusammengebrochen warst, und brachte dich hierher zu mir.“

„Zu – dir?“

Sextus nickte.

„Ja. Du befindest dich in meinen Gemächern. Hier bist du sicher vor den Häschern Neros, der deine Begnadigung und Freilassung gewiss schon lange bedauert!“

„Das mag sein“, stöhnte Silanus. „Aber warum brachtest du mich nicht zu einem meiner Freunde, die im Zirkus waren? Handeltest du nicht in ihrem Auftrag, als du mich rettetest?“

„Von deinen Freunden weiß ich nichts“, erwiderte Sextus. „Ich trug dich zu deinem Schutz so schnell von jenem blutigen Ort fort, dass niemand mich aufhalten konnte, auch keiner deiner Freunde. Und wenn du fragst: Ich handelte im Auftrag meines Herrn!“

„Wer ist dein Herr?“

„Mein Herr ist der Herr der ganzen Welt, Jesus Christus!“

Silanus blickte irritiert.

„Du – bist – ein Christ?“

„Ich bin Christ.“

Das Gesicht des Silanus verfinsterte sich ein wenig.

„Ich bin aber keiner von euch. Nur durch Zufall geriet ich in jene Katakombe, wo ihr euch versammelt habt und von wo weg ich verhaftet wurde."

„Ich weiß, dass du keiner von uns bist", erwiderte Sextus. „Aber das tut nichts zur Sache! Du warst in Not, in großer Not!"

„Das war ich wirklich", sagte Silanus, „aber woher kommt es, dass du so stark und geschickt bist und mit diesem Ungetüm kämpfen und es besiegen konntest?"

„Ich war Gladiator", antwortete Sextus, „sogar der Lieblingsgladiator des Kaisers."

Nicht der geringste Hauch von Stolz war aus seinen Worten zu hören.

„Dann bist du Sextus, der Held von Achaja, der Sieger der isthmischen Spiele im Lande der Griechen!" rief Silanus voller unverhohlener Ehrfurcht und Begeisterung aus.

„Das alles bedeutet nichts", wehrte Sextus ab. „Es ist Vergangenheit! Ich denke nicht mehr an den Ruhm der Welt, der Schall und Rauch und zu nichts nutze ist. Wenn ich an mein Leben denke, beweine ich nur meine großen Sünden! Wie viele Menschen habe ich bei den Gladiatorenkämpfen und in den sportlichen Wettkämpfen getötet! Aber ich habe Verzeihung für meine Verbrechen gefunden und meine Seele reingewaschen im Blute des Lammes!"

„Du bedauerst deine glänzenden Siege?"

Silanus war sichtlich verblüfft. Er konnte kaum glauben, was er hörte.

„Ich bedaure alles, was ich in meinem Leben tat, bevor ich Christus gefunden habe", sagte Sextus. „Ich führte das typische Leben eines Gladiators. Mein Leben bestand nur aus Fressen, Saufen, Weibern und Gewalt! Glücklich hat mich das aber nicht gemacht! Als ich in Achaja als äußerlich strahlender Sieger geehrt wurde, stand ich in Wirklichkeit kurz davor, meinem verpfuschten Leben ein Ende zu bereiten! Aber dann ist Jesus in mein Dasein getreten – und ein neues Leben begann."

Silanus schwieg. Alles, was sein Retter ausführte, war ihm fremd, klang wie aus einer anderen Welt. Aber es faszinierte den Oberst auch – auf eine unerklärliche Weise.

„Ich schlage dir vor, hier zu bleiben, bist du vollständig genesen bist", sagte Sextus, „dann kannst du dich zu einem deiner Freunde begeben. Bedenke freilich, dass Nero dich dort vielleicht suchen lässt. Es wäre daher besser, wenn du bei einer christlichen Familie Zuflucht nimmst und dort bleibst, bis Gras über deinen Fall gewachsen ist und du nicht mehr in Gefahr bist."

„Ihr würdet mich aufnehmen und mir Schutz bitten, obwohl ich keiner von euch bin?" fragte Silanus fast ungläubig.

„Natürlich würden wir das tun!" antwortete der ehemalige Gladiator knapp.

„Ja, vielleicht hast du recht", sinnierte der Oberst, „es könnte wirklich zu gefährlich sein, bei einem meiner Freunde Unterschlupf zu suchen ..."

Nach einer Weile fragte er:

„Wer hat euch Christen überhaupt auf mein Schicksal, meine Gefangennahme, meine Einkerkerung und das Todesurteil gegen mich, aufmerksam gemacht, so dass ihr meine Rettung ins Auge fasstet?“ fragte Silanus

„Eine Glaubensschwester hat uns römischen Christen erzählt, was dir widerfahren ist“, antwortete Sextus. „Ihr Name ist Myrrha, sie ist eine der Dienerinnen der Kaiserin Neapolis.“

Ein Lächeln huschte über das Gesicht des Oberst. Leise flüsterte er mit einem Ausdruck zärtlicher Liebe den Namen seiner einstigen Verlobten.

Zur selben Stunde – draußen dunkelte es bereits – eilte die Sklavin Myrrha raschen Schritts ins Gemach ihrer Herrin.

„Verzeih, Hohe Frau“, rief sie fast außer Atem, „aber ich habe wunderbare, glückliche Nachrichten. Soeben erfuhr ich von einem Glaubensbruder hier aus der Stadt, dass in Rom Oberst Lucius Silanus gerettet wurde!“

Immer wieder Luft holend, erzählte die Dienerin, was sich im Zirkus Maximus ereignet hatte. Als Myrrha schließlich geendet hatte, streckte die Kaiserin ihre Arme empor und bewegte die Lippen, mit leuchtenden Blicken Dankesworte an die Götter suchend. Aber – merkwürdig –, ihre Lippen fanden die Worte des Gebetes nicht.

„Vielleicht ist mein Herz zu voll von seligen Gefühle und zu aufgeregt, dieser wunderbaren Geschehnisse wegen“, flüsterte Octavia endlich, „aber ich kann nicht beten, nicht danken … Willst du nicht, liebe Myrrha, deinem Gott an meiner Statt Lob und Preis sagen, zumal ich auch dir und deinen Glaubensgeschwistern die Rettung des Oberst verdanke?“

Noch bevor Myrrha die Bitte der Kaiserin erfüllen konnte, ertönten plötzlich laute Stimmen von draußen – man hörte das stampfende Geräusch marschierender Soldaten, flackerndes Fackellicht warf seinen Schein in das Zimmer herauf.

Die Kaiserin lauschte einen Augenblick, dann ging sie schnell zum Fenster, riss dasselbe auf und blickte hinunter. Die Sklavin Myrrha trat neben sie. Nun sah auch sie, dass eine ganze Prätorianerstaffel den Eingang des Palastes umstellt hatte.

Man hörte einzelne Stimmen, welche im Namen Neros Befehle riefen. Octavia stand zunächst in starrer Verwunderung da – sie schien die Vorgänge vor dem Gebäude nicht zu begreifen, dann aber erfasste sie mit der einen Hand den Arm ihrer Dienerin, um sie vom Fenster fortzuziehen. Mit erstickter Stimme sagte sie:

„Diese Männer sind gekommen, mich zu verhaften! Sie werden mich nach Rom bringen und dort wird Nero vor dem Staatsgerichtshof der Patres Conscripti gegen mich den Prozess wegen angeblichen Ehebruchs eröffnen lassen. Vor aller Welt soll ich als sündhaftes Weib dastehen, damit er sich von mir trennen und Poppäa Sabina ehelichen kann!"

„Du musst fliehen, Hohe Frau", rief Myrrha.

„Aber vielleicht habe ich bei dem Prozess die Möglichkeit, der Welt die Augen zu öffnen, welch ein Tyrann auf dem römischen Cäsarenthron sitzt", überlegte die Kaiserin.

„Aber nein! Man wird dich bei dem Prozess nicht zu Wort kommen lassen", widersprach die Sklavin, „man wird deine Ehre beschmutzen, und das endgültige Urteil der bestochenen Richter wird dein Tod sein. Du musst fliehen, Herrin, nur so kannst du dem römischen Volk von Nutzen sein. Oberst Silanus lebt! Du wirst ihn wiederfinden! Mit ihm und anderen Freunden und Gutgesinnten wirst du vielleicht eine Gelegenheit bekommen, den Despoten Nero zu stürzen! Aber jetzt musst du erst einmal fort von hier!"

Als Octavia zu zögern schien, fuhr Myrrha eindringlich fort:

„Bedenke, Herrin, du hast noch viele Jahre des Wirkens vor dir – Jahre, die du Gott und deinem Volk schuldig bist. Der Ewige hat Lucius Silanus gerettet – und er will jetzt auch dich retten! Begreifst du nicht Gottes heiligen Willen? Du sollst nicht sterben, denn in deinem Herzen keimt und sprießt die Hoffnung auf ein besseres, gesegnetes Dasein. Dein Tod wäre unnütz und ein Vergehen. Nur als Lebende kannst du dem Volk dienen, dessen Kaiserin du bist."

„Du hast recht, liebes Kind!" sagte Octavia schließlich, „die glückliche Rettung von Lucius Silanus ist mir moralische Verpflichtung! Aber wie wäre mir hier und jetzt eine Rettung möglich?"

„Leicht, Herrin, wenn Gott seinen Beistand leiht", rief die Dienerin, „wir machen es wie einst, hier – nimm mein Kopftuch", Myrrha begann sich zu entkleiden, „tausche deine Kleidung mit mir, und gib mir dein Diadem, deine Schuhe. So!" Während sie der Kaiserin half, das schlichte Gewand einer Sklavin anzuziehen, erklärte sie: „Ich bleibe hier in deiner Kleidung. Man wird mich mit dir verwechseln und mich verhaften, bis dahin bist du längst in Sicherheit. Du wirst ohne jede Schwierigkeit das Schloss verlassen, denn es ist schon dunkel. Wähle den hinteren Ausgang, der zum Park hinausgeht. Nimm zwei, drei starke und waffenerprobte Sklaven zu deinem Schutz mit, und wähle deinen besten Wagen, deine schnellsten Pferde – aber Eile, Eile ist geboten", sagte sie immer dringender, „jeden Augenblick können die Soldaten Neros hier sein, dich zu verhaften!"

Während Octavia ihrer Dienerin zögernd das kostbare Diadem aufsetzte, fragte sie voller Sorge:

„Aber du, liebe Myrrha, bringst du dich nicht in Gefahr, wenn die Schergen Neros dich für mich halten?"

„Kaum", erwiderte die Dienerin, „sie werden mir nichts tun. Die Soldaten werden mich, im Glauben, ich sei die Kaiserin Octavia, verhaften und nach Rom bringen – und dort wird sich der Irrtum schnell aufklären."

„Und wenn die Soldaten diese Verwechslung doch sofort durchschauen? Dann wird man dich vielleicht töten. Ich kann dieses Risiko nicht zulassen!"

„Die Soldaten haben dich sicher nie aus der Nähe gesehen, Herrin. Sie werden meine Verkleidung nicht als solche erkennen! Außerdem wollen die Schergen nicht dein Blut, Kaiserin, sie haben den Befehl, dich zu verhaften und in die Hauptstadt zu bringen! Sie wollen dich – nicht das unbedeutende, unbekannte Mädchen! Mir wird nichts geschehen, sei beruhigt!"

„Die Wut Neros wird sich in Rom über dir entladen, wenn er erfährt, dass du die Hand zu meiner Rettung geboten hast!"

„Ach, so schlimm wird es nicht werden, Hohe Frau! Ich werde sagen, dass du mich unter Schlägen dazu gezwungen hast …" Myrrha lachte. „Nun erkennst du, Herrin, warum Gott mich in deinen Palast geführt hat! Um diesen Liebesdienst für dich zu leisten! Nun ist nur wichtig, dass du fliehen kannst und heil zu deinen Freunden in Rom gelangst, wo du sicher auch bald Lucius Silanus wiederfinden wirst! Zusammen müsst ihr Rom von dem Tyrannen befreien!"

Die Gedanken Octavias verwirrten sich, sie presste die Hände an ihre brennende Stirn, um ihr Gehirn zu ruhiger Arbeit zu zwingen und ihrem Geist einen rettenden Gedanken abzuringen, – aber vergeblich –, alles in ihr tobte und wogte wild und unklar durcheinander. Während ihre Denkkraft ihr den Dienst versagte, traten vor ihren inneren Blick in lebendiger Klarheit die Bilder ihrer Vergangenheit; sie sah den toten, starren Körper ihres Vaters auf dem Sterbebett, sah ihren Bruder Britannicus, in dessen Adern das todbringende Gift geflossen war, sah all die anderen vor ihrem geistigen Auge, die Nero getötet hatte oder töten ließ – und kalte Schauer rieselten durch ihre Glieder. Ja, der Despot, der alles das zu verantworten hatte, weil es durch ihn, auf seinen Befehl oder für ihn geschehen war, musste weg! Rom musste von ihm befreit werden! Von wahnsinniger Anspannung getrieben, ging die Kaiserin im Zimmer einige Schritte auf und ab. Vielleicht hatte das Schicksal ja wirklich sie ausgewählt, ihren Teil zum Sturz Neros beizutragen?

„Gut!" flüsterte Octavia schließlich. „Dann sei es so, wie du sagst! Möge dein Gott uns helfen!"

Die Kaiserin umarmte ihre Dienerin, die ihr zur Freundin geworden war, noch einmal herzlich.

Kaum hatte Octavia den Raum schnellen Schritts verlassen, erscholl ein Krach – wie berstendes Glas und zersplitterndes Holz – irgendwo im unteren Stockwerk. Schwertergeklirre erfüllte die Luft, das laute Wehgeschrei von Sklavinnen und Sklaven war zu vernehmen.

„Räuber dringen in das Haus ein!“ rief eine Frauenstimme, „flieht – rettet euch!“

„Nein!“ riefen andere, männliche Stimmen, „es sind Prätorianer, Soldaten, die sind unserem Herrn Nero untertan! Sie werden uns nichts tun!“

Während einige aus seinem Haushalt zu fliehen schienen, stellten sich andere den Eindringlingen entgegen.

Das Geräusch aufeinanderprallender Schwerter und Rüstungen war zu hören, zudem gerufene Befehle und Schmerzensschreie.

Nach mehreren Minuten stürmten einige Soldaten unter ihrem Anführer in das Gemach der Kaiserin, in dem sich Myrrha inzwischen auf einem Thronsessel Octavias niedergelassen hatte.

„Was wollt ihr von mir, Männer“, fragte sie die Soldaten so voller Würde, als sei sie in die Rolle einer Fürstin hineingeboren worden.

„Dein Blut, Octavia!“ antwortete ihr der Anführer der Prätorianer, und richtete sein Schwert auf die Brust der Sklavin, die er für die Kaiserin hielt.

„Du willst mich verhaften?“ fragte Myrrha ganz ruhig. „Wer gab dir den Befehl für diesen Frevel?“

„Ich stehe unter dem Befehl des Imperators!“ rief der Soldat. „Aber sein Befehl lautet nicht, dich zu verhaften, sondern dich unverzüglich zu töten!“

So sehe ich gleich meinen Erlöser, ging es der Christin durch den Sinn, und sie wunderte sich selbst darüber, wie furchtlos sie blieb.

Hoffentlich hatte die gute Kaiserin genügend Zeit, sich in Sicherheit zu bringen, dachte sie noch! Dann hat mein Tod einen Sinn!

Die Dienerin lächelte geheimnisvoll.

Der Soldat sah ihr Gesicht, ihren Hals, an dem die Schlagader heftig pochte, ihr Dekolletee.

Nickte sie?

Der Anführer der Prätorianer schloss die Augen. Dann stach er zu.

Von all dem ahnte Octavia nichts. Sie saß in ihrer Kutsche. In stürmischer Eile sausten die Rosse, welche das Gefährt zogen, romwärts. Nach gewisser Frist machte man Halt. Die Pferde drohten zu unterliegen. Die zwei Sklaven, welche die Kaiserin begleiteten, erquickten die Tiere mit Wasser und Brot und rieben sie mit Ulmenlaub ab. Dann setzte man die Flucht mit nur wenig gemäßigter Schnelligkeit fort. In einigen Stunden würde man eine Herberge ansteuern müssen, um die Pferde auszuwechseln und sich mit Trank und Nahrung zu versehen.

16. Kapitel

Sextus hatte Silanus in ein einfaches Haus außerhalb Roms gebracht, in dem der ehemalige Senator Flavius Soranus und seine Gattin Metella lebten. Flavius Soranus hatte vor einigen Jahren seine in unmittelbarer Nachbarschaft zur kaiserlichen Burg gelegene schöne Villa verkauft, seinen Sklaven und Sklavinnen die Freiheit geschenkt, schließlich die eine Hälfte seines stattlichen Vermögens unter seinen erwachsenen Söhnen aufgeteilt und die andere Hälfte unter den Armen der Stadt verteilt. Dann war er mit seiner Frau in diese neue bescheidene Behausung auf einer Anhöhe bei Albanum gezogen. Davon hatte Silanus von Ferne gehört; aber er hatte nicht geahnt, was der wahre Grund für diesen ungewöhnlichen Lebensstil des Senators emeritus war, nämlich dass dieser und seine Frau Christen geworden waren.

Flavius Soranus und seine Gattin Metella empfingen Silanus mit großer Herzlichkeit. Die Hausherrin hatte ihm ein schlichtes, aber penibel sauberes und geschmackvoll eingerichtetes Zimmer hergerichtet, da das alte Ehepaar über keinerlei Dienerinnen und Diener mehr verfügte und alle Handgriffe selber erledigen musste.

Auch das Abendmahl, zu dem das Ehepaar den Oberst kurz nach seiner Ankunft einlud, war schlicht, aber liebevoll bereitet. Auf dem Tisch lagen mit Anis bestreute Brote neben verschiedenen Käsen. Mischkrüge voll Wein und Wasser standen neben Körben mit diversen Früchten. In grünen und gelben Tonschüsseln mit schwarzen Verzierungen lagen Oliven und eingelegte Artischocken, zudem Muscheln, Bohnen und in Kümmel gekochte Schnecken.

Bevor sich das alte Ehepaar mit seinem Gast zu Tische setzte, blieben sie vor ihren Stühlen stehen und sprachen ein kurzes Gebet, in dem sie Jesus Christus für das Mahl dankten und ihn baten, auch die Hungrigen der Welt mit seinen Gaben zu beschenken.

Flavius Soranus und seine Frau taten dies so still, einfach und unaufdringlich, dass Silanus sich in keinerlei Weise unangenehm berührt fühlte.

Als Silanus am nächsten Vormittag in die Küche gehen wollte, um Wasser zu holen, widerfuhr ihm etwas, was ihm zunächst sehr peinlich war. Im Wohnraum lag Flavius Soranus gegen das Fenster gewandt auf den Knien, die Hände zum Gebet erhoben. Silanus stammelte eine Entschuldigung, aber Flavius Soranus lächelte nur freundlich und blieb unverändert knien, als sei gar nichts geschehen. Der Oberst ließ sich reichlich Zeit in der Küche, als er jedoch durch den Wohnraum zurückkam, kniete der ehemalige Senator immer noch dort und betete.

Wenig später sprach Silanus seinen Gastgeber und früheren Senatskollegen darauf an.

„Es tut mir leid, dass ich dich vorhin gestört habe."

„Ach, das macht nichts", erwiderte Flavius Soranus leichthin, „ich fühlte mich nicht gestört."

„Ich verstehe, dass ihr Christen keine Tempel habt und eure Gottesdienste in Wohnhäusern oder den Katakomben feiert", begann Silanus sich vorsichtig an seine Frage heranzutasten, „aber ich verstehe nicht, warum ihr außerhalb eurer Gottesdienste betet. Solch ein persönliches und privates Beten ist in den Religionen, die ich kenne, eher ungewöhnlich."

„Nun, ganz fremd ist es den heidnischen Religionen doch nicht", meinte der Senator, „meine Mutter betete auch oft ganz für sich alleine zur Göttin Juno."

„Ja, natürlich", gab Silanus zu, „doch bei den Römern geschieht das selten und nur, wenn sie ein besonderes Anliegen haben. Hast du ein besonderes Anliegen, Flavius Soranus?"

Der Gefragte antwortete:

„Nun ja, man hat ja eigentlich immer Anliegen, man betet für die Familie, die Gemeinde der Christgläubigen, die ganze Welt. Doch oft spreche ich auch nur so zu Gott …"

„Ihr Christen – sprecht ihr denn Gebete, nur um zu beten?"

„Nur um zu beten – wie meinst du das?"

Der Senator sah etwas verdutzt aus.

„Man unterhält sich doch auch mit seinen Mitmenschen, nur um mit ihnen zusammenzusein, weil man sie gerne mag und es schön findet, sich mit ihnen zu unterhalten."

„Ach so, in dieser Art …"

Silanus war verblüfft. So ein inniges Verhältnis hatten Christen zu ihrem Gott?

„Aber dann war es doch doppelt unangenehm, dass ich dich gestört habe."

„Aber nein doch. Es ist etwas anderes, wenn es sich um Gott handelt, weißt du. Denn Menschen stören ihn ja nicht."

„Wie meinst du das?"

„Ja, wenn man sich gerade innig mit einem Menschen unterhält, so stört es oft schon, wenn jemand dazukommt – aber bei Gott? Die Sache ist doch die, dass wir in ihm leben und sind; alles ist in ihm. Als du aus deinem Zimmer kamst und an mir vorbeigegangen bist, um mir etwas zu sagen und dann in die Küche zu gehen, da war das alles aufgehoben in Gott!"

„Ist dein Gott überall?" fragte Silanus. „Die Götter der Römer leben auf dem Olymp …"

„Ja, der wahre Gott durchdringt seine Schöpfung, die Himmel und die Erde, ganz und gar. Er ist allgegenwärtig und allmächtig, denn er ist reiner Geist. Er ist auch in dir, in jeder Faser deines Seins. Er ist überall. Darum ist er immer auch dort, wo du bist, und sieht dir zu und hört alles, was du und ich ihm sagen. Genau wie die Sonne, verstehst du – die ist auch hoch droben am Himmel und trotzdem ist sie hier im Raum und draußen, im Garten, und überall."

„Ach – dann ist Gott also die Sonne? Das lehrten auch die alten Ägypter, die den Gott Ra mit der Sonne identifizierten. Das sagen auch die Anhänger des Mitraskultes, welche die unbesiegbare Sonne, den Sol invictus, als Gott verehren. "

„Nein –", erwiderte Flavius Soranus entschieden, „Gott ist der, der die Sonne, den Mond und alle Sterne geschaffen hat – die ganze Welt, alle Pflanzen, Tiere und Menschen."

Zu Donna Metella, der Gemahlin des Senators Flavius Soranus, kamen am nächsten Tag mehrere Frauen verschiedenen Alters, alles Glaubensschwestern, wie es schien. Sie saßen im großen Wohnraum des Hauses, tranken Most und Honigwein, und unterhielten sich auch dann noch angeregt durch zwei offene Türen mit der Gastgeberin, wenn diese in der Küche hantierte, so dass Silanus es gar nicht vermeiden konnte zu hören, was sie sagten. Sie redeten über die Angelegenheiten und Sorgen anderer christlicher Familien. Sie taten das voller Liebe und Verständnis, und Silanus hatte den Eindruck, dass diese Frauen ein recht unkompliziertes, wenn auch von hohen Werten getragenes Verhältnis zu den Dingen des Lebens hatten.

Am Abend hielt sich das alte Ehepaar im großen Wohnraum seines Hauses auf, sie spielten verschiedene Musikinstrumente und sangen dazu, und manchmal merkte Silanus auch, dass sie Mola spielten. Sie führten ein bescheidenes, aber glückliches Leben, wie es schien.

Vom nachmittäglichen Licht bestrahlt, lag die Zweimillionenstadt wie eine erwachende Riesin vor den Blicken der Kaiserin, als sie und die zwei Sklaven sich nach drei Tagen und Nächten den Grenzen Roms näherten. Die gelbliche Dunstschicht über den hoch aufragenden Tempeln, Theatern, Palästen und Thermen zitterte wie ein transparent-seidenes Tuch leicht hin und her.

Endlich erreichte man den Bogen des Drusus. Bleich vor sich hin starrend, fuhr die Kaiserin, ein Tuch um ihr Gesicht gehüllt, damit sie niemand erkennen konnte, über das menschenbelebte Forum, von dem ihr unter anderen Umständen die Heilrufe der Menge entgegengeschallt wären.

Große Karren, die vom Lande hereinkamen, rollten und rasselten über das Straßenpflaster. Esel und Maultiere, mit Ballen beladen, schwankten die Straße entlang. Die Händler in den Gassen begannen die Schutzdächer über ihren Läden einzurollen. Hier und dort wirbelte Rauch aus den Kaminen, weil die Frauen das Abendessen bereiteten.

Die Kutsche der Kaiserin steuerte unterdessen ohne zu zögern das Haus des Senators Thrasea Paetus an. Octavia konnte sich niemanden sonst denken, bei dem sie besser aufgehoben wäre, als bei dem lieben, treuen Freund.

Nachdem die Dienerinnen und Diener des Senators beinahe in Ohnmacht gefallen waren, als sie ihre Kaiserin leibhaft vor sich erblickten, der Senator sie freudestrahlend in seine Arme geschlossen und Octavia ihm in aller Kürze erzählt hatte, was geschehen war, warf sie sich, zu Tode ermattet, auf das beste und bequemste Bett, welches das Haus zu bieten hatte, und entschlief sofort. Kein Traum beeinträchtigte ihren erquickenden Schlummer. Es war, als gönne ihr ein gütiges Schicksal die volle Sammlung der Kräfte, die sie bald benötigen würde.

Doch als sie am nächsten Tag erwachte, berichtete ihr Thrasea Paetus von der schrecklichen Kunde, welche die Herolde Neros seit ein paar Stunden überall in der Stadt bekanntmachten: Zum größten

Leidwesen des Kaisers sei seine geliebte Gemahlin Octavia tot! Eine kurze, aber schwere Krankheit habe sie aus dieser Welt gerissen!

Zunächst musste Octavia lachen, doch das Lachen blieb ihr unverzüglich im Halse stecken. Mit einem Male begriff sie, was sich nach ihrer Flucht im Palast zu Bauli ereignet hatte.

„Meine geliebte Myrrha!“ schrie sie voller Schmerz auf. „Für mich hast du dich geopfert! Oh, hätte ich es niemals zugelassen!“

Weinend sank die Kaiserin in die Arme des Senators.

Doch was hatte sich wirklich im Palatium ereignet?

Nero hatte sich unverzüglich den vermeintlichen Leichnam seiner Gemahlin, der heimlich in seinen Palast gebracht worden war, zeigen lassen. Als er erkannte, dass die Tote nicht Octavia, sondern ihre Dienerin war, überlegte er fieberhaft, was nun zu tun sei. Stundenlang verharrte er in seinem Arbeitsgemach. Auf den Zehen huschten die Sklaven und Freigelassenen an der verriegelten Türe vorüber. Niemand wagte um Einlass zu bitten, obwohl keiner ahnte, was den Imperator bedrückte. Selbst als Seneca um die Stunde der Coena vorsichtig anklopfte, scholl ihm ein halb gebietendes, halb verzweifeltes „Lasst mich allein!“ entgegen. Schließlich ließ Nero verkünden, dass die Tote Octavia sei. In kürzester Zeit ließ er den Leichnam verbrennen, ohne dass jemand, der die Kaiserin gekannt hatte, die Tote zu Gesicht bekam.

Gleichzeitig ließ er heimlich zuverlässige und verschwiegene Boten und Späher aussenden. Sie sollten nach Octavia suchen, und sie, lebendig oder tot, zu ihm zu bringen. Wer sie finde, so die geheime Order, dürfe zum Lohne fordern, was er begehrt.

Dann versank Nero wieder in trostloses Brüten. Obgleich hungrig, rührte er keinen Bissen an. Starr grübelnd saß er vor seinem Arbeitstisch, mit der Rohrfeder spielend oder die gelblich getönten Papyrusstreifen, die in zierlicher Schichtung vor ihm gehäuft lagen, nervös auf und ab schiebend.

Dann sprang er empor, durchmaß das Zimmer wie ein Tiger den Käfig, ballte die Fäuste, stieß einen raubtierähnlichen Schrei aus, warf sich stöhnend auf das pelzbespannte Ruhebett und schlug die Hände vors Angesicht.

„Ich werde dich finden, du Hure“, keuchte er, „und wenn es mich mein ganzes Vermögen kostet!“

Als Flavius Soranus seinem Gast Silanus die traurige Kunde vom vermeintlichen Tod der Kaiserin mitteilte, schien dieser zunächst nicht zu verstehen, dann taumelte er. Von Schmerz und Jammer überwältigt, sank er schließlich in die Arme des Senators, der ihn vorsichtig auf die Polster der Ruhebank bettete.

Die Hände im Schoß gefaltet, saß Flavius Soranus neben dem heftig Weinende, überlegend, was zu tun sei, dabei immer wieder in das tränenverzerrte Gesicht blickend. Es schien ihm am Besten, dem Unglücklichen diese Phase des Selbstvergessenseins zu gönnen, es würde noch schmerzhaft und schwer genug für ihn werden, wenn die Tränen vorerst versiegt sein würden.

Stunden später sollte Silanus sich fragen, wie es kam, dass er so hemmungslos vor einem ihm fast unbekannten Mann weinen konnte; und zugleich musste er sich sagen, dass es niemanden auf dieser Erde gab, vor dem so zu weinen er sich hätte vorstellen können. Als Silanus nach mehreren Minuten die geröteten Augen wieder aufschlug, hielt ihm der Senator einen Becher des schwersten Weines hin, der Oberst ergriff ihn dankbar und leerte ihn, ohne abzusetzen.

Flavius Soranus formulierte einige Worte des Trostes, doch Silanus hörte bald nichts mehr von den liebevollen und ehrlich gutgemeinten Worten des Senators. Nur Tonwellen ohne Sinn und Verstand murmelten um ihn her, klanglos, abgedämpft, wie aus unendlicher Ferne. Die Gedanken des Trauernden weilten bei der Geliebten, die ihm ein schreckliches Schicksal nun für immer geraubt zu haben schien. Er sah im Geiste ihr schönes Gesicht mit dem herrlich vollen Haar und den blitzenden Augen. Er hörte, wie sie mit ihrer herzbewegenden Stimme sprach. Ja, sie war die einzige Frau, die er je geliebt hatte und die er je lieben würde! Er hätte sie malen können! Doch nun plötzlich zerfloss dieses Bild – und ein anderes tauchte in seiner Seele empor: Erinnerungen an den Tag, an dem er wahrhaft glücklich gewesen war, der Tag ihrer Verlobung!

Aus diesem Phantasiebild, das mehr schmerzte als es tröstete, erwacht, bat der Oberst den Senator höflich, ihn allein zu lassen. Der Senator hatte Verständnis und verließ den Raum.

Silanus verfiel in eine brütende Lethargie.

„Tot, – tot! Meine geliebte Octavia!“ murmelte er von Zeit zu Zeit, um dann lange schweigend an die Zimmerdecke zu starren.

Es wurde Abend. Noch immer lag ein dumpf betäubender Druck auf der Stirn des Oberst, ein dunkler Schleier, der seine Seele einhüllte.

„Es ist vorbei!“ dröhnte es in seinem Kopf. „Nie, nie im Leben werde ich wieder sagen können: ‚Octavia, du mein Herz!' Nie wieder! Ist denn dieser Gedanke fassbar? Vorbei! Zertrümmert! Vernichtet! Könnte ich einmal noch ihr liebes Angesicht sehen, das jetzt der ewige Schatten des Todes verschlungen hat – mein ganzes Leben wollte ich sofort freudig dafür dahingeben! Ach, dass ich noch einmal ihre Stimme vernähme, die milde, holde, süße Stimme! Was für eine Welt ist das, in der der Tod das Band der Liebe für immer zerreißt? Wie grausam ist das Leben! Es gibt keine Götter – das steht fest! Octavia, meine Liebe, tot! Und diese gefühllosen Mauern stehen heute noch, wie gestern! Und der Himmel wölbt sich noch darüber, wie gestern! Sicher, heute trauert Rom um seine geliebte Kaiserin, das ist gewiss! Aber bald wird sich die wimmelnde Stadt wieder ihres vergnügungslüsternen Daseins erfreuen! Die Senatoren werden wieder zum Kapitol emporsteigen, als hätte sich nichts geändert! Die vestalischen Jungfrauen werden wieder ihre Opfer darbringen, die Prätorianer auf Wache gehen, die Fleißigen sich abmühen, die Zecher schmausen und trinken, die Wüstlinge Mädchen nachsteigen – ohne zu begreifen, dass das alles sinnlos ist, weil der Tod irgendwann einmal alles Glück, allen Erfolg, alles Hoffen und Sehnen – aber vor allem aber jede Liebe – zermalmen wird!"

Der Schweiß perlte Silanus von der Stirne. Er rang die Hände wie ein reuiger Beter, dem die Gottheit ihre Gnade verweigert. Es war ihm, dass, um solche Wunden vernarben zu lassen, zwei, drei Leben nicht ausreichen würden!

Erst jetzt kam Silanus plötzlich der Verdacht in den Sinn, dass Octavia gar nicht eines natürlichen Todes gestorben sein könnte, sondern dass Nero für ihren Tod verantwortlich sei. Doch die Trauer um Octavia war so groß, dass sie selbst solche Gedanken und Fragen erstickte!

Am nächsten Tag wollte Silanus, um sich von seinem Schmerz abzulenken, spätnachmittags ein wenig spazieren gehen. Der Himmel war voll kleiner perlmuttfarbener Wolken und milder Sonnenstrahlen, die jetzt gegen Abend goldgelb waren.

Der Oberst ging eine hohe Zypressenallee entlang, gleich einem Säulengange grüner Obelisken. Dahinter standen viele Feigenbäume. Etwas weiter erhob sich ein Pinienhain, der an einem Meere grüngelber Büsche endete.

Die Landschaft hier war ohne Zweifel schön. Doch Silanus konnte es nicht empfinden. Denn was war ihm die weite Welt, wenn Octavia sie nicht mit ihrem hellen Licht erfüllte? Selbst des Sommers hatte er sich – auch in den Jahren ihrer Trennung – nur um ihretwillen erfreut; die Rosen hatten nur deshalb so verlockend geduftet, weil Octavia sie am anderen Ende des Reiches mit genoss; jedes flammende Abendrot, das ihm das Gemüt aufwärts trug, war nur deshalb so inspirierend und wunderbar gewesen, weil vielleicht auch Octavia von ihrem Heim aus zum glutüberströmten Himmel aufblickte.

Doch wenn ihm auch die hiesige Landschaft keinen Trost zu spenden vermochte, war Silanus doch froh, hier im Hause des Senators Flavius Soranus zu sein. Welch schlechten und oberflächlichen Trostes würden doch seine Freunde sich größtenteils bedient haben, einfach, weil sie keinen besseren hätten geben können: „Silanus“, würden sie sagen, „lass' dir das Herz nicht allzu schwer sein! Trauere nicht zu lange, ziehe die Stirne nicht wochenlang in Falten! Schau um dich her! Jugend, Anmut und Schönheit umleuchten dich! Genieße mit uns, was die flüchtige Stunde gibt! Sei – trotz des Verlustes – ein Mensch unter Menschen!"

So und ähnlich würden sie reden, es nicht böse meinend, vielmehr ehrlich aus der Seele heraus sprechend – doch alles das könnte kein Trost sein, wäre schmerzlicher, als gar kein gutgemeintes Wort!

Eine Woche später ließ Nero die vermeintlichen sterblichen Überreste Octavias in allen Ehren in einem Grabmal auf dem Mons Pincius, einem Hügel im nördlichen Stadtgebiet von Rom, beisetzen. Eine riesige Menge folgte dem feierlichen Trauerzug. Die Menschen strömten herbei, unaufhörlich, wie sich Bäche in einen See ergießen, um ihre geliebte Kaiserin zu ehren. Gekonnt spielte Nero den trauernden Gatten – und sang am Schrein ein herzzerreißendes Klagelied.

In der Menschenmenge aber stand Lucius Silanus.

Die Wochen vergingen. Eines Abends bat Senator Flavius Soranus Silanus zu sich.

„Mein lieber Freund", sagte er, „die Trauer um unsere geliebte Kaiserin scheint dir immer noch das Herz zu zerreißen, obwohl nun fast ein Monat seit ihrem Tod verstrichen ist. Ich kann dich gut verstehen, Octavia war eine wunderbare Frau. Doch das Leben geht weiter! Wir müssen uns der weisen Vorsehung Gottes fügen, Lucius Silanus, weil er nur das Beste für uns will!"

„Wider das Schicksal und seine zerschmetternden Fügungen ließe sich also nicht ankämpfen?“ sagte Silanus mit bitterer Stimme. „So wie es vom Urbeginne an bestimmt ist, müssten wir unser Los ertragen, stumm, ohne freies Zutun, wie es den Göttern gefällt? Nein, das akzeptiere ich nicht. Das akzeptiere ich nie!“

„Nein!“ sagte der Senator. „So ist die Vorsehung Gottes, nach unserem christlichen Verständnis, nicht zu interpretieren. Die Vorsehung ist nicht das Fatum, die Moira, die uns die Wege des Lebens unveränderlich vorzeichnet, von Anbeginn bis zum Ende. Gott lässt uns unseren freien Willen; aber seine Allwissenheit findet immer Wege, alle Eventualitäten mitberücksichtigend, uns zu dem uns gewiesenen Ziel zu führen. Es gibt die Möglichkeit des Gebets, der Vorsehung eine Vergünstigung und Gnadengabe abzutrotzen. Der Mensch kann und muss mit der Gnade und Vorsehung Gottes mitwirken. Dafür ist Klarheit erforderlich, Ruhe, Standhaftigkeit in der Verfolgung des Erstrebten.“

Silanus schüttelte missmutig den Kopf.

„Du glaubst an gar nichts, Lucius Silanus, nicht wahr?“ fragte der Senator.

„Die römischen Götter, wie sie der Pöbel verehrt, halte ich in der Tat für Märchengestalten, gerade gut genug, um als letzter Kitt für unsere zerbröckelnde Gesellschaft zu dienen.“

Silanus seufzte.

„Eine gewisse Zeit glaubte ich mit Platon und anderen weisen Philosophen an das Vorhandensein einer gewaltigen Urkraft, eines verborgenen Geistes, der alles umspannt und alles mit seinem Odem durchsättigt. Doch auch diesen Glauben habe ich aufgegeben. Die Sophisten und die Skeptiker haben recht: Es gibt keinen Sinn in der Welt! Das All ist ein einziges Chaos! Der Tod Octavias beweist es mir endgültig!"

„Diese Urkraft, von der Platon und andere Weisen reden, das ist der wahre Gott", gab der Senator zu bedenken, „er lebt auch in uns, in dir und in mir. Auch dein Schmerz, Lucius Silanus, ist *sein* Schmerz. Doch Gott wischt alle Tränen von den Augen. Er gibt wahren Trost, wahre Hoffnung!"

Der Oberst entgegnete bitter:

„Der Tod vernichtet alles Glück, alle Hoffnung, alle Liebe. Der Tod demonstriert, dass alles absurd ist."

„Aber es gibt keinen Tod, keine endgültige Vernichtung. Auch Octavia ruht jetzt in Gott – und wartet auf die Auferstehung!"

Obwohl der Senator mit warmherziger Überzeugungskraft und voller Sensibilität in Gebärde und Ausdruck gesprochen hatte, erwiderte Silanus mit höhnischer Stimme:

„Auferstehung der Toten! Bitte! Verschone mich mit diesem Unsinn!"

Er hielt inne. Dann sagte er:

„Entschuldige, Senator, ich wollte dich nicht kränken. Du meinst es gut, und ich respektiere deine Religion. Aber ich kann so etwas nicht glauben!"

Flavius Soranus stand auf und öffnete eines der Ebenholzkästchen, die, auf langen Bronzegerüsten nebeneinander gereiht, die Rollen seiner Handbibliothek enthielten. Behutsam holte der Senator ein kunstvoll geschriebenes Exemplar jenes Evangeliums hervor, das ein gewisser Markus verfasst hatte, wie er erklärte.

Er überreichte es Silanus.

„Lies es, mein Freund. Ich bin kein Meister großer Worte. Ich kann nicht so gut ausdrücken und formulieren, was ich fühle und glaube. Aber der Evangelist Markus hat aufgeschrieben, was Jesus Christus lehrte und tat – und was seine Freunde Wunderbares mit und an ihm erlebt haben. Vielleicht öffnet dies dein Herz!"

Der Oberst wollte nicht unhöflich sein. Er bedankte sich und trug die Rolle in sein Zimmer.

Dort angekommen legte er die Schriftrolle vorsichtig auf ein Regal.

„Ich werde das nicht lesen", sagte er.

Doch schon kurz darauf griff er nach dem Buch und entrollte es. Zögernd begann er die Lektüre. Er hörte nicht auf. Silanus las und las. Stundenlang.

Nachdem er das ganze Evangelium gelesen hatte, überlegte er: Gab es eine andere Erklärung, als die, welche das heilige Buch über die Gestalt und das Leben des Nazareners Jesus gab? War es denkbar, dass Jesus – im Unterschied dazu – ein Mann war, der, verrückt oder hochstaplerisch, ein bisschen damit angab, als er von den Legionen Engeln seines Vaters redete und den Menschen versicherte, ihre Sünden seien ihnen vergeben? Und um dieser Angebereien willen soll er sich schließlich haben kreuzigen lassen? Diese Erklärung befriedigte nicht! Und dann waren da noch die Zeugen, die aussagten, sie hätten den auferstandenen Christus gesehen, ihre Hände in die Male seiner

Wunden gelegt! Und diesen Glauben hatten die Zeugen inzwischen in die ganze Welt getragen! Weil sie betrunken oder verrückt waren, als sie meinten, einen Toten leibhaftig vor sich zu haben? War das denkbar? Silanus wäre es nie im Leben eingefallen, dass irgendeiner der Religionen, die er kannte, irgendeine objektive Realität zugrunde liege. Doch diesmal musste er sich sagen, dass es bei dieser neuen Religion so sein *könnte*.

Silanus entrollte das Evangelium wieder, las diese und jene Stelle noch einmal, doch die Lektüre des Buches war nicht einfach. Silanus plagten Assoziationen, wenn er sich an Ausdrücken im Evangelium stieß. Worte wie Glaube und Erlösung, Sünde und Gnade, sogar der Name Gottes waren für ihn mit alten Ideenkomplexen so belastet, dass ihre Bedeutung nach der einen oder anderen Seite hin verzerrt wurde. Sicher: Er hatte früher nie Verwendung für solche Ausdrücke gehabt; er hatte über keine Ideen und Vorstellungen verfügt, auf die er sie hätte anwenden können. Aber er hatte eine gewisse Vorstellung davon gehabt, was sie im Sprachgebrauch der verschiedenen Religionen und Kulte im Römischen Reich ausdrücken sollten. Es gab freilich kaum ein Wort für religiöse Begriffe, wie er sie bisher gekannt hatte, das nicht in der Hierarchie der christlichen Ideen etwas anderes ausdrückte, als was das Wort im Tanz der Begriffe in allen möglichen Philosophien und Religionen bedeutete. Das machte alles so kompliziert.

Doch trotz dieser Schwierigkeiten erahnte Silanus immer deutlicher, dass dieser neue Glaube der Christen auch das einzige Mittel sein könnte, seine Qual über den Verlust Octavias aus dem Herzen zu reißen! Dem Tod gegenüber waren die Religionen des römischen Imperiums nämlich allesamt völlig ratlos. Doch wenn der Nazarener wirklich der Christus war, gab es kein Todesreich mehr, das des Todes würdig war – kein Reich der Schatten, das der Menschenseelen würdig war – keinen Hades und kein Helheim, dessen sich mit Totenopfern und Klagegesängen zu erinnern sich geziemte. Denn dann hatte Christus den Hades und Helheim ein für alle Mal überwunden!

17. Kapitel

Die Menge wogte durch die Via Sacra, staute sich unter dem Triumphbogen des Scipio und schob sich lärmend weiter an dem Tempel der Conkordia vorbei, dem Kapitol zu.

Nur einen Monat nach der angeblichen Beisetzung Octavias ließ Nero sich im Tempel des Jupiters Capitolinus mit Poppäa vermählen.

Der prächtige Bau aus numidischem, gelbgesprenkeltem Marmor – seine monumentale Freitreppe aus Ebenholz, deren einzelne Stufen mit vergoldeten Leisten geschmückt waren, seine rotbraunen Mahagonitüren, seine Fensteröffnungen mit den vergoldeten Gittern, all diese Pracht sollte heute allein der Erhebung Poppäas zur Kaiserin dienen.

Im Inneren des riesigen Tempels züngelten die Opferflammen gen Himmel, und der Rauch stieg kerzengerade empor. Unter der Statue des höchsten Gottes, Jupiter, saß Poppäa Sabina. Der Hof, der Adel umstanden sie prunkend und würdevoll.

Zu beiden Seiten standen zwei lange Reihen bleicher Männer in weißen, goldgesäumten Gewändern, die bis auf die Füße herabwallten. Sie hatten weder Bärte noch Haupthaare. In ringfunkelnden Händen trugen sie riesige Lyren, und mit hohen Stimmen sangen sie einen Hymnus auf Neros Göttlichkeit. Es waren die Eunuchenpriester des Kapitolinischen Tempels.

Poppäas Thron erhob sich auf einer mit Silber beschlagener Plattform und war selbst aus edlem Gold. Starr saß Poppäa, unbeweglich, als sei sie selber zur Statue geworden, in der schneeweißen heiligen Tracht der Göttin Juno. Weit und sinnenverwirrend faltenreich war ihr Kleid, weil der Göttin Macht und Hoheit alles umfasste. Das Haar Poppäas war mit einer Art goldenen Staubes gepudert und hoch getürmt. Das ließ sie größer erscheinen, als sie in Wirklichkeit war. An den Schläfen festgesteckte Perlenschnüre hingen bis auf ihre Schultern herab, auf der Brust trug sie einen Schmuck aus blitzenden Edelsteinen, bunt wie das Schuppenkleid einer Muräne. Ihre diamantgeschmückten Arme traten nackt aus der ärmellosen weißen Tunika hervor, an den Knöcheln trug sie breite goldene Ketten.

Vor ihr und den Edelsten des römischen Staates opferte der oberste Hohepriester, der Pontifex Maximus, indem er Weihrauch in die brennenden Bronzebecken streute. Neben ihm stand Nero im Ornate der Cäsaren. Poppäa Sabina allein gebührte heute in seinem Herzen der Triumph; sie wollte er vor dem ganzen Imperium ehren und verherrlichen. Zu ihren Füßen wollte er alle Pracht und allen Glanz dieses großen Tages niederlegen. Vor ihr sollte das Volk sich in den Staub neigen – und alle Welt auf die Knie fallen.

Und in der Tat hatte Poppäa die letzte Stufe ihrer Pläne erklommen, als der Imperator ihr den Purpurmantel um die Schultern legte und seine eigene Krone aufs Haupt setzte. Nun war sie Roms neue Kaiserin!

Doch als Nero mit Poppäa, gefolgt von den Rittern, Senatoren und Aristokraten, auf die äußeren Steintreppen des Tempels trat, bot sich ihrem Blick ein seltsames Bild.

Durch die Straßen rannten Männer, die, unter der jubelnden Zustimmung des Volkes, auf hocherhobenen Sänften das Bild Octavias trugen. Dabei wurden Zornes- und Schimpfworte gegen Nero und sein neues Weib laut, erst vereinzelt, dann immer drohender, schließlich schrie die unermessliche Menge nur mehr die wüstesten Schmähungen gegen das Herrscherpaar.

„Wie geschmacklos, Nero, so bald nach dem Tode unserer geliebten Kaiserin Octavia wieder zu heiraten!"

„Sprich, Nero, hattest du schon ein Verhältnis mit der Neuen, solange Octavia noch lebte?"

Und während die Menge in überschwänglichen Worten die Milde der verstorbenen Kaiserin pries sowie ihre Demut und ihre Schönheit lobte, wurden scharfe Rufe über Poppäas unrühmliche Vergangenheit laut.

Alles das hörte auch Octavia, die sich, begleitet von ihrem guten Freund, dem Senator Thrasea Paetus, in einer geschlossenen Sänfte zum Ort des Geschehens hatte bringen lassen.

„Hörst du, wie sehr sie dich lieben?" fragte der Freund.

Octavia lächelte.

„Sie lieben das Bild, das sie sich von mir gemacht haben", erklärte sie. „So milde, gut und schön bin ich nie gewesen."

Der Senator beugte sich vor, und küsste ihr galant die Hand.

„Oh doch, unsere Kaiserin!“ flüsterte er.

Die Prätorianer schlossen unterdessen eine Mauer um Nero, Poppäa und ihr Gefolge, und so gelangte das Herrscherpaar in die palatinische Hofburg, umwogt von der empörten Menge, indes die Garde dem Kaiser mit dem Schwerte eine Gasse bahnte.

Kaum sah Poppäa sich ihrem Gemahl allein gegenüber, wies sie mit dem ringgeschmückten Finger durch das Fenster auf die Stadt hin, in deren Gassen ein wütender Kampf zwischen dem Volk und den eilends aufgebotenen Legionen tobte.

„Schau, diesen Mob“, rief Poppäa empört, „sie sind es doch gar nicht wert, dass wir über sie herrschen!“

Doch wenn Poppäa geglaubt hatte, dass Neros angesichts dieser Beleidigung seiner geliebten Kaiserin murren, gar toben und sein altes Ungestüm aufbrausen lassen würde, hatte sie sich geirrt.

„Beruhige dich, verehrte Gemahlin“, flötete Nero vielmehr, „das Volk wird uns noch heiß und innig lieben! Seit einiger Zeit schwebt vor meinem Geiste ein Plan, den Römern ein neues Rom zu schenken! Glaube mir, wenn ich meine Ideen verwirklicht habe, werde ich als der größte Cäsar in die Geschichte eingehen – und du als die Kaiserin der Herzen!“

Poppäa zuckte mit den Schultern. Sie verstand nicht, was Nero meinte. Es war ihr letztlich aber auch egal, weil sie, nun auf der höchsten Stufe der Macht angekommen, längst ein neues Ziel vor Augen hatte. Sie hatte alles erreicht, was ihrem Ehrgeiz erstrebenswert erschienen war. Sie war Kaiserin; mehr als das: Sie beherrschte den Cäsar und Rom. Ihrem Wink gehorchte die Welt. So weit gelangt, suchte ihr unruhiger Geist nach neuen Früchten, die nicht ihrer vorerst saturierten Herrschergier, sondern vielmehr ihrer Geilheit höchste Befriedigung zu verschaffen versprachen. Ihre Sinnlichkeit, allzu lange ganz in den Dienst ihres Ehrgeizes gestellt, sollte nun auch wieder einmal zu ihrem Recht kommen. Von nun an würde sie bei der Wahl ihrer Liebhaber ausschließlich ästhetische Kriterien zugrunde legen.

Poppäa glich jetzt einer ungeheuren Spinne. Dort, wo die Strahlen ihres Netzes zusammenliefen, stand das Palatium. All die einzelnen Fäden aber, bis zur Grenze des Reiches ausgespannt, konnten ihr die kräftigsten und bestaussehendsten Männer und Jünglinge heranziehen. Sie war nicht nur in der Lage, von ihrem Schlafgemach aus den Erdkreis zu knechten; sie vermochte es auch ohne Probleme, die wunderbarsten Söhne aller Völker herbeizuzitieren. Morgen etwa einen schönen senatorischen Jüngling, übermorgen vielleicht einen wohlgewachsenen Soldaten … Doch zunächst hatte sich die Kaiserin ein anderes Objekt ausgespäht …

Poppäa konnte nämlich das Bild jenes heroischen und zugleich gutaussehenden Kämpfers, der in der Arena mit so übermenschlicher Kraft mit dem Stier gerungen hatte, nicht vergessen. Ständig stand es vor ihren Augen. Aber während Nero, der die Begnadigung des Lucius Silanus schon lange bereute, nicht auf die Idee kam, nach der Wohnstätte seines ehemaligen Lieblingsgladiators Sextus zu forschen, um auf diese Weise eventuell den jetzigen Aufenthaltsort des verhassten Oberst zu erfahren, sandte Poppäa – freilich mit ganz anderer Intention – ihre Spione aus, die Wohnung des Exsklaven in Erfahrung zu bringen.

Die geheimen Erkundigungen ergaben auch schnell, wo der einstige Held von Achaja lebte. Und so ließ Poppäa, ein Weib, das ihre Pläne nicht alt werden ließ, bei erstbester Gelegenheit den ehemaligen Gladiator zu sich befehlen.

Dieser musste zunächst in einem pompös ausgestatteten Gemach warten, in dessen Mitte ein großes, pelzbedecktes Bett stand. Nervös, nicht wissend, was ihn erwartete, hatte Sextus sich auf einem Stuhl niedergelassen.

Da öffnete sich eine Tür, und Poppäa schritt langsam durch die Zimmersäulen hindurch; auf ihrem goldschimmernden Haar saß ein kostbares Diadem, und hinter ihr schleifte der Purpurmantel im Staube.

Sextus erhob sich. Die Kaiserin trat an ihn heran und heftete ihre großen verführerischen Augen auf sein sonnengebräuntes Gesicht. Dann ließ sie ihre Blicke genießerisch über die schlanke und attraktive Gestalt des ehemaligen Gladiators gleiten.

„Auch in Alltagskleidung bist du eine stattliche Erscheinung", begann sie mit melodischer Stimme zu sprechen. Durch eine graziöse Handbewegung forderte sie Sextus auf, sich auf das Lager zu setzen.

Der Mann tat, was Poppäa ihm befohlen hatte, indes sie selbst dicht neben ihm Platz nahm.

Jetzt erst fand der benommene Sextus seine Besinnung wieder.

„So erstaunt ich über die unfassbare Ehre bin, dass du mich empfängst, Herrin, so sehr bitte ich, fragen zu dürfen, was du von mir willst …"

Die Kaiserin zog die Brauen hoch.

„Was kann eine Frau wohl von dir wollen?" hauchte sie, während ihre Blicke die kraftvolle Gestalt, das attraktive Gesicht sowie die dunklen Augen des Mannes gleichsam verschlangen. Sextus errötete.

Poppäa sah ihm eine Zeit lang lächelnd ins Antlitz, und sie bemerkte mit Befriedigung, wie der ehemalige Sklave immer verwirrter wurde.

„Du bist ein Held", sagte sie endlich, jedes Wort betonend. „Dein Kampf im Zirkus Maximus war eine Herkulestat."

Ihr Blick senkte sich in seinen.

„Du begreifst, dass ich mich für Männer wie dich interessiere. Mehr als das. Ich liebe solche Männer."

Der einstige Held von Achaja stützte den Kopf auf die Hände und blickte zu Boden. Poppäa, die in seiner Miene nicht das Ergebnis ihrer Worte lesen konnte, fuhr fort:

„Die Leidenschaft, welche du in mir entfesselt hast, Sextus, befahl dich hierher."

Er schüttelte das Haupt, doch Poppäa, ohne sich unterbrechen zu lassen, fuhr fort:

„Du bist ein Mann, wie er sein soll, stark, mutig und schön. Höre mich an! Deine Kaiserin braucht einen Mann wie dich. Samt und Seide werden dich besser kleiden als die einfache Tunika, die du jetzt trägst. Du sollst groß und mächtig sein im Römischen Reich, würdig eines Weibes, das dir ihren Mund zum Kusse und ihren Leib zur wollüstigen Vereinigung darbieten wird!"

Poppäa hatte diese Worte langsam und ausdrucksstark gesprochen.

Als der ehemalige Gladiator immer noch schwieg, fragte sie:

„Nun, Sextus, was gedenkst du zu tun?"

„Jedenfalls nicht das, was du von mir erhoffst, Kaiserin", erwiderte der Gefragte, nun ganz ruhig, „egal, was deine Lippen mir unverhohlen an Macht und Reichtum versprechen! Du bist die Gemahlin des Imperators! Und niemals werde ich eine verheiratete Frau anrühren! Das wäre Unzucht und Sünde!"

Da lachte Poppäa heftig auf.

„Was für altmodische Anschauungen von Anstand und Moral du doch hast! Du redest wie ein Narr!"

Sie versuchte den begehrten Mann zu umarmen, doch er stieß sie von sich.

Poppäa zuckte zusammen wie eine Schlange, die einen Schlag erhalten hat. Fassungslos starrte sie den Menschen an, in dem sie sich so grundlegend getäuscht hatte. Das Weib, das zum ersten Mal in ihrem Leben eine Niederlage erlebt hatte, erhob sich, und Sextus mit einem Blicke voll Hohn und Zorn betrachtend, zischte sie:

„Wie kannst du es wagen, mich, die Herrin der ganzen Welt, zurückzuweisen? Wer glaubst du, wer du bist? Du bist nichts als ein ehemaliger Sklave!"

Auch Sextus erhob sich.

„Ich bin nur ein ehemaliger Sklave in und für diese Welt! Aber ich bin kein Sklave der Sünde und der Leidenschaften, sondern ein freier Mann in meinem Herrn und Gott Jesus Christus!“

„Du bist ein Christ?“ schrie Poppäa auf. Ihre feinen Nasenflügel bebten. Sie zerbrach ihre Fingernägel an den Juwelen auf ihrer Brust.

Sextus verneigte sich.

„Ja, ich bin ein Christ!“

Ruhigen Schritts verließ er den Raum, lediglich den Gürtel fester um die Hüften ziehend.

Die Kaiserin stand wie gebannt. Der Glanz ihrer Augen ermattete.

Bis sie ihre Starre überwunden hatte, hatte Sextus den Palast bereits unbehelligt verlassen.

Silanus kniete vor seinem Bett. Er barg sein Gesicht in den Händen.

Wie spricht man zu Gott? Unser Vater im Himmel – man sprach Gott also als Vater an.

Er lächelte verlegen in seine Hände hinein.

Ob Gott jetzt wirklich vom Himmel auf ihn herabblickte und auf ihn hörte?

Aber plötzlich empfand Silanus im tiefsten Grunde seines Wesens, wie diese Worte gemeint waren, obgleich er es mit dem Kopf nicht wirklich verstand. Wenn es sich tatsächlich so verhielt, dass Gott jetzt hier war, zugegen in diesem Raum, dann musste er auch überall und ständig zugegen sein, ein geistiges Auge, das den Beginn der Weltenkörper und das Innere der Atome und die heimlichen Gedanken der Menschen mit einem einzigen Blick umfasste – alles war gleichzeitig vor ihm und alles gleich geliebt und klar!

Silanus fühlte, dass die Haut seines Gesichts heiß wurde, aber noch viel heftiger war die brennende Hitze in seinem Herzen. Wenn dies wahr war, dann war das ganze Leben unfassbar, viel wunderbarer und faszinierender und reicher, unsäglich viel ernsthafter und viel wertvoller, als er sich je hätte träumen lassen. Dann gab es einen Weg, der aus der Dunkelheit seiner Traurigkeit führte, in ein Licht hinein, das zu ahnen er gar nicht wagte.

Wenn das alles so war, dann war Octavia nicht tot, sondern aufgehoben in Gott, dem ewigen Geist!

Es war einfach zu schön, als dass es wahr sein könnte! Oder doch?

Silanus duckte sich noch mehr zusammen, das Gesicht noch immer in den Händen.

Es war plötzlich gleichsam, als sähe er es – zusammengedrängt in einem einzigen hellen Punkt: Es war nicht unmöglich, das zu glauben!

Plötzlich lösten sich die Worte des Vaterunsers, die er in dem Evangelium immer und immer wieder gelesen und die sich seinem Geist offensichtlich eingeprägt hatten, wie von selbst von seinem Herzen und seinen Lippen:

„Vater unser, der Du bist im Himmel,
Geheiligt werde Dein Name.
Dein Reich komme.
Dein Wille geschehe,
wie im Himmel also auch auf Erden.
Unser täglich Brot gib uns heute.
Und vergib uns unsere Schuld,

wie auch wir vergeben unseren Schuldigern.
Und führe uns nicht in Versuchung,
sondern erlöse uns von dem Übel.
Amen."

Es geschah an der Appischen Straße, in den Katakomben, jenen rätselhaften unterirdischen Wegen, die unter den Straßen und Plätzen Roms fast eine zweite Stadt bildeten und die seit altersher als Begräbnisplätze dienten. Vielfach verschlungen und mit unzähligen Kreuzungen, Endpunkten, Aus- und Eingängen versehen, war es nicht nur für Außenstehende sehr schwierig, sich in diesen unterirdischen Pfaden zurecht zu finden, so dass diese inneren Tiefen nur unter ortsvertrauter Führung betreten werden konnten. Aber die Männer und Frauen, die sich an diesem Tage hier versammelten, fürchteten keine Gefahr. Sie waren gut geführt. Denn es war Silverius, einer der Presbyter Roms, der seine Gemeinde auf steilen Stufen in diesen Zweigarm der Katakomben geführt hatte. Die Versammelten hatten sich auch nicht zum ersten Mal hier eingefunden: Immer, wenn es gefährlich schien, in einem der Privathäuser christlicher Familien Gottesdienst zu feiern, oder wenn diese Häuser zu klein für die heilige Versammlung schienen, trafen sich die Christen in den unterirdischen Gängen, wo sie auch ihre Toten bestatteten.

Es waren außer Silverius noch andere Presbyter Roms anwesend, um gemeinsam das heilige Abendmahl zu feiern. Silverius musterte noch einmal die Erschienenen und warf prüfende Blicke in die einmündenden Gänge, in deren Dunkel man junge Leute Wache halten sah. Denn nur bereits Getauften und Taufbewerbern war es in der Regel erlaubt, an der heiligen Handlung teilzunehmen. Keiner, der nicht Christ war, sollte sich einschleichen, wie es Lucius Silanus einst gelungen war.

Doch diesmal stand dieser erlaubter Weise unter den Christen. Er war zwar noch keiner von ihnen, doch man hatte in seinem Fall eine Ausnahme gemacht. Denn wenn Silanus auch von vielem, was er in den letzten Wochen über den neuen Glauben erfahren hatte, bewegt und fasziniert war, schien ihm die Vorstellung, dass ein Toter – ein Mensch, der den grausamsten aller Tode am Kreuz gestorben war – nach drei Tagen mit Leib und Seele aus dem Grabe auferstanden sein sollte, immer noch als sehr schwer annehmbar. Dabei hätte Silanus gerne an ein Leben nach dem Tode glauben wollen, denn der Himmel, von dem die Christen sprachen, eröffnete die einzige Möglichkeit, dass er seine geliebte Octavia wiedersähe. Auch deshalb hatte ihn der Presbyter Silverius eingeladen, nach dem Gottesdienst mit dem Mann zu sprechen, der behauptete, dem Auferstanden begegnet zu sein. Es war der Apostel Paulus, von dem Senator Flavius Soranus Silanus bereits viel erzählt hatte.

Paulus, der mit seinem jüdischen Namen Saul hieß, war einst ein Verfolger der jungen Christengemeinde gewesen, doch dann hatte ihn eine Erscheinung des auferstandenen Nazareners Jesus bekehrt. Dadurch war er zum Christen und unerschrockenen Verkündiger des neuen Glaubens geworden. Einen Großteil der bekannten Welt hatte er als Apostel im Dienste dieser Glaubensverkündigung bereist – und war nun auch nach Rom gekommen.

Als der Apostel an den Altar trat, ging eine gewaltige Bewegung durch die gläubige Versammlung. Silverius trat auf den Apostel zu, küsste den Saum seines Gewandes und wandte sich dann mit Paulus und den anderen Presbytern den Gläubigen zu.

„Christus mit euch!" sagte der Apostel.

„Und mit euch!" antwortete die Gemeinde.

Damit war die gottesdienstliche Versammlung in aller Form eröffnet.

Silanus ließ das Geschehen auf sich wirken. Das Gewölbe der Höhle, in der sie sich befanden, wirkte hoch, und etwas Strahlendes und Prächtiges lag über dem Raum, obwohl alles ziemlich bescheiden war. Die Wände waren grau. Simple Holzbänke standen da. Nur der Altar war aus Marmor, über ihn war eine einfarbige Decke gebreitet. Aber es lag etwas über dem Ganzen, das trotzdem gewaltig wirkte. Waren es nur die vielen Lichter, die dem Raum Wärme und Licht schenkten? Denn es brannten nicht nur in pyramidenförmigen Ständern mit eisernen Dornen Dutzende von Fackeln hier und dort, überall schimmerten und glitzerten auch Hunderte von lebendigen Lichtflammen auf kleinen Kerzen, die überall in den Felswänden standen. Sie vergoldeten die Luft und ließen sie zittern und strahlen und erfüllten die Höhle mit dem Geruch nach geschmolzenem Wachs. Es war etwas seltsam Überströmendes oder Vorbehaltloses an diesem überreichen Lichterschmuck – als bekenne das Christentum etwas, ohne sich dessen zu schämen, in überströmender Freude.

Doch die Erhabenheit des Raumes rührte nicht nur von dem her. Es war etwas Ungreifbares, Unsagbares. Nicht die Schönheit der ganzen Welt, keiner der Tempel Roms mit ihrem Gold und ihrer Pracht wirkte so ergreifend wie gerade dieser Ort, der in seiner Ausstattung doch so schlicht war.

Nun erhob sich der Apostel Paulus und begann zu predigen:

„Gnade sei mit euch und Friede von Gott, unserem Vater, und dem Herrn Jesus Christus und dem Heiligen Geist! Ich danke meinem Schöpfer allezeit eurethalben für seine Gnade, die euch geschenkt ist in Christus, denn ihr seid durch ihn in allem reich gemacht, in aller Lehre und in aller Erkenntnis! Gott ist treu, durch welchen ihr berufen seid zur Gemeinschaft seines Sohnes! Ich ermahne euch daher, liebe Brüder und Schwestern, dass ihr nicht lasset Spaltungen und Streit unter euch sein, sondern haltet fest zusammen in *einem* Sinne und in *einer* Meinung. Haltet zusammen in *einem* Geist der Liebe! Liebt aber auch eure Feinde, segnet die, die euch hassen! Denn das Wort vom Kreuz ist eine Torheit denen, die im Dunkeln wandeln – uns aber, die wir selig werden, ist es eine Gotteskraft! Denn es steht geschrieben: ‚Ich will zunichte machen die Weisheit der Weisen, und den Verstand der Verständigen will ich verwerfen.' Und in der Tat: Wo sind denn die Klugen dieser Welt? Wo sind die Schriftgelehrten und Philosophen? Wo sind die Weltweisen? Wo sind die Mächtigen, Angesehenen und Wohlhabenden? Stehen sie in eurer Mitte? Nein! Denn Gott hat die Weisheit dieser Welt zur Torheit gemacht! Wir aber predigen denen, die berufen sind – aus der Schar der Juden, Griechen und Heiden –, den gekreuzigten Christus, der Welt ein Ärgernis und eine Narretei! Denn die göttliche Torheit ist weiser, als die Menschen sind – und die göttliche Schwachheit ist stärker, als die

Menschen sind. Sehet an, liebe Brüder und Schwestern, eure Berufung: Nicht viele Weise nach dem Fleisch, nicht viele Gewaltige und Mächtige, nicht viele Edle sind berufen. Sondern was töricht und gering ist vor der Welt, das hat Gott erwählt, dass er die Weisen zu Schanden mache – und was schwach ist vor der Welt, das hat Gott erwählt, dass er zu Schanden mache, was stark ist! Das Unedle vor der Welt und das Verachtete hat Gott erwählt: die Sklaven, die Armen, die Beladenen, die Siechen und Lahmen, die Blinden und Tauben, die unmündigen Kinder, die rechtlosen Frauen! Auf dass sich vor ihm kein Fleisch rühme! Denn es steht geschrieben: ‚Wer sich rühmt, der rühme sich des Herrn!'“

Nachdem ein kräftiges „Amen“ die Predigt des Apostels beendet hatte, begann der Chor der christlichen Gemeinde zu singen, so schön und inbrünstig, dass es Silanus kalt über den Rücken lief.

Dann wurde es ganz still. Alle knieten sich nieder, auch Silanus tat es. Er sah, wie der Apostel ein weißes Stück Brot in die Höhe hob, dann den Kelch. Das war also die heilige Abendmahlsfeier, die ihm Senator Flavius Soranus erklärt hatte. Sie geschah zur Erinnerung an das letzte Mahl, das Jesus mit seinen Freunden eingenommen hatte.

Wenn dies also, dachte Silanus, die Wirklichkeit war und alles andere in der Welt seine Wirklichkeit nur von dieser Wirklichkeit nahm, war das ganze Leben, das nichts von dieser Realität wusste, nur ein Waten durch Nebel und alle Werte, denen man nachjagte, nur etwas Eingebildetes und Nichtiges.

Die Gläubigen knieten während der ganzen heiligen Handlung auf dem Boden. Einige beteten, das Gesicht in den Händen verborgen, als seien sie völlig in sich versunken. Silanus war beeindruckt. Wahrlich, das hier war durchdringend und bewegend; der Oberst glaubte plötzlich mit nie zuvor erlebter Gewissheit zu begreifen, was die Christen meinten, wenn sie von dem unsichtbaren Gott sprachen, der ihnen nahe war und den sie anbeteten. Ja, Silanus konnte sich in dieser schweigenden Anbetung fast spürbar vorstellen, dass ein Wesen anwesend war und die Seelen in sich aufnahm.

Plötzlich stand Metella, die Frau des Senators Flavius Soranus, auf und ging mit vielen anderen Gläubigen zum Altar. Dort empfingen sie alle von dem gesegneten Brot und tranken aus dem Kelch. Und zwar kniend, mit gesenktem Kopf. Dann kamen sie vom Altar zurück, mit geneigtem Haupt, die Hände gefaltet. Das sah schön und feierlich aus. Dann kauerten die Gläubigen sich wieder auf dem Boden zusammen.

So eine demütige Gebetshaltung hatte Silanus in seinem ganzen Leben noch nicht gesehen.

18. Kapitel

Nero lag in seidenen Kissen auf der Zinne seines Palastes und ließ den Blick über Rom schweifen. Es war wieder Sommer geworden.

Als Poppäa zu ihm trat, flüsterte er ihr einige Worte ins Ohr, dabei blitzte es in seinen Augen. Nach einigen Augenblicken der Bestürzung nickte seine Gemahlin. Nero klatschte in die Hände, breitete die Arme über Rom und lachte in unbändigem Vergnügen. Kurz darauf sandte er einen Sklaven zu seinem Kumpan Tigellinus. Der Befehlshaber der Prätorianer war schnell zur Stelle. Nero entfaltete vor ihm einen Plan, der selbst diesen Vertrauten von der Schamlosigkeit des julischen Hauses erzittern ließ. Aber wohl wissend, dass jeder Widerspruch seinen Kopf kosten konnte, lächelte er nur diskret.

Einige Stunden später konnte man den Abschaum der römischen Bevölkerung vor dem Hause des mächtigsten Mannes nach dem Kaiser versammelt sehen. Dazu Soldaten verschiedener Ränge. Es war eine Verschwörung eigener Art, die da zustande kam, um das Attentat eines Herrschers auf sein eigenes Volk, wie die Weltgeschichte bislang kein vergleichbares Beispiel aufweisen konnte, vorzubereiten.

Zur selben Stunde hielt Silanus eine brennende Kerze in der Hand. Er kniete vor dem Apostel Paulus, der ihm etwas Wasser über den Kopf goss und dabei die Worte sprach: „Ich taufe dich im Namen des Vaters und des Sohnes und des Heiligen Geistes!"

Einen Augenblick fühlte sich der Oberst schwindelig, leicht und wie durchsichtig – ähnlich einer dünnen, leeren Glasschale, die auf dem Meer trieb und langsam ins Wasser hinuntergesogen wurde. Er sah, dass seine rechte Hand, die die Kerze hielt, zitterte.

Als er jedoch anfing, das Glaubensbekenntnis zu sprechen, war er ganz ruhig:

„Im Anfang war das Wort, und das Wort war bei Gott, und Gott war das Wort. Dasselbe war im Anfang bei Gott. Alle Dinge sind durch dasselbe geschaffen, und ohne dasselbe ist nichts gemacht, was gemacht ist. In ihm war das Leben, und das Leben war das Licht der Menschen. Und das Licht schien in der Finsternis, und die Finsternis hat es nicht begriffen. Er kam in sein Eigentum; und die Seinen nahmen ihn nicht auf. Denen aber, die ihn aufnahmen, denen gab er Macht, Kinder Gottes zu werden. Und das Wort ward Fleisch und hat unter uns gewohnt, und wir sahen seine Herrlichkeit, die Herrlichkeit des eingeborenen Sohnes des Vaters, voller Gnade und Wahrheit. Und von seiner Fülle haben wir alle empfangen Gnade um Gnade. Amen."

Rom lag im Schlafe. In den engen Straßen mit den vielen Winkeln lag die Nacht. Die hohen Häuser warfen im Scheine des Mondes gespenstische Schatten. Meist bestanden diese Bauten, die in der Bevölkerung als Mietskasernen bezeichnet wurden, in ihren oberen Teilen aus Holz oder schlechtem Fachwerk, so dass in Rom schon wiederholt gefährliche Brände entstanden waren, die nur dank einer vortrefflich organisierten Feuerwehr keine weitere Ausdehnung erfahren hatten.

In dieser Nacht nun schien es einzelnen verspäteten Nachtschwärmern, als sie am Zirkus Maximus vorbeikamen, als verbreitete sich ganz in der Nähe ein brenzliger Geruch. Beunruhigt gingen sie zu dem Marktplatz, wo zwischen dem palatinischen und dem cälischen Hügel die Kaufmannsbuden standen, die meist aus Holz erbaut waren und große Vorräte von allen möglichen Ölen und sonstigen leicht entzündbaren Stoffen enthielten. Als die Menschen näher kamen, sahen sie schon eine dicke Rauchwolke gleich einer mächtigen schwarzen Schlange durch die Luft kriechen, und eine breite Feuersäule loderte zum Himmel empor. Dann erfolgte eine Explosion, so dass die Erde in ihren Grundfesten zu zittern schien. Entsetzt flohen die Menschen mit dem Schreckensruf: „Feuer" in die Stadt, wo die Bevölkerung bereits durch die Erschütterung geweckt worden war. Überall sah man angsterfüllte Gesichter an den Fenstern und vor den Türen.

Der Himmel über dem Zirkus färbte sich blutig rot, und man konnte sehen, dass sich die Lohe, angefacht von einem plötzlich entstandenen Winde, über die nächstliegenden Gebäude ausbreitete. Der Flammenschein warf sein Licht über die Stadt, die urplötzlich lebendig wurde. Die qualmerfüllten Straßen waren voller fliehender Männer, Frauen und Kinder. Doch kaum einer von ihnen beachtete die mechanisch und stumm zwischen ihnen hantierenden Soldatengrüppchen. Große Fässer voller Petroleum standen hier und dort. Zügig, aber mit ruhiger Hand, waren die Soldaten damit beschäftigt, deren Inhalt in die Fenster der Keller zu gießen und die Mauern damit zu tränken. Die hölzernen Häuserwände brannten sofort. In Sekundenschnelle sprang das vernichtende Element von Haus zu Haus.

Dann blies der Wind stärker. Die Flammen schienen dadurch noch schnellere Flügel bekommen zu haben. Sie flogen durch die Straßen und die Giebel der Häuser entlang, so dass viele Menschen ihre hochgelegenen Wohnungen nicht mehr verlassen konnten.

Schon stieg auch über dem elften und zwölften Stadtbezirk, wo die Ärmsten der Armen wohnten, dicker, grauer Qualm empor. Wie gespenstische Schlangen ringelte er sich in gelblichem Schein gen Himmel. Entsetzen hatte sich dort aller Menschen bemächtigt. Tausende drängten und flüchteten durch die engen Gassen.

Lucius Silanus saß nach seiner Taufe mit Senator Flavius Soranus, dessen Gemahlin und dem Apostel Paulus ins Gespräch vertieft, als ein Nachbar in das Zimmer stürzte.

„Rom brennt!“ rief der Mann aufgeregt und zeigte auf die kleine Terrasse.

Als alle entsetzt nach draußen liefen, wehte ihnen schon ein Windhauch scharfen Brandgeruchs entgegen. In der Ferne, wo Rom lag, zeigte sich ein gelber Schein.

Unverzüglich dachte Silanus in großer Sorge an alle Freunde, die er in der Urbs wusste. Die innere Stimme seines Gewissens sagte ihm, dass er unverzüglich in die Stadt eilen müsse, weil er vielleicht Leben retten könne.

„Kann ich dein Pferd haben?“ fragte er den Senator. „Mir ist, als befähle mir Gott, nach Rom zu reiten!“

„Wenn dem so ist, dann begieb dich nach Rom!“ sagte Flavius Soranus zu dem Oberst.

„Und Christus sei mit dir!“ segnete ihn der Apostel Paulus.

Unterdessen raste die römische Feuerwehr zur kaiserlichen Burg. Auch einzelne Kolonnen der in Rom liegenden zweiten Legion marschierten unter dem Befehl ihrer Offiziere dorthin.

Erst geraume Zeit später erreichten endlich einzelne Feuerwehrtruppen auch andere Teile der Stadt. Schaurig dröhnten die großen Signalhörner durch die Straßen. Gelähmt von Entsetzen sah die Volksmenge unterdessen, wie das Feuer auf die Velia und den Esquilin übersprang. Schon leckten einzelne Feuerspitzen über dem Aventin. Auf der Nordseite schossen die Feuergarben über die Gärten des Mäcenas im fünften Stadtbezirk. Auch dort stand eine Abteilung der städtischen Feuerwehr, der es mit übermenschlicher Anstrengung gelang, die Flammen an der alten Servianischen Mauer aufzuhalten. Im Westen und Südwesten brannte mittlerweile alles: das Velabrunn, der Rindermarkt und der Aventin bis zum Kapitolinischen Berge, dem Tiber und der Stadtmauer.

Nero rannte in den Schlafraum Poppäas.

Sie lag auf ihrem seidenbespannten Ruhelager. Langsam wendete sie den Kopf – bleich ihr Gesicht, starr ihr Blick. Eine an Wahnsinn grenzende Begeisterung sprühte hingegen aus den Augen des Imperators.

„Auf, meine Geliebte!“ rief er, „was machst du hier allein? Komm mit mir! Dein Kaiser hat dir versprochen, dass du, an seiner Seite, die Göttin der Vernichtung der alten Welt und ihrer grandiosen Wiederauferstehung sein sollst! Heute hat dein Nero sein Wort eingelöst! Heute will er dir einen Augenschmaus bereiten, wie es ihn seit dem Brand Trojas nicht mehr gegeben hat! Komm hinaus auf die Terrasse – siehe das alte, morsche Rom in Trümmer gehen, damit Platz werde für das Werk meines Genies!“

Der Imperator fasste den Arm seiner Gemahlin und suchte sie emporzuziehen.

„Ich will nicht“, sagte diese schwach, „lasse mich hier.“

Doch Nero riss sie mit mächtigem Ruck empor.

„Hast du Angst?“ fragte er.

Er zog sie hinaus auf die Terrasse. Ohne Widerstand, aber zitternd an allen Gliedern, folgte Poppäa ihm.

Nero breitete seine Arme aus über das wütende Feuer zu seinen Füßen.

„Siehe, was ich erschaffen habe! Ich bin Jupiter, der in Feuerstrahlen erscheint!“

Poppäa blickte ihn an.

War er nun endgültig wahnsinnig geworden?

„Kann uns etwas geschehen?“ fragte die Kaiserin voller Furcht.

„Nein, Liebste“, erwiderte Nero, „die Feuerwehr schützt den Palast vor den Flammen und die zweite Legion schützt uns vor den primitiven Massen, die vielleicht noch nicht zu verstehen vermögen, was ich für sie getan habe! Denn wenn hier alles in Asche liegt, werde ich auf dem freigewordenen Platz Rom neu erbauen! Schöner, grandioser und prächtiger, als es je war."

In der Nähe des Marsfeldes verschlang das Feuer in kurzer Zeit alle Bauten in den Ämilischen Gärten, vernichtete fast den ganzen siebten und neunten Stadtbezirk und wütete am nordwestlichen Abhang des Kapitols und Quirinals, nur die öffentlichen Gebäude, die aus massiven Quadern erbaut waren, halbwegs verschonend. Doch noch immer zogen hier und dort schwarz vermummte Gestalten durch die Straßen und Gassen, die Petroleum in die Häuser gossen und dem Brand immer neue Nahrung zuführten.

Alle Schrecken der Hölle schienen über dem unglücklichen Rom, der Herrscherin der Welt, entfesselt zu sein. Das Feuer durchzog nunmehr nahezu alle Stadtteile, mordend und zerstörend ohne Wahl und Mitleid. In einigen Bezirken hatte das Feuer sein Vernichtungswerk bereits vollendet, Tempel und Häuser waren dort nur noch glühende, dampfende Ruinen – in anderen Bezirken stiegen die Feuer noch in gelbroten Lohen zum Himmel empor, stürzten Mauern krachend zusammen.

Fast ganz Rom war – Stunden nach dem Ausbruch des Feuers – ein Flammenmeer, ein glühender Ofen, in dem Hunderttausende von Menschen kopflos hin und her rannten, kämpfend, betend, aber auch fluchend und voll Verzweiflung – und von einem grenzenlosen Zorn gegen die beseelt, die diesen ungeheuren Brand gelegt haben mussten.

Silanus war unterdessen im scharfen Galopp gen Rom geritten.

Für kurze Zeit stand er still und blickte auf die brennende Stadt vor ihm. Sie hatte mit der wie ein drohendes Horn in die Höhe ragenden Lohe das Aussehen eines gierigen Raubtieres, eines Drachen mit schwellendem Riesenleib, der da hockte und wartete, die ganze Welt zu verschlingen. Während Silanus den Anblick betrachtete, dachte er kurz, wie sehr es passe und dass Rom tatsächlich fast die ganze Welt gefressen habe.

Da kamen ihm bereits fliehende Menschen entgegen.

„Von wo hat das Feuer seinen Ausgang genommen?" fragte der Oberst einen Greis.

Der alte Mann konnte nicht sogleich antworten. Ein heftiger Hustenanfall drohte ihn zu ersticken; dann sagte er mühsam:

„Das Feuer brach in den Krämerbuden am Zirkus Maximus aus, verbreitete sich mit rasender Schnelligkeit und ergriff das ganze Zentrum der Stadt. Schon stehen weitere Teile der Urbs in Flammen."

„Und wie steht's mit dem Stadtteil zwischen dem Kolosseum und dem Lateran?" rief Silanus. Dort wohnten fast alle seine Freunde.

„Auch dort wütet das Feuer, so hörte ich, und ergreift immer neue Straßen. Die Menschen gehen zugrunde vor Hitze und Rauch; eine Rettung ist unmöglich."

Silanus gab seinem Pferd die Sporen.

Überall begegnete er einer großen Zahl von Menschen, die dem wütenden Feuer bis hierher entkommen waren. Wegen der zunehmenden Menge musste Silanus den Gang seines Tieres mäßigen. Er sah Fußgänger mit Bündeln auf dem Rücken, bepackte Reiter, beladene Esel und Maultiere sowie Sänften, in denen Sklaven die reicheren Bürger trugen. Vor allem auf den Marktplätzen, unter den

Säulenhallen der Tempel und auf den breiteren Straßen hielten sich Scharen Geflohener auf.

Silanus kämpfte sich weiter durch Straßenzüge. Der Schein der gelben Flammen brannte heftig in den Augen, und das knisternde Brausen, das dem sturmgepeitschten Meer glich, schmerzte in den Ohren. Überall hörte man dasselbe Tosen der Lohen, spürte man den Feuerhagel, und vernahm man die grauenhaften Schmerzensschreie.

Von Flüchtlingen vernahm Silanus, dass nur bestimmte Straßen zwischen dem Kolosseum und dem Lateran brannten, dass aber nichts dem Feuer Einhalt gebieten könne, da gewisse Leute es absichtlich weiterschürten und jeden Löschversuch hinderten, indem sie vorgaben, auf Befehl zu handeln. Der Oberst war nun – dieser Gedanke hatte ihm ständig durch den Kopf gespukt – restlos davon überzeugt, dass Nero die Stadt in Brand stecken ließ.

Obwohl es stimmte, dass nur einige Plätze, Straßen und Gassen zwischen dem Kolosseum und dem Lateran brannten, war auch dieser Teil der Stadt in Rauch gehüllt, und das Gedränge in den Straßen machte ein Vordringen um so schwieriger, als hier größere Mengen von Gütern fortgeschafft wurden. Nicht nur Sklaven, selbst Herrschaften schleppten ihre Habseligkeiten. Hellrote Säulen aus Dampf, mit Feuer durchwirkt wie mit Goldadern, erhoben sich über den Häusern.

Die Feuerwehrmannschaften arbeiteten in diesem Teil Roms freilich, so gut sie konnten – es war die Gegend der Wohlhabenden. Die Pumpen arbeiteten zischend, und das Wasser schoss reichlich aus den

Schläuchen. Überall hörte man die gleichen eiligen Kommandorufe: „Wasser – marsch!"

An einer Straßenseite war eine große Bibliothek in Flammen aufgegangen. Tanzende Blätter Hunderter Bücher, die mit dem Sturm in die Luft gehoben wurden, flogen wie eine Schar flüchtender, ängstlicher Schmetterlinge über dem Feuer.

Die alles verzehrenden Feuer- und Rauchwolken ließen Häuserwände bersten und Treppen zusammenstürzten, ganze Villen begruben sie unter sich.

Plötzlich glaubte Silanus seinen Augen nicht zu trauen!

Vor ihm ging sein Freund Thrasea Paetus! Mit seiner Rechten stützte er eine Frau, die nur unter Mühen vorankam. Die Frau sah Octavia ähnlich.

Aber konnte das sein? War Octavia, die geliebte Frau, nicht tot? Lag ihre Asche nicht im kaiserlichen Mausoleum?

„Octavia! Octavia!" schrie Silanus wie von Sinnen, im gleichen Moment vom Pferde stürzend. Die Frau hatte die Stimme des Mannes gehört. Wie sie sich umdrehte, fiel ein blutroter Schein auf ihr fahles Gesicht.

Es war Octavia! Gott hatte ihm die Totgeglaubte wiedergegeben! Es war ein Wunder!

Die ehemalige Kaiserin blickte in das Gesicht des vor Staunen strahlenden Silanus. Sie lächelte mühsam. Dann fiel sie kraftlos in seine Arme.

Nero stand auf der Terrasse und blickte in die sich immer mehr ausbreitenden Flammen. Es war, als könnten seine Augen sich von diesem Anblick, der ihm so lange als das Ziel aller seiner Wünsche vorgeschwebt hatte, nicht trennen.

Goldrotes Feuerstoben ringsherum – Millionen und Abermillionen himmelwärts zuckender Glutgebilde, die in schier unzähligen Windungen emporstiegen. Die furchtbare Schönheit dieses Anblicks überwältigte ihn. Gewaltige Inspirationen durchfluteten sein bewegtes Gemüt. Sich umkehrend winkte er einem der Leibsklaven und forderte seine Kithara. Er hängte sich das scharlachfarbene Band über die Schulter, stimmte das Instrument, und schlug dann mit kraftvoll gehobenem Plectrum in die Saiten, während sein sinnlicher Mund ein neues Lied zu singen begann:

„Ja, brenne, brich zusammen! Stirb, du fürstlich prangendes Rom!

Versprühe, verhauche!
Nur ein Gott, wie ich,
kann dich neu aus deiner Asche erstehen lassen,
prunkvoller als je zuvor,
ein ewig vorherbestimmtes Schicksal
gibt dich durch meine Hand der Welt zurück …
Lodert, ihr Flammen! Ja lodert! Und glühtet!
Nur das uranfängliche kosmische Feuer,
aus dem Alles hervorgegangen ist,
war prächtiger als ihr gebenedeiten Lichter!
Doch noch tausendmal herrlicher solltet ihr sein,
für das größte Menschenopfer,
das je ein Priester den Göttern dargebracht!“

Silanus ritt nun sehr vorsichtig, hatte er doch die ohnmächtige Octavia vor sich sitzen, die er mit dem rechten Arm stützen musste.

Die Appische Straße wimmelte jetzt von Menschen. Nicht nur die Straße selbst, sondern auch die Felder, Friedhöfe, Gärten und Wege zu beiden Seiten derselben waren voller verwirrter Männer, Frauen und Kinder.

Hier und dort versuchten Hunderte von Händen noch in angstvoller Eile einige Habseligkeiten aus den Häusern zu retten, und überall flatterten die grau-weißen Rauchschwaden wie lange Laken in der Luft.

Doch Silanus hatte nur ein Ziel vor Augen, den Ort, wo sie beide in Sicherheit waren, und wo gute Menschen seiner Octavia nicht nur körperlich und seelisch helfen, sondern auch für sie beten würden.

„Bring Octavia in Sicherheit", hatte Thrasea Paetus noch zu ihm gesagt, als er half, die Ohnmächtige auf das Pferd zu heben und Silanus in kurzen Worten erklärte, was ihr widerfahren war. „Und mache dir um mich keine Sorgen. Ich werde es schon allein schaffen!"

Octavia lag auf einem Lager aus Stroh und Decken.

Als sie, zur Besinnung kommend, die Augen aufschlug, sah sie Silanus an ihrer Seite knien. Sie flüsterte:

„Silanus, geliebter Silanus!"

Ihr Retter blickte auf sie durch seine Freudentränen hindurch. Ihr Antlitz war so weiß wie Alabaster. Bei diesem Anblick fühlte er eine Erschütterung, die seine Seele bis in die tiefsten Tiefen vibrieren ließ.

Er drückte seine Lippen auf den Saum des Tuches, in das die einzige Frau, die er je geliebt hatte, gebettet war. Dann ergriff er ihre Hand und drückte sie an seine Stirn und sein Herz.

„Ich bin nicht gestorben?" fragte Octavia mit bewegter Stimme. „Träume ich? Oder befinde ich mich jenseits des irdischen Lebens in einem Zustande des langsamen Erwachsens? Ist es Wirklichkeit, Silanus, dass ich dich sehe, dass sich deine Arme zärtlich um mich schließen und dein Auge voll Liebe auf mir ruht?"

„Kein Traum, kein Wahngebilde täuscht dich, liebe Octavia, die Vergangenheit war so wirklich wie die Gegenwart. Kaum einige Stunden sind verflossen, seit du umgeben warst von dem Feuer, das Rom verzehrt!"

Die Frau erschauderte.

„Ja, ich entsinne mich. Rom brennt! Die armen Menschen, die armen Kinder!"

Silanus schlang seine Arme um ihren Hals, und einen Blick tiefer Dankbarkeit zum Himmel sendend flüsterte er:

„Aber du bist gerettet, geliebte Octavia! Du träumst nicht. Und dabei bin ich es, der sich fragen müsste, ob er träume! Denn ich glaubte, dich in dieser Welt nie mehr wieder zu sehen. Und nun halte ich dich in meinen Armen."

„Verzeih, Geliebter", flüsterte Octavia, „natürlich war mir klar, dass die Kunde von meinem Tod dir das Herz brechen musste – aber was sollte ich tun, dich über diesen schrecklichen Irrtum aufzuklären? Niemand wusste, wo du warst …"

„Mache dir keine Sorgen deswegen, mein Leben!" erwiderte Silanus. „Nun ist alles wieder gut! Ich werde dich nie mehr verlassen, kein Cäsar wird uns jemals wieder trennen!“

Octavia sah ihm in die Augen, und was seit ihrer frühesten Jugend – auch in den bitteren Jahren der Trennung – in den Herzen der beiden Menschen gelebt hatte, brach sich Bahn, und wortlos, einem heiligen, erlösenden Schwur gleich, fanden sich ihre Lippen zu einem langen, innigen Kusse.

Das Paar verharrte längere Zeit eng umschlungen. Jahre waren verflossen seit dem Tage, da das junge Paar sich auf Geheiß des Kaisers Claudius trennen musste. Damals war die Kaisertochter noch fast ein Kind gewesen. Die Zeit und blutige Ereignisse, Prüfungen, wie sie kaum einem Sterblichen auferlegt werden, hatten aus ihr eine gereifte Frau gemacht. Und auch aus dem Jüngling war ein starker, ernsthafter Mann geworden.

Octavia fuhr empor aus ihren Gedanken.

Stumm schweiften ihre Blicke durch den Raum. Erst jetzt realisierte sie, dass sie sich in einer Höhle befanden.

„Wo sind wir?“ fragte sie.

„In den Katakomben, nahe der Appischen Straße. Die Christen treffen sich hier zu Gebet und Gottesdienst!“

„Du bist einer von ihnen?“ fragte Octavia.

„Ja, ich bin ein Christ“, antwortete Silanus.

Silanus hatte sich zu Octavia gesetzt, und im diffusen Licht, das in der Katakombe herrschte, unterhielt sich das Paar über die christliche Religion.

„Du, der du nie an unsere Götter geglaubt hast“, sagte Octavia, „diesen neuen Glauben hast du annehmen können?“

Silanus überlegte:

„Ja, ich habe immer gesehen, dass unser Glaube – die Religion der Römer – nicht der wahre sein konnte. Was ist aus den römischen Göttern geworden, Octavia? Jupiter, der Ewige, Mächtige, wurde ein feiler Diener aller menschlichen Leidenschaften. Jeder Schurke ruft ihn an und glaubt, ihn durch ein kleines oder reiches Opfer für seine üblen Taten gnädig zu stimmen! Was wurde aus Venus, der Göttin der allerhaltenden Liebe? Eine niedrige Dirne, in deren Tempeln sich die schlechtesten Laster nicht schlecht genug dünken! Was wurde aus Mars, dem kriegerischen, trotzigen Eroberer? Ein feiger, weichlicher Orientale, der sich mit Wohlgerüchen salbt und seine Mannhaftigkeit schon lange eingebüsst hat!“

Silanus überlegte. Dann sagte er:

„Bewusst habe ich nie einen Gott oder einen Glauben entbehrt. Wohl hatte ich stets ein ungewisses Entbehren empfunden – aber das war, soweit ich zurückdenken kann, schon immer mein normaler Gemütszustand gewesen.“

Octavia lächelte.

„Du hast an das Imperium geglaubt …“

„Ja – das stimmt“, bestätigte Silanus, „aber was wurde aus dem Imperium? Aus den Cäsaren, die von den Göttern Krone und Reich erhielten? Hat die Erde je eine größere Bestie hervorgebracht als diesen Nero? Was ist aus Rom geworden? Aus seinem erhabenen Volk, um dessen Kraft sich die Erdscheibe drehte?“

Er hielt inne. Mit bitterer Stimme fuhr er fort:

„Wir sind Todgeweihte, und das, was die Gladiatoren vor ihrem ruhmlosen Heldenkampfe dem Kaiser zurufen, das gilt von dem ganzen römischen Volke, von der ganzen heidnischen Welt, die an ihren Lastern zugrunde geht, wissentlich zugrunde geht, und doch noch Cäsars Throne Weihrauch streut!"

Wieder hielt Silanus inne. Sein Blick heftete sich auf eine kleine Gruppe Christen, die am anderen Ende der Höhle zum Gebet niedergekniet war.

„All das, Octavia, habe ich erkannt, musste ich erkennen gleich vielen, wenngleich das Herz sich lange dagegen gesträubt hat. Und dann lernte ich die Nazarener und ihre Religion kennen, die so wenig den Verhältnissen zu entsprechen schien. Ich lächelte zunächst über sie. Sie lehren Nächsten- und Feindesliebe! Sie sind gegen die Sklaverei! Sie wollen die Zirkusspiele und die Todesstrafe abschaffen! Sie lehren Geduld und Vergebung. Sie lehren, das Schlechte mit Gutem, die Gewalt mit Versöhnung zu vergelten! ‚Und so soll man einen Staat führen?', sagte ich zu mir selbst und schüttelte über sie den Kopf …"

Ein düsterer, halb zorniger, halb wehmütiger Ausdruck beherrschte die Züge des Sprechenden, und erst jetzt kam es Octavia recht zu Bewusstsein, wie schwer der Abschied von der Vergangenheit denen werden musste, deren ganzes Empfinden, deren ganze Kraft in ihr gewurzelt hatte. Doch gleich, als ob ein Sonnenstrahl das Gesicht des geliebten Mannes gestreift hätte, wurde es plötzlich wieder von einem anderen Gedanken erhellt:

„Und dann begegnete ich meinem Retter, Sextus, dem ehemaligen

Gladiator und Helden von Achaja, der mein Leben gerettet hat! Er schickte ein heißes, inbrünstiges Gebet zu Jesus Christus und bat ihn um Stärke und Mut. Und so, durchdrungen von übermenschlicher Kraft, sprang er in die Arena hinab und befreite mich, den ihm ganz Unbekannten – mit Gottes Hilfe. Sicher, Sextus hat auch als Heide schon viele gefährliche Kämpfe gemeistert. Aber dieser war mit Abstand der schwerste, denn es galt ja nicht nur, einen rasenden Stier zu besiegen! Das Risiko, dass Nero seinen ehemaligen Sklaven für dessen eigenmächtiges Tun mit dem Tode bestrafen würde, war enorm hoch, denn schließlich war es der Kaiser, der mich sterben sehen wollte. Und so ist die Tatsache, dass die Bestie auf dem Cäsarenthron mich begnadigte, vielleicht ein größeres Wunder, als der Sieg des Sextus über jene Bestie, deren Hörner mich zerfleischen sollten!"

„Und dann lebte ich bei Christen", fuhr Silanus fort, „erfuhr mehr über ihre Religion und ihre Lehre. Ich lernte die Liebes- und Friedensbotschaft des Jesus von Nazareth kennen – und langsam begriff ich, dass er recht hatte: Die Liebe ist mächtiger als der Hass, denn der Hass zerstört, die Liebe aber weist zur Hoffnung!"

Noch während Lucius Silanus diese Worte gesprochen hatte, war es Octavia, als bemerke sie eine Wandlung in dem Wesen des Mannes, den sie immer nur als vollkommen rational erlebt hatte. Eine Verklärung veredelte seine Züge, und die Frau glaubte ihren Ohren nicht trauen zu dürfen, als er fortfuhr:

„Doch das alles hätte mich nicht zum Christen gemacht, denn diese Religion ist nicht nur eine Lehre oder eine Ethik! Sie ist Wirklichkeit! Sie gründet auf einem Menschen, der zugleich wahrer Gott, der Sohn Gottes ist, der Erlöser des Menschengeschlechts. Er hat es bewiesen, denn er ist am Kreuze gestorben und nach drei Tagen vom Tode auferstanden! Das konnte ich lange nicht glauben. Ich wies diesen Gedanken weit von mir. Doch dann sprach ich mit einem Menschen, der den Auferstandenen gesehen hat, mit dem Apostel Paulus … Ach, Octavia, wenn du gehört hättest, wie Paulus seine Begegnung mit dem Auferstandenen beschrieben hat. Ich kann dir die Worte nicht wiedergeben, sie waren zu groß und mächtig! Aber ich habe sie gehört – und seitdem glaube ich! Dieser Mann, so sagte ich mir, ist weder ein Betrüger, noch verrückt! Was er erzählt, hat er wirklich erlebt!"

„Und mein neugewonnener Glaube hat sich bewährt", fuhr Silanus fort, „denn ohne ihn hätte dein vermeintlicher Tod mich in den Wahnsinn getrieben! Nur in Jesus Christus und seiner Verheißung einer besseren kommenden Welt, in der es keinen Tod, keinen Schmerz und keine Sünde mehr geben wird, konnte ich hoffen, dich einst in Gottes Reich wiederzusehen!"

„Ja", sagte Octavia lächelnd, „der christliche Glaube hat etwas sehr Tröstendes, und ich wünschte, er würde mir zuteil werden. Freilich verlangt er auch sehr viel, die Feindesliebe beispielsweise. Wie sollte ich einen Menschen wie Nero lieben, ihm verzeihen können?"

„Nur mit der Gnade und Hilfe Gottes kann man das", antwortete Silanus. „Ich habe in meinem früheren Leben stets versucht, meinen Freunden ein guter Kamerad zu sein. Ich habe mich nie geweigert, einem Menschen, der mich darum bat, zu helfen, wenn ich denn dazu imstande war. Ich pflegte nicht zu lügen. Ich versuchte niemanden ohne Grund etwas Schlechtes nachzusagen, denn ich habe die Eigenschaft, so etwas zu tun, immer als eine Art unsauberer geistiger Gewohnheit angesehen."

Silanus sah grübelnd vor sich hin.

„Aber alles das bedeutet nicht, so habe ich durch die Botschaft Jesu zu verstehen gelernt, dass ich ein guter Mensch wäre, der der Erlösung nicht bedürfe. Wir alle sündigen täglich durch allerlei Gedanken, Worte und Taten. Unsere Natur ist durch den Sündenfall des ersten Menschenpaares gefallen und durch und durch verdorben. Selbst wenn wir scheinbar Gutes tun, sündigen wir. Allein Christi Blut macht uns gut in den Augen Gottes. Und durch seine Gnade können wir dann auch versuchen – als Antwort auf dieses Gnadengeschenk –, besser zu werden, und die Gebote des Herrn zu halten, selbst das Gebot, die Feinde zu lieben und ihnen zu vergeben."

„Wie sehr könnte diese Lehre die Welt verändern, wenn diese sie annähme …", sinnierte Octavia.

„Doch das Besondere des Christentums besteht letztlich nicht in seiner Ethik", betonte Silanus noch einmal. „Es besteht vielmehr darin, dass dieser Glaube als Wirklichkeit und Wahrheit verkündet, ein Mann, der vor einigen Jahrzehnten in Judäa lebte, sei Gott selber gewesen, der im Schoß einer Jungfrau Mensch geworden ist, um die Menschen, die er erschaffen hat, über das und jenes zu orientieren – über die Lilien auf dem Felde, die wir uns in ihrer Bescheidenheit und Sorglosigkeit zum Vorbild nehmen sollten, über das Richtige und Falsche in unseren Gedanken, über das richtige Verhältnis der Männer zu den Frauen, der Erwachsenen zu den Kindern, zu unserem

Nächsten und unseren Feinden. Doch nicht diese moralische Lehre ist im Eigentlichen ohnegleichen, sondern der Glaube, dass Christi Tod und Auferstehung es uns ermöglicht, diese Lehre zu halten und zu verwirklichen, statt mehr oder weniger platonisch über diese und ähnliche Ideale hinwegzuschwärmen."

Octavia nickte.

„Nur aus diesem Glauben war meine gute Dienerin und Freundin Myrrha in der Lage, ihr Leben für mich zu opfern."

„Und war der ehemalige Gladiator Sextus in der Lage, sein Leben für mich zu riskieren, ja im höchsten Maße zu gefährden", ergänzte Silanus.

„Wenn ich dich recht verstehe", sagte Octavia, „war der Nazarener, den ihr Christus nennt, nicht einfach nur ein religiöses Genie, der sich nur als Gottes Sohn empfand in dem Sinne, dass er das Wohlgefallen Gottes gefunden habe, sondern …"

„… sondern er war und ist der Sohn Gottes, geboren aus dem Vater vor aller Zeit, gleichen Wesens wie der Vater!"

„Aber bezeichnet ihr Christen euch nicht auch als Kinder Gottes und Gott als euren Vater? So hat es mir meine Freundin Myrrha erklärt …"

„Ja, das tun wir, aber im Hinblick auf den Sohn Gottes nur in einem analogen, vergleichenden Sinne", bestätigte Silanus. „Unsere Seele, Octavia, ist es, die das Verhältnis zwischen sich und dem Ursprung des Alls erfährt, so dass der Heilige Geist – der Geist Gottes, der in unserer Seele lebt – in uns zu sagen wagt: Abba, das ist hebräisch und heißt: Vater!"

„Du sprichst vom Vater, dem Sohn und dem Heiligen Geist. Gibt es denn drei göttliche Wesen? Du glaubst doch an *einen* Gott!“

„Der Vater, der Sohn und der Geist sind drei Personen, aber *ein* Gott – von Ewigkeit zu Ewigkeit“, betonte Silanus. „Das ist ein großes Geheimnis!“

„O, ich muss wohl noch viel lernen …“, seufzte Octavia, „ob sich mir der christliche Glaube je ganz erschließen wird?“

„Es ist vor allem eine Sache der Gnade und des Gebetes“, sagte Silanus.

Dann lehrte er Octavia die Worte des Vaterunsers.

Octavia ging es dank der liebevollen Pflege mehrerer christlicher Frauen schon bald besser, so dass sie sich bereits gut in den Gängen der Katakombe bewegen konnte.

Als sie wieder einmal alleine für sich auf ihrem Lager ruhte, dachte sie nach: Konnte sie das glauben, was Silanus ihr über den christlichen Glauben erzählte? Oder *wollte* sie es nur glauben, weil sie sich wünschte, dass die Religion, die den geliebten Mann überzeugt hatte, wahr wäre? Welche Bedeutung hatte es, dass Silanus nicht nur wagte, sie seinen Glauben zu lehren, sondern, dass er es offensichtlich nicht wagen konnte, dies zu unterlassen? Nichts in der Welt, was er ihr gab oder hätte geben können, war in seinen Augen auch nur das Geringste wert, wenn sie leben musste, ohne diesen christlichen Gott zu kennen.

Aber konnte sie an diesen *einen* Gott, Vater, Sohn und Heiliger Geist, den die Christen verkündeten, glauben?

Noch etwas sprach hier mit, aber es blieb ihr undeutlich, wie ein halbgedachter Gedanke, nämlich dass dieser Glaube an den christlichen Gott – diesen Glauben an Gott auch nur zu erwägen –, nur der erste Schritt war, den sie getan hatte, auf dem Wege, von dem sie wusste, sie würde ihn gehen müssen. Ein jämmerlicher, unsicherer, kleiner Schritt, aber er ließ sich nicht mehr ungeschehen machen.

Denn wenn Silanus es nicht wagen konnte, im Angesicht seines Gottes ihr von ihm zu schweigen, dann konnte sie einmal, wenn sie Silanus liebte, nicht das Kind, das sie vielleicht mit ihm haben würde, in den Arm nehmen, und diesem sagen: Ich glaube nicht!

Es war Octavia so, als sei sie gegen eine Mauer von Wahrheiten gerannt. Ungefähr so, wie wenn man im dichten Nebel gegen ein Haus stößt, von dem man kaum die Umrisse erkennt, sondern mehr gefühlsmäßig ahnt, dass es sehr groß ist.

Man konnte die Wahrheit ertragen, man konnte sie suchen und annehmen. Aber konnte man sie lieben? Wenn Gott diese Wahrheit war? Für Myrrha war der christliche Gott wert gewesen, mehr geliebt zu werden als alles, was ein Mensch hier auf Erden verlieren kann, mehr als das eigene Leben. Myrrha hatte ihr Leben riskiert – sie hatte es geopfert. Offensichtlich war der christliche Glaube eine Kraftquelle, die nicht aus dem eigenen Ich, sondern von außen kam. Dann aber war er auch Wirklichkeit, denn wirklich ist, was wirkt, sagte sich Octavia.

Und irgendwie machte alles, was das Christentum über Gott, die Menschen, die Nächsten- und Feindesliebe, Gnade und Vergebung lehrte, auch Sinn! Es war Octavia in etwa so, wie wenn eines schönen

Tages ein ungewohntes Licht auf ein altes Bild an der Wand fällt. Plötzlich entdeckt man, dass dies ein Ganzes ist – die paar Details, die alles waren, was man bisher darauf gekannt hat, rücken an ihren Platz und werden Teile einer Komposition. Dinge, die einem widerfahren waren, und Gedanken, die man vor vielen Jahren gedacht hatte, tauchten in der Erinnerung auf, erhielten im Licht des christlichen Glaubens eine höhere Bedeutung und neuen Zusammenhang.

Gott war nach dem Glauben der Christen der einzige, der die Menschen wirklich liebte, überlegte Octavia weiter. Er war der Unveränderliche und Vollkommene, der Mensch wurde und starb, um die Menschen an seiner Vollkommenheit und Unveränderlichkeit teilhaben zu lassen. Er war der einzige, der die Menschen liebte, ohne Vorbehalt, ohne Bedingung – und er war der einzige, den sie lieben konnten, ohne dass ihre Liebe verbraucht würde. Wenn das wahr war, dachte Octavia, konnte auch ihre Liebe zu Silanus und seine Liebe zu ihr ewig und unzerstörbar werden – ewige Treue, die den Tod besiegte –, weil Gott ihre Liebe trug und bestätigte. Das war ein wunderschöner Gedanke.

Freilich hatte dieser schöne Gedanke von der Verewigung der menschlichen Liebe in Gott eine Kehrseite – eine in ihrem Fall furchtbare Konsequenz –, die Octavia erst jetzt plötzlich in ihrer ganzen Bedeutung erfasste. Ob Silanus diese Konsequenz schon bedacht hatte? Sie musste unbedingt mit ihm darüber sprechen!

Die Gelegenheit ergab sich bald, da Silanus die geliebte Frau kaum länger allein ließ, obwohl er sehr beansprucht war, weil immer mehr

Glaubensgeschwister, die durch den Brand Roms ihr Hab und Gut verloren hatten – darunter Verletzte, auch hilflose Frauen und Kinder – in die Katakombe kamen, wo sie versorgt und verpflegt werden mussten.

Als Silanus wieder einmal vor dem Lager Octavias kniete, sagte diese:

„Ich weiß, dass du viel zu tun hast, weil du hilfst, wo du kannst. Aber, es gibt etwas, was ich mit dir besprechen muss, weil es mir keine Ruhe lässt."

„Was ist es, mein Engel?" fragte Silanus.

„Lehrt deine Religion nicht, dass die Ehe zwischen Mann und Frau unauflöslich ist und nur durch den Tod ihr Ende findet?"

„Ja", bestätigte der Oberst. „Daher ist es einem christlichen Mann auch nicht erlaubt, eine geschiedene Frau zu ehelichen. So hat es Christus gesagt."

Octavia traten Tränen in die Augen.

„Verstehst du nicht, was das für uns bedeutet? Die Welt glaubt, dass ich tot bin, und Nero daher frei und ungebunden war, seine Poppäa zu ehelichen. Aber ich lebe! Folglich besteht das Eheband, welches mich an Nero kettet – nach christlichem Glauben – fort, bis ich wirklich sterbe oder Nero das Zeitliche segnet. Aber noch bin ich seine Frau, und er mein Ehemann – folglich kannst du mich nicht zum Weibe nehmen!"

Silanus erblasste. Es war, als ob er sich diese Zusammenhänge tatsächlich bis zu diesem Zeitpunkt nicht verdeutlicht hatte.

Er nahm Octavia fast verzweifelt in den Arm.

„Das kann nicht sein, Geliebte!“ sagte er. „Gott hat dein Leben so wunderbar gerettet – und ich habe dich unter den denkbar schwierigsten Bedingungen wiedergefunden, in einer Stadt von zwei Millionen Menschen, in der das Chaos herrscht! Was wollte er uns damit sagen, als dass du und ich zusammen gehören? Du bist die einzige Frau, die ich je geliebt habe – und ich, bin ich nicht der einzige Mann, den du je geliebt hast?“

„Natürlich bist du das“, seufzte Octavia.

„Es muss einen Ausweg geben“, rief Silanus. „Komm, stehe auf, mein Leben, wir wollen zum Apostel Paulus gehen und ihn um Rat fragen.“

Octavia erhob sich mit der Hilfe ihres Freundes, richtete sich ein wenig das Haar und ordnete ihr Gewand. Dann geleitete Silanus sie in eine Nachbarhöhle, in der sich der Apostel so gut wie möglich eingerichtet hatte.

Freundlich schritt er dem Paar entgegen.

„Hohe Frau“, sagte er zu Octavia, „es ist eine große Ehre für mich, dich kennenlernen und hier in unserer Mitte begrüßen zu dürfen. Ich danke Gott, dass er dein Leben bewahrt hat und dass es dir schon besser geht.“

„Die Ehre ist ganz auf meiner Seite“, erwiderte Octavia.

„Ich bin nur der unwürdigste der Diener Christi“, sagte Paulus kopfschüttelnd. „Ich habe den Herrn und die Seinen verfolgt. Nur durch die Gnade Gottes ist es gekommen, dass ich nun dem Licht und der Wahrheit dienen darf. Es ist nicht mein Verdienst!“

„Lieber Apostel“, sagte Silanus, „dürfen wir dir ein großes Problem vortragen? Octavia ist die Frau, die ich liebe, und ich bin der Mann, den sie liebt … Und doch ist die Hohe Frau nach unserer Lehre immer noch mit Nero vermählt, obgleich dieser sich ein anderes Weib genommen hat … Kann es denn wirklich sein, dass Octavia an ein Ungeheuer gekettet bleibt, das sie töten wollte? Und dass sie deshalb nicht meine Frau werden kann?"

Der Apostel lächelte:

„Meine lieben Kinder, beunruhigt nicht euer Herz! Gott hat mir ein wichtiges und großes Privileg offenbart, in dessen Licht das heilige Eheband noch heller leuchtet. Eine Ehe zwischen einer Christin und einem Heiden oder zwischen einem Christen und einer Heidin, ist aufgelöst. Wenn der Heide oder die Heidin sich aufgrund des neuen Glaubens und der Taufe des Ehemannes oder der Ehefrau trennen will, ist dies vor Gott gestattet. Aufgrund des Unglaubens des anderen ist dann auch der getaufte Partner nicht mehr an diese Ehe gebunden. Denn, wenn das Eheband auch generell durch den Menschen nicht aufgelöst werden kann, so dient auch dieses Gebot immer nur den höchsten Werten, dem Glauben und dem Seelenheil. Da der ungetaufte Ehepart die getaufte Frau oder den getauften Mann daran hindern würde, Gott in der rechten Weise zu dienen, erfüllt eine solche Ehe nicht mehr ihren eigentlichen Zweck, die Seelen zum Licht zu führen. Sie ist damit nichtig!"

Der Apostel wandte sich an Octavia.

„Hohe Frau, willst du Christin werden und dich taufen lassen?"

Octavia traten Tränen in die Augen. Mit zitternder Stimme sagte sie:

„Alles, was mir Silanus über den christlichen Glauben erklärt, ist so wunderbar. Wunderbar ist auch die gelebte Liebe, die ich hier erfahre. Ich spüre, dass es immer heller wird in meiner Seele und dass die Gnade kurz davor ist, mit Macht und Licht in mein Herzen einzubrechen."

„Dann, Hohe Frau, lasse dieses Gnadenlicht in aller Ruhe in dir wirken. Gott wird dich ganz gewiss zu dem Ziel führen, für das er dich erwählt hat."

Das Gesicht des Apostels wurde nun ganz ernst.

„Doch nun hört, meine Kinder, was mir Gott in dieser Nacht offenbart hat! Der Herr ist der Sünden und Verbrechen Neros überdrüssig! Der Brand Roms und der Tod so vieler Menschen, die der Cäsar zu verantworten hat, haben die Zornesschale Gottes zum Überfließen gebracht. Nero muss gestürzt werden, damit der Welt eine Zeit des Friedens geschenkt werden kann. Zwar ist Rom um seiner Sünden willen von Gott verflucht und zum Untergang verurteilt! Doch der Herr will der Stadt noch eine Gnadenfrist gewähren. Dich, Hohe Frau, und dich, Silanus, aber hat der Herr berufen, mitzuwirken, die Welt von dem Tyrannen zu befreien. Gott will, dass ihr Rom verlasst und nach Britannien geht! Dort sollt ihr in Ruhe warten, bis er euch durch politische Zeichen zu verstehen gibt, dass das Blatt sich wendet und Neros letzte Stunde gekommen ist! Seid an dem Ort, den Gott für euch bestimmt hat, ruhig, gelassen und ohne Furcht. Denn es wird zunächst so aussehen, als ob der brüllende Drache noch stärker würde, doch seine Zeit ist schon abgelaufen!"

„Wir sollen dich und unsere Brüder und Schwestern verlassen, in dieser schweren Stunde?“ wollte Silanus widersprechen. „Das kann nicht sein …“

Der Apostel hob den Zeigefinger.

„Gehorche Gott, Silanus! Und beeilt euch, Rom zu verlassen! Reist noch in dieser Stunde ab, denn ich spüre, dass sich ein dunkles Gewitter über dieser Stadt zusammenbraut! Und nun beugt eure Knie, meine Kinder, damit ich euch Gottes Segen für eure Fahrt vermitteln kann.“

Octavia und Silanus knieten nieder, und der Apostel schlug das Zeichen des Kreuzes über sie.

19. Kapitel

Sieben Tage wütete das Feuer – vulkanischen Ausbrüchen aus zahllosen unerschöpflichen Kratern gleich. Als es endlich erlosch, lag fast ganz Rom in Asche. In den Tälern, zwischen den Hügeln und in den Niederungen sah man verzweifelnd sich gebärdende Menschen, die in der Asche ihres Eigentums wühlten; Horden von rauchgeschwärzten und blutbedeckten Männern, Frauen und Kindern in den Straßen, aber auch skrupellose Menschen, die sich die allgemeine Verwirrung zunutze machten, um zu rauben und zu vergewaltigen. Überall lagen verkohlte Leichen und schwerverletzte Menschen.

Von den vierzehn Stadtbezirken standen nur noch vier nahezu unbeschädigt da. Der große Tempel des Apollo war zu Staub geworden und mit ihm viele der edelsten Denkmäler der römischen Geschichte.

Allein die Burg des Cäsaren war gänzlich heil geblieben.

Unter denen, die durch das Feuer umgekommen waren, war auch Iunia Silana; doch das sollten Silanus und Octavia erst viele Monate später erfahren.

Auf die fürchterliche Katastrophe folgte eine weitere. Hunderttausende Menschen lagerten auf dem Marsfeld und schrien nach Brot und Wasser. Eine dicke, übelriechende Rauchwolke stand immer noch unheildrohend über der Stadt, und an allen Ecken und Enden glimmte fortdauernd das Feuer.

Da fuhr Nero, begleitet von Poppäa und seinem gesamten Hofstaat, durch die verwüsteten Straßen. Seinen Wagen zogen sechs Apfelschimmel, sein Gewand war mit Gold eingefasst und mit kostbaren Steinen verziert, und Poppäa neben ihm glich mehr einer eben aus dem Tempel geraubten Statue der Venus denn einem menschlichen Weibe, so schön war sie im tausendfachen Schimmer des sie umrahmenden Schmuckes.

Wenn Nero beabsichtigt hatte, durch diesen Aufzug dem Volke vor Augen zu führen, welch glänzender Zukunft es entgegen ginge, war dieser Plan gänzlich misslungen.

Lächelnd, wie ein blutgesättigter Tiger, blickte der Imperator auf das Schlachtfeld seines Verbrechens. Seine Augen glänzten beim Anblick dieser Zerstörung, und er scheute sich nicht, mit seinen neben dem Wagen reitenden Getreuen frivole Witze über das Unglück zu wechseln.

Das Volk schwieg.

Nicht wie sonst empfing es den Kaiser. Kein Zuruf wurde laut. Niemand grüßte.

Nero fuhr durch ein Grab.

Aber der stumme Vorwurf des Volkes reizte seinen Übermut. Er rief den Leuten Scherzworte zu, die mit entsetztem Schweigen erwidert wurden.

Dann schallten erste Schmährufe aus der Menge. Je weiter Nero mit seinem Gefolge kam, desto dichter stand das Volk, desto drohender wurde seine Haltung. Nervös stemmten die Prätorianer dem Volkshaufen ihre Lanzen entgegen.

Tigellinus und Anicetus redeten auf den Kaiser ein, umzukehren. Kaum hatte der Wagen gewendet, als eine Stimme rief:

„Brandstifter!“

Nero erbleichte und suchte mit den Augen den Tollkühnen. Aber schon riefen zehn, zwanzig Stimmen auf einmal:

„Brandstifter! Mörder! Verräter!“

Der Wagenlenker trieb die Pferde zur Eile an. Aber der immer mehr anwachsende Menschenknäuel hielt sie auf, so dass der Wagen nur langsam vorwärts kommen konnte.

Mit spöttischem Lächeln maß Nero die erregten Menschen.

Tigellinus drängte sein Pferd näher an den Kaiser heran und zog das Schwert.

Nun wurde die Menge noch aufgeregter.

„Erst brennt er unsere Häuser nieder, dann will er uns ermorden lassen!“ schrie eine heisere Stimme.

Ein Greis drängte sich dicht an den Kaiser heran, und seine Hand nach dem Purpur ausstreckend, rief er:

„Wer hat das Feuer gelegt, oh Cäsar?“

Ein einziger Hieb von dem Schwert des Tigellinus trennte seine Hand vom Arme. Der Alte brach zusammen, sein Blut färbte den Boden.

Ein einziger wilder Schrei ging durch die Menge. Steine flogen gegen den Wagen. Die Verwegensten warfen sich gegen die Pferde, dass diese stehen bleiben mussten. Ein Dolchstoß tötete den Kutscher. Schon legten sich starke Hände an den Wagen, indes Tigellinus und Anicetus mit den übrigen Rittern von den Pferden gerissen wurden.

Da erhob sich Nero, lächelnd, den Purpur über der Brust zusammenschlagend, und gebot durch eine Handbewegung der erregten Menge Schweigen.

Nur langsam trat Ruhe ein.

„Was wollt ihr?" rief der Kaiser.

„Brot!" riefen die Stimmen.

„Neue Wohnungen!" setzten andere hinzu.

„Das alles sollt ihr haben", antwortete Nero.

Die Menge wich unschlüssig von dem Wagen zurück.

„Wer hat Rom angezündet?" rief da einer.

„Ja – ja – wer hat Rom angezündet? Sprich Cäsar! Wer? Wer?"

Nero überlegte, was er sagen sollte.

„Hörst du?" flüsterte ihm Poppäa, welche die ganze Zeit blass und ängstlich neben ihm gesessen hatte, zu: „Das Volk verlangt um jeden Preis einen Schuldigen. Willst du es selber sein? Nimm sie nicht allzu leicht, diese Narren! Sie sind toll geworden wie Hunde!"

„Wen soll ich ihnen als Opfer geben?" fragte Nero.

„Sage, dass es die Christen gewesen seien, die Rom anzündeten!"

Nero überlegte, dann antwortete er mit kühler, klarer Stimme:

„Die Christen waren es! Die Christen haben das tausendjährige Rom in Asche gelegt! Ihr kennt sie nicht, denn sie schleichen unter der Maske der Nachbarschaft und Freundschaft umher. Aber sie sind eure Todfeinde!"

Eine kleine Weile herrschte Totenstille. Dann begann die Menschenmenge zu toben.

„Die Christen! Die Christen! Tod den Christen! Verderben über sie! Diese Hunde!“ scholl es durcheinander, wuchs und schwoll zu einem einzigen Sturm der Wut, flog schneller als vorher das Feuer durch alle Viertel und entzündete die noch unter Schock stehenden Gemüter.

„Sie sollen büßen, wie niemals ein Verbrecher gebüßt hat, seit unser Ahnherr Aeneas die Scholle von Latium betrat.“

„Die Christen sind die Urheber unseres Verderbens. Geht und verhaftet die Christen!“

„Holt sie aus ihren Schlupfwinkeln hervor! Dringt in die Steinbrüche ein, wo sie die Götter lästern und ihre finsteren Pläne gegen uns schmieden!“

„Sophonius, der Müller, ist er nicht einer von ihnen?“

„Und Artemidorus, der Freigelassene des Donatus Scevinus!“

„Und Susanna und ihre Schwester! Ich weiß, wo sie wohnen!“

„Werft sie ins Feuer, blindlings und ohne Wahl, Männer, Weiber und Kinder!“

So und ähnlich schwirrte es in der Stadt durcheinander.

Nero aber fuhr unbehelligt zu seinem Palast zurück.

Nur eine Stunde später drangen römische Soldaten auf Befehl Neros in die Katakombe an der Appischen Straße ein.

Paulus ging ihnen entgegen.

„Was wollt ihr hier?“ fragte der Apostel die Eindringlinge.

„Ihr seid verhaftet, die ihr euch Christen nennt, weil ihr Rom angezündet habt!“ antwortete der Anführer der Soldaten.

„Wir haben Rom nicht in Brand gesteckt, mein Sohn“, antwortete Paulus. „Wer dies sagt, verleumdet uns!“

„Der Kaiser sagt es“, erwiderte der Offizier.

„So verleumdet uns der Kaiser“, entgegnete Paulus. „Vielleicht unschuldig; denn er kennt uns nicht.“

„Oh, er kennt euch“, gab der Soldat zur Antwort. „Ihr seid Feinde des Vaterlands; darum habt ihr auch die Stadt angezündet und verweigert dem göttlichen Nero den Gehorsam.“

„Wir ehren den Kaiser, mein Sohn, wie es uns erlaubt und ihm nützlich ist“, erwiderte der Apostel. „Wir beten für ihn, aber unser Gebet richtet sich an den einzig wahren Gott! Wir vergelten nicht Böses mit Bösem, denn unsere Religion ist Duldung.“

Der Offizier wandte sich schweigend ab. Ein Centurio gab ein Zeichen. Daraufhin stürzten sich die Soldaten auf die Christen. Sie schlugen mit dem Schwerte auf die Wehrlosen ein und richteten ein entsetzliches Blutbad unter ihnen an. Viele Christen kamen ums Leben, viele wurden gefangen weggeführt, unter ihnen auch Paulus.

Ebenso wurden die Häuser etlicher christlicher Familien in Rom gestürmt. Männer, Frauen und Kinder wurden sofort getötet, andere mit den Christen aus den Katakomben in die Verliese des Zirkus Maximus geführt.

In einem abgesperrten Kelleraum, bewacht von Soldaten mit gezückten Schwertern, harrten die gefangenen Christen ihres Schicksals. Auf einem Stein saß Paulus, der Apostel. Um ihn hatte sich die kleine Gemeinde geschart.

Selbst die Soldaten konnten sich des rührenden Eindrucks, den diese Todgeweihten machten, nicht entziehen. Sie bewunderten die Ergebung der Männer, die stille Kraft der Frauen. Hier saß eine Mutter, die ihre Kinder umarmte. Dort saß eine Braut neben dem Erwählten, mit dem sie bald im Tode vereint sein würde. Ein Vater ermahnte seine Söhne, ein Bruder sprach der Schwester Mut zu, Freunde umarmten sich zum Trost und um sich Kraft zu schenken.

Die gefangenen Christen mussten freilich bald der tröstenden Anwesenheit des Apostels entbehren. Schon am nächsten Morgen wurde Paulus in eine Einzelzelle des Zirkus Maximus gesperrt. Auf diese Weise wollte man den Christen das moralische Rückgrat brechen.

Auch in anderer Hinsicht verschlechterten sich die Haftbedingungen zusehends. Da immer mehr Christen gefangen genommen und in den nicht sehr großen, gewölbten Kerker des Zirkus Maximus gebracht wurden, war dieser bald mit Gefangenen überfüllt, die an den Wänden entlang saßen oder lagen, oder sich um die in der Mitte stehenden Trinkgefäße gruppierten. Überall vernahm man Stöhnen und Weinen, geflüsterte Gebete, halblaut gesungene Hymnen, und dazwischen die Flüche der Aufseher. Die Luft in den Gewölben war stickig. Man musste alle seine Kraft zusammennehmen, um nicht das Bewusstsein zu verlieren. Vor allem die kleinen Kinder litten unbeschreibliche Qualen.

Der Apostel lag in seiner Kerkerzelle auf den Knien und betete. Es war schon späte Nacht.

Plötzlich öffnete sich die schwere, eisenbeschlagene Eichentür. Ein Gladiator trat in die Zelle. Hinter dem Eingetretenen schloss sich die schwere Tür wieder.

Paulus erhob sich. Er war mit dem Fremden allein.

„Welchen Auftrag hast du?“ fragte er mit ruhiger Würde. „Wer schickt dich und was hast du mir zu sagen?“

Da nahm der Mann seinen Helm ab und ließ sich auf ein Knie nieder. Er sprach mit tiefbewegter Stimme:

„Ich bin gekommen, dich zu retten!“

„Wer bist du?“ fragte der Apostel erstaunt, „Ich verstehe das nicht, du, ein Gladiator? An diesen Ort des Blutes und des Mordens?“

„Mein Name ist Sextus“, antwortete der einstige Held von Achaja, „ich war Gladiator, bevor Christus in mein Leben trat, und daher kenne ich noch einige ehemalige Kameraden hier im Zirkus. Sie ermöglichten mir, dich in dieser Rüstung in deiner Zelle aufzusuchen, und sie werden – um unserer früheren Freundschaft wegen – nichts unternehmen, wenn ich dich aus diesem Kerker befreie! Denn, lieber Apostel, du sollst morgen hingerichtet werden! So ist es beschlossen! Daher musst du noch in dieser Nacht fliehen!“

„Aber man hat mich verhaftet wie viele andere Christen“, entgegnete Paulus, „sollte ich ein anderes Schicksal erleiden wollen als diese?“

„Ich flehe dich an, lieber Apostel, erlaube mir, dich zu retten!“ seufzte Sextus. Er erhob sich und sprach heftig:

„Ich habe so viele schreckliche Dinge verbrochen in meinem alten, vergangenen Leben! Lasse mich wenigstens diese eine gute Tat tun! Die Christen überall auf der Welt brauchen dich und dein kräftiges Wort noch, dein Zeugnis von Jesus, dem Erlöser!"

„Wenn Christus, unser Herr, beschlossen hat, dass ich mein Leben hingebe für ihn, dann soll es nun so sein", entgegnete Paulus ruhig. „Ich bleibe hier!"

Der ehemalige Gladiator erkannte an den entschiedenen Gesichtszügen des Apostels, dass jedes weitere Wort, diesen zu Flucht bewegen zu wollen, vergeblich war.

„Dann erlaube mir, ebenfalls hier zu bleiben, lieber Apostel", sagte Sextus endlich, „um zugleich mit dem Opfer deines heiligen Blutes mein sündiges Leben hinzugeben als Zeugnis für Gottes ewige Herrlichkeit."

„Nein, mein Sohn", erwiderte Paulus, nicht weniger entschieden, „dein Leben gehört noch den Pflichten dieser Erde! Gott hat es noch nicht von dir gefordert, und nicht vermessen und unberufen darfst du es hingeben – ein solches Opfer würde strafbar sein und keinen Segen bringen. Ich, der Apostel des Herrn, befehle dir, zurückzukehren in die Welt und die Pflichten des irdischen Daseins zu erfüllen, bis dein Schöpfer selbst deinen Tagen ihr Ziel steckt. Aber mit dir sollst du", fuhr er fort, „meinen reichsten Segen nehmen! Deines früheren Lebens Irrtum hat dich zu bösen Handlungen und Taten verführt – aber du hast deine Irrtümer eingesehen und du trägst den Glauben an unseren gekreuzigten und auferstandenen Herrn in dir – ich sehe ihn leuchten in deinem Herzen! Solltest du gerettet werden aus dieser

Verfolgung, die über uns Christen hereingebrochen ist, dann liebe bis zum Ende deiner Tage deinen Nächsten wie dich selbst und Gott über alles!“

Zitternd beugte der ehemalige Gladiator abermals das Knie. Tränen rannen aus seinen Augen. Der Apostel erhob die Hand und machte dreimal das Zeichen des Kreuzes über dem Haupt des Knienden, indem er leise die Worte des Segens sprach.

Dann ergriff Sextus die Hand, welche ihm diese geistliche Wohltat gespendet hatte, und drückte inbrünstig seine Lippen auf dieselbe.

„Lebe wohl, lieber Apostel“, sagte er mit bebender Stimme, während er sich erhob, „und gedenke meiner am Thron der ewigen Herrlichkeit!“

Schnell wandte er sich um und verließ die Kerkerzelle, während der Apostel noch einmal, das Kreuzzeichen machend, die Hand erhob.

Bald darauf wurde die Tür von außen verschlossen. Ruhig verrichtete Paulus sein unterbrochenes Gebet, dann legte er sich auf das harte Lager nieder, und nach kurzer Zeit schlief er in dieser dumpfen Zelle, an deren Pforte ihm der Tod drohte, ebenso friedlich als sonst in seinem Leben.

Nach wenigen Stunden wurde es unruhig in dem Gefängnis. Laute Stimmen schallten durch die Höfe. Man hörte wilde Rufe auf den Gängen – Kettenrasseln und Schwerterklirren.

Der Apostel war erwacht; er erhob sich von seinem Lager und lauschte den lärmenden Stimmen, welche durch die schwere Tür seiner Zelle drangen.

„Sollte die Stunde der Verklärung nahen, Herr?“ betete er, die Hände faltend. „Jesus Christus, ich danke dir, dass du mich würdigst, deinen blutigen Spuren und den Spuren deiner heiligen Märtyrer zu folgen – durchdringe mich mit dem Geist, der dich im Ölberggarten erfüllte!“

Langsam öffnete sich die Tür. Ein Prätorianer blickte in die Zelle und sagte kurz und kalt:

„Komme heraus, Gefangener!“

Der Apostel schritt ruhig und würdevoll aus dem dunklen Raum.

Der Korridor war von einzelnen Fackeln und Laternen erleuchtet. Wilde Gestalten, teils mit den metallenen Rüstungen der Gladiatoren, teils mit den Rüstungen der Prätorianer bekleidet, füllten den Gang. Manche hatten weingerötete und von Blutgier verzerrte Gesichter. An ihrer Spitze stand ein großer magerer Mann mit bleichem, finsterem Antlitz in einer Offiziersuniform. Es war der Anführer dieser Prätorianerabteilung, die sich unter die Gladiatoren gemischt hatte.

Wüstes Geschrei und Hohnlachen empfing den Apostel. Beleidigungen und Lästerungen tönten aus den Reihen hervor.

„Ruhe!“ rief der Prätorianeroffizier in Richtung seiner Männer.

Zu Paulus sprach er:

„Du bist des Verbrechens überführt, die sogenannten Christen dazu angestiftet zu haben, das ewige Rom anzuzünden!“

Der Apostel erwiderte:

„Das habe ich nicht getan – und kein Christ hat Hand an diese Stadt und ihre Bewohner gelegt!“

„Es ist durch viele Zeugen belegt, dass du, Paulus, Hauptverkünder des Nazarenertums, dem Pöbel vorgeschwatzt hast, der Gott der Christen werde in Kürze die Welt in Asche verwandeln und dann Gericht halten über alle menschlichen Kreaturen! Du hast es den Reichen und Mächtigen dieser Erde vielhundertmal angedroht! Und da war es naheliegend, dass die ungeduldige Rotte der Sklaven und Elenden, aus der deine Sekte besteht und die schon längst den Göttern Roms nicht mehr opfert, nun endlich zur Tat geschritten ist!"

„Das alles ist nicht wahr", rechtfertigte sich Paulus. „Eure Zeugen sind bestochen oder durch Folter zu ihrer Aussage gebracht worden!"

„Schweig, Jude!" befahl der Prätorianeroffizier.

„Vorwärts!" kommandierte er schließlich den Apostel. Paulus wurde von mehreren Soldaten auf den Hof gedrängt.

Sanft lächelnd, gelassene Ergebung auf seinen Zügen, flüsterte er:

„Arme, Unglückliche! Herr, vergib ihnen – sie wissen nicht, was sie tun!"

Man war im Hofe angekommen.

Paulus sprach nun mit lauter, voller Stimme:

„Wie der Heiland seinen Mördern verzieh, so vergebe ich euch meinen Tod!"

Er hob die Hand gegen die Soldaten und den einen oder anderen Gladiator, der aus Neugier mit auf den Hof gekommen war, und machte das Zeichen des Kreuzes.

Die Männer standen verblüfft, dieses heilige Symbol nicht verstehend. Doch schnell überwanden sie ihre Überraschung, ergriffen den Apostel und warfen ihn unter Stößen und Fußtritten zu Boden.

„Elender Jude", rief der Prätorianeroffizier, „was willst du durch deine Gaukeleien gute römische Bürger zu Verrätern des Kaisers und unserer Götter machen? – Du bist das Schwert nicht wert, das dir gleich das Haupt vom Rumpfe trennen wird!"

Er erhob die geballte Faust und schlug in das Gesicht des knienden Apostels. Alle Hände erhoben sich ringsumher und bedrohten ihn unter wildem Geschrei.

„Ihr Christen habt Rom angezündet! Der Tod komme über euch!"

„Zurück!" rief nun der Offizier, sein Schwert gegen seine eigenen Leute schwingend. „Ich befehle hier – und ich vollziehe das Urteil, das über diesen Mann verhängt wurde!"

„Jude!" rief er. „Du bist zum Tode verurteilt worden, wegen Verbreitung einer staatsfeindlichen Religion und weil du die sogenannten Christen verführt hast, diese heilige Stadt anzuzünden! So bist du des tausendfachen Mordes schuldig! Empfange jetzt die dir gebührende Strafe!"

Er hob das Schwert.

„Herr Jesus", betete der Apostel Paulus, „dir empfehle ich meinen Geist!"

Ein Hieb – und sein Haupt fiel in den Sand.

Am Nachmittag sollten die anderen gefangenen Christen in einem blutigen Spektakel geopfert werden. Die zwanzigtausend Sitzplätze des Zirkus waren schon eine Stunde vor Beginn des Festes drängend voll besetzt, viele Menschen mussten dem Ereignis stehend folgen.

Endlich erschien Nero mit Poppäa zu seiner Rechten. Das Volk geriet außer sich vor Begeisterung, brüllte jauchzend seinem Kaiserpaar zu. Nero und seine Frau setzen sich auf ihre Plätze. Der Sturm der Emotionen verebbte langsam. Der Kaiser erhob sich. Ein Abglanz früherer Schönheit und Kraft schien ihn heute – wenn man ihn nur von Ferne sah – zu verklären. Nicht wenige Frauen brachen in helle spontane Laute der Bewunderung aus. Poppäa lächelte kaum merklich, zynisch und verächtlich. Sie wusste, was hinter dieser prächtigen Fassade steckte. Eine Puppe – ihre Puppe.

Endlich konnte der Imperator sprechen. Seine Stimme schallte laut über die Arena und die Menschen hin:

„Ich erkläre die heutigen Spiele für eröffnet!"

Wieder begann das Fest mit der traditionellen Einweihung des Zirkus durch die Priester. Freilich trug man heute neben dem Bild Neros das Bildnis der neuen Kaiserin, Poppäa Sabina, durch die Arena.

Dem Volk schienen die einleitenden Zeremonien aber zu lange zu dauern.

„Wo sind die Christen", gellt es aus hundert Kehlen zum Himmel empor. „Wo sind die Tiere, welche auf sie gehetzt werden sollen?"

Wie zur Antwort öffnete sich eine Gittertür, und gemessenen Schritts kamen mehrere Gladiatoren in die Arena. Sie trieben unter lautem Geschrei etwa dreißig Männer mit auffällig bleichen Gesichtern durch den Staub vor sich her. Alle waren sie barfuß, und ihre Ketten klirrten wie das Rasseln rollender Wagen. Durch die Risse ihrer Tuniken erblickte man lange Striemen an ihren Schultern. Mit gesenktem Haupte blickten sie misstrauisch und ängstlich um sich und kniffen, vom plötzlichen Sonnenlicht geblendet, die Augen zu.

Dann kamen die anderen Opfer des heutigen Tages. Voran an der Spitze des Zuges schritt ein Greis. Die Anstrengungen der letzten Tage hatten seine Kräfte erschöpft; er schritt mühsam weiter, sich mit der linken Hand auf die rechte Schulter seiner Enkelin stützend, indes die Rechte einen derben Knotenstock umschloss. Dieses Paar, das ehrwürdige Alter, gepaart mit der Blüte der Jugend, erregte die Aufmerksamkeit der Masse. Wenige nur riefen ihnen Spottworte zu. Die meisten verhielten sich schweigend und folgten dem ehrwürdigen Greis und dem jungen Mädchen mit den Augen, wie sie ohne irgendeine erkennbare Unruhe die Arena durchmaßen. Plötzlich entrang sich der Brust des alten Mannes ein tiefer Seufzer. Er stammelte und lachte unter hellen Tränen, die ihm über das Antlitz rannen. Dann ergriff er ein einfaches Holzkreuz, das ihm um den Hals hing, hob es hoch in die Luft mit den Armen, von denen noch die Ketten herabhingen, blickte gen Himmel und rief, das Kreuz immerfort hochhaltend:

„Gruß und Dank dir, mein Gott und Erlöser Jesus Christus, den ich gleich von Angesicht zu Angesicht schauen werde! Und euch, ihr hehren Engel des Lichts und der Himmel!"

Hinter dem Greis und dem Mädchen schritten die anderen Christen. Darunter die Mütter, die ihre Kinder an sich pressten. Die Kleinen, ohne Bewusstsein der Todesgefahr, musterten mit halb neugierigen, halb furchtvollen Blicken die ungeheure Menge um sie herum. Zwischen den Mädchen und Frauen verteilt, schritten weitere Männer und Jünglinge. Man hatte ihnen, um der Schaulust des Publikums mehr Befriedigung zu verschaffen, Waffen gegeben, mit denen sie ihr Leben verteidigen sollten. In der rechten Hand ein scharfes Schwert, in der linken einen kleinen runden Schild wurden sie den Bestien ausgeliefert, wohl kalkulierend, dass diese Waffen ihr Leben nur um eine kleine Spanne Zeit verlängern, nicht aber retten konnten.

Nun standen die Opfer dicht beisammen, denn sie wollten sich in dem letzten Augenblicke nicht mehr trennen, sondern gemeinsam, wenn möglich zu gleicher Zeit, den Tod empfangen. Doch nicht alle fanden in den Augenblicken der bangen Erwartung noch die Kraft, die sie bisher beseelt hatte. Hier und dort sank eine Jungfrau bewusstlos in den Sand, andere verbargen das Haupt im Gewande und erwarteten, hingekauert auf den Boden, den fürchterlichen Augenblick, die letzte Prüfung, welche ihre Religion von ihnen verlangte. Mütter netzten mit den Tränen der Verzweiflung ihre Kinder, und das Volk, roh und abgestumpft durch die Gewohnheit dieser Schauspiele, beschimpfte und verhöhnte die Unglücklichen, ihrer vermeintlichen Schwäche wegen. Umso mehr Interesse erregten die Christen, die hoch aufgerichtet, die klaren Augen zum Himmel gewandt, ohne Zittern dastanden.

Die Spannung stieg aufs höchste, als ein zweites Gittertor lautlos in die Höhe gezogen wurde. Aus dem Dunkel heraus schritt ein mächtiger Löwe. Geblendet von dem Lichte, blieb er einen Augenblick unschlüssig stehen. Dann schlich er vorwärts, öffnete den mächtigen Rachen, so dass im Sonnenlicht die großen gelben Zähne zu sehen waren, und stieß ein markerschütterndes Brüllen aus. Scheinbar ohne die Gruppe der Christen zu bemerken, schritt er langsam, majestätisch im Kreis, von Zeit zu Zeit seine Stimme ertönen lassend; denn er war seit Tagen nicht gefüttert worden und spähte nach Beute. Ihm folgte ein Tiger, bunt gefleckt, geschmeidig wie eine Katze, noch jung, übermütiger als der Löwe, aber auch furchtbarer anzusehen, wie er sofort seine glühenden Augen auf die Christen richtete. Dann sprang eine dritte, schließlich eine vierte, fünfte, sechste und siebte gelb-rotgestreifte Katze in mächtigen Sätzen aus ihrem Käfig, dessen Falltüre sich geräuschlos hinter dem letzten der Tiere schloss.

Noch kreiste der Löwe scheinbar gleichgültig die Ringmauer entlang; doch die Tiger, blutgieriger als der König der Wüste, richteten ihre Aufmerksamkeit sofort auf die Gruppe von Menschen, die, sich gegenseitig umschlungen haltend, einen Lobgesang angestimmt hatten, dessen feierliche Töne sich seltsam mit dem zeitweiligen Brüllen der Tiere mischten.

Das Volk, begierig Blut zu sehen, reizte die Bestien durch Geschrei an. Immer enger zogen die Tiere ihre Kreise um die Opfer. Jetzt duckte sich einer der Tiger, ein Sprung – brausender Jubel erfüllte die Luft. Zwei junge Männer, welche dem Tier am nächsten standen, hatten sich demselben entgegen geworfen. Seine Sprungweite wohl bemessend, hatten sie die kleinen Schilde über sich gehalten und so das mächtige Tier mit ihren Armen aufgefangen. Aber in dem Augenblick, da der schwere Körper niederfiel, riss er auch die Männer mit sich zu Boden. Diese bohrten dem Tiger ihre scharfen Klingen in die Brust, verletzten ihn freilich nicht schwer genug. Laut aufbrüllend vor Schmerz schlug das Tier um sich und zerfleischte die Jünglinge innerhalb weniger Augenblicke mit Zähnen und Pranken.

Dieser kurze Kampf war für die übrigen Tiere das Zeichen, sich auf die Menschen zu stürzen, und einmal wieder mit dem Geschmack des Blutes vertraut, richteten sie in geringer Zeit ein grauenhaftes Gemetzel an. Nicht wenige Zuschauer lehnten sich über die Brüstung und schossen mit kleinen Pfeilen nach den wilden Tieren. Es gelüstete sie nach mehr und grausameren Szenen. Doch viel schneller als es die Neugierde der Zuschauer wünschte, lagen alle Christen tot oder zu Tode verwundet im blutgetränkten Sand der Arena.

Auf ein Zeichen des ebenfalls sichtlich enttäuschten Nero wurden die Leichen der Getöteten durch die Porta Libitina hinausgeschleift. Die satten Tiere trieb man in ihre Käfige zurück.

Zur gleichen Stunde wurde auf dem vatikanischen Hügel der Apostel Petrus – mit dem Kopf nach unten – gekreuzigt!

20. Kapitel

Im Norden Britanniens, mitten in einem Kranz gewaltiger Bergrükken, lag ein einsames Tal, in das noch kaum ein Mensch seinen Fuß gesetzt hatte. Dort trat an einem nebeligen Wintermorgen eine Frau mittleren Alters aus einer roh gezimmerten Hütte und stieß einen kurzen, gellenden Pfiff aus. Nach einiger Zeit kam ein großer, zotteliger Hund angesprungen und folgte der Frau in das Innere der Behausung, aus der fröhliches Kinderlachen ertönte. Bald darauf erschien ein gleichaltriger, kräftiger Mann unter der Tür, einen Bogen über der Schulter, in einem aus Tierfellen gefertigten Köcher eine Anzahl verschiedenlanger Pfeile. Er legte die Hand über die Augen und sah über die Berge, wo eben die Sonne durch die Wolken drang.

„Der Tag wird schön, Liebling!" rief er, sich umwendend, in die Hütte. „Ich werde auf die Jagd gehen."

„Es wird notwendig", antwortete die Frau, „denn unser Fleischvorrat geht zu Ende."

Der Mann stieß einen Pfiff aus, und gleich darauf sprang der große Hund, bellend und mit dem Schwanz wedelnd, wieder aus dem

Haus heraus. Er umkreiste den Mann mit Zeichen der Freude. Aber noch zögerte der Jäger, die Hütte zu verlassen. Aus seiner besorgten Miene war zu entnehmen, dass er irgendeine Gefahr vermutete, denn seine Augen schweiften prüfend über die nächstgelegenen Berge.

„Fürchtest du nichts, Schatz?“ fragte er, während er das vierjährige Kind tätschelte, welches singend aus der Hütte gelaufen kam, um sich vom Vater zu verabschieden. Nun trat auch die Mutter aus der Hütte. Ihr langes, schwarzes Haar, die großen dunklen Augen und die Sprache verrieten die Römerin.

„Was sollte ich fürchten, mein Lieber?“ fragte sie lächelnd.

„Die Römer“, antwortete der Mann finster.

Sie schüttelte das Haupt.

„Die kommen nicht hierher. Warum mit einem Male diese Angst? Hausen wir nicht schon viele Jahre in unserem Versteck?“

Der Blick des Mannes flog liebkosend über die Gestalt seiner Frau. Er schwieg eine Weile, dann sagte er:

„Ich hatte einen seltsamen Traum in dieser Nacht. Mir war, als sähe ich einen riesigen Adler blitzschnell im Fluge sich auf unser Haus hernieder senken, und ehe ich mich dessen versah, hatte er dich und unsere Tochter erfasst und trug euch beide fort, gen Süden, indes ich, gelähmt vor Schrecken, nicht fähig war, auch nur einen Pfeil zu eurer Verteidigung abzuschnellen. Erst als das Tier mit euch im Dunst der grauen Ferne verschwunden war, setzte ich mich in Bewegung, es zu verfolgen.“

Die Frau antwortete nicht sogleich.

„Du hattest oft solche Träume, lieber Gemahl. Sie entspringen einem allzu aufgeregten Herzen. Soll ich dich furchtsam schelten, Liebster?“

Statt einer Antwort umarmte der Mann die Gefährtin und stieg die Höhen hinan. Sie sah ihm nach, soweit das Auge reichte, wie er mit dem Hund immer höher und höher stieg, bis beide, Mensch und Tier, ihren Blicken entschwunden waren. Dann ging sie mit dem Kind in die Hütte zurück.

Jener Mann war Lucius Silanus, der ehemalige römische Senator und Oberst, seine Frau Octavia, die Tochter des Kaisers Claudius und erste Gemahlin des regierenden Imperators.

Seitdem das junge Paar Rom verlassen und auf seiner abenteuerlichen Flucht schließlich nach Britannien gekommen war, beseelte es nur der eine Gedanke, Rom von Nero zu befreien. Gott hatte für die beiden das Land Britannien bestimmt, vielleicht, weil die Freiheitsliebe seiner Bevölkerung permanent gegen die römische Herrschaft opponierte und versuchte, der immer drückender werdenden Despotie zu begegnen. Hier wurden römische Dissidenten, wie das junge Ehepaar, geschützt, weshalb Octavia und Silanus sich in diesem Land sicher fühlten, zumal das Tal, in dem sie sich niedergelassen hatte, sehr abseits lag. Hier wollten die beiden auf den Tag warten, der ihnen ermöglichen würde, an der Befreiung des römischen Volks – und der ganzen Welt – mitzuwirken. Ganz sicher konnten sich die ehemalige Kaiserin und Silanus freilich nie sein. Offiziell galt Octavia zwar als tot, doch Nero wusste, dass sie irgendwo lebte, und so musste seine einstige Gemahlin damit rechnen, dass der Imperator nach ihr suchen ließ. Dazu kam, dass mehrere politische Gegner Neros inzwischen erfahren hatten, dass und wo Octavia und Silanus lebten. Die ehemalige Kaiserin und ihr Mann hatten es ihnen selbst – durch vorsichtig überbrachte Geheimschreiben – bekanntgegeben, um aus ihrem einsamen Versteck heraus einem gemeinschaftlichen Vorgehen gegen Nero den Weg zu bereiten. Die Männer, mit denen das Paar in Verbindung stand, waren vor allem Gajus Julius Vindex, der kaiserliche Legat von Gallia Lugdunensis, Salvius Otho, der es inzwischen zum Statthalter Roms in Lusitanien gebracht hatte, der Feldherr Servius Sulpicius Galba, der aufgrund von Verwandtschaft und Adoption in allernächster Verbindung zum Kaiserhaus stand, sowie der Feldherr Verginius Rufus. Naheliegender Weise barg dieses Vorgehen Octavias und ihres Gemahls freilich das Risiko in sich, doch eines Tages entdeckt zu werden.

In den ersten Jahren, in denen Octavia, ihr Mann und später ihre Tochter Johanna in dem einsamen Tal lebten, hätten die kriegerischen Auseinandersetzungen zwischen Rom und Britannien freilich eine eventuelle Suchexpedition verhindert.

Nachdem die römischen Besatzer lange Zeit in Britannien mit schauerlicher Rohheit gehaust und alle Rechte und Gesetze des unterdrückten Volkes mit Füßen getreten hatten, beschloss Boudicca, die Königin der Icener, den Tod ihres Mannes, des Fürsten Prasutagus, sowie ihre eigene Schmach endlich zu rächen. In den heiligen Wäldern der Druiden kamen die Häuptlinge des Landes zusammen, und entflammt von dem Zorn und der Begeisterung Boudiccas führten sie ihre Stämme vereint gegen die Römer. Markus, der römische Statthalter Britanniens, weilte gerade in Camulodunum, als die Festung von dem Heere der Rebellen, die an die 120.000 Mann zählten, mit stürmender Hand genommen wurde. Alle Römer kamen an jenem Tag um. Aber schon war der römische Feldherr Suetonius Paulinus mit einer auserwählten Armee, bestehend aus der dreizehnten und zwanzigsten Legion, in Eilmärschen gegen Camulodunum vorgerückt. Vor den Toren der Stadt kam es zu der blutigen Entscheidungsschlacht, in der die Aufständischen restlos geschlagen wurden. Die tragische Königin Boudicca tötete sich daraufhin selbst durch Gift.

Von den Wirren, welche diesem Aufstand folgten, bekam man in dem fernen Tal, in dem Octavia und ihr Mann lebten, wenig mit. Aus Silanus war ein freier Naturmensch geworden, der sich ganz und gar in die Sitten und Gebräuche des keltischen Volkes eingelebt hatte. Oft genug kam er mit den Stammesführern jener Gegend zusammen, und durch sie erfuhr er, was sich im ganzen Lande tat. Niemand von den Stammesführern verriet den Römern das Versteck von Octavia und Silanus, denn man achtete die beiden wegen ihrer Verbindung mit dem römischen Kaiserhaus gleich einem Königspaar, so wie man sie, aufgrund ihrer Gegnerschaft zu demselben, als Verbündete ansah.

An jenem Tag, da Silanus auf die Jagd gegangen war, konnte auch Octavia ein Gefühl des Missbehagens nicht loswerden. Sie atmete erleichtert auf, als sie einen keltischen Hirten die Höhen empor klimmen sah, der bald in die einfache Hütte trat, um die Gastfreundschaft Octavias in Anspruch zu nehmen.

„Was führt dich hierher, Devanus?“ fragte sie den Ankömmling, ihm Käse und Milch vorsetzend, „mir scheint, du willst mir eine Neuigkeit überbringen.“

„So ist es, Herrin“, entgegnete Devanus, „die unteren Stämme senden mich, um dich zu warnen.“

„Zu warnen? Droht uns denn Gefahr?“

„Eine römische Kohorte ist unterwegs. Wir wissen nicht, was sie hier in dieser Gegend wollen. Aber möglicherweise sind sie euch auf der Spur! Wenn sie das sein sollten, dürften sie in den nächsten Tagen hier sein!“

„So müssen wir dieses stille Tal verlassen“, seufzte Octavia, „wann endlich wird für uns die Stunde der Freiheit und des Friedens schlagen? – Wann, Devanus, denkst du, dass die Kohorte hier sein kann?“

„Man sagte mir, wenn sich die Sonne zum dritten Male wendet, können sie sich hier herauf bewegt haben.“

„Mein Mann ist vor wenigen Stunden in die Berge gestiegen“, sagte Octavia. „Er wird vor zwei Tagen nicht zurückkehren. Willst du ihn suchen? Er möge sofort zurückkommen, damit wir alles, was wir besitzen, auf unsere Schultern laden und uns weiter in die Einsamkeit der Berge zurückziehen können.“

„Gewiss will ich das tun“, nickte der Hirte. „Ich will mich sogleich auf den Weg machen. Wenn die Götter mich begünstigen, kann ich deinen Mann bis zum Sonnenuntergang gefunden haben, denn ich kenne ungefähr die Wege, die er normalerweise wählt.“

Er erhob sich sogleich, durch Octavia zur Eile ermahnt, und bald war er auch in dem Nebelmeere verschwunden, das die Gipfel der Berge umgab und sich weit in das hochgelegene Tal herabsenkte.

Der Tag verging, und schon begann es zu dämmern. Es war die Zeit, wo Octavia sich normaler Weise mit ihrer Tochter auf das Lager streckte, das die zärtliche Hand ihres Mannes ihnen bereitet hatte. Sie warf noch einen prüfenden Blick ringsum, bevor sie sich mit dem Kind in die Hütte begab, um sich zum Schlafe niederzulegen.

Noch war die Nacht nicht sehr vorgeschritten, da schreckte die Frau auf. Ihr war es, als habe sie ein unbekanntes Geräusch vernommen. Sie erhob sich und trat hinaus in die Dunkelheit.

Aber schon wurde es ringsum lebendig, und im Lichte des Mondes, der ausgerechnet in diesem Moment voll und prächtig aus den Wolken trat, sah Octavia überall römische Soldaten, die, auf ihre Speere gestützt, heraufkamen und ihr so keinen Ausweg zur Flucht ließen.

Octavia eilte zurück und schloss sich in der Hütte ein. Doch schon donnerten die Äxte der Römer gegen die Balken, aber die Tür war stark und hielt den Waffen stand, die nicht für schweres Eichenholz bestimmt waren. Wütend verdoppelten die Soldaten ihre Hiebe gegen die Tür, die schließlich doch nachgab und krachend zusammenstürzte.

Mit wildem Geschrei drangen die Römer in die Hütte ein, und nach wenigen Augenblicken hatten sie die Mutter, die sich schützend vor ihr Kind gestellt hatte, zu Boden gerissen und gefesselt. Ebenso verfuhren sie mit dem kleinen Mädchen, das verzweifelt um Hilfe schrie. Dann suchten die Soldaten die Hütte ab, ob sie nicht noch jemanden fänden. Als sie sich davon überzeugt hatten, dass der Herr des Hauses abwesend war, zwangen sie ihre ehemalige Kaiserin – von der sie freilich nicht ahnten, um wen es sich handelte, die Männer befolgten nur ihre Befehle, eine angebliche Verräterin und Feindin Roms gefangenzunehmen – mit Stockschlägen, ihnen zu folgen. Andere Soldaten trieben das weinende Kind vor sich her. Die Hütte hatten sie in Brand gesteckt, und bald breitete sich die Ruhe der Nacht über das stille Tal. Nur eine breite, glühende Flammensäule schoss gen Himmel und warf ihren Schein weithin über die Berge.

Als – durch das Licht des Feuers alarmiert – Silanus mit dem Hirten Devanus nach rasender Eile im Tal ankam, fand er nur mehr die verkohlten Reste seiner Hütte.

Die beiden Männer machten nicht viele Worte. Sie blickten sich an und hatten sich sofort verstanden. Schneller noch, als sie gekommen waren, eilten sie weiter, den Spuren nach, welche die Tritte der Römer in dem hohen Gras zurückgelassen hatten.

Bis an das Meer hatte Silanus die römischen Soldaten verfolgt. Aber er kam zu spät; wenige Stunden, bevor er die Küste erreichte, waren Octavia und ihre gemeinsame Tochter nach Gallien geschafft worden, um von dort nach Rom gebracht zu werden. Da ließ Silanus sich den Bart scheren und kleidete sich wieder in die Toga der Römer. Sich als Kaufmann ausgebend, schiffte er sich nach Gallien ein, entschlossen, das geliebte Weib und das Kind Nero zu entreißen, und wenn es selbst im Herzen Roms geschehen müsste.

Da hielten ihn Ereignisse im Innern Galliens auf, die zwar seinem Hass gegen den Kaiser entgegen kamen, aber auch seine Pläne zur Befreiung Octavias behinderten. Der Aufstand der Gallier gegen Rom, der schon längere Zeit anhielt, war nämlich in ein kritisches Stadium getreten.

Die Entwicklung dieser Revolte war Silanus natürlich bestens bekannt: Gajus Julius Vindex, der Spross einer alten Herrscherfamilie in Aquitanien, war als Prinz in Rom gewesen und hatte eine großstädtische Erziehung genossen, die ihn in Verbindung mit seinen außergewöhnlichen Fähigkeiten geeignet erschienen ließ, einen verantwortungsvollen Posten verwalten zu können. So hatte ihn Nero als kaiserlichen Legaten an die Spitze von Gallia Lugdunensis gestellt. Aber Vindex, ehrgeizig und mutig, trug sich mit ganz anderen Plänen als jenen, die der Kaiser ihm zudiktiert hatte. Er gehörte jenem großen und mutigen Volk an, das einst vor den Toren Roms das kühne Wort gesprochen hatte: „Wehe den Besiegten!" Als genauer Kenner seiner Zeit und ihrer Verhältnisse, hielt der Gallierfürst den Augenblick für gekommen, durch das Schwert die Waage des Schicksals des Römischen Reiches zu Gunsten seines Volkes sinken zu lassen. Was besaßen Rom beziehungsweise der Kaiser denn auch noch, um es gegen ihn, Gajus Julius Vindex, und sein Volk in die Waagschale zu werfen? Geld, wie frühere Kaiser es noch zur Verfügung hatten? Nero hatte es längst durch seine Prunk- und Verschwendungssucht verbraucht! Legionen? Die Soldaten verachteten Nero mehrheitlich, und das galt umso mehr für die Legionen, die am Rhein und an der Donau standen! Nein – Nero, obgleich noch nominell Herr der Welt, Kaiser von

Rom und Imperator über alle Legionen, schien längst verloren und am Ende durch die Schwäche seiner Laster, die allgemein bekannt waren, und es bedurfte nur noch eines geeigneten Anlasses, um den Widerstand der unterjochten Völker zu entflammen und Rom seine bisherige Machtstellung zu entreißen.

So war das Jahr 68 herangekommen, das einer der ereignisreichsten Zeitabschnitte in der römischen Geschichte werden sollte. In aller Heimlichkeit hatte Vindex darauf hingewirkt, dass seine Landsleute, ganz Gallien, aber auch viele Nachbarstaaten, ja Teile der römischen Legionen selbst, Nero den Gehorsam aufkündigten. Gleichzeitig hatten – und dies war der besonders schlaue Schachzug des Gajus Julius Vindex – die genannten Völker, Staaten und Legionen dem römischen Senat und dem Volke der Weltstadt gegenüber ihre anhaltende, unverbrüchliche Treue geschworen! So erschien der Aufstand, zu dem sich nun ganz Gallien wie ein Mann erhob, lediglich gegen den Kaiser, nicht aber gegen das römische Volk als solches gerichtet. Aus diesem Grunde stieß der offene Aufruhr, der sich bald von den Pyrenäen bis zur Nordsee erstreckte, bei nicht wenigen Römern und selbst einigen Teilen der römischen Legionen auf Sympathie, schien er doch nur als eine verständliche Reaktion auf eine Situation, die allen Rechten auf Menschlichkeit Hohn sprach.

Freilich stand die Revolution gegen das Imperium insofern unter einem schlechten Stern, weil sich ihr die großen Legionen des Römischen Reiches nicht angeschlossen hatten. Schon hatte der Aufstand bis nach Afrika übergegriffen, da wurde Gajus Julius Vindex von römischen Truppenverbänden vollständig geschlagen. Vindex stürzte sich daraufhin verzweifelt ins eigene Schwert. Alles schien verloren, und die Götter schienen noch einmal ihre schützende Hand über den Cäsaren breiten zu wollen.

Das war die Situation, als Lucius Silanus die Küste Galliens erreichte.

Nun galt es zu handeln! Und Silanus wusste, was er zu tun hatte.

So schnell es ihm möglich war, begab Silanus sich auf den Weg nach Emerita Augusta, der Hauptstadt Lusitaniens, wo Salvius Otho als Statthalter Roms residierte.

Octavia und ihre Tochter waren sofort nach ihrer Verschleppung nach Rom in den Mamertinischen Kerker gebracht worden. Dort saßen sie nun in einer niedrigen muffigen Zelle auf feuchtem Stroh.

Der Mond schien gerade durch das kleine dunkle Eisengitter an der Decke und bildete das Gitter auf dem Boden des Gefängnisses ab. Im Widerschein des Mondlichtes konnte man die vier Wände der engen Kerkerzelle, die rohen Ziegelsteine, aus denen sie ausgeführt waren, die grauen Kalkfugen zwischen den schwarzen Steinen, die kleine Mauer, die in einer Ecke statt eines Tisches angebracht war, darauf den irdenen Krug und die irdene Schüssel, in denen das karge Nachtmahl – ein wenig Hirsebrei und Wasser – gebracht worden waren, und jeden Halm des Strohes, das Mutter und Kind zum Lager diente, noch gut erkennen.

Um es ihrer Tochter Johanna etwas leichter ums Herz zu machen, sagte Octavia:

„Siehe liebes Kind, unser alter Freund, der Mond, schaut herein und blickt sich nach uns um! Es ist derselbe Mond, der auch in Britannien, in unserem stillen Tal, jeden Abend durch die grünen Rebenblätter am Fenster unseres kleinen Hauses hereingeschaut hat. Er glänzt dort nicht schöner und heller als jetzt durch dieses Eisengitter. Wir brauchen uns also nicht zu fürchten, nicht wahr? Und was macht wohl jetzt der liebe Vater? Wacht er vielleicht auch in dieser Stunde und blickt zum Mond empor? Bald werden wir ihn wiedersehen, Kind, denn er wird uns mit seinen Freunden – und vor allem mit Gottes Hilfe – aus diesem Gefängnis retten. Deshalb fürchte dich nicht!"

Bei diesen Worten hörte Johanna auf zu weinen, sie schluchzte nur noch ein paar Mal, rang die Hände und betete leise ihr Nachtgebet, dann sank ihr Köpfchen in den Schoß der Mutter, und ein sanfter Schlaf schloss ihr die müden Augenlider.

Octavia hob indessen die gefesselten Hände zum Gebet empor.

„Allmächtiger Gott! Oh, blicke in dieses Gefängnis und sieh mich hier auf meinen Knien liegen. Deine allmächtige Hilfe lässt sich durch keine Mauern und durch keine Eisengitter abhalten. Du bist der Retter der Unschuld! Hilf uns, ich bitte dich! Erbarme dich unser – wenn es dein heiliger Wille ist! Erbarme dich vor allem meines armen lieben Kindes! Und gib meinem getreuen Silanus deinen Trost in die Seele! Lass seine Hoffnung, sein Gottvertrauen nicht wanken! Du siehst ihn und mich! Du schaust in unser beider Herzen! Oh, sende du ihm und mir Kraft und Stärke in unseren Leiden! Durch Jesus Christus, unseren Herrn!"

Ein Strom von Tränen floss bei dem Gedanken an ihren Mann

aus Octavias Augen. Sie weinte und schluchzte freilich leise, um ihre Tochter nicht zu wecken. Eine ihrer Tränen tröpfelte auf die Wange des schlafenden Mädchens und schimmerte im Mondlicht wie ein Tautropfen.

Da verdunkelte plötzlich eine finstere Wolke den Mond. Octavia sah kaum mehr etwas vor ihren Augen, und schauerliches Dunkel erfüllte den Kerker. Da drohte es ihr bange ums Herz zu werden. Doch schon ging die Wolke vorüber und der Mond leuchtete wieder wie zuvor. So, dachte die Gefangene bei sich, kann die liebende Vorsehung Gottes eine Zeitlang etwas verdunkelt scheinen; aber am Ende glänzt sie doch wieder hell und schön!

Mit diesen Gedanken legte sich die ehemalige Kaiserin auf ihren Bund Stroh nieder und schlief ruhig und getrost ein.

Benannt war die Region Lusitanien nach dem dort lebenden Volk der Lusitaner. Julius Cäsar hatte die Eingliederung dieser Region ins Römische Reich zum Abschluss gebracht. In der republikanischen Zeit gehörte Lusitanien, soweit es damals schon von den Römern beherrscht wurde, zur Provinz Hispania ulterior, die den Süden und Westen der Iberischen Halbinsel umfasste. Durch die Provinzreform unter Kaiser Augustus wurde die Hispania ulterior in zwei Teile aufgeteilt, Hispania Baetica, den Südosten, und Lusitania, den Nordwesten, wobei die Grenze ungefähr entlang dem Fluss Anas verlief. Im Norden und Osten grenzte die Lusitania an die sehr große Provinz Hispania citerior. Zur Lusitania gehörten noch die Gebiete der Städte Salamantica, Caliabria, Caurio, Norba und Caesarobriga. Die

Hauptstadt der Lusitania, Emerita Augusta, die westlichste Provinzhauptstadt des Imperium Romanum, lag am Übergang der wichtigen Nord-Süd-Römerstraße über den Fluss Guadiana. Seit langem war Emerita Augusta ein wichtiges wirtschaftliches, militärisches und kulturelles Zentrum. Von Augustus als Kolonie für Veteranen römischer Legionen gegründet und als solche Produkt einer Neuordnung der spanischen Provinzen durch den Kaiser als Folge der Feldzüge gegen die Kantabrer und Asturer im Nordwesten der Halbinsel, war der Name der Stadt, vom lateinischen „emerita" für „verdient", gewissermaßen Programm. Im Laufe der Zeit waren zahlreiche repräsentative Gebäude errichtet worden, Theater, Amphitheater, Tempel, Brücken und Aquädukte, die Lucius Silanus aus der Nähe und aus der Ferne sehen konnte, als er die Stadt durchkreuzte. Er passierte das Amphitheater und den Zirkus, der eine riesige Pferderennbahn und der größte Veranstaltungsort der Stadt war, sowie den Tempel, ein rechteckiges Gebäude, das von Säulen umgeben war und dem Kaiserkult galt. Schließlich überschritt er die große Brücke über den Fluss Guadiana. Der Standort der Brücke war gut gewählt. Sie erhob sich an einer seichteren Stelle des Flusses, an dem es zudem eine kleine Flussinsel gab. Sie überspannte den Fluss in zwei Bogengruppen, die mit einer Holzträgerkonstruktion verbunden waren, und war rund 800 Schritte lang.

Schon näherte Silanus sich dem prächtigen Palast des Statthalters Roms, Salvius Otho.

Die beiden Männer kannten sich von der Zeit her, da sie in Glück und Zufriedenheit in Rom gelebt hatten, bis die despotische Faust

Neros in ihr Leben griff und demselben eine jähe Wendung gab, indem es jeden der Männer in eine andere Weltrichtung jagte. Silanus wusste, dass Otho Nero Rache und Vergeltung geschworen hatte, und obgleich der Gemahl Octavias den Mord an Poppäas erstem Mann, Rufius Crispinus, hart verurteilte, galt es nun, dieses zurückzustellen und den Statthalter Lusitaniens davon zu überzeugen, dass jetzt – trotz des Scheiterns des Gajus Julius Vindex – die Zeit gekommen war, mit dem Imperator abzurechnen.

Ruhig schritt Silanus, nachdem seine Ankunft Salvius Otho gemeldet worden war, durch die hohen Marmorhallen des Vorgebäudes und die anderen weiten Räume der Residenz. Ein griechischer Sklave begleitete ihn ehrerbietig von Saal zu Saal.

Die Gemächer, welche sie passierten, waren voller Gallier und Römer – Truppenführer, reiche und vornehme Bürger der Stadt sowie Abgesandte aus den umliegenden Provinzen, viele in Prachtgewänder und reichen Goldschmuck gewandet –, die ihrer Audienz beim Statthalter harrten. Gespannte Erwartung sprach aus ihren Zügen, aus manchen aber auch Ungeduld und Enttäuschung; hatten viele doch schon seit gestern an der nämlichen Stelle stundenlang gewartet. Otho hatte seinem Diener freilich Befehl gegeben, sofort und vor allen anderen Lucius Silanus zu ihm zu führen. Dieser schenkte den Wartenden, die ihm scheele Blicke zuwarfen, keine Beachtung, ebenso wenig den kunstvoll gewobenen Teppichen an den Wänden, den mit seltenen Kunstwerken geschmückten Friesen oder den breiten Mosaikbildern, über die seine Füße ihn trugen. Auch auf das vielstimmige

Summen und Murmeln, das ihn umgab, achtete er nicht. Er hatte nur sein wichtiges Anliegen und das bevorstehende Gespräch mit Salvius Otho vor Augen.

Der griechische Sklave führte Silanus bis zu einem schweren Vorhang, der die inneren Gemächer des Statthalters abschloss, öffnete ihn dienstwillig und ließ Silanus passieren.

Da schritt Salvius Otho schon auf ihn zu. Er reichte Silanus nach römischer Sitte die Hand, betrachtete schweigend das wettergebräunte Gesicht des früheren Senators und Oberst, an dem die Jahre nicht spurlos vorüber gegangen waren, die gefurchte Stirn, die Fältchen um die dunklen Augen und den männlichen Mund, die teilweise ergrauten Haare. Die markante Nase und der kräftige Nacken zeugten freilich immer noch von der starken Willenskraft jenes Mannes, der entschlossen war, Nero die Stirn zu bieten.

„Wir wollen uns setzen“, sagte der Statthalter schließlich und führte seinen Gast zu mehreren pelzbesetzten Ruhepolstern.

„Du hast mir geschrieben, dass Nero Octavia entführen und nach Rom bringen ließ“, begann Otho das Gespräch, „das Schreiben, das mir der berittene Bote brachte, war nur wenig schneller als du selbst!“

„Die Sorge um mein geliebtes Weib und unsere Tochter trieb mich“, antwortete Silanus, „doch nicht nur zur Befreiung Octavias und Johannas, sondern zur Befreiung des Reichs müssen wir dieses Ungeheuer Nero von seinem Thron stoßen!“

„Du meinst, es ist soweit? Wird die römische Bevölkerung sich auf unsere Seite schlagen und gegen Nero aufbegehren?“ fragte Otho.

Silanus nickte.

„Daran besteht kein Zweifel!"

„Ich bin mir nicht so sicher", grübelte Otho. „Die ersten Jahre seiner Herrschaft verliefen gar nicht so schlecht, und daran erinnert sich das Volk zurück. Nero zeigte sich zunächst als fähiger und eigenständig handelnder Politiker, der sein Urteil wohlüberlegt fällte. Er betonte die Eigenständigkeit des Senats und war beim Volk durch Senkung des Getreidepreises und die Veranstaltung von Spielen beliebt. Man weiß, dass er ungern Todesurteile unterschrieb und die meisten Verbrecher lieber zur Zwangsarbeit verurteilte."

„Freilich verbannte er bereits damals viele unbequeme Adelige ins Exil oder drängte sie zum Suizid …", gab Silanus zu Bedenken.

„Wem sagst du das?" seufzte Otho.

„Ich glaube, dass Nero in den ersten Jahren schlicht Theater und eine Rolle gespielt hat", meinte Silanus. „Hielt man ihn nicht zunächst für bescheiden, weil er eigene Standbilder ablehnte? Doch wie bald ließ er die Maske fallen!"

„Oh ja", seufzte der Statthalter Lusitaniens ironisch, „Nero ist der Welt talentiertester Schauspieler – sowie Sänger, Dichter und Lyraspieler. Aber auch bei Theateraufführungen, bei denen er sich sogar in Frauenrollen und als Kitharasänger gefiel, glänzte er."

„Seine Vergnügungen, Theater und Konzerte, Wett- und Zirkusspiele haben freilich immense Schulden angehäuft", meinte Silanus.

„Damit hätte die römischen Oberschicht an sich keine Probleme gehabt, die hohen Kosten würde die Aristokratie Nero wohl verziehen haben", meinte Otho, „es ist für sie in Ordnung, wenn sich einer von ihnen den schönen Künsten hingibt — aber das sollte im kleinen, privaten Kreis ausgelebt werden, nicht auf der öffentlichen Bühne und erst recht nicht vor dem Volk."

„Zunächst fanden diese Darbietungen und Ausflüge auf die Bühne ja auch nur vor Freunden und für Freunde und Mitglieder des Hofes statt", sinnierte Silanus.

„Doch allmählich wurde Neros Buhlen um die Anerkennung als Künstler immer degoutanter. Schließlich stiftete der Kaiser die Neronia, Spiele, die sich an den griechischen Spielen orientierten. Hier trat der Kaiser öffentlich und vor einer großen Zuschauerzahl auf."

„Man muss freilich zugeben, dass das Volk die Darstellung des Kaisers durchaus genoss …" Silanus lächelte spöttisch.

„Aber die Senatoren und auswärtige Staatsgäste waren angewidert und entsetzt", erwiderte Otho. „Vespasian, der bei einer dieser Aufführungen anwesend gewesen und eingeschlafen ist, hätte beinahe seinen Kopf verloren, weil der Kaiser Aufmerksamkeit erwartete und ein vorzeitiges Verlassen des Schauplatzes verbot!"

Nach kurzem Nachdenken fuhr Otho fort:

„Der Skandal an Neros Künstlertum war und ist für die römische Oberschicht nicht seine Liebe für Schauspielerei, Theater, Poesie und Musik an sich, sondern sein Streben nach Produktion vor einem großen Publikum. Nach den Konventionen der Aristokratie und der Erwartung an einen Kaiser sind das Auftreten bei Wettkämpfen, Wettfahrten und Theaterstücken unerhört – so benimmt sich kein Herrscher der bekannten Welt, Vater des Vaterlandes und Garant für das Wohlergehen des Staates."

„Den römischen Adel und die Senatoren dürften wir also auf unserer Seite haben, wenn wir gegen Nero vorgehen“, fasste Silanus die Überlegungen des Statthalters lakonisch zusammen.

„Und das Volk?“ fragte Otho.

„Das Volk lastet Nero den Brand Roms an!“

„Glaubst du, dass er es getan hat?“

„Dass er selbst die Stadt angezündet hat, kann natürlich ausgeschlossen werden“, meinte Silanus, „eine Beauftragung anderer jedoch ist anzunehmen, zumal nach den ersten Löscharbeiten weitere Feuer unter anderem nahe bei dem Haus des Prätorianerpräfekten Tigellinus ausbrachen ... Und ist es denn denkbar, dass die Verwüstung von alleine so kunstgerecht voranschritt? Erst der Hauptbrand am Aventinus, dann vor allem an drei verschiedenen Punkten die Hilfsbrände, die dem Hauptbrand die Hände reichten, bis alles ein einziges zum Himmel loderndes Chaos war ... Ein so systematischer Untergang der großen Stadt ist nur begreiflich, wenn man annimmt, dass ein klarbewusster leitender Wille das Ganze ins Werk gesetzt hat!“

„Zum Wiederaufbau Roms ließ Nero vieles unternehmen“, überlegte Otho, „er ließ breitere Straßen anlegen. Alle Häuser müssen nun wegen der Feuergefahr eigene Mauern haben und dürfen nicht höher als gut vierzig Armlängen sein. Er erließ eine Reihe von weiteren Brandschutzmaßnahmen. Dankt das Volk das dem Kaiser nicht?“

„Keineswegs! Dem Volk entstand durch den Wiederaufbau nach Brandschutzaspekten eine erhebliche zusätzliche pekuniäre Belastung.“

„Seit Nero für die Finanzierung des Wiederaufbaus Roms begann, die Tempel im ganzen Reich zu plündern, hat er zudem die Religiösen im Lande gegen sich, welchem Kult sie auch anhangen mögen“, murmelte Otho nachdenklich.

„Sich selbst ließ Nero zudem ein riesiges und äußerst prunkvolles Anwesen mit großen Kunstschätzen und technischen Raffinessen errichten, das sogenannte Goldene Haus“, ergänzte Silanus.

„Das Volk ist also mehrheitlich gegen Nero, meinst du. Doch entscheidend ist das Militär! Wie steht es zum Kaiser?“

„Nero ist der erste Kaiser in der Geschichte Roms, der nie an einem Feldzug teilnahm“, gab Silanus zur Antwort.

„Insofern sind ihm einige militärische Siege geradezu in den Schoss gefallen“, bestätigte der Statthalter Lusitaniens, „etwa der Triumph seines Feldherrn Gnaeus Domitius Corbulo über die Parther in Armenien. Den Erfolg ließ Nero sich in Rom mit einem Triumphbogen belohnen!“

„Und wie hat es der Kaiser seinen Soldaten gedankt?“ fragte Silanus. „Der Sold wurde immer weniger, von Jahr zu Jahr …“

„Die Soldaten dürften also auch auf unserer Seite stehen …“, resümierte Otho. Dann meinte er: „Wie du weißt, sehne ich die Zeiten der Republik zurück. Es ist ein gewaltiges Unglück, nur einem Herrscher untertan zu sein, von dem man nie sicher sein kann, ob er gut ist und bleibt, weil es immer sein kann, dass er sich zum Schlechten entwickelt.“

Der Statthalter Lusitaniens verfiel ins Grübeln:

„Wie kommt es, dass so viele Menschen, so viele Städte, so viele Nationen sich einen Tyrannen gefallen lassen, der weiter keine Gewalt hat als die, welche sie ihm geben; der nur soviel Macht hat, zu schaden, wie die Menschen aushalten wollen; der ihnen gar kein Übel antun könnte, wenn sie sich widersetzen würden? Es ist sicher unerklärlich und doch wieder so gewöhnlich – da eine weltweite Tatsache –, dass Millionen von Menschen als elende Knechte und mit dem Nacken unterm Joch leben, ohne dazu von einer größeren Stärke gezwungen zu werden, vielmehr scheinen sie geradezu bezaubert und verhext zu sein von dem bloßen Namen des Tyrannen. Das ist die Schwäche der allermeisten Menschen: sie haben eine sklavische Lust daran, sich zu unterwerfen."

Silanus wunderte sich, dass der einst so oberflächliche Otho solch tiefen, philosophischen Gedanken über die menschliche Natur nachhing. Das Leben hatte ihn reif gemacht. Der Statthalter Lusitaniens fuhr fort:

„Ist Feigheit der Grund? So frage ich. Wenn zwei, wenn drei, wenn vier sich eines Einzigen nicht erwehren, dann ist das seltsam, aber immerhin möglich; dann kann man schon und mit gutem Recht sagen, es fehle ihnen an Herzhaftigkeit; wenn jedoch hundert, wenn tausend unter einem Einzigen leiden, dann sagt man doch wohl, dass sie sich nicht selbst gehören *wollen*, wenn sie nicht wagen, sich gemeinsam zu erheben, und das nenne ich nicht mehr Feigheit, sondern Schmach und Schande. Wenn man aber sieht, wie nicht hundert, nicht tausend Menschen, sondern weite Landschaften, Städte, eine Million Menschen, ganze Nationen, sich eines Einzigen nicht erwehren, der alle miteinander so behandelt, dass sie wie Leibeigene und Sklaven sind, wie könnten wir das nennen? Ich finde dafür keinen Begriff!"

Silanus dachte nach. Dann sagte er:

„Ich denke, es ist etwas anderes als Feigheit. Die Menschen haben zumeist immer das Glück ihres bisherigen Lebens und die Erwartung ähnlichen Wohlstands in der Zukunft vor Augen. Es kommt ihnen nicht in den Sinn, das durch eine Revolte zu gefährden. Es sei denn, ihr Leidensdruck wird zu groß. Dann beginnen sie sich zu wehren."

„Und du meinst, das römische Volk ist so weit? Sind seine Leiden und Strapazen so groß geworden, dass es sich auf unsere Seite und gegen Nero stellen wird?"

Silanus nickte.

„Dessen bin ich gewiss!"

Otho erhob sich:

„Gut! Dann sei es so! Den ersten Schritt zu Neros Untergang hat Gaius Iulius Vindex getan. Galba in Hispania Tarraconensis und Verginius Rufus in Fonteius Capito wollten zwar noch abwarten. Doch ich werde sie nun dazu bringen, gen Rom zu marschieren. Mit den Legionen der Provinz Lusitania werden sie es tun!"

„Und wie wird der neue Kaiser heißen?" fragte Silanus.

„Servius Sulpicius Galba!" sagte Otho ohne Zögern.

„Das ist eine gute Wahl", erwiderte Silanus.

Otho blickte ihm nun intensiv in die Augen:

„Aufgrund der Gerüchte, Nero habe das Feuer in Rom gelegt oder wenigstens davon profitiert, brauchte Nero einen anderen Schuldigen für den Brand. Dafür bot sich die Sekte der Christen an. Sie wurden verhaftet und viele zu grausamen Todesstrafen verurteilt. Die meisten wurden in der Arena den Tieren vorgeworfen. Viele von ihnen sollen mutig und ohne Furcht in den Tod gegangen sein, selbst Frauen und Kinder … Man erzählt sich, du, Silanus, wärest Christ … Auch deine Frau Octavia … Stimmt das?“

Der Gefragte nickte.

„Ja, wird sind Christen!“

Otho nickte.

„Wenn du etwas von der Kraft und dem Mut deiner Glaubensbrüder hast – und ich weiß, dass du ein mutiger Mann bist –, dann habe ich keine Furcht um unsere gerechte Sache! Aber bete zu deinem Gott, dass die Befreiung Roms möglichst wenig Menschenleben kostet!“

„Darum bete ich seit langem!“ erwiderte Silanus.

„Und noch etwas …“, sagte Otho und umarmte den Mann, den er heimlich immer bewundert hatte, „ich bin sicher: Du wirst Octavia und deine Tochter wiedersehen!“

Ein Gefängniswärter führte die Kaiserin Poppäa zu spätnächtlicher Stunde in die Kerkerzelle, in der Octavia und ihre Tochter gefangen waren, stellte die rauchende Öllampe auf die kleine Mauer und fragte mit flüsternder Stimme:

„Und ich soll dich wirklich mit den Gefangenen alleine lassen, Herrin?“

„Ja, ich will es so!“ erwiderte Poppäa.

So ging der Wärter wieder hinaus und schloss die Tür hinter sich.

Die Gefangene und ihre Tochter lagen unterdessen eng umschlungen, das Gesicht gegen die Wand gekehrt, auf dem Stroh und schliefen. Durch das vergitterte Fenster fiel schwaches Mondlicht in den modrigen Raum. Der rechte Fuß Octavias steckte in einem eisernen Ring, von dem eine schwere Kette am Steinboden entlang zu einem andern in der Mitte der Mauerwand befestigten Ring lief.

Poppäa blickte stumm auf die Schlafende herab und weidete sich in Gedanken an ihrem Unglück. Eine unglaubliche Genugtuung durchströmte das Herz der Kaiserin. Voller Ingrimm dachte sie daran, dass das Volk sie in all den Jahren, die sie nun auf dem Thron saß, mit ihrer Vorgängerin verglichen hatte, und dass der Vergleich immer zu Gunsten Octavias ausgegangen war, deren Schönheit, Güte und Klugheit immer noch in unzähligen Liedern und Gedichten gerühmt wurde.

Als Octavia die Augen öffnete, den düsterroten Schimmer der Öllampe bemerkte und spürte, dass jemand Fremdes im Raum war, wandte sie sich heftig um. Sie fuhr von ihrem Strohlager auf, gerade noch einen leisen Schrei zurückhaltend, und blickte gebannt auf jene Frau, die sie, als sie noch die Gemahlin Neros und selbst Kaiserin gewesen war, zwar hin und wieder gesehen, aber nie gesprochen hatte – und die nun an ihrer Stelle die Herrscherin der Welt war!

Um ihre Vorgängerin ganz und gar zu demütigen, hatte sich Poppäa in ein besonders kostbares, goldschimmerndes Gewand gekleidet. Sie trug ein blitzendes Diadem auf dem Haupte und einen langwallenden Purpurmantel um ihre Schultern.

Arrogant lächelnd, blickte sie auf das abgemagerte und erdfahle Gesicht ihrer Konkurrentin um die Achtung und Liebe der Massen, und das einfache Kleid aus grobem grauen Leinen, das die Gefangene trug. Dennoch musste die Kaiserin sich innerlich eingestehen, dass Octavia sich trotz der langen Haft einen fast unglaublichen Liebreiz bewahrt hatte, und dass selbst die staubtrockene, stickige Luft des Kerkers sowie das üble und ungesunde Essen ihren immer noch schönen dunklen Haaren keinerlei Schaden zugefügt zu haben schienen. Und so sehr Poppäa sich auch einzureden suchte, dass ihre Vorgängerin auf dem Throne nur ein ganz gewöhnliches und durchschnittliches Gesicht habe, das weder durch eine besondere Schönheit noch durch eine besondere erotische Ausstrahlung geadelt werde, staunte sie insgeheim über die Lebendigkeit dieser Augen – Augen voll unendlicher Klarheit –, deren warmer Strahl das Gesicht ihres Gegenübers wie verzauberte.

Poppä meinte, den Glanz dieses Blickes kaum mehr aushalten zu können, als die Gefangene sich demütig vor ihr verneigte. Das ließ die Kaiserin von einem Moment zum anderen ihre innere Haltung wiederfinden.

„Ich sehe, du bist wahrhaft an deinem Platz, Octavia", sagte sie voller Spott, „und ich rühme die Klugheit der Unsterblichen und meines göttlichen Gemahls, die bewirkten, dass alles so kam, wie es gekommen ist. Spürst du den Wechsel alles Menschlichen? Die Götter haben deinen Hochmut gerächt und in den Dreck gestoßen, wo du nun liegst!"

Octavia senkte bescheiden ihren Kopf:

„Es stimmt!" sagte sie. „Nero hat sich für dich entschieden; gekrönt von Glanz ist dein glückliches Haupt! Vor aller Welt bist du unbestritten die Mitregentin des ganzen Imperiums!"

Mit diesen Worten fiel sie vor der Kaiserin nieder.

„Doch zeige dich nun auch, ich bitte dich, edelmütig und großherzig, Hohe Frau! Lasse mein Kind und mich nicht schmachvoll in diesem Kerker liegen bleiben. Wenn deine Lippen beim Imperator Fürsprache für uns einlegen, reicht eine einzige Geste der kaiserlichen Rechten, um uns aus dieser Gefangenschaft zu befreien!“

Poppäa schwieg.

„Ach, mach' ein Ende, gute Kaiserin“, fuhr die Gefangene fort, „sprich es aus, das Wort und den Befehl, um dessentwillen du hier erschienen bist – um dessentwillen der Imperator dich gewiss hierher gesandt hat! Denn niemals will ich glauben, dass du nur gekommen bist, mich und mein Kind leiden zu sehen. Sprich doch dieses Wort nun aus, sage: ‚Ihr seid frei, Octavia. Des Kaisers Macht habt ihr gefühlt, jetzt lernet seinen Edelmut verstehen!' Dann will ich gern vergessen, was wir litten, und will auch dir, die sich unsres Elends erbarmte, lebenslang meine schuldige Dankbarkeit erweisen!“

Poppäa lachte grausam auf:

„Ich soll dich und dein Kind freilassen? Damit du mit Hilfe deiner Freunde aufs Neue mein Volk, das dich schon lange für tot hält, verführst, die edle Jugend des Kaiserreichs, welche keine Erinnerung mehr an dich hat, schlau in dein Buhlerinnennetz verstrickst, um Ruhm, Reichtum und Macht wiederzuerringen? Hältst du mich für eine ausgemachte Närrin?“

„An Ruhm, Macht und dem Glanz der Krone ist mir wahrlich nicht gelegen“, erwiderte Octavia.

„Ach! Das willst du mir erzählen, du Heuchlerin?“ keifte Poppäa.

„Du hast es einst genauso genossen, die Herrin der Welt zu sein, wie ich es heute genieße! Spiele mir hier nicht die Verkörperung übermenschlicher Bescheidenheit und Selbstlosigkeit vor! Diese Masche zieht nämlich nicht bei mir!“

„Warum bist du dann gekommen?“ fragte Octavia.

„Nun, du hattest schon recht eben“, erwiderte die Kaiserin voller zynischem Spott. „Ich bin gekommen, dich und dein Kind leiden zu sehen, euch gar grausam zu verhöhnen! Denn du bist eine Feindin der Krone und …“

Die Kaiserin stockte. Ihr Blick fiel auf Octavias Tochter Johanna. Das Kind war erwacht, hatte sich aufgesetzt und blickte geradeaus in die Höhe, auf diese ihr unbekannte, nie gesehen kostbar gewandete Frau, die mit glitzernden Steinen schier übersät schien. Das Mädchen war blass und dünn, man sah ihm die Leiden der Gefangenschaft durchaus an, doch ihre Züge hatten offensichtlich noch nicht den Ausdruck jenes nur Kindern eigenen Erstaunens verloren über das, was mit ihr und um sie herum geschah. Weit verblüffter war Poppäa freilich über die Schönheit des Kindes, ja sie erschrak geradezu vor der edlen Aura, die dieses vielleicht fünfjährige Mädchen umgab. Johanna blickte ihr ganz offen und ernsthaft in die Augen und die Kaiserin spürte, dass sie vor diesem Blick fliehen musste, wie sie eben den Blick Octavias kaum hatte ertragen können.

Vielleicht waren es diese klaren Augen eines kleinen Mädchens, die Poppäa ungewollt und mit brüchiger Stimme stammeln ließen:

„Auch ich habe ein Kind, ein Kind Neros, geboren, doch es ist kurz nach der Geburt gestorben …“

Kaum waren ihr diese Worte entschlüpft, bedauerte Poppäa sie bereits. Sie hätte sich auf die Zunge beißen können! Wie konnte sie sich nur diese Blöße erlauben, sich so verwundbar zeigen?

Octavia blickte die Kaiserin unterdessen voller Traurigkeit an und sagte mit belegter Stimme:

„Das tut mir unendlich leid! Was nützt einem der Besitz der ganzen Welt, wenn man kein Kind sein eigen nennen darf?"

Sie rang die Hände:

„Bei diesem Schicksal, dass du erdulden musstest, Herrin, flehe ich dich an, verhöhne, schände nicht das Blut, das in meinen Adern fließt. Stehe nicht da, so schroff und unzugänglich, wie eine Felsenklippe, die der Ertrinkende vergeblich zu umklammern sucht!"

„Willst du mich mit diesen deinen Worten daran erinnern, dass kaiserliches Blut in deinen Adern fließt, und dass dein Vater der Imperator Claudius gewesen ist?" zischte Poppaä. „Bist du trotz der langen Haft immer noch so eingebildet? Ist dein Stolz immer noch nicht gebrochen?"

Octavia antwortete ganz ruhig:

„Ich sprach nicht von meiner Abkunft aus dem julisch-claudischen Kaiserhaus! Das alles bedeutet mir schon lange nichts mehr! Mit meinen Worten wollte ich dich daran gemahnen, dass in meinen – so wie auch in deinen – Adern das Blut einer Mutter fließt! Denn auch wenn du dein Kind unglücklicherweise so bald wieder hergeben musstest, bist und bleibst du eine Mutter! Und so beschwöre ich dich, von Frau zu Frau, von Mutter zu Mutter: Erbarme dich meines armen Kindes! Habe Mitleid mit uns!"

Poppäa fröstelte es plötzlich in der kühlen Kerkerluft. Sie spürte, dass ihr die Dinge entglitten, dass nicht sie es war, welche die Rivalin demütigte, sondern dass das verhasste Weib schon wieder daran war, über sie zu triumphieren! Mit einem Blick voller Hass sagte sie:

„Das Urteil, das mein göttlicher Gemahl Nero über euch verhängt hat, hast du tausendmal verdient, Octavia."

Mit diesen Worten drehte die Kaiserin sich um und befahl den Wärtern, ihr die Tür zu öffnen.

21. Kapitel

Während die geeinten Truppen unter Servius Sulpicius Galba auf Rom zumarschierten, tobte dort auf Befehl des Kaisers die zweite große Christenverfolgung.

Die Armut großer Teile der römischen Bevölkerung war immer drückender geworden; die Unzufriedenheit wuchs! Da brauchte Nero abermals einen Sündenbock! Wieder wurden Hunderte von Christen, Männer, Frauen und Kinder, aus ihren Häusern fortgeschleppt und in die Kerker der Stadt geworfen.

Diesmal wollte Nero sich und den Römern – zur Ablenkung von ihren Sorgen und um sie ruhig zu halten – einen besonderen Augenschmaus gönnen! Es sollte das grausamste und imposanteste Fest sein, das Rom jemals gesehen hatte. Die Ewige Stadt sollte gewissermaßen zum größten Altar der Welt werden, auf dem Nero – gleichsam als oberster Priester – ein einzigartiges Opfer darbringen würde!

Der Plan des Kaisers bestand darin, die Nacht durch eine Menge lebender Fackeln – Weihekerzen für die Götter – zu beleuchten.

Am Tag vor dem großen Ereignis wurde in dem großen Garten,

der sich um das sogenannte Goldene Haus Neros zog, Pfähle in die Erde gerammt, so, dass sie in gleichen Abständen die Wege säumten. An manchen Stellen wurden sie in großer Zahl zusammengestellt, dass sie gewissermaßen einen kleinen Wald bildeten, an anderen Stellen, die sich durch besondere landschaftliche Schönheit auszeichneten, auf kleinen Hügeln oder in kunstvollen Mulden etwa, wurden immer nur ein, zwei oder drei Pfähle gesenkt.

Als der Mond und die Sterne aufzogen, führten Soldaten und Henker die Christen hinaus in den blühenden Garten, über den sich der Duft von Rosen breitete. Die Christgläubigen waren alle in schwere, kostbare Gewänder gehüllt, wohl um an den Anblick von Opfertieren zu erinnern, die mit Bändern und Zierrat geschmückt wurden, ehe man sie zum Tode führte.

Die Christen wurden an die Pfähle gebunden. Es war eine große Schar: gereifte Männer, kraftlose Greise, kleine Kinder. Meist aber waren es Mädchen und junge Frauen in der ersten Pracht der Jugend, die man mit Ketten an die Pfähle schmiedete. Bald war auch dieses Werk vollbracht. Auf allen Wege reihte sich Menschenleib an Menschenleib, hier in Abständen wie Todeskerzen, dort vereint zu kunstvollen Gruppen, wie sie nur das grausame Raffinement eines Dämonen in Menschengestalt ersinnen konnte, dazwischen Palmen und Zypressen, Rosen und Narzissen, und in der Luft Aloe und Weihrauch. Dann kamen die Henker und gossen Öle in die schweren Kleider der Opfer; darauf entzündeten sie diese. In Sekundenschnelle fingen die Stoffe Feuer, und im Augenblick erhellte sich der große Garten, als sei er durch Geisterhand in Flammen gesetzt, und Hunderte lebende Fackeln warfen ihr Purpurlicht durch die Nacht, deren Stille von martervollen Schreien, Todesstöhnen und dem qualvollen Sterbegesang der Christen durchbrochen wurde.

Das Volk war in dieser Nacht in den kaiserlichen Garten gelassen worden und ergoss sich einem schwarzen Strome gleich zwischen dem Meer von Feuer, Qualm und Rauch hindurch, johlend, grölend, schreiend und staunend über das makabre Genie ihres Kaisers, der an Grausamkeit selbst Tiberius zu übertreffen schien.

Niemand von den Anwesenden bezweifelte freilich, dass auf diese Art getötet zu werden für die Christen gerechtfertigt und angemessen war, auch für die Frauen und Kinder! Die Christen hatten Rom angezündet, und so viele Menschen waren qualvoll gestorben! Die den Brand überlebt hatten, litten unter allerlei Entbehrungen. Gründlich und unbarmherzig, so dass es der Welt ein für allemal eine Lehre sei, mussten die Christen dafür bestraft werden. Nero war ein gerechter Mann und ein kluger dazu! Er musste recht haben! Mochten auch einige sensible Gemüter meinen, die Art der Strafe, bei lebendigem Leibe zu verbrennen, wäre zu furchtbar, so war ihnen entgegenzuhalten, dass eine weniger schreckliche Strafe für ein solches Gesindel kaum angemessen war. So oder ähnlich dachten und sprachen die meisten Menschen in Rom.

In dieser Weise gesinnt, erfasste die Volksmassen, welche sich im Garten des Goldenen Hauses eingefunden hatte, eine Mischung aus Begeisterung und Schauer, und immer ungeduldiger erwarteten sie denjenigen, der das alles ersonnen und angeordnet hatte.

Man hatte rings um den Garten eine Arena angelegt. Auch dort stand Fackel an Fackel, und der Ruf: „Der Kaiser kommt!“ ließ alles Volk sich in kürzester Zeit rings um diese Bahn verteilen.

Auf einem goldenen Streitwagen, gezogen von vier arabischen Hengsten von schneeweißer Farbe, fuhr Nero in die Arena, von den Römern mit tosendem Jubel begrüßt. Sein Haupt zierte ein vergoldeter Lorbeerkranz und sein aufgedunsener Leib war in ein prachtvolles Purpurkleid gehüllt.

Seine tiefliegenden, lodernden Augen starrten in das Licht der Fackeln; bei jedem gellenden Schmerzensschrei, der aus den Flammen drang, verzogen sich seine Lippen zu einem zynisch-wollüstigen Lächeln.

Neben dem Streitwagen schritten, an diesen angekettet, eine Frau und ein kleines Mädchen. Das schwarze Haar der Frau flog im Winde. Die dunklen Augen blickten halb verzweifelt, halb todestrotzig über das Menschenmeer, um schreckerstarrt und voller Mitleid an jenen Fackeln haften zu bleiben, deren Feuer der Wind in ihre Haare warf. Das Kind, das sie an der Hand hielt, schien nicht weniger gefasst als seine Mutter.

Als der Wagen Neros einen kleinen Hügel erreichte, hielt das Gefährt an. Hier war der Ort, den der Imperator für die Verbrennung seiner früheren Frau und ihrer Tochter ausgewählt hatte.

In den vielen Wochen, in denen Octavia und ihre Tochter in einem römischen Kerker gelegen hatten, war in Nero nicht einmal der Wunsch erwacht, sie und das Kind zu sehen. Viel zu groß war nämlich die uneingestandene Angst des Kaisers, dieser Frau, die ihn zeitlebens intellektuell und moralisch so sehr überragt hatte, noch einmal in die

Augen sehen zu müssen. Auch jetzt würdigte er sie keines Blickes, sprach er kein Wort zu ihr. Vielmehr konzentrierte er sich auf den schaurigen Plan, den er ersonnen hatte.

Der kleine Hügel, vor dem Neros Gefährt mit Octavia und ihrer Tochter nun standen, konnte von der ganzen Arena aus gut gesehen werden. Nero hatte sich nämlich ausgedacht, dass die Menge Octavia brennen sehen sollte, ohne zu ahnen, dass es seine verehrte, seit Jahren für tot gehaltene Kaiserin war, die dort vor ihren Augen unter Schmerzen starb. Die teuflische Bosheit des Imperators ergötzte sich an dieser gleichermaßen bizarren wie menschenverachtenden Vorstellung außerordentlich. Um seiner Idee Ausdruck zu verleihen, hatte er Octavia besonders prächtig kleiden lassen. Perlenbesetzte Schuhe verbargen ihre Füße, und eine weite, purpurfarbene Stola umschloss ihren Leib. Kostbarkeiten, die den Schmuck einer adeligen Römerin ausmachten, kleideten sie. An ihrem Hals hing ein doppeltes Kollier aus Perlen, zwischen welche Smaragde eingesetzt waren. An ihren Ohrläppchen waren goldene Gehänge befestigt worden, die in birnenförmige Granaten ausliefen. Etruskische Armspangen und Ringe mit Amethysten, Saphiren, Korallen und Goldperlen vollendeten die makabre Toilette.

Doch als die Schergen Octavia und ihr Kind ergriffen und sie an die zwei, in die Erde gerammten Pfähle banden, erhob die Todgeweihte ihre Stimme:

„Volk von Rom“, rief sie klar und gut vernehmbar, „ich bin Octavia, die Tochter eures verstorbenen Kaisers Claudius und einstige Gemahlin Neros – eure ehemalige Kaiserin!“

Ein vernehmbares Raunen lief die Arena entlang. Octavia fuhr unbeirrt fort:

„Ihr wurdet belogen, als man euch sagte, ich sei tot und eines natürlichen Todes gestorben. Nero plante schon damals, mich ermorden zu lassen, doch Gott hat mich gerettet! Ich entkam den gedungenen Häschern eures Kaisers, die mich töten sollten! Aber viele andere wurden auf den Befehl Neros oder in seinem Interesse vom Leben zum Tode befördert! So mein Vater Claudius, mein Bruder Britannicus, Neros Mutter Agrippina und manche mehr! Nero war es auch, der Rom anzünden ließ! Und er ließ viele hunderte unschuldige Menschen ermorden, die er fälschlich beschuldigte, dieses Verbrechen begangen zu haben!“

Die Schergen waren so verblüfft, dass sie wie gebannt standen, unfähig etwas zu tun. Auch Nero war in eine Art Schreckstarre verfallen.

Octavia steigerte noch einmal die Kraft ihrer Stimme und rief:

„Bewohner dieser Stadt und des ganzen Imperiums! Ihr seid betrogen worden! Die Christen sind unschuldig all der Verbrechen, denen sie beschuldigt werden! Ich weiß es, denn ich selbst bin durch die Gnade Gottes eine Christin! Aber Nero ist ein Verbrecher, ein Massenmörder! Er ist ein Ungeheuer! Ich schwöre es, so wahr ich die Tochter des Tiberius Claudius Caesar Augustus Germanicus bin!“

Erst jetzt vermochte einer der Schergen sich aus seiner Erstarrung zu lösen. Mit einer ledernen Peitsche schlug er so lange auf Octavia ein, bis diese schwieg.

Doch das Volk hatte die gerufenen Worte gut verstanden.

„Sollte die Frau dort wirklich unsere geliebte Kaiserin Octavia sein?“ flüsterten die Menschen sich zu.

„Und selbst, wenn sie es nicht ist! Wenn auch nur die Hälfte von dem stimmt, was diese Frau sagte, wäre die Herrschaft Neros ein unglaublicher Verstoß gegen das römische Recht und die römische Tradition!“

„Sollte wirklich Nero – und nicht die Christen – Rom in Brand gesteckt haben?“

„Bei seiner Prunk- und Gefallsucht wäre das schön möglich!“

„Nero“, ging es nun lauter von Mund zu Mund, „Nero ist der Urheber unseres Verderbens!“

„Aber weshalb . . .? Was bezweckte er?“

„Nichts! Der Brand Roms ist Ausdruck seiner Bosheit! Könnten der Erdboden und die Meere Feuer fangen, er hätte die ganze Welt angezündet!“

„Und bedenkt seine Eitelkeit! Herostrat zerstörte den Tempel zu Ephesus. Nero warf Jahrhunderte weltgeschichtlichen Ruhmes in den Staub. Nero wollte viel größer sein als Herostrat! Er wollte das alte Rom hinwegfegen und eine neue Hauptstadt erbauen, stolzer und prächtiger!“

„Jawohl! Und Neronia sollte sie heißen, die neu zu gründende Urbs!“

„Ein Mordbrenner auf dem Thron? Fluch dem Mörder! Nieder mit dem Verruchten! Er hat den Tod verdient!“

So und ähnlich rauschte es durcheinander!

Lucius Silanus hatte sich vor Tagen von den Truppen Galbas gelöst und war wie der Teufel alleine gen Rom geritten. Kaum hatte er die Stadt erreicht, erfuhr er von dem fürchterlichen Schauspiel, das Nero im Garten seines Goldenen Hauses veranstaltete, und ahnend, dass Octavia und sein Kind von dem gleichen Schicksal bedroht waren wie alle Glaubensgeschwister, deren man hatte habhaft werden können, ritt er, so schnell er konnte, zu dem kaiserlichen Garten.

Er überstieg ein hohes Gitter aus vergoldetem Metall und befand sich nun unter der dem Tiber zugewandten Palastfront in einem Pflanzenparadies mit kunstvoll beschnittenen Hecken. Lange Reihen dicht aneinander gepflanzter weißer Blumen beschrieben auf dem grünen Boden weite Bogen gleich Sternenketten. Doch schon bedeckte Asche ihr Schneeweiß. Unweite Feuer ließen die Baumstämme wie blutige Säulen schimmern. Am Rande eines großen Brunnens trugen zwölf kupferne Delphine je eine große Glaskugel, in deren Rundungen bizarre rötliche Lichter spielten; so glichen sie riesigen, lebendigen, zuckenden Augäpfeln.

Silanus eilte dem Feuerschein entgegen.

Schon sah er die brennenden Menschenfackeln, hörte er die Schmerzensschreie der Gequälten. Der Nachtwind trug verkohlte Reste von Menschenfleisch und Menschenkleidern umher, als Silanus, kaum mehr seines Verstandes mächtig angesichts dieser Ungeheuerlichkeiten, durch die Reihen der brennenden Christen flog, suchend, immer den gleichen Namen rufend, bis er plötzlich eine helle, aber kräftig klingende Stimme hörte. Es war eindeutig die Stimme seiner geliebten Frau!

Silanus rannte so schnell er konnte. Gerade sah er, wie ein Soldat mit einer Peitsche auf die an einen Pfahl gefesselte Octavia einschlug.

Da ertönte ein Brüllen, so wild, so laut, so markerschütternd durch den ganzen Garten, dass die Menge erneut erstarrte. Nero stand wie eine Säule.

Mit einem Schrei hatte sich Silanus auf den Schergen gestürzt und ihn mit dem Schwertknauf zu Boden geschlagen. Dann flog die eiserne Scheide pfeifend durch die Ketten, mit denen Octavia und seine Tochter angeschmiedet waren. Er nahm die teure Frau in seinen rechten Arm und hob die Linke zum Zeichen, dass er sprechen wolle.

„Servius Sulpicius Galba steht vor den Toren der Stadt", rief er, so laut wie möglich. „Eine riesige, aus mehreren Legionen bestehende Armee rückt auf Rom vor, um Neros blutige Herrschaft zu beenden! Volk von Rom! Sage dich jetzt von diesem Tyrannen los, der am Ende ist!"

Neros ganzer Körper zitterte. Die Menge aber geriet in Bewegung. Die Worte, welche Silanus gerufen hatte, wurden weitergegeben, liefen als Nachricht durch die Menge. Immer erregter, immer hitziger wurden die Massen.

Der Prätorianeroffizier Tigellinus trat an den Cäsar heran und sagte:

„Wir müssen von hier fort. Die Situation könnte gefährlich werden."

Neros Schultern sanken nieder, seine ganze Gestalt schien zu schrumpfen. Es war, als müsse er jeden Moment zusammenbrechen.

Während der Lenker seines Wagens, wie von Furien gepeitscht, kurz darauf dem Palast zujagte, Neros Gefolge hinterher, brachte Silanus seine Frau und seine Tochter ohne weitere Schwierigkeiten in Sicherheit.

Als Nero gelähmt vor Entsetzen über die Nachricht, Galba nähere sich mit einer großen Armee, in den Palast zurückkehrte, gab er den in Rom stationierten Legionen den Befehl, die Stadt bis zum letzten Mann zu verteidigen. Dann ließ er sich die besten Weine bringen und betrank sich sinn- und hemmungslos.

Als er am nächsten späten Vormittag erwachte, wunderte er sich, dass keine Wache vor seinem Schlafraum stand. Und wie er um sich sah, fiel ihm eine eigentümliche Unordnung im Schloss auf. Diverse Gegenstände lagen zerstreut umher, kostbare Gewänder hingen herum oder lagen, halb zerrissen, auf den Marmorfließen.

In den Vorzimmern der Privatgemächer Neros war es still und einsam. Auch hier war kein Diener, kein Prätorianer zu sehen. Von der Stadt her drang das Wüten des Volkes.

„Tigellinus!“ rief Nero mit zorniger Stimme.

Da schritt der General der Prätorianer eben die Treppen herab, die zu den Vorzimmern des kaiserlichen Schlafgemachs führte.

„Was soll das bedeuten?“ rief Nero seinem Vertrauten zu. „Wo sind die Wachen?“

„Fort!“ antwortete ihm Tigellinus.

„Wohin?“

„Dem Cäsar entgegen!“

„Ich bin Cäsar!“

„Du?“ Tigellinus lachte. „Du bist ein Nichts!“

Mit diesen Worten schritt er an Nero vorbei.

Während Nero zitternd dastand, unfähig, ein Wort herauszubringen, betrat Poppäa Sabina den Raum.

„Begreifst du das?“ fragte ihr Mann sie.

„Gewiss!“ antwortete ihm Poppäa mit kaltem Lächeln. „Während du betrunken in deinem Bett gelegen bist, haben Unterhändler Galbas, dessen Legionen kurz vor Rom sind, die in der Stadt stationierten Soldaten bestochen. Im Lager schwankte man, ob man noch zu dir halten oder überlaufen sollte, aber dann hat Tigellinus sich zum neuen Cäsar bekannt. Er zog die Wachen vom Palast zurück. In diesem Augenblick ist Icelus, ein Vertrauter Galbas, beschäftigt, das Volk in Rom zum Äußersten aufzureizen. In dieser Stunde versammelt sich der Senat, dich abzusetzen und verhaften zu lassen.“

„Wie?“ rief Nero, „der Senat wagt, mich zu ächten? Dieses Konsistorium von Feiglingen, Kriechern und Verbrechern erklärt mich zum Feind des Vaterlandes? Der Senat will mich verhaften lassen, mich, den Cäsar?“

Poppäa schwieg

„Aber wie ist das möglich?“ rief Nero verzweifelt. „Also auch Tigellinus! Auch er! Auch die Garde!“

Der Kaiser grübelte einen Moment. Dann fragte er mit ängstlicher Stimme:

„Aber das Volk wird doch treu zu mir stehen?“

„Das Volk ist schon größtenteils übergelaufen!“

Nun durcheilte Nero das Zimmer wie ein rasendes Tier.

„Ich werde ihnen allen die Antwort geben, die sie verdienen. Ich lasse sie aufknüpfen, die ehrwürdigen Väter, die Garde – und alle! Das Volk von Rom soll Spießruten laufen. Ich werde …“

Wie als diktierte er ein offizielles Schreiben, deklamierte er:

„Ich erkläre den Senat für aufgelöst. Ich erkläre Galba für einen Verräter. Ich befehle, den Tigellinus zu steinigen. Ich verlange, dass alle Truppen vom Rhein und aus Asien zurückgerufen werden. Ich biete den Prätorianern pro Kopf tausend Drachmen, wenn sie sich sofort zum Schutz ihres Kaisers hier einfinden …“ Nero hielt inne. Dann rief er, sich korrigierend: „Nein, ich biete jedem zweitausend Drachmen und jedem Offizier zehntausend – wenn sie sofort in Rom einrücken und die Stadt besetzen!“

Wiederum hielt er inne. Seine Stimme wurde weinerlich, wie die eines Kindes.

„Aber du, mein geliebtes Weib. Du wirst mir doch treu bleiben?“

Poppäa sah ihn voller Hass und Verachtung an.

„Ich habe bereits meine Sachen gepackt! Mehrere Wagen stehen vor dem Portal, mich und das, was mir zusteht, in Sicherheit zu bringen! Du bist ein Versager, Domitius! Und ein Idiot! Und jedem, der es hören will, rufe ich den Namen meines neuen Imperators zu: Servius Sulpicius Galba!“

„Du Hexe, du Verräterin!“ schrie Nero wutentbrannt. „Du warst mein böser Geist! Du bist schuld, dass mein Volk mich nicht mehr liebt! Hätte ich nur Octavia nicht verstoßen! Sie wurde von allen verehrt! Sie hätte nie zugelassen, dass man mir nun meinen Thron rauben will!“

Plötzlich erhob Nero die Faust und ließ sie mitten in das Angesicht seiner Gemahlin sausen. Ein Blutstropfen zeigte sich an der Nasenwurzel Poppäas, floss die Wange hinunter, wurde ein schmaler, roter Streifen. Ein guter Schlag, dachte Nero, und dieser Gedanke füllte sein Herz mit noch heißerer Wut. Das Blut, das er vergossen hatte, entzündete seine Lust, noch mehr Blut zu sehen. Es war, als ob Poppäa erst in dem Augenblick, in dem ihr Blut zu fließen begonnen hatte, seine wirkliche Feindin geworden wäre – der gefährlichste Gegner, den er in im ganzen Imperium hatte! Als Poppäa aufschrie und, nach einem Tuch suchend, in die Falten ihres Gewandes griff, um ihre Wunde zu trocknen, vermeinte Nero, sie suche nach einer Waffe. Deshalb stürzte sich der Cäsar auf sie und schloss seine gekrallten Hände um ihren Hals; er drückte so fest zu, bis die Kaiserin zu Boden stürzte. Sie schlug hart mit dem Kopf gegen den Marmorboden. Die Hände an ihrem Hals, war auch Nero mit seiner Frau zusammen hingefallen. Er fühlte den zuckenden Körper Poppäas unter sich, sah ihren geöffneten Mund, den roten Rachen, den Gaumen, darinnen sich die Zunge wie ein seltsames Tier bewegte, das blendende Weiß der Zähne. Nero registrierte den perlenden Schaum an ihren Mundwinkeln, die bläulich anlaufenden Lippen, das aufwärts gereckte Kinn. Besinnungslos drückte Nero zu. Immer fester.

Erst Minuten nachdem sie sich nicht mehr rührte, begriff der Kaiser, dass Poppäa tot war. Mit Entsetzen starrte er in ihr verzerrtes Gesicht. Plötzlich erfüllte ihn Angst. Er sprang auf. Wirren Blicks sah er um sich.

Seine Furcht wurde so gewaltig, dass er seinen steif gewordenen

Hals plötzlich nicht mehr bewegen konnte; die Kehle war ihm wie zugeschnürt, die stieren Augen aufgerissen, das Haar schmerzhaft sich sträubend, das Herz zusammengepresst, aber heftig schlagend, so stand er eine ganze Weile starr wie fest gebannt da, zugleich in Schweiß gebadet und zu Eis erstarrt.

Nach einer Weile löste sich der Bann so unversehens, wie er gekommen war. Mit großen Schritten rannte Nero aus dem Raum, setzte er über den Gang, Verfolger und Rufe hinter sich wähnend. Er lief in einen Seitengang und warf einen Blick zurück. Kein Mensch war hinter ihm zu sehen. Der Kaiser rettete sich unter eine Treppe, kauerte sich unter ihre Stufen. Hier war es düster. Nero hielt seinen Atem an. Eine Ewigkeit, so kam es ihm vor, hockte er still. Es war wie in einem Grab. Nur von Fern hörte er das tobende Volk.

Eine immer gewaltigere Todesangst ergriff Nero, und er glaubte plötzlich, Kaiser Claudius, seine Mutter Agrippina, Britannicus und eine unzählige Menge anderer Gemordeter vor sich zu sehen. Sein feistes Antlitz wurde leichenblass, die Zähne schlugen aneinander.

Plötzlich löste sich aus den phantasierten Schimären das Bild einer Frau. Die Gestalt kam auf ihn zu.

„Acte, du?“ rief der Kaiser.

„Ja, mein Cäsar, ich bin es“, antwortete die ehemalige Sklavin. Sie beugte sich zu ihm herab.

„Was erlaubst du dir?“ rief Nero. „Ich habe dir das Betreten meines Palastes verboten! Du widersetzt dich dem Befehl des Imperators!“

„Wenn du der Imperator bist, warum kauerst du dann wie ein Feigling unter diesen Treppenstufen?“ fragte Acte.

Nero kroch unter der Treppe hervor. Ängstlich blickte er seine einstige Geliebte an.

„Aber du tust recht, dich zu fürchten, Imperator", sagte Acte. „Das Volk will den Palast stürmen. Schon macht es Anstalten, sich in die Gärten zu stürzen. Deine wenigen hier im Palast verbliebenen Sklaven sind zu schwach, das große Haus zu verteidigen."

Nero warf sich in die Pose des Herrschers.

„Wie?" schrie er. „Schon so weit ist es gekommen? Was bin ich? Was ist das Imperium? Ward mir nicht durch Jupiter der Purpur verliehen? Bin ich nicht der göttliche Nero? Wie kann das Volk mich stürzen? Gilt mein Name nichts mehr? Der Befehl, dem gestern noch Hunderttausende gehorchten, soll Schall und Rauch geworden sein?"

Da riss Nero ein Schwert von der Wand und stürmte zur Tür.

„Sie sollen in mir den Cäsar sehen", schrie er, „sie müssen gehorchen, ich – einer gegen tausend – einer – gegen – hunderttausend", wiederholte er, plötzlich kraftlos den Arm sinken lassend. „Beim Styx – ist es denn möglich? Kein Herz schlägt mehr für mich – kein Arm wappnet sich mehr für mein Leben – ist alles aus?"

Acte trat zu ihm. Und wie sie das Volk schon in den Gärten rasen hörte, sagte sie:

„Ja, Cäsar, es ist alles aus. Du hast wie ein Scheusal gelebt! Nun stirb wenigstens wie ein Mann!"

Sie zog einen Dolch aus ihrem Gewand.

„Die Menge wird dich in Stücke reißen, Imperator! Sie werden deinen Leichnam durch die Straßen Roms schleifen und ihn schließlich in den Tiber werfen!“ rief Acte. „Beeile dich, dir das Urteil selbst zu geben und durch eigene Hand zu sterben!“

Neros fleischiges Gesicht wurde ganz weiß, auf seiner Stirn stand der Schweiß. Er zögerte.

„O welch ein Künstler geht in mir zugrunde!“ rief er aus. „Gibt es denn keine Gnade?“ flüsterte er darauf mit blassen Lippen.

„Hast du Gnade gekannt, als du Octavia des Ehebruch bezichtigt hast und sie töten ließest, einer Dirne zuliebe?“ entgegnete Acte schroff. „Hast du Gnade gekannt, als du mich von dir stießest? Hast du jemals Gnade gekannt in deinem Leben, das eine Kette der Verbrechen und der Schandtaten war? Nun stirb, Nero! Und als mein letzter Liebesdienst will ich dir dabei helfen!“

Nero setzte das Messer an die Kehle. Seine Hand zitterte. Es war augenscheinlich, dass er niemals wagen würde, zuzustoßen. Die Augen schienen ihm aus den Höhlen zu quellen, groß, furchtbar und mit völlig idiotischem Ausdruck.

Er wollte sich noch einmal aufrichten, um zu fliehen, als die Faust Actes den Dolch umspannte und ihn in die Kehle des Kaisers stieß!

Zuckend und stöhnend lag Nero auf dem Boden. Das Blut floss aus seinem Hals wie ein schwarzer Strom, seine Beine zappelten. So hauchte der gestürzte Herrscher der Welt sein Leben aus.

Die folgenden Tage waren seltsam. Der in naher Aussicht stehende Einmarsch Galbas und seiner Armee begeisterte und lähmte das Volk gleichermaßen, hielt die Menschen von den Straßen und Plätzen ab, auf denen es sonst Tag für Tag wimmelte. In vielen Werkstätten, Läden und Magazinen drohte das sich sonst schnell und rastlos schwingende Rad der Arbeit zu stocken; denn alle Berufsklassen und Stände harrten gebannt der Dinge, die da kommen sollten.

Auf der anderen Seite war nun alles, was die Bürgerschaft an erfinderischem Sinn, an Fleiß und Phantasie besaß, gefordert. Die Ausschmückung der Straßen zur Begrüßung der Truppen, die Bewirtung der Soldaten: alles das musste bewältigt werden.

Starke Abteilungen von Prätorianern durchzogen daher die Stadt. Außer dem Kurzschwert trugen sie festgeknotete Peitschen an der Seite, um notfalls mit denselben die Menschen zur Arbeit anzutreiben.

Die Trabanten des Tigellinus rissen unterdessen überall die Kränze von den Standbildern des toten Kaisers, während sie schnell gemeißelte Statuetten Galbas aufrichteten, über und über mit Blumen bestreuten oder mit bunten Blumenkränzen schmückten, als ob er schon zum Kaiser gekrönt wäre. Alle Künstler der Urbs erhielten Aufträge, weitere Büsten in Marmor und Erz zu fertigen.

Die Vorbereitung dieser Dinge war auch tatsächlich rechtzeitig zum Ziele gelangt, als Galba mit seinen Männern Anfang Oktober vor der Stadt stand.

Es war ein sonniger, klarer, warmer Tag, über die Urbs wehte eine erfrischende Brise, als die Truppen des designierten Kaisers in Rom einmarschierten, bejubelt von dem Volk, das ein neues Zeitalter erhoffte, freudig begrüßt auch von den in Rom stationierten Legionen, die in dem ehrwürdigen, in vielen Schlachten ergrauten Galba ebenso sehr den Soldaten wie den Staatsmann verehrten.

Das Gepränge, das die Truppen bei ihrem Einzug in die Ewige Stadt zur Schau stellten, war der welthistorischen Bedeutung des Geschehens ebenbürtig.

Durch die breiten Prachtstraßen der Stadt ergoss sich der Zug. Jubel, Freudenrufe und Jauchzen brandete von den Häuserwänden wider. Nahezu jeder Römer, aber auch nahezu jeder Grieche, jeder Ägypter oder Angehöriger eines anderen Volkes, der in der Ewigen Stadt wohnte, fühlte sich befreit.

Da Galba Söldner angeworben hatte und verschiedene orientalische Herrscher ihm Soldaten zur Verfügung gestellt hatten, waren viele Völker in den einmarschierenden Truppen vertreten, vor allem natürlich Ligurer und Balearier. Neben der schwerfälligen dorischen Mundart dröhnten, rasselnd wie Ketten, die Rufe der Kelten aus der Reihe der marschierenden Soldaten, und die klangvollen jonischen Endungen wurden von Wüstenlauten, rau wie Schakalgeheul, übertönt. Den Griechen erkannte man an seiner glatten Rasur und der schlanken Gestalt, den Ägypter an der olivgrünen Haut und den spitzen Schultern, den Libyer am hohen Wuchs und dem kurzen schwarzen Kraushaar, den Gallier am langen, auf dem Scheitel geknoteten Schopf, den Kantabrer an den festen Waden. Auch Karier und Kappadokier erblickte man.

Wo Galba, von seiner Leibwache umgeben, vorbei ritt, brandeten der Jubel und das Willkommensgeschrei besonders laut auf. Sein weiter weißer Mantel, die Paenula, umwallte ihn bis auf die Hufe seines Pferdes und verschwamm mit dem aufgewirbelten Staub der Straße. Sein grauschwarzer Bart, das Gefunkel seines diamantenen Lorbeerzweigs und die dreifache Rüstung aus breiten blauen Schildern, die ihm von Brust und Rücken herabhingen, ließen ihn besonders prächtig erscheinen.

An der Via Sacra ließ Galba anhalten, um im Tempel des Jupiters das Dankopfer darzubringen.

Stolz darauf, dass sich die Ewige Stadt ihrem Willen gebeugt, und sie geholfen hatten, Nero zu überwinden, benahmen sich die Söldner in den kommenden Tagen und Wochen, als gehöre Rom ihnen. Mit dem Lohn für ihren Mut in der Tasche, ließen sie sich den Rebensaft besonders gut schmecken, und im Taumel ihrer Trunkenheit begingen sie allerlei Dummheiten. Sie zeigten einander ihre Wunden früherer Schlachten und erzählten sich von ihren zurückliegenden Kampfhandlungen. Sie ahmten das Geschrei und die wilden Bewegungen derselben nach. Dann kam es zu albernen Wetten. Sie steckten den Kopf in die großen Steinkrüge und tranken, ohne abzusetzen, wie verschmachtende Kamele, sie trugen sich gegenseitig Huckepack und liefen so die Gassen hinauf und hinunter, wer wohl der stärkere sei, und unterzogen sich allerlei sonstiger Mutproben. Andere tanzten schwerfällig herum und grölten fremde Lieder aus ihren Heimatländern. Einige sprangen mit unanständigen Gebärden vor die andern und ahmten Weiber nach. Andere zogen sich nackt aus, um gleich Gladiatoren miteinander zu kämpfen. Nach und nach erschien den angeworbenen Soldaten, obwohl sie um Rom nicht wirklich hatten kämpfen müssen, ihr Sold zu gering. Das führte zu verschiedenen aggressiven und mitunter blutigen Händeleien mit den Einheimischen;

vor allem aber waren Mädchen und Frauen nicht vor den Söldnern sicher. Viele wurden Opfer ihrer Lüsternheit.

Deshalb waren die Römer froh, als die Fremden endlich abzogen.

22. Kapitel

So standen die Dinge in Rom, als Lucius Silanus, der es für gut befunden hatte, seine Frau Octavia und seine Tochter in einem kampanischen Landhaus zurückzulassen, in die Hauptstadt zurückkehrte, um sich bei Galba zu melden und um seinen Abschied zu bitten.

Der neue Kaiser empfing den Oberst in seinem Arbeitszimmer.

„Du willst die Armee verlassen?" fragte er erstaunt, als ihm Silanus sein Anliegen vorgetragen hatte.

Silanus nickte.

„Bist du unzufrieden, wie die Dinge gelaufen sind?" fragte Galba. „Möchtest du wieder Senator werden? Ich könnte mir das sehr gut vorstellen!"

Silanus schüttelte den Kopf.

„Die Dinge sind sehr günstig gelaufen für Rom und das Reich", sagte er. „Das Imperium ist von dem Tyrannen Nero befreit worden. Und ich möchte auch nicht wieder Senator werden!"

„Warum willst du dann die Standarten verlassen, denen du so lange gedient hast?"

„Weil ich nicht länger für die Gewalt kämpfen werde."

Galba, der in diesen Worten, eine versteckte Kritik zu hören vermeinte, erwiderte:

„Du willst dich gegen die Staatsgewalt auflehnen?"

„Nein, ich werde sie dulden, nicht aber weiterhin unterstützen."

„Bist du ein Gegner des Kaisertums und Anhänger der Republik, wie Salvius Otho oder Thrasea Paetus?" fragte Galba, und nach einer Weile: „Mir scheint, ich verstehe dich nicht."

„Ja, unsere Wege führen auseinander", bestätigte Silanus. „Die Gewalt, von der ich spreche, ist keine Person. Ob einer herrscht, viele oder alle. Es macht keinen Unterschied, wenn diese Herrschaft aus einer Gesinnung heraus geschieht, die nicht von Gott ist. Die Macht, von der ich spreche, ist Rom selbst. Sie ist der Gedanke, der von Rom ausging, und Rom zur Hauptstadt der Erde gemacht hat. Dieser Macht abzuschwören, halte ich für meine Pflicht!"

„Welcher Geist ist in dich gefahren, Lucius Silanus?" fragte der Kaiser kopfschüttelnd.

„Der christliche, Imperator."

Galba kratzte sich den Kopf.

„Ich hörte schon, dass du ein Christ geworden bist", sagte er. „Aber es leben doch auch Brüder deines Glaubens in dieser Stadt. Sicher, euch ist hier Furchtbares angetan worden … Aber die Dinge werden anders werden. Dafür bin ich Kaiser geworden! Könnt ihr da nicht Rom und seinen Menschen verzeihen? Nutzt doch diese Stadt und ihre Möglichkeiten, um von hier aus euren Glauben zu verbreiten. Ich bin bestrebt, den Christen, wie allen Bürgern dieses Landes, über das ich herrsche, Gerechtigkeit widerfahren zu lassen. Ihr werdet also alle Rechte und Möglichkeiten haben!“

„Es wird immer Christen geben, die hier in Rom leben“, erklärte Silanus, „denn wir Christen betrachten diese Erde nur als Provisorium, und wir nutzen die Dinge dieser Welt, als nutzten wir sie nicht … Es geht auch nicht um die Menschen, die in der Urbs leben, die sind so gut und schlecht wie anderswo. Es geht um die Idee, die hinter Rom steht! Rom ist die Herrin der Erde, ihr allein ist alles untertan. Aber nur durch Gewalt und Trug hat sie diese Stellung errungen. Sie ist die alte Bedrückerin der Erde, die Welteroberin. Unser Herr Jesus ist in Bethlehem geboren, einem kleinen armen Dorf in Palästina. Ich weiß nicht, ob Gott das reiche und mächtige Rom je für seine Zwecke erwählen wird! Denn zum einen ist Rom verflucht in alle Ewigkeit! Es ist für alle Zeit das purpurne Weib, das trunken ist vom Blut der Märtyrer. Auf der anderen Seite ist diese Stadt aber auch geheiligt durch das Blut so vieler christlicher Glaubenszeugen, durch den Tod der Apostel Petrus und Paulus! Mir ist nicht bekannt, was Gott mit dieser Stadt vorhat! Ich und die Meinen aber können und wollen hier nicht mehr leben!“

Mit diesen Worten gab Silanus das Schwert ab und den kostbaren Mantel, der seine Würde als Ritter und Oberst verriet. So tat er den letzten Schritt, der endgültig aus dem Kreis führte, welcher sein früheres Leben, welcher Luxus, Reichtum, Ehren und Ruhm umschloss, nicht aber das Glück, das er fortan mit seiner Frau und seiner Tochter allein noch suchte.

Ihr Vermögen verteilten Octavia und Silanus unter die Armen und behielten nur soviel zurück, um sich und ihr Kind vor Mangel zu schützen und davon in Bescheidenheit leben zu können. Dann brachen sie auf, in das Land zu reisen, in dem sie mehrere Jahre friedlich gelebt hatten.

Zwei Wochen später stand Lucius Silanus am Deck des Seglers, der in schneller Fahrt sich mehr und mehr von der Küste entfernte. Immer verschwommener wurden die Umrisse des Festlands, bis schließlich nichts mehr zu sehen war als ein schmaler grüner Streifen.

Das Rauschen der Wogen und der Wind, der in langgezogenen Klagelauten durch die Tentakel strich, betäubten das Ohr des Träumenden, und er hörte nichts; auch nicht, als ihm von rückwärts der sanfte Tritt seiner Gemahlin nahte. Zwei weiche Arme schlangen sich um seinen Hals, und wie er aufsah, da war auch der letzte Streifen der gallischen Küste versunken, und ringsum breitete sich das unendliche Meer.

Octavia wies mit der Hand in die Ferne. Dort schwebte am äußersten Horizont der langsam versinkende Sonnenball.

Dann umarmte sich das Paar, und der Frieden der anbrechenden Nacht, welcher über die Erde sank, fand seinen Widerhall in ihren liebeerfüllten Herzen.

Octavia und Lucius Silanus kehrten mit ihrer Tochter Johanna in das stille einsame Tal im Norden Britanniens zurück. Auf den Ruinen einer untergehenden Welt blühte das Glück der beiden schwer geprüften Menschen wieder auf. Und so lebten sie friedlich und zurückgezogen, ganz ihrer Liebe und dem Glauben, der sie schließlich sicher durch so viele Drangsale und Gefahren geführt hatte.